KB112764

그 후

それから

세계문학전집 **87**

그 후

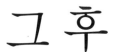

나쓰메 소세키

윤상인 옮김

민음사

차례

그 후   7

작품 해설   351
작가 연보   369

1

누군가 총총히 문 앞을 달려가는 발소리가 났을 때, 다이스케[代助]의 머릿속에는 도마처럼 생긴 커다란 나막신이 떠올랐다. 하지만 그 나막신은 발소리가 멀어져 감에 따라 어느 틈에 머릿속에서 빠져나와 사라져 버렸다. 그러자 잠이 깼다.

베갯머리를 보니 겹동백 한 송이가 다다미 위에 떨어져 있다. 다이스케는 간밤에 잠자리에서 분명히 그 꽃이 떨어지는 소리를 들었다. 그의 귀에는 그 소리가 천장에서 고무공을 내던질 때 나는 소리만큼 크게 울렸다. 밤이 이슥해 주위가 고요해진 탓일지도 모른다는 생각이 들었지만, 그래도 혹시나 해서 오른손을 심장 위에 얹고 늑골 끝에서 정상적으로 뛰고 있는 맥박 소리를 확인하면서 잠을 청했다.

잠시 갓난아이의 머리 크기만큼이나 커다란 꽃을 물끄러미 들여다보던 그는 갑자기 생각난 듯이 누운 채 가슴 위에 손을 얹고 다시 심장의 고동 소리를 주의 깊게 듣기 시작했다. 누워서 가슴이 뛰는 소리를 듣는 것은 요사이 생긴 버릇이다. 심장은 여전히 고르고 또렷하게 뛰었다. 그는 가슴에 손을 얹은 채, 이 고동과 함께 따뜻한 선홍색 피가 천천히 흐르는 모습을 떠올려보았다. 그리고 이것이 생명이라고 생각했다. 자신은 지금 흐르고 있는 생명을 손바닥으로 누르고 있는 것이라고 생각했다. 그리고 이 손바닥에 느껴지는 시곗바늘과 유사한 울림은 자신을 죽음으로 유인하는 경종과 같은 것이라고 생각했다. 이 경종을 듣지 않고서 살아갈 수 있다면—피를 담는 자루가 시간을 담는 자루의 역할을 겸하지 않는다면 마음이 얼마나 편할까. 얼마나 맘껏 삶을 음미하며 살아갈 수 있을까. 하지만—다이스케는 문득 소름이 끼쳤다. 그는 격렬한 피의 흐름과 무관한 평온한 심장을 도저히 상상할 수 없을 만큼 삶에 대한 집착이 강한 남자다. 그는 누워서 이따금 왼쪽 가슴 위에 손을 얹고, 만일 여기를 쇠망치로 한 번 얻어맞는다면 하는 생각을 떠올릴 때가 있다. 탈 없이 건강하게 살아가고 있으면서도 살아 있다고 하는 이 틀림없는 사실을 거의 기적에 가까운 요행으로 느끼기조차 한다.

그는 가슴에서 손을 떼고 머리맡의 신문을 집어 들었다. 이불 속에서 양손을 꺼내 신문을 좌우로 크게 펼치자 왼쪽 면에 남자가 여자에게 칼부림하는 그림이 있었다. 그는 곧 다른 면으로 눈을 돌렸다. 거기에는 학교 분규에 관한 기사가 커다란 활자로 지면을 차지하고 있었다. 다이스케는 잠시 그 기사를 읽다가, 이윽고 나른한 손으로 신문을 이불 위로 툭 떨어뜨렸다. 그러고 나서 담배를 한 개비 피우며 약간 이불을 밀쳐낸 다음 다다미 위의 동백꽃을 집어서 코끝에 갖다 댔다. 입과 콧수염과 코가 온통 가려졌다. 담배 연기가 동백꽃잎과 꽃술에 얽히어 맴돌았다. 동백꽃을 하얀 요 위에 놓고 일어나 욕실로 갔다.

욕실에서 정성껏 이를 닦았다. 그는 고르게 난 자신의 치아에 대해 평소 흡족해하고 있었다. 윗옷을 벗고 가슴과 등을 깨끗이 문질렀다. 그의 피부에서는 섬세한 윤기가 돌았다. 향유를 바른 자리를 잘 닦아낸 것처럼 어깨를 움직이거나 팔을 올릴 때마다 지방질이 살짝 퍼져 있는 부분이 보인다. 그는 그것 또한 만족스러웠다. 이어서 검은 머리에 가르마를 탔다. 기름을 바르지 않아도 머리는 신기할 정도로 말을 잘 들었다. 수염도 머리와 마찬가지로 섬세하고 산뜻하게 입 위를 품위 있게 덮고 있다. 다이스케는 통통한 뺨을 양손으로 두세 번 어루만지며 거울에 자신의 얼굴을 비춰보았다. 그건 마치 여자가 분을 바를 때의 손놀림과도 같았다. 실제로 그는 필요하다면 분조차 바를 만큼 자기 용모에 긍지를 가진 사람이다. 그가 가장 싫어하는 것은 나한과 같은 골격과 얼굴 표정이다. 그는 거울 앞에 설 때마다 그런 얼굴로 태어나지 않아서 정말 다행이라고 생각하곤 한다. 남들로부터 멋쟁이라는 말을 들어도 거북스러워하는 일이 없다. 그 정도로 그는 구시대적 통념으로부터 멀리 벗어나 있다.

약 삼십 분 후에 그는 식탁에 앉았다. 뜨거운 홍차를 마시면서 구운 빵에 버터를 바르고 있는데, 가도노[門野]라는 서생(書生)이 객실에서 신문을 가져왔다. 네 겹으로 접은 신문을 방석 옆에 놓으면서,

"선생님, 엄청난 일이 벌어졌는데요."

라며 과장된 어조로 말을 걸었다. 이 서생은 다이스케를 대할 때는 "선생님, 선생님." 하고 경칭을 쓴다. 다이스케도 처음에는 한두 번 쓴웃음을 지으며 만류했지만, "하지만 선생님." 하고 금세 선생님이라고 부르는 바람에 하는 수 없이 그대로 내버려 둔 것이 어느새 습관이 되어버렸다. 이제 서생에게만은 자연스럽게 선생님으로 통하고 있다. 실제로 서생이 집주인인 다이스케를 부르기에는 선생님 이외에 달리 적당한 호칭이 없다는 점을 다이스케는 서생을 둬보고 나서야 비로소 깨달았다.

"학교 분규 건 말인가?"

라고 말하며 다이스케는 대수롭지 않다는 표정으로 빵을 먹었다.

"정말이지 통쾌하지 않습니까?"

"교장을 배척한 것 말인가?"

"네, 아무래도 사직하게 되겠죠."

라며 기쁜 표정을 지었다.

"교장이 사직이라도 하면 자네에게 뭔가 득될 일이라도 있나?"

"그런 말씀 마십시오. 그런 손익을 따져서 통쾌해하는 것은 아니니까요."

다이스케는 계속 빵을 먹었다.

"자네는 이번 분규에서 사람들이 정말로 교장이 미워서 배척하는 것인지, 아니면 손익 문제가 걸려 있어서 배척하는 것인지 알고 있나?"

이렇게 말하며 쇠주전자 속의 뜨거운 물을 홍차 잔에 부었다.

"모르겠는데요. 그럼 선생님은 알고 계십니까?"

"나도 모르지. 모르긴 하지만, 요즈음 사람들이 아무런 이득도 없는데 그런 소동을 일으킬까? 그건 방편이야."

"으음, 그런가요?"

가도노는 약간 진지한 표정을 지으며 말했다. 다이스케는 그러고는 입을 다물어버렸다. 가도노는 이 이상은 전달되지 않는 사람이다. 이 이상은 아무리 말해도 시치미 떼고 '으음, 그런가요?' 하는 식의 반응만을 보일 뿐이다. 이쪽에서 하는 말에 대해 긍정하는 것인지 부정하는 것인지 도무지 갈피를 잡을 수가 없다. 다이스케는 그런 점이 신경이 쓰이지 않아 좋다고 생각해서 그를 서생으로 받아들였던 것이다. 그렇지만 그는 학교에도 가지 않고 공부도 하지 않은 채 하루 종일 빈둥대고 있다. 그래서 "자네, 외국어라도 좀 배워보면 어떻겠나?"라고 묻는 때도 있다. 그러면 가도노는 언제나 "그럴까요?"라든지, "역시 그래야 할까요?"라고 대답할 뿐이다. 결코 해보겠다는 말은 하지 않는다. 그렇게 나태해서야 분명한 대답을 할 수도 없다. 다이스케로서도 가도노를 교육할 의무가 있는 것도 아니어서 그냥 내버려 두었다. 다행히 머리와는 달리 몸은 잘 움직이는 편이어서 다이스케는 그 점을 퍽 높이 사고 있다. 다이스케뿐만 아니라 전부터 있어온 아주머니도 가도노 덕분에 요즈음은 많은 도움을 받았다. 그 때문에 아주머니와 가도노는 매우 사이가 좋다. 다이스케가 집을 비울 때면 곧잘 둘이서 대화를 나누곤 한다.

"선생님은 도대체 뭘 할 생각일까요, 아주머니?"

"저런 분이라면 뭐든지 할 수 있지. 걱정할 필요 있으려고."

"걱정하는 것은 아니지만, 뭐라도 했으면 해서요."

"결혼이라도 하신 다음에 천천히 할 일을 찾으실 생각이시겠지, 뭐."

"참 부럽기도 하다. 나도 저렇게 하루 종일 책을 읽거나 음악을 들으러 다니면서 지냈으면 하네요."

"자네가 말이야?"

"책은 읽지 않더라도 저렇게 놀면서 지낼 수만 있다면……."

"그건 모두 전생에 이미 정해진 길이니까 어쩔 도리가 없지."

"역시 그럴까요?"

대개 이런 투의 대화다. 가도노가 다이스케의 집으로 옮겨 오기 이 주일 전에는 독신인 젊은 주인과 이 식객 사이에 다음과 같은 대화가 오갔다.

"자네는 어느 학교에 다니고 있나?"

"전에는 다녔었지만, 지금은 그만두었습니다."

"원래 어딜 다녔지?"

"어디라고 할 것 없이 여기저기 다녔습니다. 하지만 아무래도 쉬 싫증을 내는 성격이라서……."

"금방 싫어지던가?"

"글쎄요, 그런 편이죠."

"그럼 그다지 공부할 생각이 없는 모양이지?"

"예, 별로 생각이 없습니다. 게다가 요즈음에는 집안 형편도 그다지 좋지 않으니까요."

"우리 집 아주머니가 자네 어머님과 아는 사이라고 하던데."

"네, 예전에 아주 가까이에서 사셨거든요."

"어머니는 역시……."

"역시 하찮은 부업을 하고 계십니다만, 아무래도 요즈음은 불경기라서 벌이가 그다지 신통치 않은 듯합니다."

"신통치 않은 듯하다니, 함께 살고 있지 않나?"

"함께 살고 있긴 합니다만, 귀찮아서 물어본 적이 없습니다. 여하튼 자주 푸념을 늘어놓곤 하는 모양입니다."

"그럼 형님은?"

"형은 우체국에 다니고 있습니다."

"가족은 그뿐인가?"

"그 외에 동생이 있습니다. 동생은 은행에서…… 하지만 사환을 겨우 면한 정도죠."

"그럼 놀고 있는 것은 자네뿐이잖나?"

"그런 셈입니다."

"그러면 자네는 집에 있을 때 뭘 하며 지내나?"

"글쎄요, 대개 잠을 자죠. 아니면 산책을 하든가 하고요."

"다른 가족들이 모두 돈벌이를 하고 있는데 자네만 놀고 지내는 것이 괴롭지 않은가?"

"뭐, 그렇지도 않습니다."

"무척이나 화목한 가정인가 보군."

"그다지 싸움 같은 건 하지 않습니다, 신기하게도."

"하지만 어머님이나 형님은 하루빨리 자네가 독립해 주기를 바랄 텐데."

"그럴지도 모르죠."

"자네는 퍽이나 태평스러운 성격인 듯하군. 정말로 그렇게 생각하고 있는가?"

"예, 별로 거짓말을 할 생각도 없습니다."

"그렇다면 자넨 진짜 낙천가로군."

"네, 말하자면 낙천가라고 할 수 있겠죠."

"형님은 올해 몇 살이지?"

"글쎄요, 아마 스물여섯일 겁니다."

"그럼 이제 결혼도 해야 할 것 아닌가? 형님이 결혼하더라도 지금처럼 지낼 생각인가?"

"그것은 그때 가봐야지요. 저 자신도 잘 모르겠습니다만, 어떻게든 되리라 생각합니다."

"그밖에 친척은 없나?"

"숙모님이 한 분 계시긴 합니다. 지금 요코하마에서 해운업을 하고 계시죠."

"숙모님께서 말인가?"

"숙모님이 하신다기보다는, 말하자면 숙부님이 하시는 거죠."

"거기라도 부탁해서 일자리를 얻어보면 어떻겠나. 해운업이라면 사람이 꽤 많이 필요할 테니까."

"제가 천성적으로 게으른 편이라는 걸 아시니까 아마도 거절하실 겁니다."

"그렇게 스스로 단정 지어서야 되겠나. 실은 자네 어머님께서 우리 집 아주머니를 통해서 자네를 우리 집에서 지내게 해 달라고 부탁하셨다고 하더군."

"네, 뭔가 그 비슷한 얘기를 하더군요."

"그래, 자네 스스로는 도대체 어쩔 생각인가?"

"글쎄요, 되도록 게으름을 피우지 않고……."

"우리 집에 올 생각인가?"

"그랬으면 합니다."

"하지만 잠이나 자고 산책만 해서는 곤란하지."

"그건 염려 마십시오. 몸은 튼튼한 편이니까요. 목욕물이라도 긷고 그러겠습니다."

"수도가 있으니 목욕물은 길어오지 않아도 되네."

"그럼 청소라도 하지요."

가도노는 이런 조건으로 다이스케의 서생이 된 것이다.

다이스케는 이윽고 식사를 끝내고 담배를 피우기 시작했다. 그때까지 찬장 뒤에서 무릎을 감싼 채 우두커니 기둥에 기대고 있던 가도노는 이때다 하고 다시 주인에게 질문을 던졌다.

"선생님, 오늘 아침엔 심장 상태가 좀 어떠십니까?"

얼마 전부터 생기기 시작한 다이스케의 버릇을 알고 있기에 약간은 놀리는 듯한 말투다.

"오늘은 아직 괜찮아."

"내일쯤 되면 무슨 일이라도 날 것처럼 말씀하시네요. 정말이지, 선생님처럼 건강에 그렇게 신경을 써서야…… 그러다가 나중에는 정말로 병에 걸리게 될지도 모르겠네요."

"이미 병에 걸렸다네."

가도노는 단지 "그럴까요?"라는 대꾸만 한 채, 윤기가 흐르는 다이스케의 안색과 겉옷 틈새로 드러나는 살집이 좋은 어깨 언저리를 바라보았다. 다이스케는 이럴 때면 늘 이 청년이 가엾어진다. 그가 보기에 이 청년의 머리에는 소의 뇌가 들어차 있다고밖에 생각할 수가 없었다. 이야기를 시켜보면 보통 사람의 절반 정도밖에 따라오지 못한다. 간혹 옆길로 새기라도 하면 이내 길을 잃어버린다. 논리로 다져진 지반을 위에서부터 파 내려간 갱도 같은 곳에는 애당초 발을 들여놓을 생각도 못 한다. 신경계로 말할 것 같으면 더더욱 형편이 없다. 마치 성긴 밧줄로 얼기설기 짜놓은 듯하다. 이 청년의 생활 태도를 들여다본 다이스케로서는 그가 결국 무엇 때문에 힘들여 숨을 쉬며 생존하고 있는지 의아한 생각마저 들었다. 그런데도 그는 태평스럽게 빈둥거린다. 게다가 그렇게 빈둥거리는 것을 주인의 생활 태도와 비슷하다고 생각하며 은근히 자랑스럽게 여기는 눈치다. 또한 다부진 육체를 내세워 오히려 주인의 신경을 건드리려고 한다. 다이스케의 신경은 그만이 가지고 있는 빈틈없는 사고력과 예민한 감수성에 대해 지불해야 할 세금이다. 고상한 교육을 받은 대상(代償)으로서의 고통이다. 그것은 좋은 가문에서 태어난 탓에 받아야 하는 불문의 형벌이다. 그러한 희생을 감수했기에 자신은 지금의 자신이 될 수 있었다. 아니, 어떤 때는 그러한 희생 그 자체에 인생의 진정한 의의가 있다고 생각하기도 한다. 하지만 가도노가 그런 것을 이해할 리 만무하다.

"가도노 군, 우편물 온 거 있나?"

"우편물 말입니까? 글쎄요. 아, 왔습니다. 엽서와 편지가. 책상 위에 두었습니다. 가서 가지고 올까요?"

"아니, 내가 그리 가도록 하지."

다이스케의 말투가 개운치 않은 듯해서 가도노는 곧 일어섰다. 그리고 엽서와 편지를 가지고 왔다. 엽서는 '오늘 2시 도쿄 도착, 바로 앞면에 적힌 여관에 투숙, 우선 이 점만을 알리고 내일 오전에 만나고 싶음.'이라고 연한 먹으로 흘려 쓴 지극히 간략한 내용으로, 앞면에는 우라진보초에 있는 여관 이름과 히라오카 쓰네지로[平岡常次郎]라는 발송인의 이름이 뒷면과 같은 거친 글씨체로 쓰여 있었다.

"벌써 왔구먼. 어제 도착했나 보군."

하고 혼잣말처럼 중얼거리고 나서 이번에는 편지를 집어 드니, 아버지의 필적이 분명했다. 이삼 일 전에 돌아왔고, 급한 일은 아니지만 이것저것 할 이야기가 있으니 이 편지가 도착하는 대로 곧 와달라는 내용이었다. 그다음에는 교토에 벚꽃이 아직 활짝 피지 않았다느니 급행열차가 만원이어서 답답했다느니 하는 한가로운 내용이 몇 줄 적혀 있었다. 다이스케는 편지를 접으며 묘한 표정으로 엽서와 편지를 비교해 보고 있었다.

"자네, 전화 좀 걸어주지 않겠나? 집으로 말일세."

"아, 본가에 말입니까? 걸어서 뭐라고 말씀드리죠?"

"오늘은 약속이 있어서 만나야 할 사람이 있으니 찾아뵙지 못하고, 내일이나 모레쯤에는 꼭 찾아뵙겠다고 말씀드리게."

"네, 어느 분께 말씀드리죠?"

"아버지가 여행에서 돌아오셔서 할 말이 있다고 잠깐 들르라고 하시는데…… 뭐, 꼭 아버지께 직접 말씀드리지 않아도 되니까 아무에게나 그렇게 전하게."

"네."

가도노는 곧장 나갔다. 다이스케는 식당에서 객실을 지나 서재로 돌아갔다. 둘러보니 말끔히 청소가 되어 있었다. 떨어진 동백꽃도 어디론가 쓸려나가 버리고 없었다. 다이스케는 꽃병 오른쪽에 있는 조립식 책장 앞으로 가서 위에 올려놓았던 무거운 앨범을 손에 들었다. 금으로 된 잠금쇠를 풀고, 선 채로 한 장 한 장 넘기기 시작하다 중간쯤 이르러서 갑자기 손을 멈추었다. 거기에는 스무 살쯤 된 여자의 상반신 사진이 있었다. 다이스케는 눈을 내리뜨고 여자의 얼굴을 물끄러미 들여다보았다.

2

옷이라도 갈아입고 히라오카의 숙소로 찾아가 보려고 생각하고 있던 참에, 때마침 히라오카가 다이스케를 찾아왔다. 덜컹덜컹거리며 인력거를 문 앞까지 타고 와서 여기다, 여기 하며 인력거를 세우는 목소리는 분명히 삼 년 전에 헤어질 때의 목소리 그대로였다. 현관에서 맞이하는 아주머니를 붙들고는 숙소에 지갑을 두고 와서 그러니 이십 전만 빌려달라고 하는 말투는 학창 시절의 히라오카를 연상케 했다. 다이스케는 현관까지 달려나가 금방이라도 옛 친구의 손을 붙잡을 듯이 하며 객실로 안내했다.

"어쩐 일인가? 자, 편히 앉게나."

"어, 의자가 있구먼."

하면서 히라오카는 안락의자에 몸을 내던지듯 털썩 주저앉았다. 십오 관[1] 이상 나감직한 자신의 몸을 서 푼어치의 가치도 없다고 여기는 듯한 태도였다. 그러고 나서 빡빡 깎은 머리를 의자의 등받이에 기대더니 잠시 방 안을 둘러보면서,

"꽤 좋은 집이네. 생각했던 것보다 훨씬 좋은데."

하며 감탄했다.

다이스케는 말없이 궐련상자의 뚜껑을 열었다.

"그 후 어떻게 지냈나?"

"이렇다 저렇다 한마디로 말하기도 곤란하고, 글쎄 천천히 얘기하도록 하지."

"전에는 편지가 자주 와서 소식을 알 수 있었는데 요즘은 통 편지를 보내지 않으니 말이야."

"자네에게만이 아니라 어디고 모두 소식을 끊었었지."

라며 히라오카는 갑자기 안경을 벗고 양복 주머니에서 잔

---

1) 약 오십육 킬로그램에 해당한다.

뜩 구겨진 손수건을 꺼내서는 눈을 껌벅거리며 닦기 시작했
다. 그는 학창 시절부터 근시였다. 다이스케는 물끄러미 그 모
습을 바라보았다.

"나는 그렇다 치고 자네는 어떤가?"

라고 말하면서 히라오카는 가는 안경다리를 귀 뒤쪽으로
고정시키려고 양손을 들어올렸다.

"나는 여전하지."

"그게 가장 좋은 거야. 나는 너무 변화무쌍해서 탈이지."

그러고 나서 히라오카는 얼굴을 찌푸리고 뜰을 내다보더니
갑자기 말투를 바꾸어서,

"어! 벚꽃이 있구먼. 이제 막 피기 시작한 것 같군. 역시 기
후가 상당히 다르단 말이야."

하고 말했다. 대화가 왠지 예전처럼 자연스럽지 못하다. 다
이스케도 약간 맥 빠진 어투로,

"거기는 상당히 따뜻하겠지?"

라고 내친김에 말을 건넸다. 그러자 히라오카가 이번에는 오
히려 지나치게 열띤 어조로,

"그럼, 상당히 따뜻하지."

라고 힘주어 대꾸했다. 마치 자신의 존재를 갑자기 의식해
서 깜짝 놀란 듯한 어투였다. 다이스케는 다시 히라오카의 얼
굴을 쳐다보았다. 히라오카는 궐련에 불을 붙였다. 그때서야
아주머니가 사기로 된 찻주전자에 차를 타서 가져왔다. 방금
쇠주전자에 물을 부었기 때문에 끓는 데 시간이 걸려서 죄송
하다는 변명을 하며 탁자 위에 쟁반을 놓았다. 두 사람은 아

주머니가 말하는 동안 자단(紫檀)으로 만든 쟁반을 보며 잠자코 있었다. 아무도 대꾸를 하지 않자 아주머니는 혼자서 짐짓 꾸며낸 웃음을 지으며 객실에서 나갔다.

"저 사람은 누구지?"

"일하는 아주머니인데 가정부로 두었지, 밥은 먹어야겠기에."

"붙임성 있는데."

다이스케는 붉은 입술의 양끝을 활 모양처럼 약간 끌어내리면서 깔보듯이 웃었다.

"지금까지 이런 곳에서 일해본 적이 없으니까."

"자네 집에서 누군가 데려와도 되잖나. 많이 있잖아?"

"전부 젊은 사람들만 있어서."

라고 다이스케는 진지하게 대답했다.

히라오카는 이때 처음으로 소리를 내서 웃었다.

"젊으면 더욱 좋지 않나?"

"어쨌든 우리 집에 있는 사람들은 안 돼."

"저 아주머니 말고 누가 또 있나?"

"서생이 한 명 있지."

가도노는 어느새 돌아와서 부엌에서 아주머니와 얘기를 하고 있었다.

"그뿐인가?"

"그뿐이야. 왜?"

"아직도 장가가지 않았나?"

다이스케는 약간 얼굴을 붉힌 듯했으나, 이내 아무렇지도 않은 듯 침착해졌다.

"장가를 들었다면 자네에게 알리지 않았겠나? 그보다도 자네의……."

라고 말하려다 갑자기 입을 다물었다.

다이스케와 히라오카는 중학교 때부터 아는 사이로, 특히 대학을 졸업하고 나서 일 년간은 거의 형제처럼 친하게 지냈었다. 그때는 서로 모든 것을 털어놓고 서로에게 도움이 될 만한 얘기를 주고받는 것이 두 사람에게 있어서 최고의 즐거움이기도 했다. 그것이 말로 그치지 않고 실행으로 옮겨지는 일도 적지 않았으므로, 그들은 서로를 위해서 입 밖에 낸 모든 말에는 즐거움뿐만 아니라 일종의 희생이 언제나 내포되어 있다고 굳게 믿었다. 그리고 그 희생을 당장 치르고 나면 그 즐거움이 고통으로 돌변할 수도 있다는 진부한 사실은 깨닫지 못했다. 일 년 후에 히라오카는 결혼했다. 그와 동시에 자신이 근무하고 있던 은행의 게한[2] 지방에 있는 어느 지점으로 전근을 가게 되었다. 다이스케는 떠나는 날 신혼부부를 신바시 역까지 전송하러 나가 쾌활한 목소리로 "곧 돌아오게나." 하며, 히라오카의 손을 잡았다. 히라오카는 "하는 수 없지. 당분간 참아야지."라고 내뱉듯이 말했으나, 안경 너머에는 득의만면한 눈빛이 부러울 정도로 번득였다. 그것을 본 순간, 다이스케는 갑자기 그 친구가 미워졌다. 집에 돌아와 하루 종일 방 안에 틀어박힌 채 생각에 잠겨 있었다. 형수와 함께 음악회에 가기로 한 약속까지 취소해 형수가 무척 걱정스러워 했을 정

---

2) 京阪. 교토와 오사카를 포괄하는 지역.

도였다.

히라오카는 자주 소식을 전해왔다. 잘 도착했다는 엽서, 거기서 새살림을 차렸다는 연락, 그것이 일단락되자 지점 근무에 관한 이야기, 자기의 장래 희망 등 이런저런 사연을 적어 보냈다. 편지가 올 때마다 다이스케는 항상 정성껏 답장을 썼다. 그런데 이상하게도 답장을 쓸 때면 다이스케는 항상 어떤 불안감에 사로잡혔다. 어떤 때는 견딜 수 없어서 쓰다가 도중에 그만두어 버린 적도 있었다. 다만 히라오카 쪽에서 지난날 다이스케가 해준 일에 대해서 약간의 감사의 뜻을 전해오는 경우에만은 쉽게 글이 나가 비교적 순조롭게 답장을 쓸 수가 있었다.

그러는 동안 점점 편지 왕래가 뜸해져서 한 달에 두 번이 한 번으로 줄고, 그 한 번이 또 두 달, 석 달 간격으로 벌어졌다. 그러자 편지를 쓰지 않는 편이 오히려 불안하게 느껴져서 단지 그런 불안한 느낌을 떨쳐버리기 위해 그저 인사치레의 편지를 쓴 적도 있었다. 그런 식으로 반년 정도 지속되는 동안 다이스케의 머리도 가슴도 점점 조직이 변해가는 듯했다. 그런 변화와 더불어 히라오카에게 편지를 쓰든 안 쓰든 전혀 불안감을 느끼지 않게 되었다. 실제로 다이스케는 분가한 다음에도 약 일 년 남짓은 연초에 연하장을 보내는 김에 지금의 주소를 알렸을 정도이다.

그렇지만 히라오카에 대해서 완전히 잊고 지낼 수만은 없는 어떤 이유가 있었다. 이따금 그에 대한 생각이 머릿속에 떠오르곤 했다. 지금쯤 어떻게 지내고 있는지 이모저모 떠올려

보기도 했다. 하지만 단지 머릿속으로 떠올릴 뿐이지 직접 안부를 물어본다든지 할 만큼 노심초사하는 모습을 보일 용기도, 그럴 필요도 그다지 느끼지 못한 채 지금까지 지내왔었는데, 이 주일 전에 갑자기 히라오카로부터 편지가 온 것이다. 머지않아 그곳을 떠나 도쿄로 올 예정이라는 내용이었다. 그러나 위에서 승진의 뜻으로 발령 내린 대로 가는 것이라고 생각해서는 곤란하고, 나름대로의 생각이 있어서 갑자기 직업을 바꾸어보려고 하니 도쿄에 도착하거든 아무쪼록 잘 부탁한다고 적혀 있었다. 아무쪼록 잘 부탁한다는 말이 정말로 뭔가를 부탁하겠다는 뜻인지, 아니면 단순히 의례적인 표현인지는 확실하지 않지만, 히라오카의 일신상에 급격한 변화가 있는 것만은 분명한 사실이다. 다이스케는 그때 섬뜩했었다.

그래서 만나자마자 그런 변화의 자초지종을 물어보려고 벼르고 있었는데, 안타깝게도 대화가 빗나가 버려 쉽사리 본론으로 들어갈 수 없었다. 기회를 엿보아 다이스케가 이야기를 꺼내면, "뭐 천천히 얘기하지."라는 식으로 적당히 얼버무리고 좀처럼 속내를 털어놓지 않았다. 다이스케는 하는 수 없이 결국에는,

"오랜만에 만났으니 이 근처에서 식사나 하지."

라고 제안했다. 히라오카가 나중에 천천히 하자며 내키지 않아 하는 것을 억지로 끌고 근처의 양식집으로 갔다.

거기서 두 사람은 술을 꽤 마셨다. "먹고 마시는 것은 옛날 그대로군."이라는 말이 나오자 어색했던 대화는 점점 부드럽게 풀려나갔다. 다이스케는 이삼 일 전에 구경 갔던 니콜라이 성

당의 부활절 축제에 대해서 쾌활하게 이야기했다. 축제는 밤 12시를 기해서 온 세상이 잠들어 고요해질 무렵에 시작된다. 참배자들이 긴 복도를 돌아서 본당으로 돌아오면, 어느새 수천 개의 촛불이 일시에 켜진다. 사제복을 입은 사제들이 줄을 지어 건너편을 지날 때, 검은 그림자가 아무 무늬도 없는 벽에 무척 커다랗게 비친다──히라오카는 안경 너머 쌍꺼풀 진 눈두덩이 술기운으로 벌겋게 된 채 턱을 괴고 듣고 있었다. 성당에서 나온 다이스케는 밤 2시쯤 넓은 오나리가(街)를 지나 어둠 속에 곧게 뻗은 심야의 철로를 따라서 혼자 우에노 숲까지 걸어가서 전등불이 환히 비추고 있는 벚꽃 속으로 들어갔다.

"사람들의 발길이 끊긴 밤 벚꽃놀이는 정말 좋더군."

하고 다이스케가 말했다. 히라오카는 잠자코 술잔을 비우더니 약간 비웃는 듯이 입가를 실룩거리며,

"좋겠지, 나는 아직 본 적이 없지만 말이야. ……하지만 그렇게 할 수 있는 동안은 그래도 팔자 좋은 거지. 사회에 나가 보면 좀처럼 그럴 엄두도 못 내니까."

라고 넌지시 상대방이 사회 경험이 없는 것을 훤히 안다는 듯이 말했다. 다이스케로서는 그의 말투보다도 그 내용이 불합리하게 느껴졌다. 그는 실생활을 통한 세상살이 경험보다도 부활절 밤의 경험이 인생에서 더 의의가 있다고 생각했기 때문이다. 그래서 이렇게 대꾸했다.

"나는 소위 사회생활의 경험만큼 어리석은 것은 없다고 생각한다네. 고통스러울 뿐이지 않나?"

히라오카는 취기 오른 눈을 약간 크게 떴다.

"생각이 꽤 바뀐 것 같군. 하지만 그 고통이 나중에는 약이 된다는 것이 예전의 자네 지론이지 않았던가?"

"그건 식견이 모자라는 청년이 세속적인 논리에 흠뻑 빠져 적당히 얘기하던 때의 지론이었지. 그런 생각은 이미 오래전에 버렸다네."

"하지만 자네도 이제는 세상에 발을 내디뎌야 하지 않겠나. 지금까지도 그렇게 생각한다면 곤란하지."

"세상에야 오래전에 발을 내디뎠지. 특히 자네와 헤어진 뒤로는 세상이 매우 넓어진 듯한 느낌이 들어. 단지 자네가 살아가는 세상과는 성격이 다를 뿐이지."

"그런 식으로 허세 부려봤자 곧 항복하고 말걸."

"물론 생활이 곤란해지면 언제라도 항복하게 되겠지. 하지만 당장 부족한 게 없는 사람이 뭐 하러 애써 그런 무의미한 경험을 해야 하겠나. 인도 사람이 외투를 입고 겨울이 오기를 기다리는 것과 마찬가지인걸."

히라오카의 양미간에 잠시 불쾌한 기색이 스쳐 지나갔다. 벌건 눈으로 한곳을 응시한 채 담배를 뻐끔뻐끔 피우고 있었다. 다이스케는 조금 심했다는 생각이 들어 부드러운 어조로 말했다.

"내가 아는 사람 중에 음악을 전혀 모르는 사람이 있어. 학교 선생인데 한곳만으론 생활하기 힘드니까 서너 곳을 드나들며 가르치고 있는데, 불쌍하게도 수업 준비를 하는 시간과 교단에 서서 기계적으로 입을 움직이는 시간 외에는 전혀 틈이 없는 거야. 일요일이면 모처럼 푹 쉰다는 명목으로 하루 종일 잠만 쿨쿨 자고. 그러니 어디서 음악회가 있다 해도, 외국에서 정상급 음악가가 온다 해도 들으러 갈 기회가 없을 수밖에. 결국 음악이라는 어떤 아름다운 세계에는 전혀 발을 들여놓지도 못하고 죽게 되는 거지. 내가 보기에는 이만큼 불쌍한 무경험은 없다고 생각해. 빵과 관련된 경험은 절실한 것일지는 모르지만 사실은 저열한 거지. 빵을 떠나고, 물을 떠난 고상한 경험을 해보지 않고서야 인간으로 태어난 보람이 없지. 자네는 나를 아직도 철부지로 보고 있는 것 같은데, 내가 살고 있는 고상한 세계에서는 자네보다 내가 훨씬 연장자라고 생각하네."

히라오카는 궐련의 재를 재떨이 위에 털면서 가라앉은 목소리로,

"그래, 언제까지라도 그런 세계에서 살 수만 있다면 더할 나위 없겠지."

라고 말했다. 그 말에는 부(富)에 대한 일종의 저주 같은 것이 담겨 있는 듯이 들렸다.

두 사람은 취해서 밖으로 나왔다. 술기운으로 엉뚱한 토론을 했기에 정작 히라오카의 신상에 관한 이야기는 아직 전혀 진전이 없는 상태다.

"조금 걷지 않겠나?"

하고 다이스케가 제안했다. 히라오카도 아까 말하던 것과는 달리 별로 바쁘지도 않은 듯 건성으로 대답하고는 같이 걷기 시작했다. 큰길에서 꺾어 들어가 골목길로 나와 되도록 이야기하기 좋은 조용한 장소를 골라 걷고 있는 동안에 자연스

럽게 말문이 열려, 기다리던 이야기가 나왔다.

히라오카의 이야기는 이러했다. 부임 당시 그는 사무를 익히고 지방의 경제 상황을 조사하기 위해 상당히 바쁘게 일했다. 가능한 한 합리적으로 현지 사정에 맞는 계획을 세워보려했지만, 지위상 부득이 자신의 계획은 단지 계획으로만 미래의 시험용으로 머릿속에 간직해 두었다. 하긴 처음에는 여러모로 지점장에게 건의해 본 적도 있지만, 지점장은 늘 냉담한 반응이었고 전혀 상대해 주지 않았다. 복잡한 이론을 꺼내면몹시 언짢아했다. 풋내기가 뭘 알겠느냐는 식이었다. 그러면서도 그 자신은 실제로 아무것도 모르는 것 같았다. 히라오카가보기에 지점장의 그런 태도는 자신이 상대할 가치가 없어서가 아니라 오히려 상대하기가 겁나서 그러는 것 같았다. 히라오카는 그 점이 못마땅했다. 싸울 뻔한 적도 한두 번이 아니었다.

하지만 날이 감에 따라 어느덧 그런 불만도 사라져 가고 점차로 히라오카는 주위의 분위기와 잘 어울리게 되었다. 그리고 되도록이면 그러려고 노력했다. 그러자 지점장의 태도도 점차 달라졌다. 때로는 지점장이 먼저 의논을 해오는 경우도 있었다. 그러면 히라오카도 이제 학교를 갓 졸업한 행원이 아니므로 상대방이 이해하지 못하거나 곤란해할 말은 가능한 한하지 않으려 했다.

"무턱대고 아첨을 한다든지, 비위를 맞추려고 하는 것과는다르지만."

하고 히라오카는 애써 강조했다. 다이스케는 진지한 표정

으로,

"그야 물론 그럴 테지."라고 대꾸해 주었다.

지점장은 히라오카의 장래에 대해서 여러모로 신경을 써주었다. 머지않아 본점으로 돌아갈 차례가 되니 그때는 같이 가자는 등 농담 반 진담 반의 약속까지 했다. 그 무렵에는 사무에도 익숙해지고 신임도 두터워진 데다 교제 범위도 넓어져서 자연히 공부할 틈이 없어졌는데, 한편으로는 공부가 오히려 실무에 방해가 되는 듯한 느낌마저 들기도 했다.

지점장이 히라오카에게 모든 일을 털어놓듯이 히라오카는 자신의 부하인 세키라는 행원을 신임해 이런저런 의논 상대로 삼았다. 그런데 그 행원이 어떤 게이샤와 가깝게 지내면서 어느 틈엔가 공금을 유용해 회계에 차질을 빚었다. 결국 그 사실이 탄로 난 뒤, 당사자가 해고를 당하는 것은 당연했지만, 그대로 내버려 두면 지점장까지 다소 곤란해질 상황이었기에 책임을 지고 사직을 자청했다.

히라오카의 이야기는 대략 이런 내용이었지만, 다이스케에게는 지점장의 설득으로 히라오카가 결단을 내릴 수밖에 없는 상황이었던 것처럼 들렸다. 왜냐하면 히라오카의 말끝에 "회사원이란 지위가 높아지면 높아질수록 수완이 좋아지는 법이야. 사실은 세키가 겨우 그 정도 돈을 썼다고 해서 바로 파면이 된다면 그건 딱한 일이지."라는 대목이 있었기에 그런 추측을 했던 것이다.

"그럼 지점장이 가장 실속을 차리는 셈인가?"

하고 다이스케가 물었다.

"어쩌면 그럴지도 모르지."

라며 히라오카는 말끝을 흐렸다.

"그래서, 그 행원이 써버린 돈은 어떻게 했지?"

"천 엔이 채 안 되는 돈이었기에 내가 메워주었네."

"용케도 그런 돈이 있었군. 자네도 꽤 실속을 차렸던 모양이구면."

히라오카는 씁쓸한 표정으로 다이스케를 힐끗 쳐다보았다.

"설사 실속을 차렸다 해도 그 돈은 다 써버리고 없었지. 생활하기에도 부족할 정도였으니까. 그 돈은 빌린 거야."

"그래?"

하고 다이스케는 침착하게 대꾸했다. 다이스케는 어떤 경우에도 평정을 잃지 않는 사람이다. 그런 그의 목소리는 차분하고 분명한 동시에 일종의 온화함이 배어 있었다.

"지점장한테 빌려서 채워 넣었지."

"왜 지점장이 직접 그 세키라는 행원에게 빌려주지 않았을까?"

히라오카는 아무 대꾸도 하지 않았다. 다이스케도 더 이상 캐묻지 않았다. 두 사람은 말없이 잠시 걸었다.

다이스케는 히라오카가 이야기한 것 말고도 뭔가 사연이 더 있는 게 틀림없다고 생각했다. 하지만 그는 더 이상 진상을 파헤칠 권리가 없다는 것을 스스로 알고 있었다. 또한 그런 호기심을 느끼지 못할 만큼 지나치게 도시화되어 있었다. 이십 세기의 일본에 살고 있는 그는 서른도 채 안 된 나이에 이미 '닐 아드미라리'[3]의 경지에 달해 있었다. 그의 사고는 인간의 어두운 세계를 접하고 깜짝 놀랄 정도로 촌스럽지는 않았다. 그의 신경은 그런 진부한 비밀을 캐내며 기뻐할 만큼 따분함에 시달리지도 않았다. 아니, 그것보다 훨씬 기분 좋은 자극이라 할지라도 기꺼이 받아들이기 힘들 정도로 지쳐 있었다고 할 수 있다.

다이스케는 히라오카가 살고 있는 세계와는 너무도 동떨어진 자기 자신만의 독자적인 세계에서 이미 이만큼 진화——진화의 이면에는 반드시 퇴화가 수반된다는 사실은 동서고금을 통해 슬퍼해야 할 현상이지만——해 있었던 것이다. 그것을 히라오카는 전혀 모른다. 그는 다이스케를 아직도 구태의연한 상태에서 벗어나지 못한, 삼 년 전의 풋내기로 보는 듯하다. 이런 철부지에게 자신의 약점을 전부 털어놓아서는 공연히 말똥을 던져 아가씨를 놀라게 하는 결과가 되기 쉽다. 쓸데없는 말을 해서 기분 상하게 하기보다는 가만히 있는 편이 안전하다——다이스케는 히라오카의 마음속을 이렇게 읽었다. 그래서 히라오카가 자기에게 대답도 하지 않고 말없이 걷는 것이 어쩐지 바보스럽게 여겨졌다. 히라오카가 다이스케를 어린애 취급하는 것만큼, 아니 어쩌면 그 이상으로 다이스케는 히라오카를 어린애 취급하기 시작했던 것이다. 하지만 두 사람이 삼십 미터쯤 지나 또다시 이야기를 시작했을 때에는 두 사람 다 그런 내색은 전혀 하지 않았다. 먼저 말문을 연 것은 다이스케였다.

---

3) nil admirari. 모든 일에 무관심하고 놀라지도 않는 심정을 뜻하는 라틴어.

"그래서 앞으로 어떻게 할 생각인가?"

"글쎄."

"지금까지의 경험도 있고 하니까 역시 같은 직종이 좋을지도 모르겠군."

"글쎄. 사정에 따라 그럴 수도 있겠지. 사실은 자네에게 차분히 상의하려던 참이었어. 어떤가, 자네 형님 회사에 일자리가 없을까?"

"그래, 부탁해 보지. 이삼 일 사이에 집에 갈 일이 있으니까. 하지만 잘될지 모르겠군."

"혹시 회사가 안 된다면 신문사에라도 들어가려고 하고 있지."

"그것도 좋겠군."

두 사람은 다시 전차가 다니는 큰길로 나왔다. 히라오카는 반대편에서 오는 전차 지붕을 쳐다보고 있다가 갑자기 그걸 타고 돌아가겠다고 말했다. 다이스케는 그래 하고 대답하고는 말리지도, 그렇다고 해서 바로 헤어지지도 않은 채 빨간 막대기가 서 있는 전차 정류장까지 왔다. 거기에서,

"미치요[三千代] 씨는 어떻게 지내고 있나?"라고 물었다.

"고마워. 여전하다네. 자네에게 안부 전해달라고 하더군. 사실은 오늘 데리고 오려 했는데 흔들리는 기차에 시달려 머리가 아프다고 해서 여관에 두고 나왔지."

전차가 두 사람 앞에서 멈췄다. 히라오카는 빠른 걸음으로 두세 걸음 내디뎠으나 다이스케의 제지에 멈춰 섰다. 타야 할 전차는 아직 도착하지 않았던 것이다.

"아이 일은 참으로 안되었네."

"응. 가슴 아픈 일이었지. 그때는 일부러 위로 편지를 보내 줘 고마웠네. 어차피 죽을 바에야 태어나지 않는 편이 좋았 는데."

"그 후로는 어떤가? 아직 소식이 없나?"

"응, 아직이랄 것도 없이 이젠 어렵겠지. 몸이 그다지 좋지 않으니까 말이야."

"이렇게 옮겨 다닐 때에는 아이가 없는 편이 오히려 편해서 좋을지도 모르겠군."

"그야 그렇지. 아예 자네처럼 독신이라면 한결 마음이 편해 서 좋을지도 모르지."

"자네도 혼자가 되면 되잖나."

"농담 말게. 그보다도 집사람이 자네가 결혼을 했는지 여태 껏 안 했는지 퍽 궁금해하더군."

그때 전차가 왔다.

3

다이스케의 아버지 나가이 도쿠[長井得]는 메이지유신 당 시 전쟁에 나간 경험이 있을 정도로 나이가 많은데도 지극히 건강한 노인이다. 관직을 그만두고 나서 실업계에 뛰어들어 이 럭저럭하는 사이에 자연히 돈이 모여 근래 십사오 년 사이에 상당한 재산가가 되었다.

다이스케에게는 세이고[誠吾]라는 형이 있다. 학교를 졸업하고 바로 아버지가 관계하는 회사에 들어갔기 때문에 지금은 그곳에서 중요한 지위를 맡고 있다. 우메코[梅子]라는 부인과의 사이에 두 아이를 두었다. 아들은 세이타로[誠太郞]라고 하며 열다섯 살이다. 그 아래 여자아이는 누이코[縫子]라고 하며 세 살 터울이 진다.

다이스케에게는 형 이외에 또 누나가 한 명 있는데, 외교관에게 시집가서 지금은 남편과 함께 서양에 나가 살고 있다. 세이고와 누나 사이에 또 한 명, 그리고 그 누나와 다이스케 사이에도 또 한 명의 형제가 있었으나 그 둘은 어릴 적에 죽었다. 어머니도 이 세상 사람이 아니다.

다이스케의 가족 구성은 이러하다. 그중에서 밖에 나가 있는 사람은 서양에 간 누나와 최근에 독립한 다이스케뿐이므로 본가에는 모두 다섯 명이 남아 있는 셈이다.

다이스케는 반드시 한 달에 한 번은 본가에 돈을 받으러 간다. 다이스케는 부모의 것인지 형의 것인지 알 수 없는 돈으로 살아가고 있다. 꼭 한 달에 한 번만은 아니고 심심하면 가기도 했다. 가서 아이들과 놀기도 하고 서생과 오목을 두기도 하고 형수와 연극 평을 주고받다가 돌아오기도 했다.

다이스케는 형수를 좋아했다. 형수는 덴포⁴⁾ 시대의 고풍스러움과 메이지의 현대풍을 마구 뒤섞어 놓은 듯한 인물이다. 일부러 프랑스에 있는 시누이에게 부탁해서 어려운 이름이 붙

---

4) 天保. 에도 시대의 연호로 1830년부터 1844년까지를 가리킨다.

은 상당히 비싼 옷감을 들여온 다음, 그것을 네댓 사람에게 꿰매게 해서 오비[5]를 만들어 입어보기도 하는 사람이다. 나중에 그것이 일본에서 수출한 것이라는 사실이 알려져 한바탕 웃음거리가 되기도 했다. 미츠코시 백화점 진열장에서 그것을 알아온 사람이 바로 다이스케였다. 그리고 서양 음악을 좋아해서 종종 다이스케와 함께 들으러 가곤 했다. 그런가 하면 점술에도 매우 관심이 있어 세키류시와 오지마라는 관상가를 퍽이나 숭배했다. 다이스케도 두세 번 형수에게 이끌려서 인력거를 타고 점쟁이 집까지 함께 간 적이 있다.

세이타로란 조카는 요즘 야구에 빠져 있다. 다이스케가 때때로 캐치볼 상대가 되어주기도 한다. 세이타로는 별난 욕심이 있는 아이다. 매년 많은 군고구마 장수들이 일제히 빙수 장수로 바뀌는 초여름이면 가장 먼저 달려가서 땀도 안 나는데 아이스크림을 사먹는다. 아이스크림이 없을 때는 대신 빙수라도 사먹었다. 그러고 나서 의기양양하게 돌아온다. 최근에는 만일 스모 상설 경기장이 생기게 되면 제일 먼저 들어가보고 싶다며, "삼촌, 스모 선수 중에 아는 사람 없어요?"라고 다이스케에게 물어본 적이 있었다.

누이코라는 여자아이는 무슨 말을 하면 "아이 참, 그만두세요."라고 새침을 뗀다. 그리고 하루에도 몇 번씩이나 리본을 바꿔 달았다. 요즘은 바이올린을 배우러 다닌다. 돌아오면 톱날을 세우는 듯한 소리를 내며 연습을 했다. 하지만 누가 보

---

5) 기모노를 입을 때 허리에 두르는 장식띠.

고 있으면 절대로 하지 않는다. 방문을 걸어 잠그고 끼익끼익 소리를 내니까 부모는 제법 잘하는 것으로 알고 있다. 다이스케만은 가끔 살짝 문을 열기 때문에 "아이 참, 안 돼요."라고 투정을 듣는다.

형은 대체로 집에 없을 때가 많다. 특히 바쁠 때면 집에서는 아침밥만 먹을 뿐이므로 아버지가 하루 종일 어떻게 지내는지 두 아이는 전혀 몰랐다. 다이스케 역시 아는 바가 없었다. 오히려 모르는 편이 더 나으므로 특별한 경우가 아니고는 형의 매일매일의 바깥 생활에 대해서는 전혀 관심을 두지 않았다.

다이스케는 두 조카에게 매우 인기가 있었다. 형수에게도 퍽이나 신임을 받았다. 형에게는 신임을 받는지 어떤지 알 수가 없다. 간혹 형제가 얼굴을 마주하게 되면 상투적인 이야기나 할 뿐이다. 서로가 아주 태연스럽게 말을 주고받는다. 늘 판에 박은 듯한 모습이다.

다이스케에게 가장 버거운 상대는 아버지다. 나이에 아랑곳하지 않고 젊은 첩을 거느리고 있지만 그건 아무래도 좋았다. 다이스케는 오히려 찬성하는 입장이다. 그럴 여유가 없는 사람들이 축첩(蓄妾)을 비난하는 것이라고 생각했다. 아버지는 매우 잔소리가 심한 편이다. 어릴 때는 아버지의 잔소리가 뼈에 사무칠 정도로 괴롭게 느껴진 적도 있었다. 하지만 성인이 된 지금은 그다지 난감해할 필요를 느끼지 않는다. 다만 견디기 힘든 것은 아버지가 자신의 청년 시절과 다이스케의 현재를 뒤섞어 생각하고 양쪽이 그리 다를 바가 없다고 믿고 있는 점이었다. 따라서 자신이 옛날에 세상을 살아가며 지녔던 마음가짐으로 다이스케도 처신하지 않으면 잘못이라는 논리를 펼치곤 했다. 하지만 다이스케는 뭐가 잘못이냐고 반문한 적이 없다. 그러니 결코 언쟁이 벌어지는 일은 없었다. 다이스케는 한때 불끈하는 성격이어서 열여덟, 열아홉 살 때 아버지와 정면으로 충돌한 적이 한두 번 있었지만, 나이가 들고 학교를 졸업하고서 어느 정도 세월이 흐르자 그런 성격이 어느덧 없어졌다. 그 후로는 여태까지 한 번도 화를 낸 적이 없다. 아버지는 그것을 자신의 훈육 효과로 믿고 내심 흡족해했다.

사실을 말하자면, 아버지의 이른바 훈육은 부자간에 오가는 따뜻한 정을 점점 냉각시켰을 뿐이다. 적어도 다이스케는 그렇게 생각했다. 하지만 아버지는 달리 생각하고 있다. 어떻게 대한다손 치더라도 결국 피를 나눈 부자간이 아닌가. 아들이 부모에 대해 선천적으로 느끼는 정은 아버지가 아들을 어떻게 다루든 간에 변할 리가 없다. 교육을 위해 다소 무리를 하더라도 그 결과는 결코 혈육의 정에 영향을 미치지 않는다—유교 정신이 몸에 밴 아버지는 이렇게 굳게 믿었다. 자신이 다이스케를 이 세상에 존재하게 했다는 단순한 사실이야말로 어떠한 불쾌하고 고통스러운 일에 대해서도 부자간의 영원한 애정을 보장해 주는 것으로 생각하는 아버지는 그러한 신념으로 밀고 나갔다. 그리고 결국에는 자신에게 냉담한 아들로 만들었다. 다만 다이스케의 졸업을 전후로 해서 아버지의 태도가 상당히 달라졌는데, 어떤 점에서는 놀랄 정도로 관대해진 면이 있다. 하지만 그것은 다이스케가 태어나자마자

세운 프로그램의 일부를 실천하고 있는 것일 뿐, 다이스케의 정신적 변화에 맞춘 적절한 조치는 아니었다. 자신의 교육이 다이스케에게 미친 악영향에 대해서는 지금까지도 전혀 알아차리지 못한다.

아버지는 전쟁에 참가했던 점을 매우 자랑스러워 한다. 걸핏하면 너 같은 녀석은 아직 전장에 나가본 적이 없으니까 배짱이 없어 글렀다고 몰아세웠다. 마치 배짱이 인간에게 주어진 최상의 능력이라도 된다는 듯한 말투다. 다이스케는 그런 말을 들을 때마다 불쾌했다. 아버지가 젊었을 때처럼 서로의 목숨을 마구 빼앗던 야만 시대에야 담력이 생존에 필요한 조건이었을지도 모르지만, 오늘날과 같은 문명 시대에는 궁술이나 검술과 다름없는 케케묵은 도구에 지나지 않는다고 다이스케는 생각했다. 아니, 오히려 담력과는 비교도 할 수 없는, 담력보다도 더 높이 평가해야 할 능력이 많이 있다고 생각했다. 아버지로부터 또 담력에 대한 설교를 한바탕 듣고 나서 아버지 말씀대로라면 이 세상에서 돌부처가 가장 훌륭한 존재인 셈이 된다며 형수와 한참 웃은 일도 있었다.

그런 생각을 가진 다이스케는 물론 겁쟁이다. 하지만 겁쟁이라서 창피하다는 생각은 아예 없었다. 어떤 때는 스스로를 겁쟁이라고 자처하고 싶을 정도다. 어렸을 때, 아버지가 부추기는 바람에 한밤중에 일부러 아오야마 공동묘지까지 간 적이 있다. 무서움을 참으며 한 시간쯤 있다가 더 이상 참을 수 없어서 새파랗게 질린 얼굴로 집에 돌아왔다. 그때는 스스로도 분한 생각이 들었다. 다음 날 아침 아버지로부터 비웃음을 당했을 때는 아버지가 믿기까지 했다. 아버지 말에 따르면, 자기가 어렸을 때는 담력을 키우기 위해서 한밤중에 채비를 하고 혼자서 성(城) 북쪽 십 리 정도 거리에 있는 검봉 꼭대기까지 올라가 거기에 있는 작은 법당에서 밤을 새우고 일출을 보고 돌아오는 관습이 있었다고 한다. 요즘 젊은이들과는 정신 상태부터 달랐다는 것이 아버지의 논평이었다.

진지한 얼굴로 이런 말들을 하는 아버지가 참 안됐다고 다이스케는 생각한다. 그는 지진을 싫어한다. 한순간의 진동에도 속이 울렁거렸다. 어떤 때는 서재에 꼼짝 않고 앉아 있다가 문득 '아! 지진이 멀리서부터 다가오는구나.' 하고 느낄 때가 있다. 그럴 때면 엉덩이 밑에 깔고 있는 방석이나 다다미, 혹은 마룻바닥까지도 분명히 흔들리는 것 같았다. 그는 바로 이런 것이 자신의 본래 모습이라고 믿었다. 아버지와 같은 사람은 신경이 무딘 촌사람이거나, 그렇지 않으면 자신을 속이는 어리석은 인간이라고밖에 생각할 수가 없었다.

다이스케는 지금 그런 아버지와 마주 앉아 있다. 차양을 길게 늘어뜨린 작은 방이어서 방 안에서 뜰을 보면 차양 끝으로 뜰을 칸막이한 것 같다. 적어도 하늘은 넓어 보이지 않았다. 그 대신 조용하고 차분해 앉아 있으면 편안해진다.

아버지는 잘게 썬 담배를 피우기 때문에 손잡이가 달린 긴 담배함을 앞으로 끌어당겨서 이따금 재떨이를 탕탕 쳤다. 그 소리는 조용한 뜰에 듣기 좋게 울렸다. 다이스케는 이집트 궐련 꽁초 네다섯 개비를 화로 안에 늘어놓았다. 더 이상 코로 연기를 내뿜는 것이 싫어져서 팔짱을 끼고 아버지의 얼굴을 쳐다보았다. 아버지의 얼굴은 나이에 비해 통통한 편이다. 그러면서도 볼은 홀쭉하다. 짙은 눈썹 밑의 눈꺼풀이 처져 보인다. 수염은 새하얗다기보다 오히려 노란빛을 띤다. 그리고 말을 할 때 상대방의 무릎과 얼굴을 번갈아 가며 쳐다보는 습관이 있다. 그때의 눈 움직임에 따라 얼핏 노려보는 것도 같아 상대방에게 묘한 기분을 느끼게 한다.

노인은 지금 이런 말을 하고 있다.

"인간이란 그렇게 자기 자신만을 생각해서는 안 된다. 세상도 생각해야 한다. 그리고 국가도 있다. 조금이나마 남을 위해서 뭔가 하지 않으면 마음이 편치 않은 법이다. 너도 그렇게 빈둥빈둥 놀고 있는 것이 마음 편할 리가 없을 테지. 교육도 받지 못한 하류층의 인간이라면 몰라도, 최고의 교육을 받은 사람이 놀고만 있어서야 결코 좋을 리가 없지. 배운 것은 현실에 응용해야 비로소 의미를 지니게 되는 법이니까."

"네."

라고 다이스케는 대답한다. 아버지의 설교를 들을 때마다 다이스케는 대답이 궁해지면 적당히 대꾸하는 것이 습관이 되었다. 다이스케가 보기에 아버지의 생각은 만사 불분명한 채로 자의적인 단정에서부터 비롯되므로 근본적으로는 전혀 의미가 없었다. 그뿐 아니라 방금 전엔 이타주의인 듯하다가도 어느새 이기주의로 바뀌기도 했다. 말만은 술술 그럴듯하게 나오지만, 요컨대 알맹이 없는 공론에 불과했다. 그것을 근본부터 무너뜨리려 하는 것은 매우 어려운 일이자 또한 필경 불가능한 일이므로 되도록 미리 건드리지 않으려 하고 있다.

그러나 다이스케를 자신의 태양계에 속하는 행성으로 여기는 아버지는 자신이 어디까지나 다이스케의 궤도를 지배할 권리가 있다는 확신으로 밀어붙였다. 그래서 다이스케도 하는 수 없이 아버지라는 늙은 태양 주위를 예의 바르게 도는 체하는 것뿐이었다.

"돈 버는 게 싫으면 안 해도 좋아. 반드시 돈을 버는 것만이 일본을 위한 길은 아닐 테니까. 꼭 돈을 벌지 않아도 좋다. 돈 때문에 이러쿵저러쿵하면 너도 기분이 나쁘겠지. 돈은 종전처럼 내가 지원해 주마. 나도 이제 언제 죽을지 모르고 죽을 때 돈을 가지고 갈 수도 없는 노릇이니까. 매달 네 생활비 정도야 어떻게든 해주지. 그러니 맘 잡고 뭔가 해보도록 해라. 국민의 의무로서 말이야. 너도 벌써 서른 아니냐."

"그렇습니다."

"서른이나 되어서 한량처럼 빈둥거리는 것은 아무래도 보기 좋지 않구나."

다이스케는 결코 빈둥거린다고는 생각하지 않는다. 단지 자신은 직업에 의해 더럽혀지지 않는 충실한 시간을 보내는 고귀한 부류의 인간이라고 생각할 뿐이다. 그런 말을 들을 때마다 사실은 아버지가 가엾어졌다. 아버지의 단순한 두뇌로는 이렇게 의미 있는 세월을 보내고 있는 것이 자신의 사상이나 정서에서 비롯된다는 사실을 전혀 알아차릴 수가 없다. 하는 수 없이 진지한 표정으로 대답했다.

"예, 곤란한 일이지요."

노인은 다이스케를 전적으로 어린애로 보고 있는 데다가

항상 어린애같이 단순하고 세상 물정을 모르는 대답만 하므로 한심하게 여기면서도, 철부지는 나이를 먹어도 어쩔 도리가 없으니 골치 아픈 일이라고 생각한다. 그런가 하면 다이스케의 말투가 지극히 태연하고 냉정하며 부끄러워하지도 않고 머뭇거리지도 않으며 아주 차분하기 때문에, 이놈은 감당할 수 없는 놈이라고 생각하기도 한다.

"몸은 건강하겠지?"

"근래 이삼 년 동안 감기 한 번 안 걸렸습니다."

"머리도 나쁜 편은 아니지 않느냐. 대학 성적도 꽤 좋은 편이었지?"

"그랬다고 할 수 있죠."

"그런데도 놀고 있는 것은 아까운 일이다. 그 누구라고 했더라. 아, 너를 자주 찾아오던 친구가 있었지? 나도 한두 번 본 적이 있는데."

"히라오카 말씀입니까?"

"그래, 히라오카 말이야. 그 친구는 그다지 성적이 좋았던 편도 아닌 것 같던데, 졸업하고서 바로 어딘가에 취직하지 않았느냐?"

"그 대신 해고당해서 돌아왔습니다."

노인은 쓴웃음을 짓지 않을 수 없었다.

"왜 그랬다더냐?"

"결국 먹고살기 위해서 일했기 때문이겠지요."

노인은 그 의미를 제대로 이해하지 못했다.

"뭔가 좋지 않은 일이라도 저질렀느냐?"라고 반문했다.

"그때그때 경우에 따라서 당연한 일을 했겠지만, 또한 그 당연한 것으로 인해 실패도 했겠지요."

"허어."

하고 노인은 내키지 않는 듯 대답했지만, 곧 어조를 바꿔서 설교를 하기 시작했다.

"젊은 사람들이 실패하기 쉬운 것은 전적으로 성실성과 열의가 부족하기 때문이다. 이 나이까지 일해온 경험으로 볼 때 아무래도 이 두 가지가 없으면 성공을 할 수가 없느니라."

"성실성과 열의가 있기 때문에 오히려 성공 못 하는 경우도 있겠지요."

"아니, 그런 일은 좀처럼 있을 수 없다."

아버지의 머리 위에는 『중용(中庸)』에 나오는 '성자천지도야(誠者天之道也)'6)라는 글이 쓰인 액자가 눈에 띄게 걸려 있다. 옛 영주가 직접 써준 휘호라고 하는데, 아버지는 그것을 끔찍이도 소중하게 여긴다. 다이스케는 이 액자가 매우 못마땅했다. 첫째 글씨가 싫었다. 게다가 글귀도 마음에 들지 않았다. 그는 참됨은 하늘의 길이라는 글귀 다음에, 사람의 길은 아니라고 덧붙이고 싶었다.

그 옛날 번(藩)의 재정 상태가 극도로 나빠져 도저히 손을 쓸 수 없게 되었을 때, 사태의 정리 역할을 담당하고 있던 나가이는 영주와 연고가 있는 상인을 두세 명 불러들여서 칼을 풀어놓고 그 앞에 머리를 숙이며 그들에게 잠시 돈을 빌려달

---

6) '참됨은 하늘의 길이니라.'라는 뜻이다.

라고 부탁한 적이 있다. 갚을 수 있을지 없을지 알 수가 없는 상태였으므로 솔직히 그것은 잘 모르겠다고 털어놓았는데, 그 때문에 그때 일이 잘 풀렸다. 그러한 연유로 영주가 이 액자를 써주었다. 그 후 나가이는 항상 이것을 자신의 방에 걸어두고 아침저녁으로 바라보았다. 다이스케는 이 액자의 유래에 대해 헤아릴 수 없을 정도로 많이 들어왔다.

지금으로부터 십오륙 년 전에 옛 영주의 집에서 매달 지출이 늘어나 가까스로 회복되었던 경제 상태가 다시 악화되기 시작했을 때에도 나가이는 그전의 수완을 인정받아 또다시 정리를 위탁받았다. 그때 나가이는 직접 목욕통에 장작을 지펴보고 실제 소비량과 장부상 소비량의 차이부터 조사하기 시작했는데, 밤낮으로 이 일에만 온갖 정성을 기울인 결과 채 한 달도 안 되어서 훌륭한 대책을 세웠다. 그 이후로 영주의 집은 비교적 풍족한 생활을 하게 되었다.

이러한 과거의 역사를 가진 데다 그런 과거의 역사로부터 한 발짝이라도 벗어나서 생각하는 것은 염두에 없는 나가이는 만사를 성실성과 열의로만 해결하려 한다.

"왠지 모르지만 너는 성실성과 열의가 결여된 듯이 보인다. 그래서는 안 돼. 그러니 아무 일도 할 수가 없는 거다."

"성실성도 열의도 있습니다만, 단지 그것을 현실적인 인간관계에서 행동으로 옮길 수가 없을 뿐입니다."

"왜지?"

다이스케는 다시 대답이 궁해졌다. 그는 성실성이든 열의든 간에 어떤 완성된 상태로서 자신의 내면에 간직돼 있는 것이 아니라 돌과 쇠가 부딪치면 불꽃이 튀듯이, 상대에 따라서 마찰이 잘 이루어질 때 당사자들 사이에 일어나는 현상이라고 생각했다. 자신에게 내재된 것이라기보다는 오히려 정신의 교환 작용이라 할 수 있다. 따라서 상대방이 나쁘면 성실성이나 열의가 생길 리 없다고 생각했다.

"아버님은 『논어』니 왕양명(王陽明)이니 하는, 금을 두들겨서 편 것 같은 사상을 그대로 받아들이시니까 그런 말씀을 하시는 거라고 생각합니다."

"금을 두들겨서 펴다니, 무슨 뜻이지?"

다이스케는 잠시 입을 다물고 있다가 이윽고,

"금을 두들겨서 편 상태 그대로 나오는 겁니다."라고 말했다. 나가이는 책벌레에다 편협하고 세상 물정 모르는 이 젊은 아들이 말하고 싶어 하는, 전혀 의미를 알 수 없는 경구(警句)에 대해 호기심은 있었지만 굳이 응대하려고 하지 않았다.

그리고 나서 약 사십 분 정도 지났을 때, 노인은 외출복으로 갈아입고는 인력거를 타고 어디론가 나갔다. 다이스케도 현관까지 배웅하러 나갔다가 되돌아와서 객실 문을 열고 안으로 들어갔다. 객실은 최근에 증축한 서양식 방으로, 내부 장식 등 대부분이 다이스케의 고안을 토대로 전문가가 시공한 방이다. 특히 채광창 주위에 붙인 장식화는 평소 잘 아는 어느 화가에게 부탁해서 여러모로 상의한 끝에 완성된 것이어서 유달리 눈길을 끈다. 다이스케는 일어선 채 두루마리 그림을 펼쳐놓은 듯이 가로로 긴 그림의 색채를 바라보았는데, 어쩐지 요전에 봤을 때보다 훨씬 못해 보였다. '이게 아닌데.'

하고 생각하면서 자세히 구석구석을 살펴보는데 갑자기 형수가 들어왔다.

"어머나, 여기 계셨네요."라고 말하더니,

"거기 어딘가 내 빗이 떨어져 있지 않나요?"라고 물었다.

빗은 소파 다리 근처에 있었다. 어제 누이코에게 빌려주었더니 어디에다 두었는지 모른다고 해서 찾으러 왔다는 것이다. 양손으로 머리를 누르듯이 하고 서양풍으로 묶은 머리의 안쪽에다 빗을 꽂고 나서 다이스케를 올려다보며, "여전히 넋 나간 사람 같군요."라며 놀렸다.

"아버지한테 설교를 들었죠."

"또요? 자주도 꾸중 듣네요. 집에 오자마자 그러시다니 좀 너무하세요. 하지만 도련님도 잘못이에요. 아버님 말씀을 조금도 안 들으니 말이에요."

"아버지하고 토론을 할 생각은 없습니다. 그저 잠자코 있을 따름이지요."

"그러니 더 문제지요. 무슨 말을 해도 네, 네 하고 대답만 하고는 전혀 말을 듣지 않으니 말이에요."

다이스케는 쓴웃음을 지으며 입을 다물었다. 우메코는 다이스케를 마주 보고 의자에 앉았다. 형수는 늘씬한 키에 약간 가무잡잡한 피부, 짙은 눈썹에 얇은 입술의 용모를 지녔다.

"자, 앉으세요. 잠시 말벗이 되어줄게요."

다이스케는 여전히 선 채 형수의 모습을 지켜보았다.

"오늘은 멋진 깃을 다셨군요."

"이거요?"

우메코는 턱을 끌어당기고 미간을 찌푸리면서 자기 주반[7]의 깃을 보려고 했다.

"요전에 산 거예요."

"색이 멋있는데요."

"글쎄, 그런 건 아무래도 좋으니까 어서 거기 앉기나 하세요."

다이스케는 형수의 정면에 앉았다.

"자, 앉았는데요."

"도대체 오늘은 무슨 꾸중을 들은 거예요?"

"무슨 꾸중을 들었는지 나도 잘 모르겠어요. 단지 아버지가 국가와 사회를 위해서 애쓰시는 데에는 놀랐어요. 열여덟 살 때부터 오늘에 이르기까지 변함없이 애쓰고 계신다니 말이죠."

"그러니까 이 정도로 성공하신 것 아니겠어요?"

"국가와 사회를 위해 일하면서 아버지만큼 돈을 벌 수만 있다면 나도 해볼 텐데요."

"그러니 놀고만 계시지 말고 일을 해보세요. 도련님은 아무것도 안 하고 빈둥거리면서 돈을 벌려고 하니 뻔뻔한 거죠."

"돈을 벌려고 한 적은 아직 없는데요."

"벌려고 하지 않더라도 돈은 쓰고 있으니까 결국 마찬가지 아니겠어요?"

"형님이 무슨 말씀을 하시던가요?"

"형님은 아예 포기하고 있으니까 아무 말도 하지 않아요."

---

7) 기모노 안에 입는 속옷.

"야, 이건 너무 심한데. 하지만 아버지보다는 형님이 더 훌륭한 분이지요."

"어째서요? 어머나 세상에. 또 저렇게 치켜세운다니까. 도련님은 그게 나빠요. 멀쩡한 얼굴로 사람을 놀리니 말이에요."

"그런 셈인가요?"

"그런 셈인가요, 라뇨? 남의 일도 아닐 텐데. 좀 진지해져 보세요."

"어찌된 셈인지 여기에만 오면 마치 가도노처럼 되어버린단 말이야."

"가도노라니요?"

"우리 집에 있는 서생인데요, 누가 뭐라고 하면 그런 셈인가요, 라거나 그런가요, 라는 투의 대꾸만 하죠."

"그 사람이 말인가요? 무척 별난 사람이네요."

다이스케는 잠시 이야기를 멈추고 우메코의 어깨 너머 커튼 사이로 맑은 하늘을 기웃거리며 보고 있었다. 멀리 커다란 나무 한 그루가 시야에 들어왔다. 옅은 갈색의 새잎이 돋아나고 부드러운 나뭇가지 끝이 하늘과 맞닿은 곳은 이슬비에 젖은 것처럼 뿌옇게 흐려 있었다.

"이제 좋은 계절이 되었군요. 벚꽃놀이라도 가시지 않을래요?"

"그러지요. 갈 테니까 어서 말하세요."

"뭘요?"

"아버님께서 뭐라고 하셨는지 말이에요."

"여러 이야기를 하셨지만 조리 있게 전달하기는 어렵겠는데요. 머리가 나빠서."

"또 저렇게 딴청을 부린다니까. 그래 봤자 다 알고 있어요."

"그럼 한번 들어볼까요?"

우메코는 약간 샐쭉해졌다.

"도련님은 요즘 말장난이 상당히 능숙해졌군요."

"무슨 말씀을. 형수님이 못 당할 정도는 아니지요. 그런데 오늘은 아주 조용하네요. 아이들은 어디 갔나요?"

"아이들은 학교에 갔어요."

열예닐곱쯤 되어 보이는 하녀가 문을 열고 얼굴을 디밀었다.

"저, 주인어른께서 잠깐 전화를 받으시라는데요."

라고 말하고서는 잠자코 우메코의 대답을 기다렸다. 우메코는 곧 일어섰다. 다이스케도 일어섰다. 뒤따라서 객실을 나서려고 하자 우메코가 뒤돌아보았다.

"도련님은 여기 계세요. 할 얘기가 있으니까요."

다이스케는 형수의 이런 명령조의 말투를 늘 재미있어 했다.

"그럼 천천히 다녀오세요."

이렇게 형수에게 말을 건넨 다음 다시 앉아서 조금 전의 그림을 또다시 바라보기 시작했다. 한참 바라보고 있으니 그 색이 벽 위에 칠해진 것이 아니라 자신의 눈동자로부터 튀어나가 벽 위에 처덕처덕 달라붙는 것처럼 보였다. 마침내는 눈동자에서 어떤 색을 내느냐에 따라서 그림 속에 있는 인물이나 나무가 자기 뜻대로 바뀌기에 이르렀다. 다이스케는 그렇게 해서 거슬리는 부분들을 전부 다시 칠하고 드디어 자신이 상상할 수 있는 가장 아름다운 색채에 휩싸여 넋을 잃고 앉아 있었다. 그러던 참에 우메코가 돌아왔기 때문에 다이스케는 곧 평소의 자신으로 돌아왔다.

우메코에게 용건이 뭔지를 정색하고 물어보니 또 혼담에 관한 얘기였다. 다이스케는 학교를 졸업하기 전부터 우메코를 통해서 사진으로든 실물로든 여러 명의 신붓감과 접했다. 하지만 모두 마음에 들지 않았다. 처음에는 그럴듯한 핑계를 대서 거절했지만, 이 년쯤 전부터는 갑자기 뻔뻔스러워져 반드시 상대방에 대해 트집을 잡았다. 입과 턱의 각도가 안 좋다든가, 눈의 길이가 얼굴 폭과 비례하지 않는다든가, 귀 위치가 잘못되어 있다든가 하는 식의 엉뚱한 트집거리를 꼭 만들어 냈다. 그런 트집들이 하나같이 정도를 넘는 것들이었기에 결국 우메코도 생각을 달리하게 되었다. '이건 필경 너무 신경을 써주니까 버릇이 없어져 사람을 난처하게 하는 걸 거야. 당분간 내버려 두어서 다이스케 쪽에서 부탁하게 만들어야겠다.' 이렇게 작정한 이후로는 혼담에 관한 이야기는 한 번도 꺼내지 않았다. 그런데 다이스케 본인은 조금도 흔들리는 모습을 보이지 않고 여전히 종잡을 수 없는 태도로 일관했다.

그러던 참에 아버지가 매우 연고 깊은 집안의 신붓감을 찾아내 여행지에서 돌아왔다. 우메코는 다이스케가 오기 이삼일 전에 그 이야기를 아버지로부터 들었으므로 오늘 부자간에 오간 이야기는 틀림없이 그것이리라 추측했던 것이다. 하지만 이날 다이스케는 아버지로부터 결혼 문제에 관해서는 아무 말도 듣지 못했다. 아버지는 어쩌면 그 얘기를 꺼낼 생각으로 다이스케를 불렀을지도 모르지만, 아들의 태도를 보고서 좀 더 미루어두는 편이 낫겠다고 생각해 일부러 그 화제를 피했을 수도 있다.

그 신붓감과 다이스케는 특이하다고 할 수 있는 관계에 있었다. 신붓감의 성은 알고 있었다. 하지만 이름은 몰랐다. 나이, 용모, 학력, 성격에 이르러서는 전혀 알 수가 없었다. 그러나 그녀가 신붓감으로 뽑히게 된 연유에 대해서는 잘 알고 있었다.

다이스케의 아버지에게는 형님이 한 분 계셨다. 나오키[直記]라고 하는 큰아버지는 아버지보다 한 살 많은데, 체격이 작은 데다가 얼굴 생김새나 눈, 코 등이 매우 닮아서 모르는 사람들은 자주 쌍둥이로 착각했다. 당시는 아버지도 도쿠[得]라고 불리지 않았다. 세이노신[誠之進]이라는 아명(兒名)으로 불렸었다.

나오키와 세이노신은 외모뿐 아니라 성격도 닮은 점이 아주 많은 형제였다. 웬만한 경우를 빼놓고는 둘이 꼭 붙어서 똑같이 행동하며 지냈다. 공부하러 다니는 것도 똑같은 시간에 했다. 책도 한 등불 아래서 읽을 정도로 두 사람은 우애가 두터웠다.

나오키가 열여덟 살이 되던 해 가을의 일이다. 어느 날 두 사람은 아버지의 심부름으로 성 마을 외곽에 있는 도카쿠지라는 절에 갔다. 그 절은 영주의 선조 대대의 위패를 모신 절로, 그곳의 소스이라는 스님이 아버지와는 절친한 사이여서 그 스님에게 편지를 전하러 갔던 것이다. 용건은 바둑을 두러 오라든가 하는 따위의 내용으로 답장도 필요 없을 만큼 사소한 것이었는데, 스님에게 붙잡혀 이런저런 이야기를 하다 보니 늦어져서 해 지기 한 시간 전쯤에야 겨우 절을 나섰다. 그날은 무슨 축제가 있어서 거리가 몹시 혼잡했다. 두 사람이 군중 사이를 빠져나와 서둘러 돌아가는 참에 어느 골목길로 접어드는 모퉁이에서 강 건너에 사는 호기리라고 불리는 자와 맞부딪쳤다. 그자와 이들 형제는 평소 사이가 나빴다. 그때 그자는 꽤 술기운이 있었던 듯했는데, 두세 마디 서로 옥신각신하는 사이에 갑자기 칼을 뽑아들고 내리쳤다. 칼을 맞은 쪽은 형이었다. 하는 수 없이 형도 허리에 찬 칼을 뽑아 맞섰지만, 상대는 평소에도 매우 평판이 나쁜 난폭한 자라서 잔뜩 취했음에도 불구하고 무척 셌다. 가만히 있다간 형이 질 것 같아 동생도 칼을 뽑았다. 그리하여 둘이서 상대를 마구잡이로 찔러 죽였다.

그 당시의 관습으로는 무사가 무사를 죽이면 죽인 쪽이 할복을 해야만 했다. 형제는 그럴 각오를 하고 집에 돌아왔다. 아버지도 두 아들을 나란히 앉혀놓고 할복한 그들의 목을 자신이 직접 차례로 내리칠 생각이었다. 그런데 공교롭게도 어머니가 아는 사람 집 잔치에 불려가서 집에 없었다. 할복자살을 하기 전에 두 아들을 마지막으로 어머니와 만나게 해주고 싶은 마음에 아버지는 곧 어머니를 불러오도록 했다. 그러고 나서 어머니가 올 때까지 두 아들에게 훈계를 하기도 하고 할복할 자리를 준비하게 하면서 되도록 시간을 끌고 있었다.

어머니가 초대되어 갔던 곳이 마침 어머니의 먼 친척이 되는 다카기라는 세도가의 집이었던 점이 두 사람에게는 천만 다행이었다. 왜냐하면 그 무렵은 사회에 변화가 일기 시작한 때로 무사의 규율도 예전처럼 엄격하게 지켜지는 않았기 때문이다. 게다가 살해된 상대는 평판이 나쁜 무뢰한이었다. 그래서 다카기는 어머니와 함께 나가이의 집으로 와서 관아의 공식적인 지시가 있을 때까지 당분간 할복을 시키지 말고 그대로 놔두도록 아버지를 설득했다.

다카기는 그 후로 바삐 뛰어다녔다. 우선 영주의 중신(重臣)을 설득했다. 그러고 나서 중신을 통해서 영주를 설득했다. 또한 살해된 자의 아버지는 의외로 사리 판단이 분명한 사람으로, 평소부터 자식의 행실이 좋지 않은 것을 걱정하고 있었던 데다 칼부림했을 때도 자기 아들이 먼저 행패를 부린 사실이 명백했으므로 형제를 관대하게 처분하도록 하려는 움직임에 대해서 반발을 보이지 않았다. 형제는 한동안 한방에 틀어박혀서 근신한 후 둘 다 남몰래 집을 떠났다.

그로부터 삼 년 후, 형은 교토에서 떠돌이 무사에게 살해되었다. 집 떠난 지 사 년째 되던 해에 세상은 메이지 시대가 되었다. 그리고 오륙 년이 지난 후에 세이노신은 고향에 있던 양친을 도쿄로 불러왔다. 그리고 결혼을 하고 도쿠라는 외자 이름으로 바꿨다. 그때는 자신의 목숨을 건져준 다카기는 이미 세상을 떠나고 양자가 대를 잇고 있었다. 도쿄로 와서 관직에 오를 방도라도 강구했으면 해서 여러모로 권유해 보았지만, 그는 응하지 않았다. 그 양자에게는 자식이 둘 있었는데, 아들은 교토로 가서 도시샤 대학교에 들어갔다. 졸업 후에는 오랫동안 미국에 가 있었다고 하나, 지금은 고베에서 사업을 해서 상당한 재산가가 되었다. 딸은 그 지방의 고액 납세자의 집으로 시집갔다. 다이스케의 신붓감이란 그 고액 납세자의 딸이다.

"정말 복잡한 사연이네요. 그런 줄은 몰랐어요."

"아버지로부터 몇 번씩 듣지 않으셨나요?"

"하지만 전에는 결혼에 대한 말씀은 없으셨기 때문에 주의 깊게 듣지 않았지요."

"사가와[佐川] 일가에 그런 딸이 있었을 줄은 나도 전혀 몰랐습니다."

"그 아가씨와 결혼하세요."

"찬성하시는 겁니까?"

"찬성하고말고요. 그런 인연이 어디 있겠어요?"

"조상이 만든 인연보다도 아직은 자기가 만든 인연으로 결혼을 하는 편이 마음먹기 쉽다고 생각하는데요."

"어머, 지금 그런 인연이 있다는 말인가요?"

다이스케는 쓴웃음을 지은 채 아무 말도 하지 않았다.

4

다이스케는 방금 다 읽고 난 얇은 외국 서적을 책상 위에 펴놓은 채, 두 손으로 턱을 괴고 멍하니 생각에 잠겼다. 다이스케의 머릿속은 그 책의 마지막 장면으로 꽉 차 있었다.

멀리 저편에 추운 듯이 서 있는 나무 뒤로 두 개의 작은 사각 램프가 소리 없이 흔들거리고 있었다. 거기에 교수대가 있었다. 사형수는 어두운 곳에 서 있다. "신발 한 짝을 잃어버려서 춥군." 하고 한 사람이 말하자, 다른 한 사람이 "뭐라고?" 하고 되물었다. 먼저 사람이 "신발을 잃어버려서 춥다고."라며 같은 말을 되풀이했다. "M은 어디에 있지?"라고 누군가가 물었다. "여기 있어."라고 누군가 대답했다. 나무 사이로 크고 허옇고 평평한 것이 보였다. 습기를 머금은 바람이 그쪽에서 불어왔다. "바다다."라고 G가 말했다. 잠시 후, 선고문이 쓰인 종이와 그것을 든, 장갑을 끼지 않은 하얀 손을 사각 램프가 비추었다. "읽지 않아도 돼."라고 말하는 소리가 들렸다. 그 목소리는 떨리고 있었다. 이윽고 램프가 꺼졌다……. "이제 나 혼자만 남았군." 하고 K가 말했다. 그리고 한숨을 쉬었다. S도 죽었다. W도 죽었다. M도 죽었다. 혼자만 남게 되었다…….

　　수평선 너머로 해가 떠올랐다. 그들은 시체를 수레 한 대에 실은 후 끌기 시작했다. 길게 늘어진 목, 튀어나온 눈, 피거품에 젖어 마치 입술 위에 핀 소름 끼치는 꽃같이 보이는 혀를 싣고 먼저 왔던 길로 되돌아갔다…….

　　다이스케는 안드레예프[8]의 『일곱 명의 사형수』의 마지막 장면을 여기까지 머릿속에 떠올리고 나자 오싹 소름이 끼쳐

---

8) 레오니트 니콜라예비치 안드레예프(Leonid Nikolayevich Andreyev, 1871~1919). 러시아의 소설가이자 극작가.

어깨를 움츠렸다. 이런 때 그가 가장 절실하게 느끼는 것은 만일 자신이 이런 경우에 처하면 어떻게 해야 할까 하는 걱정이다. 생각으로는 도저히 죽을 것 같지가 않았다. 하지만 자신의 의지와는 관계없이 사형을 당하는 것은 너무도 잔혹하다고 생각했다. 그는 삶에 대한 욕망과 죽음의 압박 사이에 있는 자신을 상상하고 생사의 갈림길에서 느끼는 고뇌를 마음속으로 그려보며 꼼짝 않고 앉아 있자니, 등 언저리의 털들이 온통 일어서는 듯해서 견딜 수가 없을 지경이었다.

그의 아버지는 열일곱 살 때 사무라이 한 사람을 참살해서 할복할 각오를 한 적이 있었다고 항상 사람들에게 입버릇처럼 말했다. 아버지는 백부의 목은 자신이 치고 자신의 목은 할아버지에게 쳐달라고 할 생각이었다고 하는데, 어떻게 그런 짓을 할 수가 있단 말인가. 아버지가 자신의 과거에 대해 말할 때마다 다이스케는 아버지에 대한 존경보다는 불쾌한 느낌이 앞섰다. 그런가 하면 거짓말쟁이라는 생각도 들었는데, 차라리 그쪽이 훨씬 아버지답게 느껴졌다.

아버지뿐만 아니라 할아버지에 대해서도 그와 비슷한 이야기가 있다. 할아버지가 젊었을 때 함께 검술을 배우던 한 친구가 남달리 뛰어난 기예로 다른 사람들의 시기를 받아서 어느 날 밤 논두렁길을 걸어 성 아래 마을로 돌아가던 중에 누군가에게 살해되었다. 그때 가장 먼저 달려간 사람이 할아버지였다. 왼손에 초롱불을 들고 오른손에는 칼을 빼들고 그 칼로 시체를 두드리면서, "군페이, 정신 차리게. 상처는 대단치 않다네."라고 말했다고 한다.

백부가 교토에서 살해되었을 때는 두건을 두른 사람들이 우르르 여관으로 몰려와서, 백부가 이 층 처마에서 뛰어내리다 정원석에 걸려서 넘어지자 위에서 사정없이 내리치는 바람에 얼굴이 생선회처럼 되어 형체를 알아볼 수 없을 지경이었다고 한다. 살해되기 열흘 전쯤 한밤중에 우비를 입고 눈을 피하기 위해 우산을 쓰고서 나막신을 신고 시조 거리에서 산조 거리로 돌아온 적이 있었다. 그때 여관에서 이백 미터쯤 떨어진 곳에서 갑자기 뒤에서 누군가가 "나가이 나오키 님." 하고 불렀다. 백부는 뒤돌아보지도 않고 그대로 우산을 쓴 채 여관 입구까지 와서 격자문을 열고 안으로 들어갔다. 그러고 나서 격자문을 닫고 안에서 "나가이 나오키는 바로 나다. 무슨 용건이냐?"라고 물었다고 한다.

다이스케는 이런 이야기를 들을 때마다 용감하다는 느낌보다도 무섭다는 느낌이 앞섰다. 그런 배짱을 높이 사기 전에 피비린내가 콧등을 스쳐 지나가는 듯한 느낌이 들었다.

평소에 다이스케는 흥분이 절정에 달한 순간에 죽을 수 있었으면 하는 기대를 가지고 있었다. 하지만 그는 결코 쉽게 흥분하는 체질이 아니었다. 손이 떨리거나 발이 떨리는 일도 있다. 늘 목소리가 떨리거나 심장이 두근거리기는 한다. 하지만 격해지는 일은 요즘에는 거의 없다. 격해진다는 심리 상태는 죽음에 가까워질 수 있는 자연의 단계로서 격해질 때마다 죽을 가능성이 높아지는 것은 자명하다. 그래서 때로는 호기심에서 죽지는 않는다 하더라도 그와 비슷한 상태라도 경험해 보고 싶다는 생각이 들기도 했지만 그건 불가능했다. 다이스케는 최근의 자신을 자세히 분석해 볼 때마다 오륙 년 전과 비교해 너무도 달라진 것에 놀라지 않을 수가 없었다.

다이스케는 책상 위의 책을 덮고 일어섰다. 약간 열린 툇마루의 유리문 사이로 따뜻한 봄바람이 불어와 화분에 심은 색비름의 빨간 꽃잎이 살랑살랑 흔들렸다. 큰 꽃 위에 햇살이 가득했다. 다이스케는 허리를 굽혀 꽃 속을 들여다보았다. 이윽고 가늘고 긴 수술 끝에서 꽃가루를 따다가 암술 끝으로 가져가서 정성스레 발랐다.

"개미라도 붙었습니까?"

하며 가도노가 현관 쪽에서 나왔다. 그는 하카마[9]를 입고 있었다. 다이스케는 허리를 굽힌 채 얼굴을 들었다.

"벌써 다녀왔나?"

"네, 다녀왔습니다. 저기 말입니다, 내일 거처를 옮기신다고 하더군요. 그러잖아도 오늘 찾아오려고 하던 참이었다고 말씀하셨어요."

"누가? 히라오카가 말인가?"

"네. 뭐라고 할까요, 대단히 바쁘신 것 같더군요. 선생님과는 전혀 다르시던데요. 개미가 생겼으면 종유(種油)를 부으세요. 그러면 견디다 못해 구멍에서 나오는 것을 하나하나 죽이면 됩니다. 뭣하면 제가 죽일까요?"

"개미가 아니야. 이렇게 날씨가 좋을 때 꽃가루를 따서 암

---

9) 허리부터 발목까지 덮는 아래옷. 넉넉하게 주름이 잡혀 있고 바지처럼 가랑이진 것이 일반적이다.

술에 발라놓으면 곧 열매를 맺게 돼. 시간이 있어서 화원집 사람한테 들은 대로 한번 해보고 있는 거야."

"아, 그러시군요. 참 편리한 세상이 되었네요. 분재는 정말 좋습니다. 보기도 좋고 키우는 재미도 있으니까요."

다이스케는 귀찮아서 대꾸하지 않고 가만히 있었다. 이윽고

"이제 이쯤 해서 그만둘까."

라고 말하며 일어나서 툇마루에 놓인 등나무 안락의자에 앉았다. 그러고는 골똘히 무언가를 생각하기 시작했다. 가도노는 따분해져서 현관 옆에 붙은 다다미 세 장 크기의 자기 방으로 향했다. 미닫이를 열고 막 들어가려는데 다이스케가 불러서 다시 툇마루로 갔다.

"히라오카가 오늘 온다고 했지?"

"네, 오신다는 것 같았습니다."

"그럼 기다려보지."

다이스케는 외출을 미루었다. 실은 히라오카의 처지가 요전부터 마음에 걸렸다.

히라오카는 일전에 다이스케를 방문했을 때 이미 차분하게 있을 수 없는 처지인 듯했다. 그가 다이스케에게 말한 바에 따르면, 염두에 둔 일자리가 두세 군데 있으니 우선 그쪽을 알아볼 생각인 것 같았지만, 그 두세 군데 일자리라는 것이 지금 어찌되었는지 다이스케는 전혀 알지 못했다. 다이스케는 진보초에 있는 여관으로 찾아간 적이 두 번 있었는데, 한 번은 외출 중이었다. 그리고 또 한 번은 있기는 했지만 히라오카가 양복을 입은 채 방 문지방 위에 서서 뭔가 다급한 말투로

아내를 호되게 꾸짖고 있었다. 그 누구의 안내도 받지 않고 복도를 따라서 히라오카의 방 옆으로 갔던 다이스케는 엉겁결이었지만 분명히 그렇게 느꼈다. 그때 히라오카는 잠깐 돌아보더니, "아, 자넨가?"라고 말했다. 그 표정이나 태도 어디에도 반가워하는 기색은 보이지 않았다. 방 안에서 얼굴을 내민 부인은 다이스케를 보자 창백한 뺨이 약간 붉어졌다. 다이스케는 어쩐지 자리에 앉기가 거북해졌다. "자, 들어오게나."라고 변명조로 말하는 것을 못 들은 체하고, 다이스케는 "아니, 특별한 용건이 있는 것은 아니야. 어떻게 지내고 있나 해서 잠깐 들렀을 뿐이야. 나갈 거라면 함께 나가자고."라고 이끌듯이 해서 밖으로 나와버렸다.

그때 히라오카는, "빨리 집을 구해서 안정을 찾고 싶었지만 너무 바빠서 어떻게 할 도리가 없구먼. 어쩌다 여관에 있는 사람이 알려주어서 가보면 아직 사람이 나가지 않았다든가 혹은 지금 벽을 칠하는 중이라든가 하는 식이야." 하며 전차를 타고 헤어질 때까지 만사가 불만투성이였다. 다이스케도 안됐다는 생각이 들어 "그렇다면 우리 집 서생에게 집을 알아보라고 하지, 아마 불경기라서 빈집이 많이 있을 거야."라고 약속을 하고 집으로 돌아왔다.

그러고 나서 약속대로 가도노에게 집을 알아보러 다니도록 했다. 가도노는 이내 적당한 집을 찾아냈다. 가도노가 안내해서 히라오카 부부에게 보이자 그 정도면 괜찮겠다는 말을 듣고 헤어졌다고 하는데, 집주인에 대한 책임도 있고 또 거기가 마음에 들지 않는다면 다른 곳을 찾아볼 생각도 있다고 해서 빌릴 것인지 어떨 것인지를 확실히 다시 한번 알아오라고 가도노를 보냈던 것이다.

"자네, 집주인에게는 세 들겠다는 말을 하고 왔겠지?"

"네, 돌아오는 길에 들러서 내일 이사할 거라고 말하고 왔습니다."

다이스케는 의자에 앉은 채, 도쿄 생활을 다시 시작하는 히라오카 부부의 장래에 대해 생각했다. 히라오카는 삼 년 전 신바시에서 헤어질 때와는 너무도 달라졌다. 그는 인생 경력에서 처세의 사다리를 한두 단 오르다가 발을 헛디딘 거나 마찬가지다. 다만 아직 높이 올라가지 않았던 것이 다행이라면 다행이라고 할 수 있지만, 남의 눈에 띌 정도로 겉으로 상처를 입지만 않았을 뿐 사실 정신적으로는 이미 큰 타격을 받았다. 처음에 만나자마자 다이스케는 당장 그런 느낌을 받았다. 그러나 삼 년 동안에 자신에게 일어난 변화를 감안해 볼 경우 어쩌면 자신의 내면의 변화로 인해 그런 느낌이 든 것은 아닐까 하는 생각도 들었다. 그렇지만 그 후에 히라오카의 여관을 찾아가 방에는 들어가지도 않고 함께 밖으로 나왔을 때의 그의 태도나 말, 행동 등을 떠올리자 아무래도 처음의 판단이 옳은 것 같았다. 그때 히라오카는 얼굴 한가운데에 온 신경이 몰려 있었다. 바람이 불어도 모래가 날려도 강한 자극을 받을 듯한 눈썹과 눈썹 사이의 이음새가 심하게 떨렸다. 그리고 그의 말도 다이스케의 귀에는 그 내용에 관계없이 몹시 조급하고 절박하게 들렸다. 다이스케에게는 히라오카의 모든 거동이 마치 폐가 약한 사람이 답답한 갈분탕[10] 속을 헉헉거리며 헤엄치고 있는 듯이 느껴졌다.

"저렇게 초조해서야……."

황급히 전차를 집어타고 가는 히라오카의 모습을 지켜보며 다이스케는 그렇게 중얼거렸다. 그러고는 여관에 남아 있는 그의 부인 생각을 했다.

다이스케는 그의 부인을 한 번도 '오쿠상'[11]이라고 불러본 적이 없었다. 항상 결혼 전과 마찬가지로 "미치요 씨, 미치요 씨." 하고 이름을 불렀던 것이다. 다이스케는 히라오카와 헤어지고 나서 다시 여관으로 돌아가 미치요를 만나 이야기를 해 볼까 하고 생각했다. 하지만 왠지 갈 수가 없었다. 발을 멈추고 깊이 생각해 봐도 지금의 자기로서는 그녀를 찾아가는 것이 옳지 못하다는 이유는 조금도 찾아낼 수가 없었다. 그런데도 자책감이 들어 갈 수가 없었다. 용기를 내면 갈 수 있다고도 생각했다. 다만 다이스케로서는 그 정도의 용기를 내는 것조차도 고통스러웠다. 그래서 그냥 집으로 돌아왔다. 그러나 돌아와서도 안절부절못하고 뭔가 채워지지 않은 듯한 묘한 기분이 들었다. 그래서 다시 밖으로 나가 술을 마셨다. 다이스케는 술이라면 얼마든지 마실 수 있다. 특히 그날 밤은 많이 마셨다.

"그때는 아무래도 내가 정상이 아니었지."

라고 다이스케는 의자에 기대면서 비교적 냉철하게 자신을

---

10) 일본의 전통 겨울 차.
11) 남의 부인을 올려 부르는 일반적 호칭.

반성했다.

"부르셨습니까?"

라며 가도노가 다시 나왔다. 하카마를 벗어버리고 다비[12) 도 벗어서 경단같이 생긴 맨발을 드러내놓은 채였다. 다이스케는 아무 말 없이 가도노의 얼굴을 바라보았다. 가도노도 다이스케의 얼굴을 바라보며 잠시 그 자리에 우두커니 서 있었다.

"아니, 부르신 게 아닌가요? 이거 참."

하고는 되돌아갔다. 다이스케는 그다지 우스꽝스럽다는 생각도 들지 않았다.

"아주머니, 부르신 게 아니래요. 어쩐지 이상하다 했지. 그래서 손뼉 소리고 뭐고 아무 소리도 들리지 않았다고 했잖아요."

이런 소리가 식당 쪽에서 들렸다. 그러고 나서 가도노와 아주머니가 웃는 소리가 났다.

그때 기다리고 있던 손님이 왔다. 손님을 맞으러 나간 가도노가 의외라는 표정을 지으며 들어왔다. 그러고는 다이스케에게 얼굴을 바짝 대고,

"선생님, 부인께서 오셨는데요."

라고 속삭이듯이 말했다. 다이스케는 잠자코 의자에서 일어나 객실로 들어갔다.

히라오카의 부인은 얼굴이 하얀 데 비해 머리가 검고 얼굴이 갸름한 편으로 눈썹이 짙었다. 얼핏 보면 어딘지 모르게

---

12) 일본식 버선.

쓸쓸한 느낌이 들어 옛날 풍속 판화의 여인을 연상케 한다. 도쿄로 돌아온 후 특히 안색이 안 좋아진 듯하다. 처음 여관에서 만났을 때 다이스케가 약간 놀랐을 정도다. 기차에서 오랫동안 시달려 쌓인 피로가 아직 안 풀려서 그러냐고 물어보았더니, 그런 게 아니라 항상 그렇다는 말을 들었을 때는 안됐다는 생각이 들었다.

미치요는 도쿄를 떠난 지 일 년째 되던 해에 아이를 낳았다. 태어난 아이는 곧 죽고 그 후로 미치요도 심장이 나빠진 듯 걸핏하면 아팠다. 처음에는 그냥 내버려 두었는데 좀처럼 차도가 없어서 결국 의사에게 보였더니, 확실히는 잘 모르지만 어쩌면 상당히 복잡한 이름의 심장병일지도 모른다는 것이었다. 만일 그런 병이라면 심장에서 동맥으로 흐르는 피가 조금씩 거꾸로 흐르게 되는 난치병이라 완치되기는 어렵다는 선고를 받고 나서 히라오카도 크게 놀라 최대한 요양에 정성을 쏟은 탓인지 일 년쯤 지나자 다행히도 눈에 띄게 건강이 좋아졌다. 안색도 예전만큼 좋아 보이는 날이 많아져 본인도 기뻐하고 있었는데, 도쿄로 돌아오기 한 달 전부터 또다시 혈색이 나빠지기 시작했다. 그러나 의사의 말로는 이번에는 심장 탓이 아니라고 한다. 심장은 그다지 튼튼해진 편은 아니지만 그렇다고 예전보다 나빠지지도 않았다. 지금 단계로서는 심장 판막의 기능에 이상이 생겼다고는 결코 생각할 수가 없다는 진단이었다. 이건 미치요가 직접 다이스케에게 이야기한 것이다. 다이스케는 그때 미치요의 얼굴을 보고 역시 뭔가 걱정거리가 있어서가 아닐까 하고 생각했다.

미치요는 아름다운 선이 곱게 겹친 선명한 쌍꺼풀을 지녔다. 눈 모양은 가늘고 긴 편이나, 눈동자를 움직이지 않고 뭔가를 응시하고 있을 때면 왠지 매우 커 보이는 그런 눈이었다. 다이스케는 그건 검은 눈동자 때문이라고 생각했다. 미치요가 시집가기 전에 다이스케는 미치요의 그런 눈매를 자주 볼 수 있었다. 그래서 지금도 생생하게 기억한다. 미치요의 얼굴을 머릿속에 떠올리려고 하면 얼굴 윤곽이 채 완성되기도 전에 그 검고 촉촉이 젖은 듯한 눈이 번뜩 떠오르곤 했다.

복도를 따라 객실로 안내된 미치요는 곧 다이스케 앞에 앉았다. 그리고 고운 손을 포개어 무릎 위에 올려놓았다. 밑에 놓인 손에도, 위에 얹은 손에도 반지를 끼고 있었다. 위의 것은 가는 금테두리에 상당히 커다란 진주가 박힌 현대식 디자인의 반지로, 삼 년 전에 결혼을 축하하는 뜻에서 다이스케가 선물한 것이다.

미치요는 얼굴을 들었다. 다이스케는 갑자기 예전의 그 눈을 보고서 엉겁결에 눈을 깜박였다.

기차로 도착한 다음 날 히라오카와 함께 찾아올 생각이었으나 그만 몸이 불편해서 올 수가 없었고, 그 후로는 혼자가 아니면 올 기회가 없어서 여태껏 미루고 있었는데 오늘은 마침 하고 말하려다가 말을 끊었다. 그러고 나서 갑자기 생각났다는 듯이 요전에 찾아와 주셨을 때는 히라오카가 외출하려는 참이어서 제대로 접대도 못 해 죄송했다며 사과를 한 후,

"기다리셨더라면 좋았을 것을."

하고 여자다운 애교를 덧붙였다. 하지만 그 말투는 차분히

가라앉아 있었다. 본디 그건 미치요 특유의 말투라서 다이스케는 오히려 옛날 생각이 났다.

"하지만 무척 바쁜 것 같아서."

"네, 물론 바쁘기는 했지만…… 상관없잖아요, 계셨더라도. 생판 남도 아닌데 너무하셨어요."

다이스케는 그때 부부간에 무슨 일이 있었는지 물어보려다가 그만두었다. 여느 때 같으면 농담조로, "당신은 뭔가 야단을 맞아서 얼굴이 빨개져 있더군요. 어떤 나쁜 일을 했지요?" 하는 정도의 얘기는 건넬 수 있는 사이였지만, 다이스케에게는 미치요가 부리는 지금의 애교가 그때의 일을 얼버무리기위한 것인 듯이 애처롭게 느껴졌기 때문에 농담을 할 마음이일지 않았다.

다이스케는 담배에 불을 붙여서 물부리를 입에 문 채 의자등받이에 머리를 기대고 편안한 자세로,

"오랜만에 오셨는데 뭐 좀 들어야죠?"

라고 물었다. 그러고는 마음속으로 자신의 이런 태도가 어느 정도 미치요에게 위안이 되는 것 같은 느낌이 들었다. 미치요는,

"오늘은 됐어요. 그리 시간이 많지 않으니까."

라고 말하며 예의 금니를 약간 드러냈다.

"그럼 하는 수 없지요."

다이스케는 두 손을 머리 뒤로 돌려 깍지를 낀 채 미치요를 바라보았다. 미치요는 몸을 굽혀서 오비 사이에서 작은 시계를 꺼냈다. 다이스케가 진주 반지를 미치요에게 선물했을 때

히라오카는 그 시계를 아내에게 사주었다. 다이스케는 같은 상점에서 각각 다른 물건을 산 다음 히라오카와 함께 그 상점을 나서면서 서로 얼굴을 마주 보고 웃었던 것을 기억하고 있다.

"어머나, 벌써 3시가 넘었네. 아직 2시 정도라고 생각했는데……. 다른 데를 잠깐 들렀다 왔더니 그러네요."

라고 혼잣말처럼 설명을 덧붙였다.

"그렇게 바쁩니까?"

"네, 되도록 빨리 돌아가야죠."

다이스케는 머리에서 손을 떼고 담배의 재를 털었다.

"삼 년 만에 주부가 다 되었군요. 어쩔 수 없는 거지만."

다이스케는 웃으며 이렇게 말했다. 하지만 그 말투에는 어딘지 모르게 쓸쓸해하는 느낌이 섞여 있었다.

"어머, 글쎄 내일 이사를 해야 하니 어쩔 수 없잖아요?"

미치요의 목소리는 갑자기 활기찬 어조를 띠었다. 다이스케는 이사하는 것을 까맣게 잊고 있었으나, 상대방의 쾌활한 말투에 이끌려서 실없는 대꾸를 했다.

"그럼 이사를 하고 나서 천천히 오지 그랬어요."

"하지만."

하고 말한 미치요는 이마 언저리에 어떻게 대답해야 할지 곤란해하는 표정을 지으며 잠시 아래를 보고 있다가 이윽고 얼굴을 들었다. 그녀의 뺨은 붉게 물들어 있었다.

"실은 부탁드릴 게 좀 있어서 찾아왔어요."

남달리 감각이 예민한 다이스케는 미치요의 말을 듣자마자 그 용건이라는 게 무엇인지 곧 알아챘다. 사실은 히라오카가 도쿄에 도착했을 때부터 언젠가 이 문제에 부딪히리라고 생각하고 어느 정도 마음속으로 각오를 하고 있던 차였다.

"뭐지요? 어려워 말고 말하세요."

"돈을 좀 빌려주실 수 없을까요?"

말투는 마치 어린아이처럼 천진난만했지만 양쪽 뺨은 역시 붉게 물들어 있었다. 다이스케는 이 여인을 이런 난처한 지경으로 몰아넣은 히라오카의 현재의 처지가 몹시 안됐다는 생각이 들었다.

이야기를 자세히 들어보니, 내일의 이사 비용이나 새살림을 차리기 위해 필요한 돈은 아니었다. 지점을 떠날 때 그쪽에 빚을 남겨두고 온 곳이 세 군데 정도 있는데 그중 하나를 꼭 갚지 않으면 안 된다는 것이었다. 도쿄에 도착하면 일주일 이내에 어떻게든 갚겠다고 굳게 약속을 하고 온 데다가 다른 곳처럼 그냥 내버려 둘 수 없는 사정이 있었다. 그래서 히라오카도 도착한 다음 날부터 걱정하며 여기저기 뛰어다니고 있지만, 아직 돈이 마련될 것 같지 않아서 하는 수 없이 미치요를 다이스케의 집으로 보내 부탁하게 했다는 것을 알게 되었다.

"지점장한테 빌렸다는 돈입니까?"

"아니오. 그건 언제까지든 연기해도 상관없지만 이건 어떻게 해주지 않으면 곤란하거든요. 도쿄에서 취직자리를 구하는 데 영향을 미치니까요."

다이스케는 정말 그런 일이 있었는가 하고 생각했다. 액수를 물으니 오백 엔이 약간 넘는다는 것이었다. 다이스케는 겨

우 그 정도의 액수인가 하고 마음속으로 생각했지만, 실제로
는 한 푼도 없는 실정이었다. 다이스케는 자신이 돈에 쪼들리
지 않는 것 같으면서도 사실은 상당히 돈에 구애받고 있는 처
지라는 사실을 깨달았다.

"왜 또 그렇게 빚을 졌지요?"

"생각만 해도 머리가 아파요. 제가 몸이 아팠으니까 제 탓이
라고도 할 수 있지만."

"그럼 그때 진 빚인가요?"

"그렇지 않아요. 약값이야 뻔한 것 아니겠어요."

미치요는 그 이상 말하지 않았다. 다이스케도 그 이상 물을
용기가 없었다. 단지 창백한 미치요의 얼굴을 쳐다보며 미래에
대해 막연한 불안감을 느꼈다.

5

다음 날 아침 일찍 가도노는 짐수레 세 대를 불러서 히라
오카의 짐을 찾으러 신바시역까지 갔다. 짐은 벌써 도착해 있
었지만 집이 결정되지 않아서 지금까지 그대로 두었던 것이다.
왕복 시간과 도착해서 짐을 싣는 시간을 계산해 보니 아무래
도 반나절은 걸릴 듯했다. 빨리 가지 않으면 제시간에 도착하
기 어렵다고 다이스케는 잠자리에서 일어나자마자 일렀다. 가
도노는 여느 때와 마찬가지로 "뭘요, 문제없습니다."라고 대답
했다. 가도노는 시간관념이 그다지 없는 편이어서 그렇게 간

단하게 대답했지만, 다이스케의 설명을 듣고서야 비로소 과연 그렇구나 하는 표정을 지었다. 그리고 짐을 히라오카의 집으로 실고 가서 모든 게 완전히 정리될 때까지 도와주라고 했을 때는 "네, 알겠습니다. 걱정 마십시오."라고 시원스럽게 대답하고 집을 나섰다.

그러고 나서 11시 넘어서까지 다이스케는 책을 읽고 있었다. 그런데 문득 단눈치오[13]라는 사람이 자기 집의 방을 푸른색과 붉은색으로 나누어서 장식했다는 이야기가 생각났다. 단눈치오는 일상생활에서의 두 가지 정취는 바로 그 두 색깔에서 발현된다는 생각을 갖고 있는 것 같았다. 따라서 무엇이든 흥분을 필요로 하는 방, 즉 음악실이랄지 서재 같은 곳은 가능한 한 빨갛게 칠하고, 한편 침실이나 휴게실과 같이 정신의 안정을 필요로 하는 곳은 모두 푸른색 계통으로 칠했다. 이와 같이 심리학자의 학설을 응용함으로써 시인은 호기심을 만족시켰던 듯하다.

다이스케는 단눈치오처럼 자극을 받기 쉬운 사람에게 지극히 자극적인 강렬한 빨간색이 왜 필요할까 하고 의아하게 생각했다. 다이스케 자신은 이나리[14]의 도리이[15]만 봐도 그다지 기분이 좋지 않았다. 가능하다면 자신의 머리만이라도 좋으니까 초록빛으로 둘러싸인 곳에서 편안히 잠들고 싶을 정

---

13) 가브리엘레 단눈치오(Gabriele D'Annunzio, 1863~1938). 이탈리아의 시인 겸 소설가.
14) 곡식을 맡은 신을 섬기는 신사(神社).
15) 신사 입구에 세운 붉은색 문.

도다. 언젠가 전람회에서 아오키 시게루[16]라는 사람이 바다 밑바닥에 서 있는 키 큰 여자를 그린 그림을 본 적이 있다. 다이스케는 많은 출품작 가운데 유독 그 그림에 마음이 끌렸다. 다이스케 자신도 그렇게 차분히 가라앉은 분위기에 둘러싸여 있고 싶었기 때문이다.

다이스케는 툇마루로 나가서 뜰에 무성한 푸른색들을 보았다. 꽃은 어느덧 지고 이제 새싹과 새잎이 돋아나려고 하는 시기다. 눈부신 초록빛이 한꺼번에 얼굴에 내리비치는 듯한 기분이 들었다. 눈을 부시게 하는 자극의 밑바닥에 어딘지 모르게 차분한 느낌이 깔려 있는 것을 흡족해하면서 다이스케는 사냥모를 쓰고 평상복 차림 그대로 문을 나섰다.

히라오카가 새로 이사한 집에 가보니 문이 열려 있고 집 안은 텅 비어 있는 것이, 짐이 도착한 것 같지도 않고 히라오카 부부가 와 있는 듯한 기색도 느껴지지 않았다. 인력거꾼으로 보이는 남자 한 명만이 혼자서 툇마루에 앉아 담배를 피우고 있었다. 그에게 물어보니, 조금 전에 오기는 했지만 이런 상태로는 어차피 오후가 되어야겠다고 하면서 그냥 돌아갔다는 것이다.

"주인어른과 부인이 함께 왔었나?"

"예, 같이 오셨지요."

"그리고 같이 돌아갔나?"

---

16) 아오키 시게루[青木繁](1882~1911). 요절한 메이지 시대의 천재적 서양화가.

"네, 같이 돌아가셨습니다."

"짐도 곧 도착하겠지. 그럼 수고하게."

라고 말하고 다시 거리로 나왔다.

간다에 들어섰으나 히라오카의 숙소에 들를 생각은 없었다. 하지만 두 사람이 왠지 마음에 걸렸다. 특히 부인이 마음에 걸렸다. 그래서 잠시 들르기로 했다. 부부는 나란히 밥상에 앉아 식사를 하고 있었다. 하녀가 쟁반을 들고 문턱께를 등지고 있었다. 그 뒤에서 말을 걸었다.

히라오카는 깜짝 놀란 듯이 다이스케를 보았다. 눈이 충혈되어 있었다. 이삼 일 동안 잠을 제대로 못 잔 탓이라고 히라오카가 말했다. 미치요는 그건 약간 허풍이라며 웃었다. 다이스케는 안됐다는 생각도 들었지만 한편으로는 안심이 되기도 했다. 붙잡는 것을 마다하고 밖으로 나와서 식사를 하고 이발을 한 뒤 구단 쪽에 잠시 들렀다가 다시 돌아오는 길에 이사하는 집에 들러보았다. 미치요는 수건을 머리에 두르고 화려한 무늬의 긴 주반을 살짝 드러낸 채 소매를 걷어붙이고 짐 정리를 하고 있었다. 여관에서 시중을 들어주었다는 하녀도 와 있었다. 히라오카는 툇마루에서 고리짝의 끈을 풀고 있다가 다이스케를 보자 웃으며 좀 도와주지 않겠냐고 했다. 가도노는 하카마를 벗고 옷자락을 걷어 올려 허리띠에 걸친 차림으로 두 짝짜리 장롱을 인력거꾼과 함께 방으로 옮기면서, "선생님 어떻습니까, 제 옷차림이. 그렇다고 웃으시면 안 됩니다." 하고 말했다.

다음 날 아침, 다이스케가 식탁에 앉아 여느 때처럼 홍차를 마시고 있자, 가도노가 방금 세수를 한 번득이는 얼굴로 식당에 들어왔다.

"어젯밤에는 언제 들어오셨습니까? 피곤해서 그만 선잠이 드는 바람에 들어오셨는지도 까맣게 몰랐습니다……. 제가 자고 있는 걸 보셨습니까? 선생님도 참 짓궂은 분이시네요. 도대체 몇 시쯤 돌아오셨나요? 그때까지 어디에 계셨습니까?"

하고 평소의 말투 그대로 척척 지껄였다. 다이스케는 정색을 하고,

"자네, 짐이 완전히 정리될 때까지 계속 있었겠지?"라고 물었다.

"네, 말끔히 정리되었습니다. 그 대신 아주 힘들었지요. 어쨌든 우리 같은 사람이 이사할 때와 다르게 큰 짐이 많으니까요. 아주머니가 방 한가운데에 서서 멍하니 이렇게 주위를 둘러보던 모습이란, 정말 우습더군요."

"몸이 좀 안 좋기 때문이지."

"아무래도 그런 것 같더군요. 어쩐지 안색이 안 좋다고 생각했어요. 히라오카 씨와는 너무 대조적이던데요. 그분은 체격이 참 좋으시더군요. 어제저녁 함께 목욕탕에 들어가 보고 깜짝 놀랐습니다."

다이스케는 곧 서재로 돌아와 편지를 두 통 썼다. 한 통은 조선의 통감부에 있는 친구에게 쓴 것으로, 일전에 보내준 고려자기에 대한 감사의 편지였다. 또 한 통은 프랑스에 있는 매형에게 타나그라[17]에서 출토된 인형 중에서 싼 것으로 하나 구해달라고 부탁하는 편지였다.

오후에 산책하러 나가면서 가도노의 방을 들여다보니 또 누워 쿨쿨 자고 있었다. 다이스케는 가도노의 천진난만한 콧구멍을 보며 부러운 생각이 들었다. 사실 그는 어젯밤 잠이 들지 않아 매우 애를 먹었다. 여느 때처럼 베갯머리에 두었던 회중시계가 아주 큰 소리를 냈다. 그 소리가 신경이 쓰여 손을 뻗어서 시계를 베개 밑으로 밀어 넣었다. 그래도 소리는 여전히 머릿속으로 울려왔다. 그 소리를 들으며 어느덧 꾸벅꾸벅 조는 사이에 다른 모든 의식은 캄캄한 동굴 속에 빠져들었다. 단지 밤을 누비는 재봉틀의 바늘 소리만이 머릿속을 끊임없이 스쳐가는 것을 느꼈다. 그런데 그 소리가 어느새 벌레 소리로 변해서 현관 옆에 잘 가꿔놓은 정원수들 사이에서 울리고 있는 듯했다—다이스케는 어젯밤의 꿈을 거기까지 떠올려보고 수면과 각성 사이를 잇는 어떤 실을 발견한 듯한 기분이 들었다.

다이스케는 어떤 일이든 한번 마음에 걸리면 좀처럼 떨쳐버리지 못하는 성격이었다. 더욱이 그에게는 그런 자신이 얼마나 어리석은지를 자각할 수 있는 능력이 있었으므로 자신의 그런 모습이 한층 더 신경에 거슬려 견딜 수 없을 때가 있었다. 삼사 년 전 그는 평소의 자신이 어떻게 해서 꿈속으로 빠져드는가 하는 의문을 풀어보려 한 적이 있다. 밤에 이불 속에 들어가서 어느 정도 꾸벅거리기 시작하면 '아아, 바로 이거

17) Tanagra. 고대 그리스의 소도시로 우아한 여인을 소재로 한 테라코타 인형이 많이 발견되었다.

구나. 이렇게 해서 잠드는 거로구나.'라고 생각하고 깜짝 놀라기도 했다. 그러면 그 순간 잠에서 깨어나 버린다. 조금 후에 다시 잠들려고 하면 또 '바로 이거구나.' 하는 생각이 들었다. 다이스케는 거의 매일 밤 호기심 때문에 어쩔 수 없이 그런 과정을 두세 번씩 반복했다. 그러나 결국에는 스스로도 질려 버렸다. 어떻게든 이런 고통에서 벗어나야겠다고 생각했다. 그뿐만 아니라 정말로 자신이 어리석다는 생각이 들었다. 자신의 흐릿한 의식을 뚜렷한 의식에 호소해 동시에 돌이켜 보려 하는 것은 제임스[18]가 말한 바와 같이 어둠을 파악하기 위해 촛불을 켜거나 팽이의 운동을 관찰하기 위해 돌고 있는 팽이를 멈춰 세우는 것과 같다. 그렇게 되면 평생 잠들 수 없는 것이다. 그런 것을 알고 있으면서도 밤이 되면 다시 같은 행동을 반복하곤 했다.

그런 괴로운 현상은 약 일 년쯤 지속되다가 자신도 모르게 사라졌다. 다이스케가 어젯밤의 꿈과 그 괴로운 현상을 비교해 보았을 때 묘한 느낌이 들었다. 그는 의식이 있는 상태에서 자신의 일부를 떼어내어 그 모습 그대로를 자신도 모르는 사이에 꿈속으로 디밀어 넣는다면 흥미로울 것이라고 생각했기 때문이다. 동시에 그런 작용은 미치광이가 될 때와 비슷한 상태가 아닌가 하는 생각이 들었다. 지금까지 다이스케는 자신은 흥분하기 쉬운 성격이 아니라서 결코 미치광이가 될 리는

---

18) 윌리엄 제임스(William James, 1842~1910). 미국의 철학자이자 심리학자. 실용주의 철학 운동과 기능주의 심리학 운동을 주도했다.

없을 거라고 믿었다.

그로부터 이삼 일 동안은 다이스케도 가도노도 히라오카의 소식을 듣지 못한 채 지냈다. 나흘째 되던 날 오후에 다이스케는 아자부의 어떤 집에서 열리는 원유회(園遊會)에 초대되어 갔다. 꽤 많은 남녀가 초대를 받아서 왔는데, 주빈은 영국의 국회의원인지 실업가인지 하는 무척 키가 큰 사람과 코안경을 쓴 그의 부인이었다. 그 부인은 상당한 미인으로 일본 같은 나라에 오기에는 아까울 정도였는데, 어디에서 샀는지 기후[岐阜] 특산인 그림이 그려진 양산을 뽐내듯이 쓰고 있었다.

그날은 워낙 날씨가 좋아서 넓은 잔디밭 위에 프록코트 차림으로 서 있으면 벌써 여름이 왔다는 점이 어깨에서 등으로 확실히 느껴질 정도로 하늘이 새파랗고 투명했다. 영국 신사는 얼굴을 찌푸리고 하늘을 보면서 정말로 아름답다고 말했다. 그러자 그의 부인이 곧 "러블리." 하고 맞장구를 쳤다. 아주 높고 날카로운 목소리로 워낙 힘을 준 말투였기 때문에 다이스케는 영국의 인사치레는 유별나구나 하는 생각을 했다.

그 부인이 다이스케에게도 두세 마디 말을 걸었다. 그러나 다이스케는 삼 분도 채 지나지 않아 견딜 수가 없어서 곧 그 자리를 떠났다. 그 후로는 일본 고유 의상을 입고 일부러 화려한 시마다[19] 머리를 한 아가씨와 오랫동안 뉴욕에서 상업에 종사했다는 어떤 남자가 그 부인의 접대를 떠맡았다. 그 남자

_____

19) 미혼 여성이나 신부가 트는 여자 속발.

는 영어 회화의 천재라고 자처하는 사람으로, 어떤 영어 모임에나 빠짐없이 참석해 일본인과도 영어로 이야기하고 또한 영어로 연설하는 것을 최상의 즐거움으로 삼고 있는 사람이다. 무슨 말이든 하고 난 뒤 매우 우습다는 듯이 껄껄 웃는 버릇이 있었다. 영국인이 이따금 이상하다는 표정을 지었다. 다이스케는 그 버릇만큼은 삼가는 것이 좋을 텐데 하고 생각했다. 그 아가씨도 영어를 잘했다. 그녀는 미국 부인을 가정교사로 두고 영어 공부를 한 어느 부잣집 딸이다. 다이스케는 얼굴 생김새에 비해 영어 실력은 뛰어나다는 생각을 하면서 감탄하며 듣고 있었다.

다이스케가 거기에 초대받은 것은 그 집 주인이나 그 영국인 부부와 개인적으로 친분이 있어서가 아니었다. 그건 전적으로 아버지와 형의 사교력의 여파로 초대장이 날아온 것에 불과하다. 그래서 이 사람 저 사람 두루두루 찾아가 적당히 인사를 나누고 있었다. 그러다가 형과 마주쳤다.

"어, 왔구나."

라고 말했을 뿐, 형은 모자에는 손을 대지도 않았다.

"날씨가 아주 좋은데요."

"그래. 좋은 날씨야."

다이스케도 키가 작은 편은 아니지만 형은 키가 훨씬 더 크다. 게다가 최근 오륙 년 사이에 몸이 점점 불어 풍채가 아주 좋아 보인다.

"어때요, 저쪽에 가서 외국인과 잠시 얘기라도 나누는 것이?"

"아니, 그건 딱 질색이다."

라고 말하며 형은 쓴웃음을 지었다. 그러고는 커다란 배 위에 늘어진 금사슬을 손가락 끝으로 만지작거렸다.

"정말 외국인은 장단을 잘 맞추는군요. 좀 지나칠 정도로. 저렇게 칭찬을 받다 보면 날씨도 꼭 좋아지지 않고는 못 배기지요."

"그럴 정도로 날씨가 좋다고 하더냐? 허, 너무 더운 편 아니냐?"

"나도 너무 덥다고 생각합니다."

세이고와 다이스케는 약속이라도 한 듯이 하얀 손수건을 꺼내서 이마를 닦았다. 두 사람 다 무거운 실크해트를 쓰고 있었다.

두 형제는 잔디밭 구석에 있는 나무 그늘까지 가서 멈춰 섰다. 근처에는 아무도 없었다. 저편에서는 여흥이라도 시작된 것 같았다. 세이고는 집에서와 똑같은 표정으로 멀리서 그 광경을 바라보았다.

'형 정도 되면 집에 있으나 손님으로 초대를 받아서 오나 똑같은 기분인 것 같군. 저렇게 너무 세상살이에 익숙해져도 낙이 없어져 사는 게 시시할 거야.'라는 생각을 하며 다이스케는 세이고를 쳐다보았다.

"오늘 아버지는 왜 안 오셨지요?"

"아버지는 한시 동호회에 가셨다."

세이고는 여전히 평소와 같은 표정으로 대답했으나 다이스케에게는 약간 우습게 느껴졌다.

"형수님은요?"

"집에서 손님 접대를 하고 있지."

형수가 또 나중에 불평을 하리라 생각하니 다이스케는 웃음이 나오려 했다.

다이스케는 세이고가 항상 바쁘다는 것을 알고 있었다. 또한 그렇게 바쁜 원인의 태반은 이런 종류의 회합 때문이라는 사실도 잘 알고 있었다. 그리고 그다지 싫은 내색도 하지 않고 불평 한마디 없이 불규칙하게 술을 마시거나 식사를 하고 또 여자를 상대하기도 하면서 언제 보아도 피곤해 하거나 요란을 떨지 않고, 속세를 벗어난 듯이 태평하게 해가 갈수록 풍채가 좋아지는 재주에 다이스케는 탄복하고 있었다.

요정이나 음식점에 가기도 하고, 만찬이나 오찬에 초대받기도 하고, 클럽에 간다든지, 배웅하러 신바시에 가거나 요코하마로 누구를 마중하러 가거나, 혹은 오이소로 문안 인사를 가는 등 하루 종일 많은 사람들이 모이는 곳에 얼굴을 내밀면서도 의기양양한 것 같지도 않고 낙담한 것 같지도 않은 듯한 세이고의 모습은, 그런 생활이 몸에 배어버려서 마치 해파리가 바다에 떠다니면서도 소금물이 짜다는 사실을 느끼지 못하는 것과 마찬가지라고 다이스케는 생각했다.

그 점이 다이스케는 고마웠다. 왜냐하면 세이고는 아버지와는 달리 예전부터 다이스케에게 듣기 싫은 설교 따위를 한 적이 없기 때문이다. 주의랄지 주장이랄지 인생관과 같은 딱딱한 이야기는 아예 털끝만큼도 입 밖에 낸 적이 없으니 그에게 그런 생각이 있는지 없는지조차 전혀 알 수가 없다. 그 대신 그런 딱딱한 주의랄지 주장이랄지 인생관 등을 적극적으로 비판하려고 한 적도 없다. 참으로 평범해서 좋다.

하지만 밋밋하다. 다이스케는 이야기 상대로는 형보다 형수가 훨씬 더 잘 맞았다. 형은 만나기만 하면 반드시 요즘 어떠냐고 묻는다. 이탈리아에 지진이 났다더라, 튀르키예의 황제가 쫓겨났다더라 하고 말을 걸기도 한다. 혹은 무코지마의 벚꽃은 이제 볼 만한 것이 없다든지, 요코하마에 있는 외국 배의 밑바닥에서 거대한 뱀을 기르고 있었다든지, 누군가 기차에 치여 죽었다지 않더냐는 이야기를 한다. 모두 최근 신문에 보도된 화제들이었다. 그 대신 그 누구의 비위도 거스르지 않는 화제를 얼마든지 가지고 있었다. 언제까지라도 화제가 끊길 것 같지 않았다.

그런가 하면 때로는 톨스토이라는 사람은 이미 죽었느냐는 따위의 엉뚱한 질문을 하기도 했다. 현재 일본의 소설가로서는 누가 가장 뛰어난지 물은 적도 있었다. 요컨대 문학에는 전혀 관심도 없고 또한 놀라울 정도로 무식하지만, 존경이나 경멸의 감정 없이 태연하게 묻기 때문에 다이스케도 대답하기가 쉬웠다.

그런 형과 마주 앉아서 이야기를 하고 있으면 자극이 없는 대신 깐질긴 데가 없어 마음이 편해서 좋았다. 단지 아침부터 밤까지 나돌아 다니기 때문에 좀처럼 붙잡고 얘기할 수가 없었다. 형수는 물론 세이타로나 누이코도 형이 하루 종일 집에서 세 끼 식사를 빠짐없이 가족과 함께하기라도 하면 오히려 이상하게 여길 정도였다.

그러므로 나무 그늘에 서서 형과 어깨를 나란히 하게 되자 다이스케는 마침 좋은 기회라고 생각했다.

"형님, 좀 할 이야기가 있는데요. 언제쯤 시간 있어요?"

"시간?"

하고 되물으며 세이고는 아무런 말도 덧붙이지 않은 채 웃어 보였다.

"내일 아침은 어때요?"

"내일 아침에는 요코하마에 다녀와야 하는데."

"그럼 오후부터는요?"

"오후부터는 회사에 있기는 하지만 회의가 있으니 오더라도 차분히 이야기할 수는 없을 거다."

"그럼 밤에는 괜찮겠죠?"

"밤에는 데이코쿠 호텔에 가야 한다. 저 서양인 부부를 내일 밤 데이코쿠 호텔로 초대하기로 되어 있으니 안 된다."

다이스케는 입을 삐죽이 내밀고서 형을 물끄러미 쳐다보았다. 그러더니 그만 둘이서 웃음을 터뜨렸다.

"그렇게 급한 일이라면 오늘이 어떠냐? 오늘이라면 괜찮다. 오랜만에 함께 식사라도 할까?"

다이스케는 찬성했다. 그런데 단골로 다니는 클럽에라도 가지 않을까 생각했는데 의외로 세이고는 장어구이가 어떻겠냐고 제의했다.

"실크해트를 쓰고 장어구이 집에 가는 것은 처음인데요."라며 다이스케는 멈칫거렸다.

"그게 무슨 상관이냐?"

두 사람은 원유회에서 빠져나와 인력거를 타고 가나스기바시 옆에 있는 어느 장어구이 집으로 들어갔다.

강이 흐르고 버드나무가 있는 고풍스러운 집이었다. 검게 변한 장식 기둥 옆의 선반에 실크해트를 뒤집어서 두 개를 나란히 놓고는, 다이스케가 묘한 느낌인데 하고 말했다. 하지만 문을 활짝 열어둔 이 층 방에서 단둘이 책상다리를 하고 앉아 있는 것이 원유회에 있는 것보다 오히려 더 편안했다.

두 사람은 기분 좋게 술을 마셨다. 형은 마시고 먹고 잡담을 하는 것 말고는 아무 생각이 없는 듯했다. 다이스케도 자칫하다가는 중요한 용건을 잊어버릴 것 같았다. 여종업원이 세 번째 술병을 두고 나갔을 때에야 비로소 용건을 꺼냈다. 다이스케의 용건이란 다름 아닌 요전에 미치요에게 부탁받은 돈 문제였다.

사실을 말하자면, 다이스케는 지금까지 세이고에게 염치없는 부탁을 한 적이 없다. 하긴 학교를 졸업한 후 약간 도가 지나치게 기생집 출입을 해서 그 뒤처리를 형이 떠맡은 적은 있었다. 그때 형이 야단치지 않을까 걱정했는데, 형은 의외로 "그래? 골칫덩어리로구나. 아버지에게는 비밀로 해두도록 해."라고 말하며 형수를 통해서 빚을 말끔히 청산해 주었다. 그러고는 다이스케에게는 한마디도 잔소리를 하지 않았다. 그때부터 다이스케는 형에게 항상 미안한 마음이 들었다. 그 이후로 용돈이 궁할 경우가 자주 있기는 해도 그때마다 형수를 통해서 해결하곤 했다. 따라서 이런 일로 형과 의논하는 것은 말하자면 처음이나 마찬가지라 할 수 있다.

다이스케가 보기에 세이고는 손잡이가 없는 주전자와 같은 존재로, 어느 쪽에서 손을 내밀어야 좋을지 알 수가 없었다. 하지만 다이스케로서는 바로 그런 점이 흥미로웠다.

다이스케는 잡담을 하는 것처럼 해서 히라오카 부부의 내력에 대해 이야기하기 시작했다. 세이고는 귀찮아하는 기색도 없이, "그래? 그래?" 하고 박자까지 맞추며 술을 마시면서 듣고 있었다. 점점 이야기가 진전되어 미치요가 돈을 빌리러 온 대목까지 왔어도 여전히 "그래?" 하고 맞장구를 칠 뿐이었다. 다이스케는 하는 수 없이,

"그래서 안됐다는 생각이 들어서 어떻게든 마련해 보겠노라고 약속을 했는데요."라고 말했다.

"아, 그래?"

"어떻습니까?"

"너한테 돈이 있느냐?"

"저야 한 푼도 없지요. 그러니 빌리려는 겁니다."

"누구한테?"

다이스케는 처음부터 이런 식으로 형을 걸려들게 할 생각이었기에 분명한 어조로,

"형님께 빌릴 생각입니다."

라고 말하고는 정색을 한 채 세이고의 얼굴을 쳐다보았다. 형의 표정에는 여전히 아무런 변화가 없었다. 그러고는 태연하게,

"그건 안 돼."라고 대답했다.

그가 안 된다고 하는 이유를 들어보면 그런 식으로 남을 돕는 것이 의리나 인정과도 관계없을 뿐만 아니라, 갚을지 안

갚을지 알 수 없다는 그런 손득(損得)에 관한 문제를 떠나서 생각하더라도, 그런 경우에는 그대로 두면 저절로 어떻게든 되는 법이라는 단순한 단정이었다.

세이고는 그런 단정을 증명하기 위해서 여러 가지 예를 들었다. 세이고의 집에는 후지노라는 사람이 별채에 세 들어 살고 있었다. 후지노가 먼 친척의 부탁으로 그의 아들을 집에 두게 되었다. 그런데 그 청년이 징병 검사를 받기 위해 급히 고향에 돌아갔는데, 미리 고향에서 부쳐왔던 학비와 여비를 후지노가 써버렸다며 잠시 융통해 달라고 부탁하러 온 적이 있었다. 물론 세이고가 직접 만난 것은 아니지만 아내를 통해서 거절하게 했다. 그런데도 그 청년은 기일에 맞추어서 고향으로 돌아가 아무 지장 없이 검사를 마쳤다. 그리고 또 후지노의 친척 중에 어떤 사람은 자신이 받아둔 임대 보증금을 그만 다 써버려서 세 든 사람이 다음 날 이사한다고 하는데도 아직 돈 마련이 안 되었다며 역시 후지노가 그를 대신해서 애원한 적이 있었다. 하지만 그것도 거절하게 했다. 그런데도 그다지 어려움 없이 보증금을 돌려주었다. 그 밖에도 여러 가지 예를 들었지만 대개 이와 비슷한 이야기였다.

"그건 형수님이 몰래 부탁을 들어주었기 때문일 겁니다. 하하하…… 형님도 참 순진하군요."

하고 다이스케는 큰 소리로 웃었다.

"행여 그랬으려고."

세이고는 여전히 그럴 리가 없다는 듯한 표정을 짓고 있었다. 그러고는 앞에 있는 술잔을 들어 입으로 가져갔다.

6

그날 세이고는 좀처럼 돈을 빌려주겠다는 말을 하지 않았다. 다이스케도 미치요가 안됐다느니 가엾다느니 하는 애원조의 말은 되도록 피하기로 했다. 자기로서는 미치요의 처지에 대해 그런 마음도 들었지만, 아무것도 모르는 형을 그런 식으로 유도하기란 웬만해서는 불가능할 것 같았다. 그렇다고 무턱대고 감상적인 말을 했다가는 형에게 무시당할 뿐만 아니라 스스로를 우롱하는 것 같아서 역시 평소의 다이스케답게 이런저런 잡담을 늘어놓으며 술을 마시고 있었다. 술을 마시면서도 아버지가 자기더러 열성이 부족하다고 하는 것은 바로 이런 점 때문일 거라는 생각을 했다. 하지만 다이스케는 울며 애원해 남의 마음을 움직이려고 할 정도로 저속한 취미를 가지고 있지는 않다고 자신했다. 일반적으로 속이 빤히 들여다보이는 가식적인 눈물과 번민과 진지함과 열성만큼 메스꺼운 것은 없다고 다이스케는 생각한다. 형은 그런 걸 충분히 꿰뚫어 볼 수 있는 사람이다. 그러니 그런 수를 쓰다가 실수라도 하게 되면 평생 자신의 가치를 떨어뜨리는 결과밖에 안 된다는 것을 잘 알았다.

다이스케는 술을 마시면서 점점 돈에 관한 화제로부터 멀어져 갔다. 단지 둘이 마주 앉아 있기에 즐겁게 술을 마실 수 있다는 느낌을 나눠 가질 만한 이야기만 골라서 했다. 그러다 마지막으로 밥에 더운 차를 부어 먹을 즈음이 되어서야 비로소 생각난 듯이 돈은 빌려주지 않아도 좋으니까 히라오카를 형 회사에 취직시켜 주지 않겠냐고 부탁했다.

"안 돼. 그런 사람은 필요 없다. 더욱이 지금 같은 불경기에는 그럴 수가 없지."

라고 말하고는 세이고는 훌훌 소리를 내며 밥을 입안에 밀어 넣었다.

다음 날 눈을 뜨자마자 다이스케는 이부자리 앞에서 맨 먼저 이런 생각을 했다.

'형을 설득하는 것은 동료 실업가가 아니면 해낼 수 없다. 단순히 형제간의 우애만으로는 불가능하다.'

이렇게 생각하긴 했지만 형이 몰인정하다는 생각은 들지 않았다. 오히려 그러는 편이 당연하다고 생각했다. 그런 형이 자신의 유흥비를 아무런 불평도 하지 않고 변상해 준 적이 있으니 얼떨떨할 따름이다. 그렇다면 자기가 지금 이 상태에서 히라오카를 위해 도장을 찍고 공동 명의로 돈을 빌리기라도 한다면 형은 어떻게 할까? 역시 그때와 마찬가지로 깔끔히 처리해 줄까? 형은 그것까지 생각해서 거절한 것일까? 아니면 다이스케가 그런 무리한 짓은 하지 않을 거라고 애초부터 안심하고 빌려주지 않은 것일까.

근래에 다이스케를 지켜본 사람이라면 누구라도 그가 도저히 남을 위해서 도장 같은 것을 찍을 사람이 아니라고 판단할 것이다. 다이스케 자신도 그렇게 생각하고 있다. 하지만 형이 그 점을 알아채서 돈을 빌려주지 않는다면 형의 예측을 뒤엎고 연대 보증의 도장을 찍어주어서 형의 태도가 어떻게 변하는지 한번 시험해 보고 싶기도 했다. 여기까지 떠올리자 다이스케는 자기가 보기에도 그다지 질이 좋지 않은 인간 같아 마음속으로 쓴웃음을 지었다.

하지만 단 한 가지 분명한 사실이 있다——히라오카는 틀림없이 조만간 차용 증서를 들고 자신의 도장을 받으러 올 것이다.

그런 생각을 하며 다이스케는 잠자리에서 빠져나왔다. 가도노는 식당에서 책상다리를 하고 신문을 읽고 있었는데, 젖은 머리로 욕실에서 나와 식당으로 온 다이스케를 보자마자 부리나케 앉은 자세를 바꾸고 신문을 접어서 방석 옆에 밀어 놓으면서,

"아무래도「매연(煤烟)」은 줄거리가 심상치 않게 전개되는 것 같습니다."

라고 큰 소리로 말했다.

"자네, 그걸 읽고 있나?"

"네, 매일 아침 읽고 있지요."

"재미있나?"

"재미있는 것 같습니다, 왠지."

"어떤 점이?"

"어떤 점이냐고 그렇게 구체적으로 물어보시니 당황스럽습니다만, 뭐라고 할까요, 어떤 현대적인 불안감이 표현되어 있다고 할 수 있지 않을까요?"

"그리고 육감적인 냄새는 나지 않는가?"

"납니다. 많이 나죠."

다이스케는 입을 다물었다.

홍차 잔을 든 채 서재로 돌아가 의자에 앉아서 멍하니 뜰을 바라보니 울퉁불퉁한 석류의 마른 가지와 잿빛 줄기의 아래쪽에 어두운 녹색과 주홍색을 뒤섞은 듯한 빛깔의 새싹이 여기저기서 돋아나고 있었다. 다이스케의 눈에는 그런 모습이 잠시 비쳤을 뿐 어떤 자극으로 이어지지는 않았다.

다이스케의 머릿속에는 지금 어떤 구체적인 생각도 머무르지 않았다. 마치 바깥 날씨처럼 그의 사고는 조용히 그리고 지그시 활동하고 있었다. 하지만 그 밑바닥에는 미세한 먼지와도 같은 정체불명의 것이 무수히 자리 잡고 있었다. 치즈 안에서 아무리 벌레가 움직여도 치즈가 원래의 위치에 있는 동안에는 알아차릴 수 없는 것과 마찬가지로, 다이스케도 그 먼지를 거의 깨닫지 못하고 있었다. 다만 그것이 생리적으로 반사해 올 때마다 의자 위에서 조금씩 몸의 위치를 바꿔야만 했다.

다이스케는 요즘 사람들이 유행어처럼 쓰는 현대적이랄지 불안이랄지 하는 단어를 입 밖에 내본 일이 거의 없었다. 그것은 자신이 현대적이라는 점은 구태여 말하지 않더라도 이미 알려져 있다고 생각했기 때문이며, 또 하나는 현대적이기 때문에 반드시 불안해할 필요는 없다고 스스로 믿고 있었기 때문이다.

다이스케는 러시아 문학에 나오는 불안을 날씨와 정치적 압박 때문이라고 해석했다. 프랑스 문학에서의 불안은 유부녀의 간통이 많기 때문으로 본다. 단눈치오의 작품에 잘 나타난 이탈리아 문학에서의 불안은 걷잡을 수 없는 타락으로 인한 자기 결손의 느낌이라고 판단했다. 그래서 일본의 문학자가 애써 불안이라는 측면에서만 사회를 묘사하고자 하는 태도는 서구풍의 모방에 지나지 않는 것으로 간주했다.

학창 시절에 사물을 이지적으로 따지고 들며 의심할 때 느끼는 불안을 경험한 적이 있기는 하지만, 어느 정도 지속되다가 갑자기 멈춰서 다시 원래의 상태로 되돌아가곤 했다. 마치 하늘을 향해서 돌을 던지는 것과 같이. 지금이야 그때 섣불리 돌 같은 것을 던지지 않는 편이 더 좋을 뻔했다고 다이스케는 생각한다. 선승(禪僧)의 이른바 대의현전(大疑現前)[20]의 경지는 다이스케가 아직 밟아본 적이 없는 미지의 땅이었다. 다이스케는 그렇게 솔직하고 성급하게 만사를 의심하기에는 너무도 머리가 좋은 사람이었다.

다이스케는 가도노가 칭찬했던 소설 「매연」을 늘 읽고 있었다. 그런데 오늘은 신문을 홍차 잔 옆에 둔 채 펴볼 마음이 나지 않았다. 단눈치오의 주인공들은 모두 돈에 쪼들리지 않는 남자들이므로 사치스러운 생활 속에서 그런 허튼짓을 한다 해도 무리라고는 생각되지 않지만, 「매연」의 주인공의 경우는 그럴 여지도 없을 정도로 가난한 사람이다. 그런데도 거기까지 밀고 나가기 위해서는 전적으로 애정의 힘이 뒷받침되지 않고서야 불가능할 것이다. 그러나 요키치란 인물이나 도모코라는 여자가 진정한 사랑으로 인해 어쩔 수 없이 사회 밖으로

---

20) 현상 세계의 모든 것을 가상(假像)에 불과하다고 보고 의심하려 드는 선(禪) 사상.

밀려나가는 것처럼 보이지는 않는다. 그들을 움직이는 내면의 힘은 무엇일까 하고 생각해 보니 의아한 느낌이 들었다. 그런 경우에 처해 그런 일을 단행할 수 있는 주인공은 아마도 불안 해지는 않을 것이다. 그런 일을 단행하기를 주저하는 자신 이야말로 오히려 불안의 씨앗을 배태하고 있는 것이라고 생각 했다. 다이스케는 혼자서 곰곰이 생각할 때마다 자신이 특별 한 사람이라는 생각이 들었다. 하지만 요키치는 자기보다도 훨씬 더 특별한 사람이라는 점을 그는 인정하고 있었다. 그래 서 얼마 전까지는 호기심에 이끌려 「매연」을 읽었으나, 요즈 음에는 자신과 요키치와는 너무 거리가 있는 듯한 생각이 들 어 종종 읽지 않는 때도 있었다.

다이스케는 의자 위에서 이따금 몸을 움직였다. 그러고는 자신은 어디까지나 침착한 상태라고 스스로 생각하고 있었다. 이윽고 홍차를 다 마시고는 여느 때처럼 독서를 시작했다. 약 두 시간 정도는 집중해서 읽을 수 있었으나, 어떤 페이지의 중 간쯤에 이르자 갑자기 책에서 눈을 떼고 턱을 괴었다. 그러고 는 옆에 있던 신문을 집어서 「매연」을 읽었다. 호흡이 맞지 않 기는 마찬가지였다. 그러고 나서 다른 자질구레한 기사를 읽 었다. 오쿠마[21] 씨가 고등상업학교의 분규와 관련해서 큰 소 동을 벌이고 있는 학생 편을 들었는데, 상당히 강경한 어조였 다. 다이스케는 그 기사를 읽다 보니 오쿠마가 학생들을 와세

---

21) 오쿠마 시게노부[大微重信](1838~1922). 일본의 정치가로 두 차례에 걸 쳐 총리직을 역임했으며 와세다 대학교를 세웠다.

다 대학교로 불러들이기 위해서 그런다는 생각이 들었다. 다이스케는 신문을 내던졌다.

오후가 되어서야 비로소 다이스케는 자신이 평정을 잃었다는 점을 자각하기 시작했다. 배 속에 수많은 주름이 생겨 그 주름이 끊임없이 서로의 위치와 형태를 바꾸어가며 움직이는 듯한 느낌이 들었다. 다이스케는 때때로 이런 감각의 지배를 받는 일이 있었다. 그리고 오늘날까지 그러한 경험을 단순한 생리적인 현상으로만 받아들였다. 다이스케는 어제 형과 함께 장어를 먹은 것을 약간 후회했다. 산책을 겸해서 히라오카의 집에 가볼까 하는 생각이 떠오르자 산책이 목적인지 히라오카를 만나는 것이 목적인지 스스로도 갈피를 잡을 수가 없었다. 아주머니에게 옷을 꺼내달라고 해서 옷을 갈아입으려는 참에 조카 세이타로가 왔다. 모자를 손에 든 채 보기 좋은 둥근 머리를 다이스케 앞으로 내밀며 앉았다.

"벌써 학교가 끝났니? 너무 일찍 끝난 것 아니냐?"

"조금도 이르지 않아요."

라고 말하며 웃으면서 다이스케의 얼굴을 쳐다보았다. 다이스케는 손뼉을 쳐서 아주머니를 부르고는,

"세이타로, 초콜릿 마실래?"라고 물었다.

"마실게요."

다이스케는 초콜릿 두 잔을 가져오라고 한 뒤 세이타로에게 장난을 걸기 시작했다.

"세이타로, 너는 야구만 하니까 요즘 손이 무척 커졌구나. 머리보다 손이 더 큰데."

세이타로는 싱글싱글 웃으며 오른손으로 둥근 머리를 긁적였다. 사실 손이 무척 컸다.

"어제 아버지가 삼촌에게 한턱내셨다던데요."

"그래, 잘 얻어먹었지. 덕분에 오늘은 배 속이 좋지 않단다."

"또 신경성이시군요."

"신경성이 아니라 진짜다. 다 형님 탓이다."

"하지만 아버지는 제게 이렇게 말씀하시던데요."

"뭐라고?"

"내일 학교에서 돌아오는 길에 삼촌 집에 들러서 뭔가 맛있는 것을 얻어먹고 오라고요."

"그래, 어제의 보답으로 말이지?"

"네, 오늘은 아버지가 한턱냈으니 내일은 삼촌 차례라고요."

"그래서 일부러 찾아온 거냐?"

"네."

"형님 아들이라 아주 빈틈이 없구나. 그러니까 지금 초콜릿을 마시게 해주는 거잖아."

"겨우 초콜릿인가요?"

"그럼 안 마실래?"

"마시기야 하지만."

세이타로의 요구를 소상히 들어보니, 스모가 시작되면 에코인에 데려가서 정면 일등석에서 관람시켜 달라는 것이었다. 다이스케는 흔쾌히 승낙했다. 그러자 세이타로는 기뻐하더니 갑자기,

"삼촌은 빈둥거리고 있기는 해도 사실은 정말 훌륭한 분이

라던데요."

라고 말했다. 다이스케도 그 말에는 약간 어이가 없었다. 하는 수 없이,

"내가 훌륭하다는 것은 익히 알고 있던 사실 아니냐?"라고 대답했다. 그러자 세이타로는

"하지만 저는 어젯밤 처음으로 아버지한테 들었는걸요."라고 대꾸했다.

세이타로의 말에 따르면 어젯밤 형이 집에 돌아가서 아버지와 형수, 이렇게 셋이서 다이스케에 대한 이야기를 나눈 것 같았다. 어린아이가 하는 말이니 확실한 사실은 알 수 없지만, 비교적 머리가 좋은 편이어서 단편적으로나마 그때의 말들을 잘 기억하고 있었다. 아버지는 다이스케를 아무래도 전망이 없을 것 같다고 평했다고 한다. 이에 대해 형은 저렇게 지내고 있지만 그래도 제법 사리에 밝은 편이니 당분간 그대로 두는 편이 나을 것 같고 그대로 두어도 잘못되지는 않을 터이니 괜찮다며 조만간 뭔가 할 거라고 변호했다고 한다. 그러자 형수가 그 말에 찬성하며 일주일쯤 전에 점쟁이에게 물어보니 이사람은 반드시 남 위에 설 사람이 될 거라고 했다며 걱정할 필요 없다고 장담했다는 것이다.

다이스케는 응, 그래서 하고 말하며 내내 재미있다는 듯이 듣고 있었는데, 점쟁이 이야기가 나왔을 때는 우습기 짝이 없었다. 그러고 나서 곧 옷을 갈아입고 세이타로를 배웅하러 밖으로 나왔다가 히라오카의 집을 찾아갔다.

히라오카의 집은 근래 십여 년 동안 계속된 인플레로 인해

점점 곤란해진 중류층의 생활상이 그대로 드러나는, 조잡하고 볼품없는 외관을 하고 있었다. 다이스케에게는 유달리 그렇게 보였다.

문과 현관 사이가 이 미터도 채 안 된다. 부엌문도 마찬가지다. 그리고 뒤나 옆에도 비슷한 비좁은 집들이 들어서 있었다. 도쿄시의 볼품없는 팽창에 편승해서 돈도 별로 없는 자본가가 얼마 안 되는 원금을 투자해 이 할 내지는 삼 할의 비싼 이자를 받아낼 속셈으로 인색하게 지은 생존경쟁의 기념물이었다.

오늘의 도쿄시, 특히 도쿄시의 변두리에는 그런 집들이 여기저기 산재해 있을 뿐만 아니라, 장마철의 벼룩처럼 나날이 엄청나게 늘어나고 있다. 다이스케는 일찍이 그런 현상을 패망의 발전이라고 명명했다. 그리고 그것을 현재의 일본을 가장 잘 대표하는 상징물로 보았다.

그중에 어떤 집은 석유통 밑바닥을 이어서 맞춘 사각형 비늘로 덮여 있기도 했다. 그런 집을 빌려서 살다 보면 한밤중에 기둥이 갈라지는 소리에 잠을 깨기 일쑤일 것이다. 그런 집의 문에는 반드시 옹이구멍이 나 있었다. 미닫이문은 어긋나 있을 게 뻔하다. 자본을 머릿속에 투자해서 매달 그 머리에서 이자를 받아 생활하려는 사람은 모두 그런 집에 세 들어 살고 있었다. 히라오카도 그런 사람들 중의 하나였다.

다이스케는 울타리 앞을 지날 때 먼저 그 지붕이 눈에 띄었다. 그리고 기와의 거무칙칙한 색이 묘하게 그의 마음을 자극했다. 다이스케에게는 그런 아무런 광택도 없는 흙 판자는 얼마든지 물을 빨아들일 것처럼 느껴졌다. 현관 앞에는 일전에 이사할 때 끌러놓은 거적의 짚들이 아직도 흩어져 있었다. 객실에 들어서니 히라오카가 책상 앞에 앉아서 장문의 편지를 쓰고 있는 참이었다. 미치요는 그 옆방에서 장롱 고리를 덜거덕거리고 있었다. 그녀 옆에는 커다란 고리짝이 열려 있고, 안쪽에서 아름다운 긴 주반 소매가 반쯤 나와 있었다.

히라오카가 미안하지만 조금만 기다려달라고 하는 동안에, 다이스케는 고리짝과 긴 주반 그리고 때때로 고리짝 안으로 사라지는 가는 손을 보고 있었다. 미닫이는 열린 채 닫으려는 기미조차 없었다. 하지만 미치요의 얼굴은 가려서 보이지 않았다.

드디어 히라오카는 붓을 책상 위에 내던지듯 하고 자세를 고쳐 앉았다. 뭔가 복잡한 사연을 열심히 쓰고 있었던 듯 귀가 벌겋게 물들어 있었다. 눈도 충혈되어 있었다.

"어떤가? 요전에는 여러모로 고마웠네. 그 후로 인사차 잠시 들르려 했는데 이제껏 못 가고 말았군."

히라오카의 말은 변명이라기보다 오히려 일종의 도전으로 들렸다. 셔츠도 잠방이도 입지 않은 채 책상다리를 하고 앉았다. 옷깃을 반듯하게 여미지 않았기 때문에 가슴의 털이 약간 드러나 보였다.

"아직 안정이 안 되었겠군?"

하고 다이스케가 물었다.

"안정되기는커녕, 이 상태로는 평생 안정이 될 성싶지도 않군."

하고는 서두르듯이 담배를 피우기 시작했다.

다이스케는 히라오카가 왜 그런 태도로 자신을 대하는지 잘 알고 있었다. 그는 결코 다이스케에게 맞서는 게 아니라 세상과 맞서는 것이다. 그보다도 자기 자신과 맞서고 있다는 생각이 들자 오히려 가엾어졌다. 하지만 다이스케와 같은 신경의 소유자에게는 그런 태도가 매우 불쾌하게 느껴졌다. 다만 화가 나지 않을 뿐이었다.

"집은 어떤가? 방 배치는 괜찮은 것 같은데."

"응, 글쎄, 나쁘다 한들 하는 수 없지. 마음에 드는 집에 살려면 주식이라도 하지 않고서야 달리 도리가 없잖아. 요즘 도쿄에 생기는 그럴듯한 집은 다 주식 매매업자들이 짓고 있다고 하니 말이야."

"그럴지도 모르지. 그 대신 그런 고급 주택을 한 채 지을 때마다 얼마나 많은 집들이 허물어지는지 모르지."

"그러니 더욱 살기 좋은 거겠지."

히라오카는 그렇게 말하고는 큰 소리로 웃었다. 그때 미치요가 나왔다. 요전에는 감사했다고 다이스케에게 가볍게 인사를 하고 앉자마자 그녀는 손에 들고 있던 둘둘 말린 빨간 플란넬 천을 앞에 놓으며 다이스케에게 보여주었다.

"뭡니까, 그게?"

"아기 옷이에요. 만들어둔 채 그만 아직도 풀지 않고 그냥 두었었는데, 지금 고리짝 밑바닥을 보니 있기에 꺼내왔어요."

라고 말하며 끈을 풀어서 통소매를 좌우로 폈다.

"이런 여자하고는. 그런 것을 여태껏 그대로 두었나? 빨리 뜯어서 걸레라도 해버려."

미치요는 아기 옷을 무릎 위에 얹은 채 대답도 없이 잠시 고개를 숙이고 바라보고 있다가,

"당신 것하고 똑같이 만든 거예요."

라고 말하며 남편 쪽을 보았다.

"이거 말인가?"

히라오카는 군데군데 잔무늬가 있는 겹옷 속에 플란넬 속옷을 걸치고 있었다.

"이건 이제 못 입겠어. 더워서 안 되겠어."

다이스케는 비로소 예전의 히라오카의 모습을 눈앞에 보는 것 같았다.

"겹옷 속에 플란넬을 껴입어서야 이젠 덥지. 주반만으로 충분해."

"응, 귀찮아서 입고 있지만."

"세탁할 테니 벗으라고 해도 좀처럼 벗어주지 않는걸요."

"아니, 이제 벗을게. 나도 이젠 싫어졌어."

더 이상 죽은 아기에 관한 이야기는 오가지 않게 되었다. 그래서 처음보다는 어느 정도 분위기가 부드러워졌다. 히라오카가 오랜만에 한잔하자는 제의를 했다. 미치요도 술상을 볼 테니 천천히 놀다 가시라며 부탁이라도 하듯이 붙잡고는 옆방으로 갔다. 다이스케는 그녀의 뒷모습을 보며 어떻게든 돈을 마련해 주고 싶다는 생각을 했다.

"자네, 어딘가 취직자리는 구해질 것 같은가?"라고 물었다.

"응, 글쎄, 있을 것 같기도 하고 없을 것 같기도 해서 잘 모

르겠어. 없으면 당분간 놀아야지 어쩌겠나. 천천히 찾다 보면 어떻게든 되겠지."

여유 있는 듯한 말투였지만, 다이스케에게는 오히려 초조하게 일자리를 찾고 있는 것처럼 들렸다. 다이스케는 어제 형과 자기 사이에 오갔던 이야기의 결과를 히라오카에게 알려주려고 했었는데, 그 말을 듣자 당분간 보류해야겠다는 생각이 들었다. 왠지 상대방의 체면을 자기 쪽에서 굳이 무너뜨리는 듯한 느낌이 들었기 때문이다. 게다가 돈 문제에 관해서 히라오카는 단 한마디도 상의를 해온 적이 없었다. 그러니 겉치레의 인사를 할 필요도 없는 것이다. 다만 이렇게 잠자코 있으면 히라오카는 내심 냉담한 놈이라고 나쁘게 생각할 것임에 틀림없다. 하지만 지금의 다이스케로서는 그런 비난에 대해서 거의 무감각하다. 또한 실제로 자신은 그리 열의가 있는 편은 아니라고 생각하고 있었다. 삼사 년 전의 자신을 평가해 보면 자신은 타락한 건지도 모른다. 그렇지만 현재의 눈으로 삼사 년 전의 자신을 회고해 보면, 도의심을 떠벌리며 뽐내고 다녔던 게 분명했다. 그러나 요즈음은 도금한 것을 금으로 믿게 하려고 이래저래 안타깝게 궁리를 짜내느니, 놋쇠를 놋쇠라고 밝히고 놋쇠에 던져지는 모멸을 참아내는 편이 마음 편할 것이라는 생각을 갖게 되었다.

다이스케가 스스로 놋쇠가 되는 상황을 감수하게 된 것은 갑작스레 엄청난 파란에 휘말려서 충격을 받은 나머지 심기일 전하게 되었다는 등의 멜로드라마와 같은 내력을 갖고 있기 때문은 아니었다. 그것은 오로지 다이스케 특유의 사색과 관찰의 힘으로 스스로 조금씩 도금을 벗겨온 것에 불과했다. 다이스케는 그 도금의 대부분은 아버지가 덮어씌운 것이라고 믿고 있었다. 그 당시에는 아버지가 금으로 보였다. 많은 선배들이 금으로 보였다. 고등교육을 받은 사람은 모두 금으로 보였다. 그래서 자신의 도금이 고통스럽게 여겨졌다. 한시바삐 금이 되고 싶어서 안달을 하기도 했다. 그러나 도금으로 가려져 있던 다른 사람들의 바탕쇠를 자신의 눈으로 직접 들여다보고 나니 갑자기 이제까지 매달려 왔던 것이 부질없는 짓으로 생각되었다.

다이스케는 이렇게도 생각해 보았다. 자신이 삼사 년 동안 이 정도로 변했으니 히라오카도 역시 같은 기간 동안 그 자신의 경험 범위 내에서 상당히 변했으리라고. 옛날 같았으면 되도록 히라오카의 호감을 사려고 형과 싸움을 하거나 아버지와 언쟁을 해서라도 그를 위한 배려를 아끼지 않았을 것이다. 그리고 자신이 행한 배려를 히라오카에게 대단한 듯 떠벌렸겠지만 지금의 히라오카를 상대로는 생각하기 어렵다. 지금의 그는 그렇게까지 친구를 중요하게 여기지는 않을 것이다.

그래서 중요한 이야기는 한두 마디로 끝내고 나머지 시간을 이런저런 잡담으로 때우고 있는 사이에 술상이 나왔다. 미치요가 술병 밑을 받치고 술을 따랐다.

히라오카는 취기가 오르자 점점 말수가 많아졌다. 그는 아무리 취해도 평소와 조금도 달라지지 않는 때가 있었다. 그런가 하면 어떤 때는 아주 활기가 넘쳐 쾌활한 어조가 되기도 했다. 그런 때는 여느 술꾼 이상으로 다변이 되는가 하면, 때로는 비교적 진지한 화제를 꺼내서 상대와 토론을 벌이며 즐거워하기도 했다. 옛적에 맥주병을 사이에 놓고 히라오카와 자주 논쟁을 벌이던 것을 다이스케는 기억하고 있었다. 그런데 이상하게 생각되는 것은 히라오카가 그런 상태일 때 토론하기가 가장 쉽다는 사실이었다. 히라오카는 곧잘 "또 술 마시고 본심으로 이야기할까?"라고 말하곤 했다. 그러나 오늘 두 사람 사이에는 그 당시에 비해 상당한 거리감이 있었다. 그리고 그 거리감을 메우기가 좀처럼 쉽지 않다는 사실을 둘 다 잘 알았다. 히라오카가 도쿄에 도착한 다음 날, 삼 년 만에 만난 두 사람은 그때 이미 서로 멀어져 있다는 사실을 발견했던 것이다.

그런데 오늘은 달랐다. 술을 마시면 마실수록 히라오카의 예전 모습이 나타났다. 술이 기분 좋게 돌자 그는 현재의 경제 사정과 당장의 생활, 그리고 그에 따르는 고통이라든가 불평이라든가 마음속의 혼란 따위를 완전히 잊어버린 듯했다. 히라오카의 이야기는 성큼 높은 곳으로 올라섰다.

"난 실패했지. 그러나 실패는 했을망정 아직 일하고 있어. 또한 앞으로도 일할 생각이지. 자네는 내가 실패한 것을 보고 비웃고 있어 ──실제로 비웃지는 않았다 하더라도 결국은 비웃은 셈이나 마찬가지지. 다시 말하건대 자네는 비웃고 있어. 그러나 그러는 자네는 아무 일도 안 하고 있잖은가? 자네는 세상을 있는 그대로 받아들이는 사람이야. 달리 말하면 의지를 실현할 수 없는 사람이지. 의지가 없다는 것은 거짓말이야. 왜냐하면 인간이니까. 그 증거로, 자네는 항상 부족함을 느끼고 있음에 틀림없어. 나는 나 자신의 의지를 사회에 실현하려는 중이고, 내 의지로 인해서 사회가 조금이라도 내가 바라는 대로 되었다는 확증을 가지지 않고서는 살아갈 수가 없어. 바로 그런 점에 나라는 인간의 존재 가치가 있다고 생각하지. 자네는 단지 생각만 하고 있어. 생각만 하다 보니 관념 속의 세계와 현실 세계를 따로따로 분리한 채 살아가는 거야. 이런 엄청난 부조화를 감내하는 것 자체가 이미 겉으론 드러나지 않는 크나큰 실패가 아닐까? 왜냐고? 내 경우 그런 부조화를 겉으로 드러내지만, 자네의 경우는 속에 감춰둔다는 정도의 차이가 있을 뿐으로, 사실 그 정도를 따지자면 겉으로 드러낸 만큼 내가 자네보다 덜 실패했다고 할 수 있지. 그런데도 나는 자네에게 비웃음을 당하고 있어. 그리고 나는 자네를 비웃을 수가 없어. 아니, 비웃고는 싶지만 세상 사람들은 비웃어서는 안 된다고 하겠지."

"아니, 비웃어도 상관없어. 자네가 나를 비웃기 이전에 이미 나 스스로 나를 비웃고 있으니까."

"그건 거짓말. 그렇지, 미치요?"

미치요는 내내 잠자코 앉아 있다가 남편이 불현듯 동의를 구하자 빙그레 웃으며 다이스케를 보았다.

"정말이지요? 미치요 씨."라고 말하며 다이스케는 잔을 내밀어 술을 받았다.

"그건 거짓말이야. 내 마누라가 아무리 변호를 해준다 해도 틀림없는 거짓말이야. 하기야 자네는 남을 비웃든 자신을 비웃든 모두 머릿속에서 하는 사람이니까 거짓인지 정말인지 분명히 구분할 수가 없지만……."

"그런 농담 말게."

"농담이 아니야. 진심으로 하는 말일세. 물론 예전의 자네
는 그렇지 않았지. 예전의 자네는 그렇지 않았지만 지금은 많
이 변했어. 그렇지? 미치요, 나가이는 누가 보더라도 자신만만
해 보이지?"

"왠지 아까부터 옆에서 듣고 있자니 오히려 당신 쪽이 훨씬
자신만만한 것처럼 보여요."

히라오카는 큰 소리를 내어 웃었다. 미치요는 술 데우는 그
릇을 들고 옆방으로 갔다.

히라오카는 상 위에 놓인 안주를 젓가락으로 뒤적여 두세
점 집어서 고개를 숙인 채 소리를 내어 먹더니, 이윽고 게슴츠
레한 눈을 들고 말했다.

"오늘은 오랜만에 기분 좋게 취했어. 이봐……. 자네는 그다
지 기분이 좋아지지 않는 것 같군. 정말로 괘씸해. 나는 예전
의 히라오카 쓰네지로로 돌아갔는데도 자네가 예전의 나가이
다이스케로 돌아가지 않는다는 것은 괘씸한 일이야. 제발 옛
날로 돌아가 주게. 그리고 마음껏 마시게. 나도 이제부터 마실
테니까. 그러니 자네도 같이 마시게나."

다이스케는 그 말 속에서 지금의 자기 자신을 옛날로 되돌
아가게 하려는 진솔하고 순수한 어떤 노력을 느낄 수가 있었
다. 그리고 그 점에 감동했다. 하지만 한편으로는 그저께 먹은
빵을 지금 돌려달라고 강요하는 느낌도 들었다.

"자네는 술을 마시면 말은 취할지언정 정신만은 대개 흐트

러지지 않는 사람이니, 나도 한마디하겠네만."

"바로 그거야. 그래야 나가이답지."

다이스케는 갑자기 말하기가 싫어졌다.

"자네, 정신은 멀쩡한가?" 하고 물었다.

"물론이지. 자네만 멀쩡하다면 나는 언제나 멀쩡하지."

라고 말하고는 똑바로 다이스케의 얼굴을 쳐다보았다. 정말로 그의 말이 맞는 것 같았다. 그래서 다이스케는 말을 시작했다.

"자네는 아까부터 아무 일도 하지 않는다며 나를 꽤 공격했지만, 나는 가만히 있었네. 자네가 공격한 대로 나는 아무 일도 하고 있지 않으니까 가만히 있었던 거야."

"왜 일을 안 하는 거지?"

"왜 일하지 않느냐고 말하지만 그건 내 탓이 아니야. 말하자면 세상이 그렇게 만드는 거지. 좀 더 거창하게 말하자면 일본과 서양과의 관계가 잘못되었기 때문에 일하지 않는 거야. 우선 일본만큼 빚을 져서 가난에 허덕이고 있는 나라는 없을 거야. 자넨 그 빚을 언제 갚을 수 있다고 생각하나? 그야 물론 외채 정도야 갚을 수 있겠지. 하지만 그것만이 빚이 아니야. 일본은 서양에서 빚이라도 얻지 않는다면 도저히 꾸려나갈 수가 없는 나라야. 그러면서도 선진국이라고 자처하고 있지. 그러고는 어떻게든 선진국 대열에 끼려고 하고 있어. 그러니 모든 방면에 걸쳐서 깊이보다는 넓이를 확장해 선진국처럼 벌려놓은 거야. 무리하게 벌려놓았기 때문에 더욱 비참한 거야. 소와 경쟁을 하는 개구리처럼 이제 곧 배가 터지고 말 거야.

그 영향은 전부 우리들 개인에게 미치게 될 터이니 두고 보게 나. 이렇게 서양의 압박을 받고 있는 국민은 정신적으로 여유가 없으니 일다운 일을 할 수가 없지. 모두 빡빡하게 짜인 교육을 받고, 그러고 나면 눈 돌릴 틈도 없을 정도로 혹사를 당하니 너나 할 것 없이 신경쇠약에 걸리게 되지. 한번 이야기를 시켜보게나, 대개는 바보일 터이니까. 자신의 일과 자신의 현재, 아니 눈앞의 일 외에는 아무 생각도 없지. 생각할 수 없을 정도로 피곤한 상태이니 어쩔 수 없긴 해. 정신적인 피로와 신체적인 쇠약은 불행하게도 항상 붙어 다니는 법이니까. 그뿐 아니라 도덕적으로도 타락해 가고 있어. 일본의 그 어디를 둘러보아도 밝게 빛나고 있는 구석이라고는 단 한 군데도 없지 않은가? 온통 암흑이야. 그 속에서 나 혼자만이 뭐라고 말한들, 그리고 무슨 일을 한들 소용이 없지. 나는 원래 게으른 편이야. 아니, 자네와 가깝게 지내던 때부터 나는 게으름쟁이였어. 그때는 억지로라도 자신만만해했으니, 자네에게는 재능 있고 유망하게 보였을 거야. 그야 물론 지금이라도 일본 사회가 정신적, 도덕적, 구조적으로 대체로 건전하다면 나도 예전처럼 유망한 사람이 될 수 있겠지. 그렇기만 하다면 할 일은 얼마든지 있을 테니까. 그리고 태만한 내 성격을 극복해 낼 만한 자극도 또한 얼마든지 생길 거라고 생각해. 하지만 이 상태라면 안 돼. 지금과 같은 상태라면 나는 오히려 나 자신만을 위해 살 수밖에. 그래서 자네 말대로 있는 그대로의 세계를 있는 그대로 받아들여 그 안에서 나에게 가장 적합한 것과 접촉하며 지내는 삶에 만족하고 있네. 나서서 다른 사람들이 내 생각을 따르도록 하는 것은 도저히 불가능한 이야기니 말일세."

다이스케는 잠시 숨을 돌렸다. 그러고 나서 약간 거북한 표정을 짓고 앉아 있는 미치요에게 친근하게 말을 걸었다.

"미치요 씨. 어때요, 내 생각이? 만사태평이어서 좋지요? 찬성 안 합니까?"

"뭔가 염세적인 듯하기도 하고 무사태평인 듯도 한데, 저는 잘 모르겠어요. 굳이 이야기하자면 조금 얼버무리고 계신 것 같아요."

"그래요? 어떤 점이?"

"글쎄, 어떤 점이라 해야 할지, 여보, 당신이 좀⋯⋯."

하며 미치요는 남편을 쳐다보았다. 히라오카는 허벅지 위에 팔꿈치를 올려놓고 턱을 괸 채 잠자코 있다가 아무 말도 없이 술잔을 다이스케 앞으로 내밀었다. 다이스케도 말없이 잔을 받았다. 미치요가 다시 술을 따랐다.

다이스케는 잔에 입술을 대면서 이제는 더 이상 이야기할 필요가 없다고 느꼈다. 원래 히라오카가 자신과 같은 생각을 가지도록 설득하기 위해서 주장한 것도 아니고, 또한 히라오카의 의견을 듣기 위해서 찾아온 것도 아니다. 두 사람은 언제까지나 제각기 떨어져 있어야 할 운명이라는 사실을 처음부터 잘 알고 있었기에, 다이스케는 토론은 적당히 끝내고 미치요도 낄 수 있을 만한, 평범하고 일상적인 화제를 꺼내려고 시도해 보았다.

그렇지만 히라오카는 취하면 끈질기게 물고 늘어지는 성격이었다. 털 속까지 벌게진 가슴을 내민 채 이렇게 말했다.

"그거 재미있는데. 무척 재미있어. 나처럼 구석에 처박혀서 현실과 싸우는 사람은 그런 것을 생각할 여유가 없다네. 일본이 빈약하다든지 겁쟁이라든지 하는 것은 일하고 있는 동안은 잊어버리게 되지. 세상이 타락했다 할지라도 그러한 타락을 알아차리지도 못한 채 그 안에서 활동하니 말이야. 자네와 같은 한가한 사람이 보기에는 일본의 가난이나 우리들의 타락이 걱정될지도 모르지만, 그건 이 사회에 아무런 쓸모가 없는 방관자들이나 할 수 있는 말이지. 말하자면 자신의 얼굴을 거울에 비춰볼 여유가 있으니까 그렇게 되는 거야. 누구든 바쁠 때는 자신의 얼굴 따위는 잊어버리게 되지 않겠나?"

히라오카는 말하는 동안에 저절로 그런 비유가 떠오르자 든든한 우군을 얻은 듯한 기분이 들었기에 득의양양해서 말을 맺었다. 다이스케는 하는 수 없이 입가에 가느다란 웃음을 띠어 보였다. 그러자 히라오카는 이내 덧붙여서 말했다.

"자네는 돈에 궁해본 적이 없어서 문제야. 생활이 곤란하지 않으니까 일할 생각이 나지 않는 거야. 요컨대 부잣집 도련님이라고 고상한 말만 늘어놓고……."

다이스케는 히라오카가 밉살스럽게 느껴져서 도중에 말을 가로막았다.

"일하는 것도 좋지만, 만일 일을 한다면 단지 생활만을 위한 일이어서야 가치 있는 일이라고 할 수 없지. 모든 신성한 일이란 인간이 살아가기 위한 빵과는 무관한 법이야."

히라오카는 뭔가 불쾌한 눈초리로 다이스케의 얼굴을 살폈다. 그러고는,

"왜일까?"라고 물었다.

"왜냐니, 생활을 위한 노동은 노동을 위한 노동이 아니니까."

"그런 논리학의 명제와 같은 말은 알아들을 수가 없어. 좀더 구체적으로 누구나 알아들을 수 있는 설명을 해보게."

"요컨대 먹고살기 위한 직업에는 성실하게 매달리기가 어렵다는 의미지."

"내 생각과는 정반대로구면. 먹고살기 위해서니까 맹렬히 일할 생각이 일지 않을까?"

"맹렬히 일할 수 있을지는 모르지만, 성실하게 일하기는 힘들지. 먹고살기 위해 일한다고 하면 결국 먹고사는 것과 일하는 것 중 어느 쪽이 목적이라고 생각하나?"

"물론 먹고사는 쪽이지."

"그것 봐. 먹고사는 것이 목적이고 일하는 것이 방편이라면, 먹고살기 쉽게 일하는 방법을 맞추어갈 것이 뻔하지 않겠나? 그러면 무슨 일을 하든 개의치 않고 그저 빵을 얻을 수만 있으면 된다는 생각을 하게 되지 않을까? 노동의 내용이나 방향 내지는 순서가 다른 것의 간섭을 받게 된다면 그러한 노동은 타락한 노동이라 할 수 있지."

"여전히 이론적이군. 그렇다고 해서 문제가 될 것은 전혀 없지 않은가?"

"그럼 극히 고상한 예를 들어서 설명해 주지. 진부한 이야기지만, 어떤 책에서 이런 이야기를 읽은 기억이 있어. 오다 노부

나가가 어느 유명한 요리사를 고용했는데, 그 요리사가 만든 음식을 처음으로 먹어보고 너무 맛이 없어서 심한 잔소리를 했다는군. 요리사로서는 최상급의 요리를 만들었는데 야단을 맞자 그다음부터는 적당히 이류 내지는 삼류의 요리를 주인에게 만들어주었더니 내내 칭찬을 받았다고 하네. 그 요리사의 경우를 보게. 생활을 위해서 일을 한다는 점에서는 빈틈이 없는 사람이라고 하겠지만, 자신의 기술인 요리 그 자체를 위해서 일한다는 점으로 봐서는 매우 불성실한, 즉 타락한 요리사라고 할 수 있지 않을까.”

“하지만 그렇게 하지 않으면 해고당하게 되니 하는 수 없지 않겠나?”

“그러니 말일세. 말하자면 의식주에 곤란을 겪지 않는 사람이 흥미가 있어서 하는 일이 아니고서야 진실되게 일을 할 수가 없는 거지.”

“그렇다면 자네와 같은 신분을 가진 사람이어야만 신성한 노동을 할 수 있는 셈이군. 그렇다면 더욱더 일할 의무가 있구먼. 그렇지, 미치요?”

“정말이에요.”

“어쩌다 보니 이야기가 원점으로 되돌아가 버렸군. 토론은 이래서 좋지 않아.”

라고 말하며 다이스케는 머리를 긁적거렸다. 마침내 그렇게 해서 토론은 끝이 났다.

7

다이스케는 욕조에 들어갔다.

"선생님, 어떠세요. 물 따뜻한가요? 아니면 불을 좀 더 지필까요?"

라고 가도노가 불쑥 입구에서 얼굴을 디밀었다. 가도노는 이런 데에는 매우 세심한 편이었다. 다이스케는 가만히 뜨거운 물에 몸을 담근 채,

"됐어."

라고 대답했다. 그러자 가도노가,

"그러세요?"

라고 내뱉듯이 말하고는 식당 쪽으로 돌아갔다. 다이스케는 가도노의 대답하는 말투가 재미있어서 혼자 빙긋이 웃었다. 다이스케는 남이 느끼지 못하는 것을 느낄 수 있는 특이한 신경을 지니고 있었다. 그것 때문에 가끔 괴로워한 적도 있었다. 언젠가 친구의 아버님이 돌아가셔서 장례식의 수행원 역할을 한 적이 있었는데, 그 친구가 상복을 입고서 푸른 대나무를 짚고 관 뒤를 따라가는 모습을 보자 갑자기 웃음이 나오려고 해서 난처했던 일이 있었다. 또 언젠가는 아버지의 훈계를 듣는 도중에 무심코 아버지의 얼굴을 보자 갑자기 웃음이 터지려고 해서 어찌할 바를 몰랐던 일도 있었다. 집에 욕조를 들여놓기 전에는 근처의 대중탕에 다녔었는데, 거기에 체격이 건장한 때밀이가 있었다. 그는 다이스케가 갈 때마다 안에서 뛰어나와서는 때를 밀어드리지요 하고 말하고서 등을

밀어주었다. 다이스케는 그가 몸을 밀어줄 때마다 이집트인이 문지르는 듯한 느낌이 들었다. 아무리 고쳐 생각해 봐도 일본 인이라는 생각은 들지 않았다.

또 이상한 일이 있었다. 얼마 전에 어떤 책을 읽으니, 베버 라는 생리학자는 자신의 심장의 고동을 마음대로 늘였다 줄 였다 조절한다고 쓰여 있어서, 평소부터 심장의 고동을 시험 하는 버릇이 있는 다이스케는 시험 삼아 한번 해보고 싶어져 하루에 두세 번쯤 조심스럽게 해보는 사이에 정말로 베버처럼 될 것 같은 생각이 들어 깜짝 놀라서 그만두어 버렸다. 뜨거 운 물속에 조용히 몸을 담그고 있던 다이스케는 무심코 오른 손을 왼쪽 가슴 위에 갖다 댔는데 쿵쿵거리는 생명의 소리를 두세 번 듣게 되자 황급히 베버를 떠올리고 곧바로 욕조 밖 으로 나갔다. 그리고 거기에서 책상다리를 한 채 멍하니 자신 의 발을 응시했다. 그러자 그 발이 이상하게 보이기 시작했다. 그건 아무래도 자신의 몸에 붙어 있는 것이 아니라 자신과는 전혀 상관이 없는 것이 그 자리에 제멋대로 놓인 듯한 느낌이 들었다. 그러자 지금까지는 의식하지 못했었는데, 그것은 실로 눈뜨고 볼 수가 없을 정도로 추하게 보였다. 고르지 않게 자 란 털 사이로 푸른 힘줄이 군데군데 뻗어 있어서 마치 이상한 동물과도 같았다.

다이스케는 다시 욕조 안으로 들어가서, 히라오카의 말대 로 그야말로 너무 시간이 많다 보니 이런 망상까지 하게 되는 걸까 하고 생각했다. 욕조에서 나와 거울에 자신의 모습을 비 추어 보았을 때도 또다시 히라오카의 말이 떠올랐다. 폭이 넓은 서양 면도기로 턱과 뺨의 수염을 깎을 때, 거울 속에 비치는 그 예리한 칼날에서 번뜩이는 빛은 어딘지 근질거리는 느낌이 들게 했다. 그런 느낌이 심해지면 높은 탑 위에서 아래를 내려다볼 때와 같은 느낌일 거라는 생각을 하면서 간신히 면도를 끝냈다.

식당 앞을 막 지나치려고 하는데,

"아무리 봐도 선생님은 수완이 좋으셔."

라고 가도노가 아주머니에게 말하고 있었다.

"무슨 수완이 좋다는 거지?"

라며 다이스케는 선 채로 가도노를 바라보았다. 가도노는,

"아니, 벌써 목욕이 끝나셨나요? 빠르시네요."

라고 대답했다. 그런 대꾸를 들으니 다시 한번 무슨 수완이 좋으냐고 물어볼 수도 없어 그대로 서재로 돌아와 의자에 앉아서 휴식을 취했다.

그러면서 이렇게 머리가 엉뚱한 쪽으로 민감해지면 건강에 좋지 않을 것 같으니 잠시 여행이라도 다녀올까 하고 생각해 보았다. 요즘 거론되는 결혼 문제를 피하기 위한 좋은 방편이라는 생각도 들었다. 그러자 이번에는 히라오카의 일이 이상하게 마음이 걸려서 어디론가 떠나겠다는 계획을 이내 포기하게 되었다. 그것은 따져보면 히라오카가 걱정된다기보다는 역시 미치요가 걱정되었다고 해야 옳았다. 다이스케는 그렇게 생각하면서도 그다지 부도덕하다고는 여기지 않았다. 오히려 유쾌한 기분이 들었다.

다이스케가 미치요를 알게 된 것은 지금으로부터 사오 년

전으로 다이스케가 아직 학생이었을 때다. 다이스케는 나가이 가문의 사람이라서 당시 사교계에 등장하는 젊은 아가씨들의 이름이나 얼굴을 많이 알고 있었다. 그렇지만 미치요는 그런 부류의 여성은 아니었다. 수수한 인상에 약간 어두운 분위기의 여자였다. 그 당시 다이스케에게는 스가누마[菅沼]라는 학교 친구가 있었는데, 다이스케도 히라오카도 그와 매우 친하게 지냈다. 미치요는 그의 여동생이다.

스가누마의 고향은 도쿄 근처로, 대학생이 된 지 이 년째 되는 해 봄에 학업을 구실로 고향에서 여동생을 데리고 와, 그때까지 있던 하숙집에서 나와 둘이서 집을 얻었다. 그때 그 여동생은 고향에서 고등 여학교를 막 졸업한 상태로 나이는 아마 열여덟 정도라고 했는데, 화려한 장식용 깃을 달고 어깨 부분에 천을 겹쳐 넣은 그런 옷을 입고 있었다. 그 후 곧 그녀는 어느 여학교에 다니기 시작했다.

스가누마의 집은 야나카의 시미즈초에 있었는데, 뜰이 없는 대신 툇마루에 나서면 우에노 숲의 오래된 삼나무가 높이 보였다. 그 나무들은 녹슨 쇠 같은 매우 이상한 색을 띠고 있었다. 그중에 한 그루는 거의 말라죽어서 앙상한 가지만 남은 뒤쪽에 저녁이면 까마귀가 많이 몰려들어 울었다. 옆집에는 젊은 화가가 살고 있었다. 인력거도 그다지 다니지 않는 좁은 골목에 있는 지극히 조용한 집이었다.

다이스케는 그곳에 자주 놀러 갔다. 처음 미치요를 보았을 때, 미치요는 인사만 하고서는 물러가 버렸다. 다이스케는 우에노 숲에 대한 이야기를 하고는 돌아왔다. 두 번째, 세 번째

갔을 때도 미치요는 다만 차를 내올 뿐이었다. 그렇다 해도 좁은 집이니 옆방에 있을 수밖에 없었다. 다이스케는 스가누마와 이야기를 하며 옆방에서 미치요가 자신의 이야기를 듣고 있을 거라는 사실을 의식하지 않을 수 없었다.

어떤 계기로 미치요와 말을 하게 되었는지 다이스케는 도무지 기억이 나지 않는다. 기억이 안 날 정도로 사소한 계기였을 것이다. 시나 소설에 싫증이 난 다이스케로서는 그런 점이 오히려 흥미로웠다. 하지만 일단 서로 말을 하게 되고 나서는 역시 시나 소설에서와 마찬가지로 두 사람은 곧 친숙해졌다.

히라오카도 다이스케처럼 스가누마의 집에 자주 놀러 갔다. 어떤 때는 둘이서 같이 간 적도 있었다. 그래서 그도 다이스케와 비슷한 시기에 미치요와 친해졌다. 미치요는 이따금 오빠와 그 두 사람을 따라 이케노하타 같은 곳을 산책하기도 했다.

네 사람은 그런 식으로 거의 이 년 정도를 지냈다. 그러다 스가누마가 졸업하는 해 봄, 그의 어머니가 시골에서 다니러 와 잠시 시미즈초에 묵고 있었다. 그의 어머니는 일 년에 한두 번씩은 상경해서 자식들 집에서 오륙 일 정도 묵곤 했는데, 그때는 돌아가기 전날부터 열이 나기 시작해서 꼼짝도 못 하게 되었다. 일주일이 지나서야 장티푸스로 판명되어 곧 대학 병원에 입원했다. 미치요도 곁에서 간호하기 위해서 병원에서 기거했다. 환자는 한때 약간 상태가 좋아졌으나 도중에 악화되어 결국 돌아가셨다. 그뿐만이 아니다. 병문안하러 갔던 스가누마도 장티푸스에 전염되어 곧 세상을 떠났다. 그의 고향에는 아버지 혼자 남게 되었다.

스가누마의 아버지는 어머니가 돌아가셨을 때도, 스가누마가 죽었을 때도 고향에서 올라와 뒤처리를 했기 때문에 생전에 관계가 깊었던 다이스케나 히라오카와도 친숙해졌다. 미치요를 데리고 고향에 돌아갈 때는 딸과 함께 두 사람의 하숙집을 각각 방문해서 작별 인사 겸 사의를 표했다.

그해 가을 히라오카는 미치요와 결혼했다. 그리고 그사이에서 다리 역할을 한 사람은 다이스케였다. 하긴 표면상으로는 시골에 있는 선배에게 중매인으로서 결혼식에 참석해 달라고 부탁했지만, 직접 미치요의 승낙을 얻어내려고 애쓴 사람은 다이스케였다.

결혼하고 얼마 후에 두 사람은 도쿄를 떠났다. 고향에 있던 아버지도 뜻하지 않은 사정으로 인해 하는 수 없이 홋카이도로 떠난 만큼 지금 미치요의 마음은 허전하기만 할 것이다. 어떻게든 도쿄에서 자리를 잡을 수 있도록 도와주고 싶은 심정이다. 다이스케는 다시 한번 형수와 상의해서 일전에 부탁받은 돈을 마련해 주어야겠다고 생각했다. 또한 미치요를 만나서 좀 더 구체적인 사정을 자세히 들어보리라 생각했다.

하지만 히라오카의 집에 간다고 해서 미치요가 무턱대고 모든 사정을 털어놓을 여자도 아니고, 설령 그런 돈이 필요한 사정을 자세히 말해준다 해도 그들 부부의 속사정까지 쉽게 캐낼 수는 없을 것이다. 다이스케의 속마음을 들여다보면, 그가 진정으로 알고 싶은 것은 오히려 그 점이라는 것을 스스로 인정할 수밖에 없다. 그러므로 솔직히 말하자면 돈이 필요한 이유를 알려고 할 필요는 이미 없어진 것이다. 실은 사정이야 물어보든 안 물어보든 돈을 빌려주어서 미치요의 근심을 덜어주고 싶은 심정이었다. 그렇지만 미치요의 환심을 사려는 목적의 수단으로서 돈을 마련할 생각은 조금도 없었다. 다이스케는 미치요에 대해서 치밀한 계산을 세울 만한 여유가 없었다.

게다가 히라오카가 없을 때를 골라서 찾아가 지금까지의 사정, 특히 경제 사정만이라도 충분히 알아내기는 곤란했다. 히라오카가 집에 있는 이상, 자세한 이야기를 할 수 없을 것은 뻔했다. 설사 할 수 있다 하더라도 그걸 처음부터 끝까지 그대로 믿을 수는 없는 노릇이다. 히라오카는 세속적인 동기에서 다이스케에게 허세를 부리고 있었다. 허세를 부릴 필요가 없는 경우에는 어떤 생각에서인지 침묵을 지켰다.

여하튼 다이스케는 형수에게 상의해 보기로 결심했다. 그렇지만 스스로도 참으로 막연하게 느껴졌다. 이제까지 형수에게 조금씩 돈 부탁을 한 적은 몇 번 있었지만, 이렇게 느닷없는 부탁을 하기는 처음이었다. 하지만 우메코는 자기가 마음대로 할 수 있는 돈을 어느 정도 갖고 있으므로 어쩌면 돈을 빌릴 수 있을지도 모를 일이었다. 만약 그것이 불가능하면 비싼 이자를 물더라도 빌리면 되겠지만, 다이스케는 아직 그렇게까지는 하고 싶지 않았다. 다만 조만간 히라오카로부터 정식으로 연대 보증을 부탁받아 그걸 거절할 수 없게 될 바에야 차라리 자진해서 미치요를 직접 기쁘게 해주는 편이 훨씬 낫겠다는 생각만은 아무래도 떨쳐버릴 수가 없었다.

후텁지근한 바람이 부는 날이었다. 언제가 돼도 맑아질 것 같지 않은 흐린 날씨 탓에 시간 가는 게 한없이 더디게 느껴지는 4시 조금 지난 시각에 집을 나서서 전차를 타고 형 집으로 갔다. 아오야마궁(宮) 근처에 이르렀을 때, 전차 왼쪽으로 아버지와 형이 황급히 인력거를 타고 지나가는 것이 보였다. 인사를 할 틈도 없이 스쳐갔기 때문에 그쪽에서는 물론 보지도 못하고 지나갔다. 다이스케는 그다음 정거장에서 내렸다.

형네 집 문을 들어서자 객실 쪽에서 피아노 소리가 들렸다. 다이스케는 잠시 자갈 위에 서 있다가 곧 왼쪽으로 꺾어서 부엌문 쪽으로 돌아갔다. 거기에는 격자문 밖에 헥터라는 몸집이 큰 영국산 개가 가죽끈에 큰 입이 묶인 채 누워 있었다. 다이스케의 발소리를 듣자마자 헥터는 털이 긴 귀를 쫑긋 세우더니 반점이 있는 얼굴을 불쑥 들었다. 그러더니 꼬리를 흔들었다.

입구에 있는 서생의 방을 들여다보고 문턱에 선 채 두세 마디 인사말을 건넨 뒤, 곧 서양식 방 쪽으로 가서 문을 열자 형수가 피아노 앞에 앉아서 두 손을 움직이고 있었다. 그 옆에는 누이코가 소매가 긴 옷을 입고 머리를 어깨까지 늘어뜨린 채 서 있었다. 다이스케는 누이코의 머리를 볼 때마다 그네를 타고 놀던 누이코의 모습이 떠오른다. 검은 머리와 연분홍빛 리본과 노란색의 오글쪼글한 비단 오비가 한꺼번에 바람에 날려 하늘로 나부끼고 있는 모습을 선명히 기억했다.

모녀는 동시에 뒤돌아보았다.

"어머!"

누이코는 말없이 달려오더니 다이스케의 손을 힘껏 끌어당겼다. 다이스케는 피아노 옆으로 갔다.

"어떤 명연주가가 치고 있나 했지."

우메코는 아무 말도 하지 않은 채 이마에 주름을 지어 웃으면서 손을 저어서 다이스케의 말을 가로막았다. 그러고 나서 이렇게 말했다.

"도련님, 이 부분 좀 쳐보세요."

다이스케는 잠자코 형수와 바꿔 앉았다. 악보를 보면서 양쪽 손가락을 잠시 능숙하게 움직인 뒤,

"이렇게 치는 거겠죠?"

라고 말하고는 곧 의자에서 일어났다.

그러고는 약 삼십 분간 모녀가 번갈아 악기 앞에 앉아서는 같은 곳을 복습하다가 이윽고 우메코가,

"이제 그만두자꾸나. 저쪽으로 가서 식사라도 해야지. 도련님도 같이 가세요."

라고 말하며 일어섰다. 방 안은 이미 어둑어둑해져 있었다. 다이스케는 아까부터 피아노 소리를 들으며 형수랑 조카의 하얀 손이 움직이는 모습을 보다가 때로는 예의 채광창의 그림을 바라보며 미치요의 일로 돈을 빌려야 한다는 생각도 거의 잊고 있었다. 방을 나올 때 뒤돌아보니 남빛 파도가 부서져 하얀 거품이 이는 부분만이 어둠 속에서 선명하게 보였다. 다이스케는 그 크나큰 파도 위에 황금빛 구름 봉우리를 가득 그리게 했다. 그 구름 봉우리는 자세히 보면 벌거벗은 거구의 여인이 머리를 풀어헤치고 춤을 추며 한 덩어리가 되어

서 광란하는 듯한 교묘한 윤곽을 보였다. 다이스케는 발키리[22]를 구름에 비겨볼 생각으로 그 그림을 주문했다. 그는 그 구름 봉우리인지 아니면 거대한 여인지 거의 구분할 수 없는 거대한 덩어리를 머릿속에 떠올리며 내심 기뻐했었다. 하지만 완성된 그림을 벽 속에 끼워 넣고 보니 상상했던 것보다는 마음에 들지 않았다. 우메코와 함께 방을 나왔을 때는 그 발키리는 거의 보이지 않았다. 남빛 파도는 물론 보이지 않았다. 하얀 거품 덩어리만이 희끄무레하게 보였다.

거실에는 이미 전등이 켜져 있었다. 거기에서 다이스케는 우메코와 함께 저녁을 먹었다. 두 아이도 자리를 함께했다. 세이타로에게 형 방에서 마닐라산 엽궐련 한 개비를 가져오라고 해서 그걸 피우면서 잡담을 했다. 이윽고 아이들은 예습을 해야 하는 시간이라는 어머니의 주의를 받고 각자의 방으로 물러갔기 때문에 그 후로는 형수와 단둘이 남게 되었다.

다이스케는 갑자기 돈 이야기를 꺼내기도 어색해서 다른 이야기부터 시작했다. 우선 아버지와 형이 황급히 인력거를 타고 어디에 갔느냐는 이야기부터, 일전에 형이 한턱냈다는 것, 형수는 왜 아자부에서 열렸던 원유회에 오지 않았느냐, 아버지의 한시는 대체적으로 과장이 심하다든지 하는 따위를 묻기도 하고 대답하기도 하는 중에 한 가지 새로운 사실을 발견했다. 그건 바로 아버지와 형이 요즈음 눈에 띄게 바빠져 최

---

22) 북유럽신화에 등장하는 전투의 소녀로 전쟁터에서 하늘을 날아다니며 명예로운 전사자를 천국으로 인도하는 역할을 했다.

근 사오 일 동안은 제대로 잘 틈도 없을 정도라는 사실이었다. 도대체 무슨 일이 있었느냐고 다이스케는 태연한 표정으로 물어보았다. 그러자 형수도 여느 때와 같은 어조로,

"글쎄요, 뭔가 있었겠지요. 아버님도 형님도 저에게는 아무 말씀도 안 하시니까 잘 모르지만."라고 대답하더니,

"그보다도 도련님은 일전의 신붓감을……"

하고 말하려는 참에 서생이 들어왔다.

오늘 밤도 늦어지는데 만일 누구와 누구가 오면 무슨무슨 집으로 오라고 전해달라는 전화 내용을 전달하고서 서생은 다시 나갔다. 다이스케는 형수가 결혼 문제에 관한 이야기를 다시 꺼내게 되면 귀찮을 것 같아서,

"그런데 형수님 좀 부탁드릴 일이 있어서 왔는데요……"

라며 곧 용건을 꺼냈다.

우메코는 다이스케의 이야기를 잠자코 듣고 있었다. 다이스케가 이야기를 끝마치기까지는 약 십 분 정도 걸렸다. 마지막으로,

"그러니 눈 딱 감고 돈 좀 빌려주세요."

라고 말했다. 그러자 우메코는 진지한 표정으로,

"글쎄요. 하지만 도대체 언제 갚을 생각이죠?"

라고 생각지도 않은 질문을 던졌다. 다이스케는 턱 끝을 손가락으로 쥔 채 가만히 형수의 표정을 살폈다. 우메코는 점점 더 진지한 표정을 하고는 이렇게 말했다.

"비꼬는 게 아니에요. 그러니 화내지 마세요."

다이스케는 물론 화를 내지는 않았다. 단지 가족 간에 그

런 질문을 받게 되리라고 예측해 본 적이 없을 뿐이었다. 새삼스럽게 갚을 생각이라는 둥 그냥 달라고 할 생각이었다는 둥 늘어놓을수록 우스꽝스러워질 뿐이므로 기꺼이 그 타격을 받아들였다. 우메코는 다루기 힘든 시동생을 드디어 꽉 붙잡아 옴짝 못 하게 한 것 같은 생각에 그다음 말을 쉽게 이을 수 있었다.

"도련님, 도련님은 평소에 저를 바보 취급하고 있어요. 아니, 빈정대는 게 아니에요. 정말 그러신 걸 어쩔 수 없죠. 그렇지요?"

"난처하군요. 그렇게 정색을 하고 따지시니."

"괜찮아요, 얼버무리려 하지 않아도. 다 알고 있으니까요. 그러니 솔직히 그렇다고 말해버리세요. 그렇지 않으면 그다음 이야기를 할 수가 없으니까요."

다이스케는 잠자코 빙그레 웃고 있었다.

"그렇죠? 자, 보세요. 하지만 그게 당연해요. 전혀 상관없어요. 아무리 내가 잘난 체해도 도련님에게는 당할 수 없을 게 뻔한걸요. 나와 도련님과는 지금까지 지내오면서 서로 만족하고 있으니 불평은 없어요. 그건 그렇다 치더라도 도련님은 아버님도 무시하고 있죠?"

다이스케는 형수의 솔직한 태도가 마음에 들었다. 그래서,

"네, 조금은 무시하고 있습니다."

라고 대답했다. 그러자 우메코는 자못 유쾌하다는 듯이 하하하 하고 웃었다. 그러고는 말했다.

"형님도 무시하고 있죠?"

"형님 말입니까? 형님은 대단히 존경하고 있지요."

"거짓말 마세요. 말 나온 김에 전부 털어놓으세요."

"그야, 어떤 면에서는 무시하지 않는 것도 아니지요."

"그것 보세요. 도련님은 가족 모두를 무시하고 계세요."

"대단히 죄송합니다."

"그런 변명은 굳이 안 해도 돼요. 도련님이 보시기에는 모두 무시당할 만한 이유가 있을 테니까."

"이제 그만하시지요. 오늘은 상당히 무서우신데요."

"정말이에요. 그래도 상관없어요. 싸울 생각은 없으니까요. 하지만 그렇게 훌륭한 분이 어째서 나 같은 사람에게 돈을 빌릴 필요가 있는 거죠? 이상하지 않아요? 아니, 말꼬리를 잡아 비꼰다고 생각하면 화가 나시겠지만, 그렇지 않아요. 그 정도로 훌륭한 분이라도 돈이 없으면 나 같은 사람에게 머리를 숙이지 않으면 안 되는 거예요."

"그러니까 아까부터 머리를 숙이고 있는 겁니다."

"아직도 제 말을 진심으로 듣고 계시지 않는군요."

"진심으로 하는 말입니다."

"그럼 그것도 도련님의 훌륭한 점일지도 모르겠군요. 하지만 아무에게도 돈을 빌릴 수가 없어 지금 그 친구를 도울 수 없게 된다면 어떻게 할 생각이죠? 아무리 훌륭하다 한들 어쩔 도리가 없지 않을까요? 능력이 없다는 점에서는 인력거꾼이나 마찬가지잖아요."

다이스케는 이제까지 형수가 이토록 적절한 견해로 자신에게 공격을 가할 수 있으리라고는 생각지 않았다. 사실은 돈을 마련해야 할 필요가 생겼을 때부터 스스로도 그런 약점을 암암리에 느끼고 있었다.

"틀림없는 인력거꾼이지요. 그러니 형수님에게 부탁하는 겁니다."

"어쩔 도리가 없군요, 도련님. 너무 훌륭하시니 말이에요. 도련님 혼자 힘으로 돈을 마련해 보시지요. 진짜 인력거꾼이라면 빌려주지 않을 이유도 없겠지만 도련님에게는 싫군요. 좀 너무하시지 않아요? 매달 형님이랑 아버님의 신세를 지고 있으면서, 게다가 남의 일까지 떠맡아서 돈을 빌려주자고 하니 말이에요. 아무도 돈을 내놓고 싶지 않을걸요."

우메코의 말은 실로 지당했다. 하지만 다이스케는 그 지당함을 깨닫지 못하고 앞질러 나가고 있었다. 뒤돌아보니 뒤에서 형수와 형과 아버지가 한데 뭉쳐 있었다. 자신도 되돌아가서 남들처럼 살지 않으면 안 된다고 느꼈다. 집을 나올 때 형수에게 거절당하지 않을까 걱정은 했었다. 하지만 그런 것 때문에 열심히 일해서 스스로 돈을 벌어야만 하겠다는 결심은 결코 서지 않았다. 다이스케는 이번 일을 그다지 중요하게 여기지 않았던 것이다.

우메코는 이 기회를 이용해서 여러 각도로 다이스케를 자극하려고 애썼다. 하지만 다이스케는 우메코의 의도를 잘 알았다. 잘 알고 있기에 더더욱 화를 낼 생각은 없었다. 그러다가 화제는 돈 문제를 떠나서 다시 결혼 문제로 되돌아갔다. 다이스케는 일전의 혼담에 대해서 얼마 전부터 아버지에게 두 번이나 잔소리를 들었다. 아버지는 언제 들어도 의리를 매우 중시하는 구식의 논리를 펼쳤지만, 그 대신 이번에는 그다지 강압적이지 않았다. 자기 생명의 은인이었던 사람의 혈통을 물려받은 사람과 인연을 맺는 것은 훌륭한 일이므로 아내로 맞으라는 요구였다. 그리하면 다소라도 은혜를 갚는 셈이 된다는 것이다. 요컨대 다이스케의 입장에서 보면 무엇이 훌륭한 일인지, 무엇이 은혜를 갚는 일인지 전혀 이치에 맞지 않는 주장이었다. 하긴 신붓감에 대해서 다이스케가 특별히 불만이 있는 것은 아니었다. 그러니 아버지의 말에 대해 옳고 그름을 따질 필요 없이 아내로 맞이해도 상관은 없었다. 다이스케는 최근 이삼 년 사이에 모든 일에 대해 무관심한 태도를 취하는 습관이 들었기 때문에 결혼도 역시 중시할 필요를 느끼지 못했다. 사가와의 딸은 사진을 통해서만 알고 있을 뿐이지만, 그것만으로도 충분하다는 생각이 들었다──어쨌든 사진으로는 매우 아름다웠다──따라서 아내로 맞이하게 된다면 그다지 까다로운 조건을 내세울 생각 따위는 전혀 없었다. 다만 "결혼하지요." 하고 확답을 안 했을 뿐이다.

그런 불분명한 태도에 대해, 아버지는 이해하기 힘든 멍청이 같은 반응이라는 평을 했다. 결혼을 생사가 걸린 중대사로 여기고 모든 것을 결혼과 결부시키려 드는 형수도 그런 태도를 이해하지 못했다.

"하지만 도련님도 평생 혼자 살 생각은 아니잖아요. 그렇게 고집 피우지 말고 이젠 적당히 결정을 해버리는 게 어때요?"

하고 우메코는 답답하다는 듯이 말했다.

평생 혼자서 살 것인지, 첩을 두고 살 것인지, 아니면 기생과 관계를 맺으며 살 것인지, 다이스케 자신도 아무런 뚜렷한 계획이 없었다. 다만 현재의 그가 결혼이라는 제도에 대해서 다른 독신자처럼 그다지 흥미를 가지고 있지 않다는 점만은 분명했다. 그 이유는 어느 한 가지 일에 집중하지 못하는 성격과 원래 지나치게 예민한 데다가 더욱이 지금까지 그 예민한 머리를 일본의 최근 사회 상황에서 유래하는 환영의 타파에 많이 소모했다는 점, 그리고 경제적으로 비교적 여유가 있어서 여러 부류의 여자들을 상당히 많이 알고 있다는 세 가지 점으로 결론지을 수 있었다. 그러나 다이스케는 그런 분석까지 할 필요는 느끼지 않았다. 단지 결혼에 흥미가 없다고 하는 명백한 사실을 인식하고 미래를 자연스럽게 펼쳐갈 생각이었다. 따라서 처음부터 결혼을 필수 조건으로 단정 짓고 그것을 이루기 위해 노심초사하는 것은 부자연스럽고 불합리하며, 또한 너무도 세속적이라고 내심 생각했다.

다이스케는 그런 자신의 철학을 형수에게 설명할 생각은 애당초 없었다. 하지만 점점 궁지에 몰리자 난처해진 나머지,

"그렇지만 형수님, 무슨 일이 있어도 장가를 가야만 하나요?"

이렇게 물을 때가 있다. 다이스케로서는 물론 진지한 질문이지만, 형수는 기가 막히다는 듯한 반응을 보인다. 그러고는 자신을 놀리고 있다고 생각한다. 우메코는 그날 밤 다이스케를 상대로 여느 때와 같은 과정을 되풀이한 후, 이런 말을 했다.

"참 이상하군요. 그렇게까지 싫어하다니⋯⋯. 싫은 것은 아니라고 말씀은 하지만, 결혼을 하지 않는다면 싫은 것과 마찬

가지잖아요? 그렇다면 누군가 맘에 들었던 사람이 있는 거지요? 그 사람의 이름을 말해보세요."

다이스케는 지금까지 신붓감으로서 마음에 드는 여자를 단 한 명도 머릿속에 떠올려본 적이 없었다. 하지만 지금 그 말을 듣자, 어찌된 셈인지 갑자기 미치요라는 이름이 떠올랐다. 그리고는 이어서, '그러니까 아까 말한 돈을 빌려주십시오.'라는 말이 저절로 머릿속에서 떠올랐다. 그렇지만 다이스케는 쓴웃음만을 지은 채 형수와 마주 앉아 있었다.

8

형수에게 거절당하고 돌아오던 날 밤은 꽤 이슥했으므로 다이스케는 아오야마 거리에서 간신히 마지막 전차를 탈 수 있었다. 그럼에도 불구하고 그때까지도 아버지와 형은 돌아오지 않았다. 하긴 이야기를 하는 동안에 우메코는 전화를 받으러 두 번쯤 불려가긴 했었다. 그러나 형수의 태도에 별다른 변화도 없었기 때문에 다이스케는 무슨 일인지 자진해서 물어보려 하지는 않았다.

그날 밤은 곧 비가 쏟아질 것처럼 하늘이 땅과 비슷한 색깔을 띠었다. 정류장의 빨간 기둥 옆에 홀로 서서 전차를 기다리고 있자, 저 멀리에서 작은 불덩어리가 나타나더니 어둠 속에서 상하로 흔들리면서 다이스케가 있는 쪽으로 일직선으로 다가오는 모습이 무척 외롭게 느껴졌다. 타고 보니 아무도 없었다. 검은 옷을 입은 차장과 운전수 사이에 끼여서 전차 소리에 파묻혀 가자니 달리는 전차 밖은 온통 캄캄했다. 다이스케는 혼자 밝은 곳에 앉아서 어디까지라도 전차에 실려 끝내 내릴 겨를도 없이 끌려다니는 듯한 느낌이 들었다.

가구라자카에 이르자, 좌우로 이층집이 늘어선 쥐 죽은 듯이 조용한 길이 좁고 길게 앞을 가로막고 있었다. 중간쯤 올라갔을 때, 갑자기 무슨 소리가 울리기 시작했다. 다이스케는 바람이 집의 용마루에 부딪히는 소리라고 생각하고 멈춰 서서 어두운 처마를 올려다보며 지붕부터 하늘까지 휙 둘러보는 사이에 문득 어떤 공포에 사로잡혔다. 문과 미닫이와 유리창이 서로 맞부딪치는 소리가 점점 격렬해져서 '아! 지진이구나.' 하고 알아차렸을 때, 다이스케의 발은 땅에 딱 달라붙은 채 거의 꼼짝도 할 수가 없었다. 그때 다이스케는 좌우에 있는 이층집이 양쪽에서 쓰러져서 비탈길을 메워버릴 듯한 느낌이 들었다. 그러자 갑자기 오른쪽에 있는 쪽문이 활짝 열리며 어린애를 안은 한 남자가 지진이다, 지진이야, 대지진이야 하며 나왔다. 다이스케는 그 남자의 목소리를 듣자 겨우 안심이 되었다.

집에 도착하니, 아주머니와 가도노는 지진 이야기에 열을 올리고 있었다. 하지만 다이스케는 그 두 사람 다 자기만큼 지진을 실감하지는 못했을 거라고 생각했다. 자리에 누워서 또다시 미치요의 부탁을 어떻게 해결할까 궁리해 보았다. 그러나 해결 방안을 찾아내지는 못했다. 아버지와 형이 최근 바쁜 것은 무슨 일 때문일까 추측해 보았다. 결혼은 적당히 미루기로 마음먹었다. 그러고는 잠이 들었다.

그다음 날 신문에 처음으로 일본제당주식회사의 뇌물 수수 사건이 실렸다. 설탕을 제조하는 회사의 중역이 회사의 공금을 사용해서 국회의원 몇 명을 매수했다는 보도였다. 가도노는 여느 때처럼 중역과 국회의원이 구속된 것을 통쾌하다고 평했지만, 다이스케는 그다지 통쾌하게 여길 수가 없었다. 그러나 이삼 일 사이에 조사를 받은 사람 수가 상당히 많아져서, 사람들은 그 사건이 대대적인 뇌물 수수 사건이라도 되는 것처럼 떠들어대기 시작했다. 어느 신문에서는 그걸 영국을 의식한 검거라고 평했다. 그 설명에 따르면 영국 대사가 일본제당의 주식을 사들여서 손해를 보고 불평을 해댔기 때문에 일본 정부가 영국과의 관계를 고려해 수사에 나섰다는 것이다.

일본제당 사건이 일어나기 조금 전에 동양기선이라는 회사는 십이 퍼센트의 배당을 한 다음 반년 동안에 팔십만 엔의 결손을 보고한 일이 있었다. 다이스케는 그 사건을 기억하고 있었다. 그리고 그때 신문에서 그 보고를 신빙성이 없다고 평했던 것도 기억했다.

다이스케는 아버지와 형이 관계된 회사에 대해서 아무것도 아는 바가 없었다. 하지만 언제 어떤 일이 일어나지 말라는 보장도 없다고 항상 생각했다. 그리고 아버지나 형이 모든 점에서 윤리적으로 완벽하다고 믿지도 않았다. 만일 엄격한 조사를 받으면 두 사람 다 구속당할 조건을 갖추고 있지는 않을까하고 의심하기도 했다. 그 정도는 아니더라도 아버지와 형의 재산이 그들의 능력과 수완만으로, 누가 보더라도 납득할 만한 방법으로 모인 것이라고는 생각지 않았다. 메이지 초기에 요코하마 이주를 장려하기 위해 정부가 이주자에게 토지를 제공한 일이 있었다. 그때 무상으로 받은 토지 덕분에 지금은 상당한 재산가가 된 사람이 있다. 하지만 그건 오히려 하늘이 내린 우연한 결과라 할 수 있다. 아버지와 형의 경우는 자신들에게만 찾아온 그런 행운을 인위적이고도 정략적으로 온실 속에서 잘 키워나갔을 거라고 다이스케는 추측했다.

다이스케는 그런 생각으로 인해서 신문 기사에 대해서는 별로 놀라지도 않았다. 그리고 그는 아버지와 형의 회사에 대해서도 걱정할 만큼 정직한 사람이 아니었다. 미치요의 일만은 조금 마음에 걸렸다. 그렇지만 맨손으로 가기도 뭐해 조만간 어떻게든 하겠다는 결정을 내리고 매일같이 독서에 열중하며 사오 일을 보냈다. 그런데 이상하게도 전에 부탁한 돈 문제에 관해서 히라오카나 미치요가 그 후로 아무런 말도 꺼내지 않았다. 다이스케는 마음속으로 은근히 어쩌면 미치요가 또다시 대답을 들으러 혼자 올지도 모른다는 기대를 하고 있었지만, 그런 일은 일어나지 않았다.

마침내 그는 권태를 느끼기 시작했다. 어디 놀러 갈 곳이 없을까 하고 신문의 오락 안내란을 뒤적이다가 가부키[歌舞伎]라도 보자는 생각이 들었다. 가구라자카에서 소토보리선(線)을 타고 오차노미즈까지 가는 동안에 생각이 바뀌어 모리카와초에 있는 데라오[寺尾]라는 동창을 찾아가기로 했다. 그 친구는 학교를 졸업하고 교사는 싫으니 문학을 직업으로 삼겠다며 다른 사람들의 만류에도 불구하고 위험한 모험을 시작했다. 시작한 지 삼 년이 되었지만 아직 명성을 얻지 못한 채 어려운 생활 속에 집필 생활을 계속하고 있었다. 그가 관계된 잡지에 무슨 글이라도 좋으니 써달라는 부탁을 받아, 다이스케는 약간 엉뚱한 글을 기고한 적이 있었다. 그러나 그것은 한 달 동안 서점의 진열대에 내팽개쳐진 후, 영원히 인간 세계를 떠나 어딘가로 사라져 버릴 운명이 되었다. 그 이후로 다이스케는 펜을 들기를 거절했다. 데라오는 만날 때마다 더 써보라고 권했다. 그러고 나서 "나를 봐라." 하고 말하는 것이 입버릇처럼 되었다. 그렇지만 다른 사람들의 평에 따르면 데라오도 머지않아 무너지고야 말 것이다. 러시아 문학을 매우 좋아했는데, 그중에서도 특히 그다지 알려지지 않은 작가를 좋아해서 없는 돈을 마련해서는 신간 서적을 사는 것이 취미였다. 그가 러시아 문학에 너무나 열을 올리고 있을 때, 다이스케가 문학가라도 공로병(恐露病)[23]에 걸려 있으면 아무것도 할 수가 없으며, 일단 러일전쟁을 경험한 사람이 아니고서는 이야기가 안 된다고 비꼬아 준 적이 있었다. 그러자 데라오는 진지한 표정으로 전쟁은 언제라도 하겠지만 러일전쟁 후의 일본처럼 정신적 공황에 빠져서야 아무 소용이 없지 않은가, 역시 공로병에 걸려 있는 편이 비겁하긴 하지만 안전하다고 대답하며 여전히 러시아 문학을 옹호했다.

---

23) 러시아에 대한 열등감이나 공포감을 뜻하는 말로 무조건 러시아 문학을 숭상하는 태도를 비꼬는 표현이다.

현관에서 객실 쪽으로 가보니, 데라오는 한가운데에 칠기 책상을 놓고 머리가 아프다며 머리띠를 두르고 팔을 걷어붙인 채 《제국문학》의 원고를 쓰고 있었다. 방해가 되면 다시 오겠다고 하자, 가지 않아도 된다며 "오늘 아침부터 벌써 오 오 이십오, 그러니까 이 엔 오십 전이나 벌었으니까."라는 말을 덧붙였다. 그러고 나서 곧 머리띠를 풀고 이야기를 시작했다. 입을 열자마자 요즘의 일본 작가와 비평가를 아주 신랄하게 매도하기 시작했다. 다이스케는 그의 말을 재미있게 들었다. 하지만 마음속으로는 아무도 데라오에 대한 칭찬을 해주지 않으니까 그 반발로 남을 비방하는 것이라는 생각이 들었다. 그럼 좀 그런 의견을 발표하라고 권유하자, 그렇게는 안 된다며 웃었다. 왜냐고 되묻자 아무 대답도 하지 않았다. 한참 있다가 그건 자네처럼 마음 편히 먹고살 수 있는 처지라면 얼마든지 말하겠지만, 어쨌든 먹고살아야 하니까. 어차피 진지한 사업은 아니지 하고 말했다. 다이스케는 그걸로 충분하니 열심히 하라고 격려해 주었다. 그러나 데라오는 아니, 조금도 충분하지 않아 어떻게든 진지해지고 싶으니 자네가 돈을 좀 빌려주어서 나를 진지하게 만들어줄 생각은 없나 하고 물었다. 다이스케는 자네가 지금과 같은 일을 하면서 진지하다고 느끼게끔 되면 그때 돈을 빌려주겠다고 놀리고 나서 밖으로 나왔다.

혼고 거리까지 갔지만 권태감은 여전했다. 어디를 걸어도 뭔가 부족했다. 그렇다고 해서 더 이상 남의 집을 방문할 생각은 들지 않았다. 스스로를 자세히 살펴보니, 몸 전체가 심한 위장병에 걸린 듯한 느낌이 들었다. 혼고사가에서 다시 전차를 타고 이번에는 덴즈인마에까지 갔다. 차 안에서 흔들릴 때마다 오 척 몇 치인가 되는 커다란 위장 속에서 부패물이 울렁거리는 듯했다. 그는 3시가 지나서 지친 몸으로 집으로 돌아왔다. 현관에서 가도노가,

"조금 전에 본가에서 심부름꾼이 왔었습니다. 편지는 서재 책상 위에 올려놓았습니다. 수령증은 제가 간단히 써서 건네주었고요."라고 말했다.

편지는 고풍스러운 편지함 안에 들어 있었다. 빨갛게 칠한 편지함 표면에는 아무것도 쓰여 있지 않았고, 놋쇠로 된 둥근 고리에 꿰어서 종이를 새끼줄처럼 꽈서 봉한 자리에는 검은 먹이 칠해져 있었다. 다이스케는 책상 위를 보고 한눈에 그 편지를 보낸 사람이 형수라는 걸 알 수 있었다. 형수에게는 그런 고풍스러운 취미가 있었는데, 때로는 의외의 경우에 그런 취미를 드러내곤 했다. 다이스케는 가위 끝으로 새끼줄처럼 꽈서 묶은 자리를 쿡쿡 찌르며 공연한 수고라는 생각을 했다.

그렇지만 안에 들어 있는 편지는 편지함과는 정반대로 언문일치의 글로 용건만 간단히 적혀 있었다.

요전에 일부러 찾아오셨는데 부탁을 들어드리지 못해 죄송했습니다. 나중에 생각해 보니 그때 여러모로 무례했던 것이 마음에 걸립니다. 부디 나쁘게 생각하지 말아주세요. 그 대신 돈을 드리겠습니다. 하지만 전액을 드릴 수는 없어요. 이백 엔만 빌려드리지요. 그러니 그걸 곧 친구에게 전해드리세요. 이건 형님에게는 비밀이니까 그렇게 알고 계세요. 결혼 문제도 숙제

로 하겠다는 약속이었으니 잘 생각해서 대답해 주세요.

편지 속에 둘둘 말린 이백 엔짜리 수표가 들어 있었다. 다이스케는 잠시 그걸 바라보면서 우메코에게 미안하다는 생각이 들었다. 빌려달라고 간절하게 부탁할 때는 그렇게 매정하게 거절했으면서, 이제 단념하고 돌아가려 하자 오히려 거절한 쪽에서 걱정스러워져 다시 한번 물어온 것이다. 다이스케는 그런 태도에서 여성의 아름다움과 약함을 보았다. 그래서 그런 약점을 이용할 용기를 잃었다. 차마 그런 아름다운 약점을 농락할 수가 없었기 때문이다. "네, 필요 없습니다. 어떻게든 되겠지요."라고 말하고 헤어졌었다. 우메코는 그것을 서먹서먹한 대답으로 받아들였음에 틀림없다. 그런 냉담한 말이 평소 대담한 편인 우메코의 마음속 어딘가에 걸려서 마침내 이런 편지를 쓰게 되었을 거라고 다이스케는 판단했다.

다이스케는 곧 답장을 썼다. 그리고 가능한 한 부드러운 말을 사용해서 감사의 뜻을 표했다. 다이스케는 형에게는 그런 기분이 든 적이 없었다. 아버지에 대해서도 마찬가지였다. 세상 사람들에 대해서는 더더욱 그러했다. 최근에는 우메코에게도 그다지 그런 기분이 들지 않았다.

다이스케는 바로 미치요를 찾아갈까 하고 생각했다. 사실 이백 엔이란 돈은 다이스케에게는 어중간한 금액이었다. 이왕에 줄 거라면 좀 더 결단을 내려서 전액을 보내주어서 이쪽의 요청을 만족시켜 주었으면 좋았을 텐데 하는 생각도 들었다. 그렇지만 그것은 다이스케의 마음이 우메코를 떠나서 미치요

쪽으로 향했을 때의 생각이다. 게다가 여자는 제아무리 결단력이 있다 해도 감정상 애매한 점이 있게 마련이라고 믿고 있는 다이스케로서는 우메코의 처사가 그다지 불만스럽게 여겨지지는 않았다. 아니, 오히려 여자의 그런 태도가 남자의 단호한 태도보다도 동정하는 데 융통성이 있다는 점에서 마음에 들었다. 만일 이백 엔을 자기에게 보내준 사람이 우메코가 아니라 아버지였다면, 다이스케에게는 그런 액수가 타산적인 애매한 심산의 발로처럼 보여 불쾌한 느낌을 받았을지도 모른다.

다이스케는 저녁을 먹지 않고 곧 또다시 집을 나섰다. 고켄초에서 에도가와 강변을 따라서 강을 건넜을 때는 조금 전 산책하고 돌아갈 때와 같은 정신적 피로를 느끼지 않았다. 비탈길을 올라가서 덴즈인 옆으로 나오자, 가늘고 높은 굴뚝이 절과 절 사이에서 더러운 연기를 구름 낀 하늘로 토해내고 있었다. 다이스케는 그걸 보면서 빈약한 공업이 생존을 위해서 무리하게 숨을 내쉬는 광경이 보기 흉하다고 생각했다. 그리고 그 근처에 사는 히라오카와 그 굴뚝을 암암리에 연관 지어 생각지 않을 수가 없었다. 그런 경우에 다이스케는 항상 동정심보다 미추의 감각이 앞서곤 한다. 다이스케는 그 순간 미치요의 일을 거의 잊어버릴 만큼 하늘에 흩어지는 가련한 석탄 연기에 자극을 받았다.

히라오카네 현관에는 여자가 신는 겹조리가 놓여 있었다. 격자문을 열자 안에서 미치요가 옷자락 소리를 내면서 나왔다. 그때 방으로 올라가는 입구는 어두컴컴했다. 미치요는 그

어둠 속에 앉아서 인사를 했다. 처음에는 누가 왔는지 잘 몰랐던 것 같았는데 다이스케의 목소리를 듣자마자,

"누구신가 했더니⋯⋯."

하고 오히려 더 소리를 낮추며 말했다. 다이스케는 명확히 보이지 않는 미치요의 모습이 보통 때보다도 더 아름답다는 생각을 하며 바라보았다.

히라오카는 집에 없었다. 그 말을 들었을 때, 다이스케는 이야기를 하기가 쉬울 것 같기도 하고 그렇지 않을 것 같기도 한 묘한 기분이 들었다. 하지만 미치요는 여느 때처럼 침착했다. 램프도 켜지 않고 어두운 방에서 문을 닫은 채 둘이서 마주 앉아 있었다. 미치요는 하녀도 집에 없다고 했다. 자기도 조금 전에 근처에 일이 있어 외출했다가 지금 돌아와 막 저녁 식사를 끝낸 참이라고 말했다. 이윽고 히라오카의 이야기가 나왔다.

예측했던 대로 히라오카는 여전히 분주하게 뛰어다니고 있었다. 그러나 요즘 들어 일주일쯤 그다지 외출하지 않았다는 것이다. 피곤하다며 집에서 잠만 자거나, 그렇지 않으면 술을 마셨다. 누가 찾아오면 더욱더 술을 마셨다. 그리고 자주 화를 내거나 남의 욕을 한다는 것이었다.

"예전과 달리 성질이 난폭해져서 걱정이에요."

라고 말하며, 미치요는 은근히 동정을 구하는 듯했다. 다이스케는 잠자코 있었다. 하녀가 돌아와 부엌문에서 덜컹거리는 소리가 났다. 잠시 후 하녀는 대나무 받침대가 달린 램프를 들고 나왔다. 장지문을 닫을 때 다이스케의 얼굴을 흘끗 보고

갔다.

다이스케는 주머니에서 형수가 준 수표를 꺼냈다. 반으로 접힌 것을 그대로 미치요 앞에 내놓으며 "부인." 하고 불렀다. 다이스케가 미치요를 부인이라고 부른 것은 처음이었다.

"일전에 부탁하신 돈입니다."

미치요는 아무런 대꾸도 하지 않았다. 고개를 들어 다이스케를 바라볼 뿐이었다.

"사실은 바로 해드리려고 했지만, 사정이 여의치 않아서 그만 늦어졌습니다. 어떻게, 이미 해결하셨나요?"라고 물었다.

그때 미치요는 갑자기 걱정스러운 듯이 낮은 소리로 말했다. 그러고는 원망이라도 하듯이,

"아직이에요, 그리 쉽게 해결될 리가 없지 않겠어요?"

라며 눈을 크게 뜨고 다이스케를 쳐다보았다. 다이스케는 수표를 집어서 접힌 부분을 폈다.

"이걸로는 부족할까요?"

미치요는 손을 내밀어 수표를 받았다.

"고마워요, 남편이 기뻐할 거예요."

라고 말하며 조용히 수표를 다다미 위에 놓았다.

다이스케는 돈을 빌려온 경위를 대충 설명하고, 자기는 이렇게 무사태평한 처지인 것처럼 보이지만 다른 사람에게 도움을 줘야 할 필요가 있을 때는 무능력해지니 그 점은 나쁘게 생각하지 말아달라는 변명을 덧붙였다.

"그건 저도 잘 알고 있어요. 어쩔 도리가 없을 정도로 곤란한 처지라 그만 무리한 부탁을 드려서……."

라고 미치요는 폐를 끼쳐 미안하다는 뜻의 사과를 했다. 다이스케는 그때 다시 한번 물었다.

"그걸로 어떻게 해결이 되겠습니까? 만일 도저히 해결이 안 된다면 다시 마련해 보겠습니다만."

"다시 마련해 보다니요?"

"도장을 찍고 비싼 이자돈을 빌리는 거지요."

"어머, 그런 일을……."

하고 미치요는 곧 나무라듯이 말했다.

"그거야말로 큰일 날 일이에요."

다이스케는 히라오카가 지금 고통을 당하게 된 것도 질이 나쁜 돈을 빌리기 시작한 것이 화근이 되어 점점 문제가 커졌기 때문이라는 것을 알았다. 히라오카는 전근 갔던 곳에서 처음에는 매우 근면한 사람이라는 평을 들었는데, 미치요가 아이를 낳고 나서 심장이 나빠 시름시름 앓자 방탕해지기 시작했다는 것이다. 처음에는 그다지 심한 편이 아니어서 미치요는 다만 교제상 부득이하리라고 체념하고 있었는데, 점점 심해져 어쩔 도리가 없을 정도가 되자 미치요도 걱정을 했다. 그래서 미치요의 몸은 점점 나빠지고 그럴수록 방탕은 더욱 심해졌다. 성격상 친절하지 않은 것이 아니라 내 탓으로 그렇게 되었다고 미치요는 애써 변명했다. 그렇지만 곧 쓸쓸한 표정으로, 아이라도 살아 있었다면 훨씬 나았을 거라는 생각을 한 적이 한두 번이 아니라고 고백했다. 다이스케는 경제적인 문제 이면에 숨어 있는 부부 관계를 대충 짐작할 수 있을 것 같았기에 되도록 질문을 삼갔다. 그 대신, 작별할 때,

"그렇게 약해져서는 안 돼요. 예전처럼 건강해져야죠. 그리고 집에 놀러 오세요."

라며 용기를 북돋워 주었다.

"그러지요."

미치요는 이렇게 말하며 웃었다. 두 사람은 서로의 과거를 서로의 얼굴에서 읽을 수가 있었다. 히라오카는 끝내 돌아오지 않았다.

사흘 후에 갑자기 히라오카가 찾아왔다. 그날은 맑은 하늘에 건조한 바람이 불어서 푸른 하늘색이 눈에 서리는, 평소보다 더운 날씨였다. 아침 신문에 창포꽃이 한창이라는 기사가 실려 있었다. 다이스케가 산 커다란 화분의 군자란은 드디어 툇마루에서 져버렸다. 그 대신 폭이 호신용 칼 정도인 녹색 잎이 줄기에서 좌우로 길게 뻗어나왔다. 오래된 잎은 거무스름해진 채 햇빛에 빛나고 있었다. 그중 잎 하나가 어쩐 일인지 반으로 접혀서 줄기로부터 십여 센티미터쯤 떨어진 곳에서 갑자기 푹 내려간 것이 다이스케에게는 보기 흉하게 느껴졌다. 다이스케는 가위를 들고 툇마루로 나갔다. 그러고는 그 잎의 접힌 부분을 잘라서 버렸다. 그때 두꺼운 절단면에 갑자기 뭔가가 번지는 것 같아서 잠시 바라보고 있으니, 툇마루에 뚝 하는 소리가 났다. 그 절단면에 녹색의 진하고 걸쭉한 즙이 맺혀 있었던 것이다. 다이스케는 그 냄새를 맡으려고 엉클어진 잎 사이로 코를 갖다 댔다. 툇마루에 떨어진 즙 한 방울은 그대로 두었다. 일어서서 소맷자락에서 손수건을 꺼내 가윗날을 닦고 있는데 가도노가 와서 히라오카가 찾아왔다는 전갈을 전했다. 다이스케는 그때 히라오카나 미치요에 대해 전혀 생각이 미치지 않았었다. 단지 신기한 녹색 액체에 빠져서 비교적 현실과 동떨어진 감정에 사로잡혀 있었다. 그러나 히라오카의 이름을 듣자마자 그런 감정은 곧 사라져 버렸다. 그러고는 왠지 만나고 싶지 않은 기분이 들었다.

"이쪽으로 모셔올까요."

라며 가도노가 재촉하자, 다이스케는 응 하고 대답한 뒤 객실로 들어갔다. 그 뒤로 안내를 받고 들어온 히라오카를 보니 벌써 여름 양복을 입고 있었다. 깃도 와이셔츠도 새것인 데다가 요즘 유행하고 있는 편물 넥타이를 맨, 누구도 실업자라고 생각지 않을 정도로 세련된 차림이었다.

이야기를 들어보니 히라오카의 사정은 여전히 조금도 나아지지 않았다. 요즘 들어서는 알아보고 다녀도 당분간 가능성도 없을 것 같아 매일 이렇게 놀러 다니거나 아니면 집에서 잠이나 잔다는 말을 하고는 큰 소리로 웃었다. 다이스케도 그게 좋을 거라고 대꾸하고 나서 이런저런 잡담을 하며 시간을 보냈다. 하지만 자연스럽게 나온 잡담이라기보다도 오히려 어떤 문제를 회피하기 위한 잡담이라서 두 사람 다 내심 긴장감을 느끼고 있었다.

히라오카는 미치요에 대한 이야기도 돈 이야기도 입 밖에 내지 않았다. 따라서 사흘 전에 그가 없을 때 다이스케도 처음에는 일부러 그 점에 대해서 언급하지 않으려 했지만, 한참 지나도 히라오카가 서먹서먹한 태도를 보여 오히려 불안해졌다.

"실은 이삼 일 전에 자네 집에 갔었는데 자네는 없더군."

하고 말을 꺼냈다.

"응, 그랬다더군. 그때는 고마웠네. 덕분에 한시름 놓았지. 아니, 자네에게 폐를 끼치지 않더라도 어떻게든 해결할 수 있었을 텐데, 집사람이 너무 걱정스러워한 나머지 그만 자네에게 폐를 끼치게 되어 미안하네."

라고 서먹서먹한 인사치레를 했다. 그러고 나서,

"나도 실은 고맙다는 인사를 하러 온 셈이지만, 정식 인사는 조만간 본인이 직접 하러 올걸세."

라며 마치 미치요와 자신이 남남이나 되는 듯이 말했다. 다이스케는 다만,

"그런 번거로운 일을 할 필요가 뭐 있겠나?"

라는 대답을 했다. 이야기는 그걸로 끝났다. 그렇지만 또다시 공통의 화제이기는 하면서도 두 사람 다 그다지 흥미를 느끼지 못하는 방향으로 이야기가 진행되었다. 그러자 히라오카가 불쑥,

"나는 어쩌면 이제 금융계에서 손을 뗄지도 모르네. 실제로 내막을 알면 알수록 싫어지더군. 게다가 도쿄로 돌아와서 여기저기 알아보고 다니다 보니 점점 용기가 없어졌네."

라고 마음속에서 우러나온 듯한 고백을 했다. 다이스케는 한마디로,

"그야 그럴 테지."

라고 대꾸했다. 히라오카는 그 대꾸가 너무 냉담한 것에 놀란 듯했다. 그러나 다시 덧붙여 말했다.

"요전에도 잠깐 얘기한 적이 있지만, 신문사에나 들어갈까 생각하고 있네."

"자리가 있나?"

하고 다이스케가 되물었다.

"지금 자리가 하나 있네. 아마도 될 것 같기도 해."

처음에는 알아봐도 소용이 없어서 놀고 있다고 하더니, 이제는 신문사에 일자리가 있어서 나가게 될 거라고 하니 도대체 종잡을 수가 없었지만 캐묻는 것도 귀찮아진 다이스케는,

"그것도 좋을 것 같군."

하고 찬성의 뜻을 나타냈다.

히라오카를 현관까지 배웅하고 나서 다이스케는 잠시 미닫이에 몸을 기댄 채 문턱 위에 서 있었다. 가도노도 예의상 같이 히라오카의 뒷모습을 지켜보고 있었다. 그러더니 곧 입을 열었다.

"히라오카 씨는 생각보다 멋쟁이인데요. 저 옷차림에 비하면 집이 너무 초라한 것 같습니다."

"그렇지도 않아. 요즘은 모두 저 정도야 차려입고 다니지."

라고 다이스케는 일어서면서 말했다.

"정말로 차림새만으로는 알 수 없는 세상이 되었으니까요. 어느 집 신사분인가 하고 보면 아주 이상야릇한 집으로 들어가니 말이지요."

라고 가도노는 곧 덧붙여 말했다.

다이스케는 대꾸도 없이 서재로 들어갔다. 툇마루에 떨어진 군자란의 녹색 즙이 걸쭉해져서 거의 말라가고 있었다. 다

이스케는 일부러 서재와 객실 사이의 칸막이를 닫고 혼자 방 안으로 들어갔다. 다이스케는 손님을 접대하고 나면 잠시 혼 자 앉아서 명상에 잠기는 습관이 있었다. 특히 오늘같이 기분 이 좋지 않을 때는 더더욱 그럴 필요를 느꼈다.

히라오카는 마침내 자신으로부터 멀리 떠나갔다. 만날 때 마다 먼 곳에서 응대하는 듯한 느낌이 들었다. 사실은 히라오 카만이 아니었다. 누구를 만나더라도 그런 기분이 들었다. 현 대사회는 고립된 인간의 집합체에 지나지 않았다. 대지는 자 연과 연결되어 있지만 그 위에 집을 지으면 금세 토막토막 분 리되어 버렸다. 집 안에 있는 인간도 마찬가지였다. 문명은 인 간을 고립시킨다고 다이스케는 생각했다.

다이스케와 친하게 지내던 시절의 히라오카는 남이 울어주 는 것을 기뻐했었다. 지금도 그럴지 모르지만 그러한 기색은 조금도 나타내지 않으니 알 수 없는 일이었다. 아니, 일부러 남 의 동정을 물리치려는 듯이 행동했다. 고립되어 있어도 살아 갈 수 있다는 사실을 보여주려고 허세를 부리는 것이거나, 혹 은 그것이 현대사회의 진정한 모습이라는 점을 깨달아서거나 그 둘 중의 하나일 터이다.

히라오카와 친하게 지내던 시절의 다이스케는 남을 위해서 곧잘 울곤 했다. 그런데 점점 울 수 없게 되었다. 울지 않는 편 이 현대적이어서는 아니었다. 사실은 오히려 그 반대로 울지 않으니까 현대적이라고 말하고 싶었다. 서구 문명의 압박을 받 아서 그 무거운 짐에 눌려 신음하며 격렬한 생존경쟁의 무대 에 선 사람으로서 진정으로 남을 위해서 울 수 있는 사람을 다이스케는 지금까지 만난 적이 없었다.

다이스케는 지금의 히라오카에 대해서 거리감보다도 오히려 혐오감을 느꼈다. 그리고 상대편에게도 자기와 같은 느낌이 싹텄으리라고 생각했다. 예전에도 다이스케는 때때로 마음속에 그런 느낌이 자리 잡고 있다는 사실을 알고 깜짝 놀란 적이 있었다. 그때는 매우 슬펐다. 지금은 그런 슬픔도 거의 사라져 버렸다. 따라서 스스로 그런 어두운 느낌을 가만히 응시했다. 그리고 그것이 진실이라는 생각이 들었다. 어쩔 수 없는 일이라고 생각했다. 단지 그뿐이었다.

그런 식의 고독에 깊숙이 빠져들어 번민하기에는 다이스케의 사고가 너무도 분명했다. 그는 그런 사고방식이 바로 현대인이 거쳐야 할 필연적인 운명이라고 생각했다. 따라서 자신과 히라오카 사이에 존재하는 거리감은 지금 자신이 보기에는 일반적이고 평범한 경로를 거쳐서 어느 정도 진행된 결과에 지나지 않는다는 생각이 들었다. 그렇지만 두 사람 사이에 존재하는 어떤 특별한 사정으로 인해 그 거리감을 남들보다도 빨리 느끼게 되었다는 사실 또한 인정할 수밖에 없었다. 그 특별한 사정이란 바로 미치요의 결혼이었다. 미치요와 히라오카의 결혼을 주선한 것은 원래 다이스케 자신이었다. 그러나 그는 그 당시 자신의 행동을 후회할 만큼 우둔하지는 않았다. 지금 생각해 보아도 그 당신 자신은 과거를 빛내주는 매우 훌륭한 태도를 취했다. 하지만 삼 년이란 세월이 흐르는 동안 자연은 두 사람에게 그야말로 아주 자연스러운 결과를 가져다주었다. 그들은 자기만족과 명예를 버리고 자연 앞에 머리를 숙여야만 했다. 그리고 히라오카는 조금씩 왜 미치요와 결혼했을까 하고 생각하게 되었다. 다이스케는 마음속 어딘가에서 왜 미치요를 히라오카와 결혼시켰지 하고 따져 묻는 소리가 들리는 듯했다.

다이스케는 서재에 틀어박혀 하루 종일 생각에 잠겨 있었다. 저녁 식사 때 가도노가,

"선생님, 오늘은 하루 종일 공부만 하시더군요. 산책이라도 좀 하시는 것이 어떠세요? 오늘 밤은 도라비샤[24]입니다. 엔게이칸에서 짱꼴라 유학생이 연극을 한다더군요. 어떤 연극을 하는지 한번 가보시지 않겠습니까? 짱꼴라 놈들이란 뻔뻔스러워 뭐든지 하려고 드니, 참으로 무사태평한 민족이지 뭡니까……"

하고 혼자서 지껄였다.

9

다이스케는 또다시 아버지의 호출을 받았다. 다이스케는 무슨 용건인지 대충 짐작할 수 있었다. 다이스케는 평소에 되도록 아버지와 만나기를 피하려 애썼다. 요즘은 더더욱 안채 근처에는 얼씬도 하지 않았다. 만나면 정중한 말로 응대하고 있음에도 불구하고 마음속으로는 아버지를 모욕하는 듯한 느

---

24) 사천왕의 하나인 비사문천(毘沙門天)의 제삿날.

낌이 들었기 때문이다.

다이스케는 인류의 한 사람으로서 마음속으로 서로를 모욕하지 않고서는 감히 서로에게 접촉할 수 없는 현대사회의 양상을 이십 세기의 타락이라 부르고 있었다. 그리고 그것은 요즘 들어 갑작스레 팽만해진 생활욕이 도의심의 붕괴를 초래한 결과라고 해석했다. 또한 그것을 신구(新舊) 가치관의 충돌로 간주했다. 결국 눈에 띄게 커진 그 엄청난 생활욕은 유럽으로부터 밀어닥친 해일이라고 결론지었다.

그 두 가지 요소는 어디에선가 평형을 유지하지 않으면 안된다. 하지만 빈약한 일본이 유럽의 최강국과 경제력에서 어깨를 나란히 하는 날이 올 때까지는 일본에서 그런 평형이 유지될 수는 없을 거라고 다이스케는 믿었다. 그리고 그런 날은 도저히 올 리가 없다고 체념하는 중이었다. 따라서 궁지에 몰린 수많은 일본 신사들은 날마다 법률에 저촉되지 않을 정도로, 적어도 머릿속으로라도 죄를 짓지 않을 수 없다. 그리고 상대가 지금 어떠한 죄를 짓고 있는지 서로 은연중에 알고 있으면서도 짐짓 웃는 얼굴로 이야기해야만 한다. 다이스케는 인류의 한 사람으로서 그런 모욕을 가하는 것도, 또한 당하는 것도 견딜 수가 없었다.

다이스케의 아버지의 경우는 다른 사람들과 비교해서 약간 특수한 성향을 지닌 만큼 복잡했다. 그는 메이지유신 전무사 고유의 도덕을 중시하는 교육을 받았다. 그 교육은 감정과 의지, 행위 등의 기준을 자신에게서 멀리 떨어진 곳에 설정하고, 사실의 발전에 의해서 증명되어야 할 가까운 진리를 안

중에 두지 않는, 이치에 맞지 않는 것이었다. 그럼에도 불구하고 아버지는 관습에 사로잡혀서 아직도 그런 교육에 집착하고 있었다. 그러면서 한편으로는 격렬한 생활욕에 사로잡히게 만들기 쉬운 사업에 손을 댔다. 아버지는 실제로 해마다 바로 그런 생활욕으로 인한 부식(腐蝕)을 겪으면서 오늘에 이르렀다. 그러므로 옛날의 자신과 지금의 자신 사이에는 당연히 엄청난 차이가 있을 수밖에 없다. 아버지는 그걸 인정하려 하지 않았다. 자신에게 옛날 그대로의 마음가짐이 있었기에 지금의 사업을 이 정도로 성공시킬 수 있었다고 큰소리쳤다. 그렇지만 봉건시대에나 적용되어야 할 교육의 범위를 좁히지 않고서야 현대의 생활욕을 시시각각으로 충족시켜 줄 수 없다고 다이스케는 생각했다. 만일 그 두 가지를 그대로 존재하게 하려면 그것을 감행하는 개인은 모순을 느껴 크나큰 고통을 당할 수밖에 없다. 만약 마음속으로 그런 고통을 받고 그 고통을 분명히 자각하긴 하지만, 그것이 무엇을 위한 고통인지 알아차릴 수 없다면 그는 머리가 둔한 열등한 사람이다. 다이스케는 아버지를 대할 때마다 아버지는 자기 자신을 숨기는 가짜 군자거나, 분별력이 부족한 바보거나 둘 중의 하나라고 생각했다. 그리고 그런 생각이 드는 것이 매우 싫었다.

그렇지만 아버지는 다이스케의 말을 들을 사람이 아니었다. 다이스케는 그걸 분명히 알고 있었다. 그래서 다이스케는 아직까지 그런 모순을 모조리 파헤쳐서 아버지를 추궁한 적이 없었다.

다이스케는 모든 도덕의 출발점은 사회적 사실밖에 없다고 믿었다. 처음부터 머릿속에 고정된 도덕관념을 가지고, 거기서 거꾸로 사회적 사실을 발전시키려 하는 것만큼 앞뒤가 맞지 않는 일은 없다고 믿었다. 따라서 일본의 학교에서와 같은 설교식 윤리 교육은 무의미하다고 생각했다. 학교에서는 옛날식의 도덕을 가르치고 있다. 그렇지 않으면 일반 유럽인들에게나 맞는 도덕을 주입시키고 있다. 격렬한 생활욕에 사로잡힌 불행한 국민의 입장에서는 현실과 동떨어진 공론(空論)에 불과하다. 그런 현실과 동떨어진 교육을 받은 사람은 훗날 사회를 직접 보았을 때 예전에 받았던 교육을 되새기며 웃어버릴 것이다. 혹은 무시당한 듯한 기분이 들 것이다. 다이스케의 경우는 학교뿐만 아니라 바로 자신의 아버지로부터 가장 엄격하고 현실과 동떨어진 도덕 교육을 받았다. 그로 인해서 한때 엄청난 모순을 느껴 고통스러워한 적이 있었다. 다이스케는 그것을 원망스럽게 여길 정도였다.

며칠 전에 다이스케가 우메코에게 감사의 뜻을 전하러 갔을 때, 우메코는 잠시 안으로 들어가서 인사라도 하고 오라고 주의를 주었다. 다이스케는 웃으면서 아버지가 계시냐고 딴청을 피웠다. 계신다는 대답을 들었을 때도, 오늘은 좀 바빠서 안 된다고 말하고 돌아왔다. 오늘은 일부러 아버지를 만나기 위해 왔으니 좋든 싫든 아버지를 만나야만 했다. 여느 때처럼 가족용의 현관 쪽으로 돌아서 객실로 가보니, 뜻밖에도 형 세이고가 책상다리를 하고 앉아서 술을 마시고 있었다. 우메코도 옆에 앉아 있었다. 형은 다이스케를 보자,

"어때, 한잔 안 할래?"

하며, 앞에 있던 포도주 병을 들어서 흔들어 보였다. 병에는 아직 술이 상당히 남아 있었다. 우메코는 손뼉을 치며 잔을 가져오게 한 후,

"알아맞혀 보세요. 얼마나 오래된 술인지."

라며 한 잔 따랐다.

"다이스케가 알 리가 없지."

라며 세이고는 동생의 입술 언저리를 바라보았다. 다이스케는 한 모금 마시고는 잔을 내려놓았다. 안주 대신으로 과자 접시에 얇은 웨하스가 있었다.

"맛있군요."라고 말했다.

"그러니 얼마나 된 술인지 알아맞혀 보세요."

"오래된 건가요? 굉장한 것을 사들이셨군요. 돌아갈 때 한 병 얻어가야지."

"죄송하지만 이제 이것밖에 없어요. 누가 선물한 거예요."

하고 말하고 우메코는 툇마루로 나가서 무릎 위에 떨어진 웨하스 가루를 털어냈다.

"형님, 오늘은 어쩐 일이십니까? 매우 한가해 보입니다." 하고 다이스케가 물었다.

"오늘은 쉬기로 했다. 요즘 너무 바빠서 녹초가 되어서."

라며 세이고는 불이 꺼진 여송연을 입에 물었다. 다이스케는 자기 옆에 있던 성냥을 켜서 불을 붙여주었다.

"도련님이야말로 한가하신 거 아닌가요?"

하고 말하면서 우메코가 툇마루에서 돌아왔다.

"형수님, 가부키자[25]에 가보셨습니까? 아직 안 가셨다면

한번 가보세요. 재미있으니까요."

"도련님은 벌써 가봤나요? 놀랐는데요, 도련님도 한량이시네."

"한량이라는 말은 적합하지 않아요. 공부하는 방향이 다르니까."

"억지 말만 하시는군요. 남의 속도 모르고."

라며 우메코는 세이고 쪽을 쳐다봤다. 세이고는 눈이 빨개진 채 멍하니 여송연의 연기를 내뿜고 있었다.

"여보, 말 좀 해보세요."

하며 우메코가 재촉했다. 세이고는 귀찮다는 듯이 여송연을 손가락 사이로 옮기며,

"지금 열심히 공부해서 나중에 내가 가난해지면 날 도와주면 되잖아?"라고 말했다. 우메코는,

"도련님, 도련님은 배우가 될 생각이세요?" 하고 물었다.

다이스케는 아무 말도 하지 않고 잔을 형수 앞으로 내밀었다. 우메코도 잠자코 포도주 병을 들어올렸다.

"형님, 요즘 무슨 일인지 매우 바쁘셨다지요?"

라고 다이스케는 조금 전의 화제로 돌아가서 물었다.

"정말 난감해."

라고 말하면서 세이고는 드러누워 버렸다.

"일본제당 사건과 무슨 관계라도 있나요?"

---

25) 가부키자[歌舞伎座]는 일본 도쿄의 명물 가운데 하나이며 가부키 전문 공연장이다.

라고 다이스케가 물었다.

"일본제당 사건과는 관계가 없지만, 여하튼 바빴다."

형의 대답은 항상 이 정도 이상으로 명확해지는 법이 없었다. 사실은 명확하게 이야기하고 싶지 않은 것이겠지만, 다이스케의 귀에는 본래 무관심한 성격이라서 이야기하기가 귀찮기 때문인 것처럼 들렸다. 그래서 다이스케는 언제나 쉽게 그런 대답에 끼어들 수가 있었다.

"일본제당 사건도 한심하게 됐지만, 그렇게 되기 전에 뭔가 방법이 없었을까요?"

"그렇지. 사실 세상일이란 뭐가 어떻게 될지 모르는 것이니까……. 우메코, 오늘은 나오키에게 일러서 헥터 운동 좀 시키라고 해요. 저렇게 많이 먹고 잠만 자서야 몸에 안 좋아."

라며 세이고는 졸음이 앉은 눈꺼풀을 손가락으로 몇 번이고 문질렀다. 다이스케는,

"이제 안으로 들어가서 아버님께 꾸중이나 듣고 올까?"

라고 말하면서도 또다시 컵을 형수 앞으로 내밀었다. 우메코는 웃으며 술을 따랐다.

"신붓감 얘기냐?"라고 세이고가 물었다.

"글쎄, 그럴 거라고 생각해요."

"맞아들이는 게 좋을 거다. 나이 드신 양반한테 그렇게 걱정을 끼쳐드려 봤자 뾰족한 수가 있는 것도 아니니."

라고 말하더니 이번에는 좀 더 분명한 어조로,

"조심하는 게 좋을 거다. 약간 저기압이시니까."

라고 주의를 주었다. 다이스케는 일어서면서,

"설마 요즘 바빴던 일 때문에 저기압이신 것은 아니겠죠?"

라고 다짐하듯이 물었다. 형은 드러누운 채,

"뭐라고 말할 수 없는 상황이다. 이렇게 아무 일 없어 보여도, 일본제당의 중역들처럼 우리도 언제 구인될지 모르는 처지니까."라고 말했다.

"바보 같은 소리 마세요."

라고 우메코가 나무랐다.

"역시 제 게으름이 몰고 온 저기압일 테지요."

라며 다이스케는 웃으면서 일어섰다.

복도를 따라서 안뜰을 지나 안으로 들어가 보니, 아버지는 중국풍의 책상 앞에 앉아서 한적을 보고 있었다. 아버지는 시를 좋아해 틈이 나면 가끔 중국인의 시집을 읽었다. 하지만 때로는 그것이 기분이 나쁘다는 사실을 알려주는 역할을 했다. 그런 때는 아무리 신경이 무딘 형일지라도 되도록 가까이 가지 않으려 했다. 어쩔 수 없이 얼굴을 마주쳐야만 할 때는 세이타로나 누이코를 앞세우고 아버지 앞에 나가는 수법을 썼다. 다이스케도 툇마루까지 가서야 그 생각이 떠올랐지만, 그렇게까지 할 필요는 없다고 생각하고 객실을 하나 지나서 아버지의 방으로 들어갔다.

아버지는 먼저 안경을 벗었다. 그러고는 읽고 있던 책 위에 안경을 내려놓고 다이스케 쪽으로 돌아앉았다. 그러고 나서,

"왔느냐?"

하고 단 한마디만을 건넸다. 그 어조는 평소보다 오히려 온화하게 느껴질 정도였다. 다이스케는 무릎 위에 손을 얹으며,

형이 멀쩡한 얼굴을 하고 감쪽같이 자신을 속인 것은 아닌가 하고 생각했다. 다이스케는 거기서 또다시 쓴 차를 마시며, 잠시 잡담으로 시간을 보냈다. 올해는 작약이 빨리 피었다느니, 찻잎을 딸 때 부르는 노래를 들으면 졸리는 계절이라느니, 어딘가에 커다란 등나무가 있는데 꽃 길이가 일 미터 정도 된다느니 하며 이야기는 두서없는 방향으로 상당히 오래 이어졌다. 다이스케는 또한 그러는 것이 편했기 때문에 언제까지라도 계속하려고 끊임없이 화제를 바꾸어갔다. 결국 아버지도 지겨워졌는지 마침내,

"그런데 오늘 너를 부른 것은," 하고 말을 꺼냈다.

다이스케는 그 후로는 한마디도 하지 않았다. 다만 다소곳이 아버지의 이야기를 듣고 있었다. 아버지도 다이스케가 그런 태도로 나오면, 오랫동안 혼자서 강의라도 하듯이 말을 해나가지 않으면 안 되었다. 하지만 이야기의 반 이상은 예전에 한 이야기의 반복일 뿐이었다. 그러나 다이스케는 처음 듣는 것처럼 주의 깊게 듣고 있었다.

아버지의 긴 설교 중에서 다이스케는 두세 가지의 새로운 점을 발견했다. 그 하나는, 너는 도대체 이제부터 어떻게 할 생각이냐고 진지한 질문을 던진 점이었다. 다이스케는 지금까지 아버지로부터 명령만 들어왔다. 따라서 그런 요구들을 적당히 넘기는 것에 익숙해 있었다. 그렇지만 이번과 같은 중대한 질문에 대해서는 간단히 입에서 나오는 대로 적당히 대답할 수 없다. 함부로 얘기했다가는 곧 아버지가 화를 낼 게 뻔하다. 그렇다고 해서 사실대로 고백하면 이삼 년 정도 아버지

의 머리를 교육시킨 후가 아니고서야 통할 리가 없는 말이 되어버린다. 다이스케는 그런 중대한 질문을 받고 자신의 미래를 분명하게 말할 정도의 확고한 생각을 가지고 있지도 않았다. 그는 자기 입장에서는 그것이 당연하다고 생각했다. 하지만 아버지에게 그대로 이야기해서 납득시킬 때까지는 상당한 시간이 필요하다. 혹은 평생 불가능할지도 모를 일이었다. 아버지 마음에 들려면 어쨌든 국가를 위해서라든가 천하를 위해서라는 식의 허울 좋은 말을, 그것도 결혼과 양립하지 않는 말을 해두면 될 일이지만 다이스케는 아무리 자신을 모독한다 할지라도 그런 말만은 어리석게 느껴져 입에 담을 용기가 없었다. 그래서 하는 수 없이 사실은 이런저런 계획을 세우고 있지만 조만간 정리를 해서 상의드릴 생각이라고 대답했다. 대답한 후에 정말로 우스꽝스럽다는 생각이 들었지만 어쩔 도리가 없었다.

다음으로 다이스케는 독립하려면 어느 정도 재산이 필요하지 않느냐는 질문을 받았다. 다이스케는 물론 필요하다고 대답했다. 그러자 아버지는 그렇다면 사가와의 딸과 결혼하는 편이 좋을 거라는 조건을 덧붙였다. 그 재산은 사가와의 딸이 가져오는 것인지, 혹은 아버지가 주는 것인지 매우 애매했다. 다이스케는 그 점에 대해서 좀 더 따져 물었지만, 도무지 종잡을 수가 없었다. 그렇지만 구태여 따질 필요도 없다는 생각이 들어 그만두었다.

그런 다음, 차라리 서양에 갈 생각은 없느냐는 말을 들었다. 다이스케는 그것도 좋겠다고 찬성의 뜻을 비쳤다. 하지만 역시 또 결혼이 선결 문제로 제시되었다.

"그렇게까지 사가와의 딸과 결혼할 필요가 있는 겁니까?"

라고 다이스케는 마침내 물었다. 그러자 아버지의 얼굴이 벌게졌다.

다이스케는 아버지를 노하게 할 생각은 추호도 없었다. 그는 요즘 남과 싸움을 하는 것은 인간 타락의 한 범주에 속한다는 믿음을 가지고 있었다. 싸움의 일종인 상대를 화나게 하는 행동도 화나게 하는 것 그 자체보다도 화난 사람의 안색이 자신의 눈에 얼마나 불쾌하게 비칠 것인가 하는 점에서 바로 소중한 자신의 생명을 손상시키는 타격으로 간주했다. 그는 죄악에 대해서도 독특한 생각을 가지고 있었다. 그렇지만 그렇다고 해서 자연의 순리에 따라 처신하기만 하면 벌을 면할 수 있다고는 믿지 않았다. 사람을 죽인 자가 받는 벌은 죽은 사람의 살에서 나오는 피라고 굳게 믿었다. 뿜어져 나오는 피의 색깔을 보고 마음이 동요되지 않는 사람은 없을 거라고 생각했기 때문이다. 다이스케는 그 정도로 신경이 예민한 사람이었다. 그래서 얼굴이 붉어진 아버지를 보았을 때 왠지 모르게 불쾌한 마음이 들었다. 하지만 그런 죄를 이중으로 갚기 위해서 아버지의 말에 따를 생각은 조금도 없었다. 그는 어떤 면에서는 자신의 사고 능력에 대해 상당한 자부심을 가진 사람이었기 때문이다.

그때 아버지는 매우 열띤 어조로 우선 자신이 점점 나이를 먹고 있다는 점, 자식의 장래가 걱정된다는 점, 자식을 장가들이는 것은 부모의 의무라는 점, 신붓감의 자격이나 그 외의 점에 대해서는 본인보다도 부모가 훨씬 세심한 주의를 기울이고 있다는 점, 남이 베푸는 친절은 그 당시는 쓸데없는 참견처럼 보이지만 나중에는 다시 성가실 정도로 간섭해 주었으면 하고 바랄 날이 있는 법이라는 점 등을 아주 차근차근히 설명했다. 다이스케는 진지한 자세로 들었다. 그렇지만 아버지의 말이 끝났을 때도 여전히 승낙의 뜻을 나타내지는 않았다. 그러자 아버지는 애써 자제하는 말투로,

"그럼 사가와는 그만두기로 하자. 그리고 누구라도 좋으니 네가 좋아하는 사람과 결혼하도록 해라. 누군가 결혼하고 싶은 상대라도 있는 거냐?"

라고 말했다. 이 질문은 형수의 질문과 같은 내용이었지만, 다이스케는 우메코에게 했던 대로 단지 쓴웃음을 지을 수만은 없었다.

"특별히 그런 사람이 있는 건 아닙니다."

라고 분명하게 대답했다. 그러자 아버지는 갑자기 짜증이 난 듯한 말투로,

"그럼 조금은 내 사정도 생각해 주면 좋지 않냐. 그렇게 네 생각만 해서야 되겠느냐."

하고 쏘아붙이듯 말했다. 다이스케는 아버지가 갑자기 다이스케의 결혼 문제에서 자신의 이해관계로 관점을 옮기자 깜짝 놀랐다. 그렇지만 그것은 논리적이지 않은 급격한 변화에서 받은 놀라움이었을 뿐이다.

아버지는 더욱 기분이 나빠졌다. 다이스케는 다른 사람과 이야기를 나눌 때 아무래도 논리를 벗어날 수 없는 경우가 있

었다. 그래서 상대방을 꼼짝 못 하게 하는 것을 목적으로 삼은 듯한 인상을 주는 일이 많았다. 그러나 사실상 다이스케만큼 남을 공격하는 것을 싫어하는 사람은 없을 것이다.

"아니, 꼭 내 사정을 봐서 결혼하라고 하는 것은 아니다."

라고 아버지는 방금 한 말을 정정했다.

"그렇게 이치를 따지려 든다면 참고삼아 말해주겠다. 너는 이제 서른 살이다. 서른이나 되어서 멀쩡한 사람이 결혼을 하지 않으면 세상 사람들이 뭐라고 생각할지 대충 짐작이 갈 것이다. 그야 지금은 옛날과 달라서 독신으로 지내는 것도 본인의 자유겠지만, 독신으로 지내서 아버지나 형제가 피해를 당하고 결국은 너 자신에게도 불명예스러운 일이 생긴다면 어떻게 할 셈이냐?"

다이스케는 다만 멍하니 아버지의 얼굴만 쳐다보았다. 아버지가 자신의 어떤 점을 비방하려고 한 것인지 알 수가 없었기 때문이다. 한참 후에,

"하기야 잘 아시다시피 저에겐 방탕아 같은 구석이 있습니다만……."

하고 말을 꺼냈다. 그러자 아버지는 바로 그 말을 가로막았다.

"그런 이야기가 아니다."

두 사람은 그 후로 한참 동안 입을 다물고 있었다. 아버지는 그 침묵이 자신이 다이스케에게 가한 타격의 결과라고 믿었다. 이윽고 부드러운 말투로,

"자, 잘 생각해 보도록 해라." 하고 말했다.

다이스케는 네, 하고 대답하고는 아버지 방에서 나왔다. 객실로 가서 형을 찾았지만 보이지 않았다. 하녀에게 형수는 어디 있느냐고 묻자 응접실에 있다고 가르쳐주기에 가서 문을 열어보니, 누이코의 피아노 선생이 와 있었다. 다이스케는 선생에게 가볍게 인사를 하고 우메코를 문까지 불러냈다.

"형수님은 아버지에게 저에 대해서 뭔가 일러바치지 않았나요?"

우메코는 하하하 하고 웃었다. 그러고 나서,

"자, 들어오세요. 마침 잘 오셨어요."

하고 말하더니 다이스케를 피아노 옆으로 끌고 갔다.

10

개미가 방으로 기어드는 계절이 되었다. 다이스케는 커다란 수반에 물을 붓고 그 안에 새하얀 은방울꽃을 줄기째 담갔다. 떼 지어 핀 작은 꽃들이 짙은 무늬가 있는 수반 가장자리를 뒤덮었다. 수반을 움직이면 꽃이 넘실거렸다. 다이스케는 그것을 큰 사전 위에 올려놓았다. 그러고는 그 옆에 베개를 놓고 벌렁 누웠다. 검은 머리가 수반의 그림자에 포개지니 꽃에서 풍겨나오는 향기가 기분 좋게 코에 스몄다. 다이스케는 그 향기를 맡으면서 선잠을 잤다.

다이스케는 때때로 평범한 외부 세계로부터 의외로 강렬한 자극을 받을 때가 있다. 그 자극이 심해지면 맑은 하늘에서 내리쬐는 햇빛의 반사도 견디기 어려울 때가 있었다. 그런 때는 되도록 세상과의 접촉을 최소한으로 줄이고 아침이고 낮이고 상관없이 잘 생각만 했다. 그 수단으로서 아주 은은하면서, 달콤한 향이 적은 꽃향기를 사용하는 일이 많았다. 눈을 감고 눈동자에 쏟아지는 빛을 차단한 채 콧구멍만으로 조용히 호흡하는 사이에, 베갯머리의 꽃이 술렁거리는 의식을 점점 꿈속으로 불어간다. 그것이 성공하면 다이스케의 신경은 다시 태어난 듯이 차분해지고 세상과의 관계를 이전보다는 비교적 쉽게 받아들일 수 있었다.

다이스케는 아버지에게 불려 갔다 온 후로 이삼 일 동안 뜰의 한구석에 핀 장미꽃의 빨간빛을 볼 때마다 그 수많은 빨간 점들이 눈을 찔러 견딜 수가 없었다. 그럴 때는 언제나 손 씻는 물을 떠놓은 푼주 옆에 있는 개옥잠화 잎으로 눈을 옮겼다. 그 잎에는 흰 줄무늬가 서너 줄 제멋대로 길게 흩어져 있었다. 다이스케가 볼 때마다 개옥잠화의 잎은 자라고 있는 것 같았다. 그리고 그와 더불어서 흰 줄무늬도 거침없이 쑥쑥 자라는 것 같았다. 석류꽃은 장미보다도 요란한 것이 숨 막힐 듯 답답하게 느껴졌다. 녹색 잎들 사이로 언뜻언뜻 빛나 보일 정도로 강렬한 빛을 띠었다. 그래서 그것도 지금의 다이스케의 기분과 어울리지 않았다.

이따금 그러하듯이 지금 그의 기분은 전체적으로 어두운 빛을 띠었다. 그래서 너무 밝은 것을 접하면 그 모순을 견디기가 어려웠다. 개옥잠화의 잎도 오랫동안 응시하고 있으면 곧 싫증이 날 정도였다.

게다가 그는 현대 일본 사회의 특징이라 할 수 있는 왠지 모를 불안에 사로잡히기 시작했다. 그 불안은 사람들 사이에 서로 믿음이 없기 때문에 일어나는 야만에 가까운 현상이었다. 그는 그런 심적 현상 때문에 심한 동요를 느꼈다. 그는 신을 숭상하는 것을 좋아하지 않았다. 또한 매우 이성적이어서 신앙을 가질 수 없었다. 그렇지만 서로에 대해 신뢰를 가지고 있는 사람은 신에게 의지할 필요가 없다고 믿었다. 서로가 의심할 때의 괴로움에서 벗어나기 위해서, 신은 비로소 존재의 권리를 갖는다고 해석했다. 따라서 신이 존재하는 나라에서는 사람들이 거짓말을 일삼을 것이라고 단정했다. 하지만 지금의 일본은 신에 대한 신앙도, 인간에 대한 믿음도 없는 나라라는 사실을 깨달았다. 그리고 그는 그 가장 직접적인 원인이 경제 사정에 있다고 결론지었다.

사오 일 전에 그는 소매치기와 결탁해서 나쁜 짓을 한 형사의 이야기를 신문에서 읽었다. 그런 사람이 한두 명이 아니었다. 다른 신문의 보도에 따르면, 만일 엄중하게 일제히 수사를 벌인다면 도쿄는 일시적으로 경찰이 거의 없는 상태에 이르게 될지도 모른다는 것이었다. 다이스케는 그 기사를 읽었을 때 쓴웃음밖에 안 나왔다. 그리고 생활고를 해결해야만 하는 박봉의 형사가 나쁜 짓을 하는 것은 사실상 당연하다고 생각했다.

다이스케가 아버지를 만나서 결혼에 관한 이야기를 나누었을 때도 그와 비슷한 느낌이 들었다. 그러나 그것은 단지 아버지에 대한 믿음이 없는 데서 기인하는 감정으로, 다이스케에게는 불행한 암시에 지나지 않았다. 그리고 다이스케는 마음 속으로 그런 꺼림칙한 암시를 받은 것이 부도덕하다고 느끼지는 않았다. 그것이 사실로서 눈앞에 드러나도, 역시 당연히 그럴 수도 있다고 아버지를 이해할 생각이었기 때문이다.

다이스케는 히라오카에 대해서도 비슷한 감정을 가지고 있었다. 그러나 히라오카로서는 당연히 그럴 수밖에 없다고 이해할 수 있었다. 다만 그를 좋아하는 마음이 생기지 않을 뿐이었다. 다이스케는 형을 좋아했다. 그렇지만 형에 대해서도 역시 믿음은 가질 수가 없었다. 형수는 진실성이 있는 편이었다. 하지만 형수는 직접적으로 생활의 난관에 부딪히지 않는 만큼 형보다도 접근하기 쉽다는 생각이 들었다.

다이스케는 평소부터 그 정도로 세상에 대해 방관적이었다. 따라서 상당히 신경이 예민한 편인데도 불구하고, 불안감에 사로잡히는 일은 적었다. 그리고 스스로도 그 사실을 잘 알았다. 그런데 어쩐 일인지 갑자기 동요가 일기 시작했다. 다이스케는 그것을 생리상의 변화로 일어나는 현상이라고 생각했다. 그래서 어떤 사람이 홋카이도에서 가져왔다며 준 은방울꽃 다발을 풀어서 그것을 전부 물속에 담그고 그 밑에서 잠을 잤던 것이다.

한 시간 후에 다이스케는 검은 눈을 크게 떴다. 그 눈은 한참 동안 한곳에 머문 채 전혀 움직이지 않았다. 손이나 발도 누워 있을 때의 자세를 조금도 흐트러뜨리지 않아서 마치 죽은 사람과도 같았다. 그때 한 마리의 검은 개미가 플란넬 깃을 타고 다이스케의 목으로 떨어졌다. 다이스케는 곧 오른손을 움직여서 목을 눌렀다. 그러고는 이마를 찌푸리고 손가락 사이에 낀 작은 동물을 코 위까지 가져가서 바라보았다. 그때 개미는 이미 죽어 있었다. 다이스케는 검지 끝에 붙은 검은 것을 엄지손톱으로 멀리 튕겼다. 그러고 나서 일어나 앉았다.

무릎 주위에 아직도 기어다니는 개미 서너 마리를 얇은 상아로 만든 종이칼로 죽였다. 그러고 나서 손뼉을 쳐서 사람을 불렀다.

"일어나셨나요?"

라며 가도노가 나왔다.

"차라도 가져올까요?"

라고 물었다. 다이스케는 벌어진 가슴을 여미면서,

"내가 자고 있는 동안에 누가 오지 않았나?"

라고 조용한 목소리로 물었다.

"네, 오셨습니다. 히라오카 씨 부인이. 어떻게 잘 아시네요."

라고 가도노는 태연하게 대답했다.

"왜 깨우지 않았지?"

"너무 푹 주무시고 계셔서요."

"그렇다고 해도 손님이 오셨을 때는 하는 수 없지 않나?"

다이스케의 말투는 조금 딱딱해졌다.

"그렇지만 히라오카 씨 부인이 깨우지 않는 편이 좋다고 하셨거든요."

"그래서 부인은 그냥 가버리셨나?"

"아니, 그냥 가버리신 건 아닙니다. 잠시 가구라자카에서 사야 할 물건이 있으니까 사갖고 다시 오겠다고 말씀하시는 바람에 깨우지 않았지요."

"그럼 다시 오는 거군."

"그렇습니다. 실은 깨실 때까지 기다리려고 이 방까지 올라오셨습니다만, 선생님의 얼굴을 보고 너무도 곤히 주무시고 계시니까 쉽사리 일어나지 않으리라고 생각하신 것 같아요."

"그리고 다시 나갔나?"

"네, 그런 셈이죠."

다이스케는 웃으면서 양손으로 잠에서 깬 얼굴을 어루만졌다. 그러고는 목욕탕으로 얼굴을 씻으러 갔다. 머리를 적시고 툇마루로 돌아와서 뜰을 바라보고 있으니, 아까보다는 기분이 훨씬 맑아졌다. 흐린 하늘을 날아가는 두 마리의 제비가 매우 상쾌해 보였다.

다이스케는 요전에 히라오카의 방문을 받고 나서 뒤이어 미치요가 오기를 내심 기다리고 있었다. 하지만 히라오카의 말은 좀처럼 실현되지 않았다. 특별한 사정이 있어서 미치요가 일부러 오지 않는 것인지, 혹은 히라오카가 애당초 의례적인 인사로 한 말인지는 알 수 없었지만, 그로 인해 다이스케는 마음 한구석에 공허감을 느끼고 있었다. 그러나 그런 공허감은 일상생활 가운데 느끼는 하나의 경험일 뿐으로, 그 원인을 어떻게 해보려는 생각은 그다지 들지 않았다. 그런 경험 자체를 깊이 살펴보면, 그 이상으로 어두운 그림자가 어른거리는 듯이 여겨졌기 때문이다.

그래서 그는 자기 쪽에서 히라오카를 방문하는 것을 삼가고 있었다. 산책을 할 때 그의 발길은 에도가와 쪽으로 향하는 일이 많았다. 벚꽃이 질 무렵에는 저녁 바람을 맞으면서 네 개의 다리를 이쪽에서 저쪽으로, 그러고는 반대로 저쪽에서 이쪽으로 건너며 긴 둑을 누비고 다녔다. 하지만 벚꽃도 벌써 져버리고 어느새 녹음의 계절이 되었다. 다이스케는 때때로 다리 한가운데에 서서 난간에 턱을 괴고 무성한 잎 사이를 통과해 물에 반사되는 빛을 하염없이 바라보았다. 그리고 그 빛이 가늘어진 끝부분에 높이 솟은 메지로다이의 숲을 쳐다보고 있었다. 그렇지만 다리 저편으로 건너가서 고이시카와의 비탈길을 오르는 것은 포기하고 돌아왔다. 어떤 때는 오마가리에서 전차를 내리는 히라오카와 흡사한 모습을 오십 여 미터 앞에서 보기도 했다. 그는 히라오카임에 틀림없다고 생각했다. 하지만 그냥 아게바 쪽으로 되돌아왔다.

그는 히라오카가 어떻게 지내는지 궁금했다. 아직 일자리가 없어 불안한 처지일 거라고 생각을 하면서도, 어쩌면 어떤 분야든 생활의 방편이 될 만한 길을 찾아냈을지도 모른다는 생각도 해보았다. 그렇지만 그것을 확인하기 위해서 히라오카의 뒤를 쫓아갈 생각은 나지 않았다. 그는 히라오카를 대할 때 느껴지는, 원인을 알 수 없는 불쾌감을 떠올렸다. 그렇다고 단지 미치요만을 위해서 히라오카의 처지를 걱정할 만큼 히라오카를 미워하지도 않았다. 히라오카를 위해서도 역시 그의 성공을 비는 마음은 있었다.

이렇게 다이스케는 마음 한구석에 공허감을 간직한 채 오늘에 이르렀다. 조금 전에 가도노를 불러서 베개를 가져오라고 해서 낮잠을 잘 때는, 너무도 강렬한 우주의 자극에 견딜 수가 없어진 머리를 가능하다면 푸른색을 띤 깊은 물속에 푹 담그고 싶을 정도였다. 그 정도로 그는 생명에 대해서 너무나 민감했다. 따라서 뜨거운 머리를 베개에 얹었을 때는 히라오카나 미치요는 그에게 거의 존재하지 않았다. 그는 다행히 상쾌한 기분으로 잠을 잤다. 그렇지만 그렇게 평온하게 자고 있을 때 누군가 슬쩍 왔다가 다시 슬쩍 나간 듯한 느낌이 들었다. 잠이 깨서 일어나 앉아도 그 느낌이 아직 남아 있어 머리에서 떨쳐버릴 수가 없었다. 그래서 가도노를 불러서 자고 있는 사이에 누군가 오지 않았느냐고 물었던 것이다.

다이스케는 양손을 이마에 대고, 높은 하늘을 재미있다는 듯이 가로질러서 날아다니는 제비의 움직임을 툇마루에서 쳐다보다가, 이윽고 그것이 어지럽게 느껴져서 방 안으로 들어갔다. 그렇지만 미치요가 곧 다시 찾아올 거라는 기대감이 이미 마음의 평정을 깨뜨려 버린 터라 사색도 독서도 좀처럼 할 수가 없었다. 다이스케는 결국 책장 속에서 커다란 화집을 꺼내와서 무릎 위에 펼쳐놓고 한 장 한 장 넘기기 시작했다. 하지만 그것도 단지 손가락 끝으로 건성건성 넘기고 있을 뿐이었다. 한 장의 그림을 깊이 음미하고 있을 수가 없었다. 이윽고 브랭귄[26]의 그림이 나왔다. 다이스케는 평소부터 이 장식화가에 대해 지대한 관심을 가지고 있었다. 그의 눈은 여느 때와 마찬가지로 빛을 발하며 그 그림 위에 잠깐 머물렀다. 그것은

---

26) 프랭크 브랭귄(Frank Brangwyn, 1867~1943). 벨기에 태생의 영국 화가이자 판화가. 벽화에 능했고, 아르누보적인 화풍을 보였다.

어느 항구의 그림이었다. 배경으로 배와 돛대와 돛을 크게 그리고 나머지 부분에는 한껏 화려한 하늘의 구름과 검푸른 물을 그렸으며, 그 앞에 옷을 벗어부친 노동자가 네다섯 명 있었다. 다이스케는 사내들의 근육이 산처럼 울툭불툭 튀어나온 모습이나, 그들의 어깨에서 등에 걸쳐 살집과 살집이 서로 엉키면서 그사이에 소용돌이와도 같은 계곡을 이룬 모습을 보며 거기에서 잠시 살이 지닌 힘의 쾌감을 느꼈지만, 이윽고 화집을 펼쳐놓은 채 눈을 떼고 귀를 기울였다. 그러자 부엌 쪽에서 아주머니의 목소리가 들렸다. 그러고 나서 우유 배달부가 빈 병 부딪치는 소리를 내며 급한 걸음으로 나갔다. 집이 조용했기 때문에 예민한 다이스케의 청각 신경은 민감하게 반응했다.

다이스케는 멍하니 벽을 응시하고 있었다. 가도노를 다시 한번 불러서 미치요가 몇 시에 다시 오겠다고 얘기하고 갔는지 어떤지 물어보려고 했지만, 너무 어리석게 느껴져 그만두었다. 그뿐만이 아니라 남의 부인이 찾아오는 것을 그렇게까지 기다릴 까닭이 없다는 생각도 했다. 또한 그렇게 기다려진다면 자기 쪽에서 언제라도 찾아가서 이야기를 해야 할 것이라고 생각했다. 그러한 모순의 양면을 비교해 보았을 때, 다이스케는 갑자기 자신의 비논리적인 점이 부끄럽게 여겨졌다. 그는 허리를 반쯤 의자에서 들고 있었다. 그렇지만 그는 그러한 비논리의 밑바닥에 자리 잡은 여러 가지 요소를 스스로 잘 인지했다. 그래서 지금의 자신으로서는 그런 비논리적인 상태가 유일한 사실이니까 어쩔 수 없다고 생각했다. 또한 그러한 사실과 충돌하는 논리란 자기와는 관계가 없는 명제를 연결시켜서 생겨난, 자신의 본체를 무시한 형식에 불과하다고 생각했다. 그렇게 생각하고 다시 의자에 앉았다.

그 후로부터 미치요가 올 때까지 다이스케는 어떻게 시간을 보냈는지 거의 모를 정도였다. 밖에서 여자 목소리가 났을 때 그는 가슴이 몹시 뛰는 것을 느꼈다. 그는 논리에서는 남달리 강한 반면, 심장의 작용에서는 아주 약한 사람이었다. 그가 요즈음 화를 내지 않게 된 것은 전적으로 머리 덕분인데, 화를 낼 정도로 자신이 어리석어지는 상황을 이성이 허락하지 않았기 때문이다. 하지만 그밖의 것에서는 보통 이상으로 정서의 지배를 받을 수밖에 없었다. 손님을 맞으러 나갔던 가도노가 발소리를 내며 서재 입구에 나타났을 때, 혈색이 좋은 다이스케의 뺨은 다소 윤기를 잃고 있었다. 가도노는,

"이쪽으로 모실까요?"

라고 매우 간단히 다이스케의 의향을 확인했다. 객실로 안내를 할 것인가, 서재에서 만날 것인가를 묻는 것이 번거로워서 이렇게 줄여서 물은 것이다. 다이스케는 응, 하고 대답하고 입구에서 대답을 기다리고 있던 가도노를 쫓아내듯이 스스로 일어서서 툇마루로 얼굴을 내밀었다. 미치요는 툇마루와 현관이 이어지는 곳에서 서재를 향한 채 머뭇거리고 있었다.

미치요의 안색은 요전에 만났을 때보다 더욱 창백했다. 다이스케는 눈과 턱을 움직여 미치요를 서재 입구에 가까이 오게 했을 때 그녀가 숨을 헐떡이고 있다는 사실을 알아차렸다.

"무슨 일이 있었나요?"라고 물었다.

미치요는 아무 대답도 하지 않고 방 안으로 들어왔다. 모직 옷 안에 주반을 껴입고 손에는 커다란 흰 백합을 세 송이쯤 들고 있었다. 그 백합을 대뜸 테이블 위에 내던지듯이 놓고 그 옆에 있는 의자에 앉았다. 그러고는 방금 막 땋아 올린 것 같은 은행잎 모양의 머리를 거리낌 없이 의자 등받이에 기대며,

"아, 힘들어."

라고 말하며 다이스케 쪽을 바라보고 웃었다. 다이스케는 손뼉을 쳐서 물을 가져오게 하려고 했다. 미치요는 잠자코 테이블 위를 가리켰다. 거기에는 다이스케가 식사 후에 양치질을 하는 유리컵이 있었다. 안에 물이 두 모금 정도 남아 있었다.

"깨끗한 거죠?" 하고 미치요가 물었다.

"이건 아까 내가 마시던 거니까."

하고 다이스케는 컵을 들어올린 다음 잠시 망설였다. 그가 앉아 있는 곳에서 물을 버리려면 미닫이 밖에 있는 유리문이 방해가 되었다. 가도노는 매일 아침 툇마루의 유리문을 한두 장씩 열지 않고 그대로 놔두는 버릇이 있었다. 다이스케는 자리에서 일어나 툇마루로 나가서 물을 뜰에 버리고 가도노를 불렀다. 방금까지 있던 가도노는 어디로 갔는지 대답이 없었다. 다이스케는 조금 망설이다가 다시 미치요가 있는 곳으로 돌아와서,

"지금 곧 가져다주죠."

라고 말하며 애써 비운 컵을 그대로 테이블 위에 놓은 채 부엌 쪽으로 나갔다. 식당을 지나자, 가도노는 서투른 손놀림

으로 주석으로 된 찻주전자에서 녹차를 따르고 있었다. 다이스케의 모습을 보자,

"선생님, 지금 곧 가져갑니다."라고 변명조로 말했다.

"차는 나중에 가져와도 돼. 물이 필요하네."

하고 다이스케는 직접 부엌으로 나갔다.

"아, 그런가요? 마실 물 말씀입니까?"

그러자 가도노도 찻주전자를 팽개치고 뒤쫓아 왔다. 둘이서 컵을 찾았지만 좀처럼 눈에 띄지 않았다. 아주머니는 어디 갔느냐고 묻자, 지금 손님에게 낼 과자를 사러 갔다는 대답이었다.

"과자가 없으면 미리 사두었어야지."

라고 다이스케는 수도꼭지를 틀어 찻잔에 물을 받으면서 말했다.

"아주머니에게 손님이 오실 거라고 말하는 걸 그만 잊어버려서요."

라며 가도노는 미안하다는 듯이 머리를 긁적거렸다.

"그럼 자네가 과자를 사러 갔으면 되잖나."

라고 다이스케는 부엌을 나가면서 가도노에게 주의를 주었다. 가도노는 그래도 여전히 말대꾸를 했다.

"과자 외에도 이것저것 살 것이 있다고 해서요. 다리 상태도 안 좋고 날씨도 좋지 않으니 그만두었으면 좋았을 텐데도."

다이스케는 뒤도 돌아보지 않고 서재로 돌아왔다. 문턱을 넘어 안으로 들어가자마자 미치요의 얼굴을 보니, 미치요는 아까 다이스케가 두고 간 컵을 무릎 위에 올려놓고 양손으로

감싸고 있었다. 그 컵 속에는 다이스케가 뜰에 버린 정도의 물이 들어 있었다. 다이스케는 찻잔을 든 채로 멍하니 미치요 앞에 섰다.

"어찌된 겁니까?"

라고 물었다. 미치요는 여느 때처럼 침착한 어조로,

"고마워요. 이젠 됐어요. 방금 저 물을 마셨거든요. 너무 깨 끗해서."

라고 대답하며 은방울꽃이 꽂혀 있던 수반을 돌아보았다. 다이스케는 그 커다란 수반 안에 물을 팔 부 정도 담아두었 었다. 이쑤시개만큼이나 가느다란 줄기의 엷은 푸른빛이 물속 에 나란히 꽂혀 있는 사이로 도자기의 무늬가 아련히 도드라 져 보였다.

"왜 저런 물을 마셨습니까?"

라고 다이스케는 어처구니가 없어서 물었다.

"하지만 독이 들어 있는 것도 아니잖아요?"

라며 미치요는 손에 들고 있던 컵을 다이스케 앞으로 내밀 어 안을 비춰 보였다.

"독이 든 것은 아니라 해도 만일 이삼 일씩이나 지난 물이 었다면 어쩌려고 그랬죠?"

"아니, 아까 왔을 때 저 옆까지 얼굴을 갖다 대고 냄새를 맡 아봤어요. 그때 방금 그 수반에 물을 넣고 물통에서 옮겨놓 은 참이라고 저분이 말했는걸요. 괜찮아요. 향기도 난걸요."

다이스케는 잠자코 의자에 앉았다. 과연 문학소녀 같은 취 미에서 물을 마신 것인지, 아니면 생리적인 욕구에 의해서 마신 것인지 캐물을 생각은 없었다. 만일 전자라 하더라도 시적인 척하고 소설 따위를 흉내 내서 한 행동이라고는 생각되지 않았기 때문이다. 그래서 단지,

"이제 기분은 좋아졌나요?"라고 물었다.

미치요의 뺨에 그제야 화색이 돌아왔다. 소맷자락에서 손수건을 꺼내 입가를 닦으며 이야기를 시작했다──보통은 덴즈인마에에서 전차를 타고 혼고로 물건을 사러 가는데, 사람들에게 물어보니 혼고 쪽은 가구라자카에 비해서 아무래도 일 할 내지 이 할 정도 비싸다고 하기에 요전부터 한두 번 그쪽으로 가보았다. 요전에도 들를 생각이었는데, 그만 시간이 늦어져서 서둘러 집에 돌아갔다. 오늘은 아예 들를 작정을 하고 일찍 집을 나섰다. 그러나 주무시고 있기에 다시 큰길로 나가 물건을 사고 돌아가는 길에 들르기로 했다. 그런데 날씨가 나빠지더니, 와라다나 골목길을 올라가기 시작하자 빗방울이 뚝뚝 떨어지기 시작했다. 우산을 안 갖고 나와서 비를 맞지 않으려고 그만 너무 서둘렀기 때문에 곧 몸에 무리가 와 숨이 가빠져 혼이 났다.

"그렇지만 숨차는 것은 익숙하기 때문에 놀라지는 않아요."

하고, 다이스케를 쳐다보며 쓸쓸한 웃음을 지었다.

"심장이 아직 다 낫지 않았나요?"

라고 다이스케가 근심스러운 표정으로 물었다.

"완전히 낫는 건 평생 불가능할 거예요."

절망적인 이야기였지만, 그 이야기의 내용만큼 미치요의 말투는 침울하지 않았다. 가느다란 손가락을 뒤로 젖혀서 끼고

있던 반지를 보았다. 그러고 나서 손수건을 말아서 다시 소맷자락에 넣었다. 다이스케는 눈을 내리뜬 그녀 이마의, 머리카락이 시작되는 부분을 바라보았다.

그러자 미치요는 갑자기 생각났다는 듯이 요전의 수표에 대해 고맙다는 인사말을 했다. 그때 그녀의 뺨이 왠지 살짝 붉어진 듯이 느껴졌다. 감각이 예민한 다이스케는 그것을 금방 알아챌 수가 있었다. 그는 돈을 빌린 것에 대한 수치심으로 인해서 뺨이 붉어진 것으로 해석했다. 그래서 곧 이야기를 다른 방향으로 돌렸다.

좀 전에 미치요가 들고 들어온 백합이 여전히 테이블 위에 놓여 있었다. 감미롭고 강렬한 향기가 두 사람 사이에 서려 있었다. 다이스케는 코끝에 와 닿는 숨 막힐 만큼 강렬한 자극을 견딜 수가 없었다. 그렇지만 함부로 치워버릴 정도로 미치요에 대해 거침없는 행동을 할 수가 없었다.

"이 꽃은 웬 거지요? 사오신 겁니까?"

라고 물었다. 미치요는 말없이 고개를 끄덕였다. 그러고는,

"향기가 참 좋지요?"

라며, 코를 꽃잎 가까이까지 갖다 대고 깊이 그 향기를 들이마셨다. 다이스케는 엉겁결에 다리를 곧추세우고 몸을 뒤로 젖혔다.

"그렇게 가까이서 맡으면 안 됩니다."

"어머, 왜요?"

"특별히 이유가 있는 것은 아니지만, 안 돼요."

다이스케는 약간 미간을 찌푸렸다. 미치요는 얼굴을 제자

리로 돌렸다.

"이 꽃을 싫어하시나요?"

다이스케는 다리를 비스듬히 세우고 몸을 뒤로 젖힌 채 대답은 하지 않고 미소만 지어 보였다.

"그럼 사오지 말걸 그랬군요. 괜히 보람도 없이 길을 돌아서까지 가서 사왔네요. 게다가 비 맞지 않으려고 숨도 찼고."

정말로 비가 내리기 시작했다. 빗방울이 물받이에 모여서 흐르는 소리가 크게 들렸다. 다이스케는 의자에서 일어섰다. 눈앞에 있는 백합 다발을 들고 밑동을 묶은 젖은 짚을 풀었다.

"나에게 준 거군요. 그럼 얼른 꽂지요."

이렇게 말하며 곧 조금 전의 그 큰 수반 속에 넣었다. 줄기가 너무 길어서 수반에서 튀어나올 것 같았다. 다이스케는 물이 뚝뚝 떨어지는 줄기를 다시 수반에서 꺼냈다. 그러고는 테이블 서랍에서 가위를 꺼내서 싹둑싹둑 반 정도의 길이로 잘랐다. 그런 다음 그 큰 꽃을 은방울꽃들 위로 드러나게 꽂았다.

"자, 이제 됐다." 하며, 다이스케는 가위를 테이블 위에 놓았다. 미치요는 이상하게 제멋대로 꽂아놓은 그 백합을 한참 동안 바라보고 있다가 갑자기,

"언제부터 이 꽃이 싫어진 거죠?"

하고 묘한 질문을 던졌다.

예전에 미치요의 오빠가 아직 살아 있을 때, 어느 날 어떤 이유에서인지 다이스케가 긴 백합을 사들고 야나카에 있는 그들 오누이 집을 방문한 적이 있었다. 그때 그는 미치요에게

어설프기 짝이 없는 꽃병을 씻어오라고 해서 스스로가 사온 꽃을 직접 정성스럽게 꽂고는 미치요와 미치요의 오빠에게 바라보게 한 적이 있었다. 미치요는 그때의 일을 기억하고 있었던 것이다.

"당신도 그때는 코를 대고 향기를 맡았었잖아요?"

미치요가 말했다. 다이스케는 그런 일이 있었던 듯하기도 해서 쓴웃음을 지을 수밖에 없었다.

비는 점점 세차게 내렸다. 멀리서부터 들려오는 빗소리가 집을 에워쌌다. 가도노가 나오더니, 약간 추운 것 같으니 유리문을 닫을까요, 하고 물었다. 유리문을 잡아당기는 사이에 두 사람은 똑같이 뜰 쪽을 보았다. 푸른 나뭇잎들이 전부 흠뻑 젖었고 온화한 습기가 유리창 너머로 다이스케의 머리를 적셨다. 세상에 떠 있는 것은 남김없이 대지 위에 내려앉은 듯이 보였다. 다이스케는 오랜만에 자기 자신으로 돌아온 듯한 느낌이 들었다.

"좋은 비로군요." 하고 말했다.

"하나도 좋지 않아요. 저는 조리를 신고 왔거든요."

미치요는 오히려 원망스럽다는 듯이 물받이에서 떨어지는 빗물을 바라보았다.

"돌아가실 때는 인력거를 불러드릴 테니까 상관없잖아요? 천천히 놀다 가세요."

미치요는 그다지 오래 있을 수 없는 것 같았다. 다이스케를 똑바로 쳐다보며,

"여전히 한가한 말씀만 하시는군요."

라고 나무라듯 말했다. 그렇지만 눈가에는 웃음이 감돌았다.

지금까지 미치요 뒤에 가려져서 희미하던 히라오카의 얼굴이 그때 확실히 다이스케의 마음에 자리 잡은 눈동자에 비쳤다. 다이스케는 갑자기 어둑어둑한 곳에서 누군가에게 습격을 당한 듯한 느낌이 들었다. 미치요는 역시 떼어내기 힘든 검은 그림자를 끌고 다니는 여자였다.

"히라오카 군은 어떻게 지내고 있죠?"

다이스케가 일부러 아무렇지도 않은 듯이 물었다. 그러자 미치요의 입가가 약간 굳어지는 것처럼 보였다.

"여전하지요."

"아직 아무 일자리도 찾지 못했나요?"

"그건 별로 걱정 안 해요. 다음 달부터 신문사 쪽에 나가게 될 것 같아요."

"그거 잘됐군요. 전혀 몰랐네요. 그럼 당분간은 별문제 없지 않아요?"

"네, 다행이지요."

미치요가 낮은 목소리로 진지하게 말했다. 다이스케는 그때 미치요가 매우 귀엽게 느껴졌다.

"저쪽에서는 그동안 재촉하거나 하는 일은 없었습니까?"라고 다이스케가 물었다.

"저쪽이라뇨……."

잠시 영문을 몰라했던 미치요는 갑자기 얼굴을 붉히며 말했다.

"저, 실은 오늘 그 일로 사과를 드리러 왔어요."

미치요가 이렇게 말하며, 숙였던 얼굴을 다시 들었다.

다이스케는 조금이라도 어색한 모습을 보여서 더 이상 그녀를 당황하게 만들 수는 없었다. 동시에, 일부러 상대방의 뜻을 맞추는 듯한 말을 해서 상대방을 더욱 비참하게 만드는 일은 피했다. 그래서 조용히 미치요의 말을 들었다.

일전의 이백 엔은 다이스케에게 받자마자 곧 빚을 갚으려 했는데, 새로 살림을 차리다 보니 여러모로 돈이 들어서 빌린 돈에서 얼마를 빼서 써버린 것이 화근이었다. 나머지는 빚을 갚으려고 했으나, 이번에는 매일매일의 생계에 시달리기 시작했다. 스스로 생각해도 기분이 내키지는 않았지만, 하는 수 없이 곤란해지면 쓰고 또 곤란해지면 쓰고 해서 마침내 거의 다 써버리고 말았다. 하긴 그렇게라도 하지 않았다면 우리 부부는 오늘까지 이렇게 생활을 해나갈 수가 없었을 것이다. 지금 와서 생각해 보면, 아예 그 돈이 없었다면 없는 대로 어떻게든 살아갈 수 있었을지도 모르지만, 어설피 수중에 돈이 있었기 때문에 급한 나머지, 다급할 때 꺼내 써버려서 정작 차용 증서를 써준 빚은 아직도 그대로 남아 있다. 그건 오히려 히라오카 탓이 아니다. 전적으로 내 잘못이다.

"정말로 죄송스러운 짓을 했다고 후회하고 있어요. 그렇지만 빌릴 때는 결코 당신을 속이고 거짓말을 할 생각은 없었으니 용서해 주세요."

미치요가 매우 괴로운 듯이 변명을 했다.

"어차피 당신에게 드린 돈이니, 어떻게 썼든 아무도 뭐라고 할 수는 없지요. 도움이 되었다면 그걸로 충분하지 않겠어요?"

다이스케는 이렇게 미치요를 위로했다. 그리고 당신이라는 말을 특별히 힘주어서 천천히 발음했다. 미치요는 단지, 이렇게 말했을 뿐이다.

"이제 겨우 안심이 되는군요."

비가 세차게 내리고 있어서 돌아갈 때는 약속대로 인력거를 불렀다. 추웠기 때문에 모직옷 위에다 남자용 하오리를 입혀주려고 했더니 미치요는 웃으며 입지 않았다.

11

어느새 사람들이 여름옷을 입고 다닐 때가 되었다. 이삼 일 집에서 이것저것 자료 조사를 하느라고 뜰 외에는 내다본 적이 없던 다이스케는 겨울 모자를 쓰고 밖에 나가자 갑자기 더위를 느꼈다. 이제 모직옷을 벗어야겠다고 생각하며 오륙백 미터쯤 걸어가는 동안 두세 명의 겹옷을 입은 사람들과 마주쳤다. 그런가 하면 새로 연 빙숫집에서 청년이 컵을 손에 들고 차가운 것을 마시고 있었다. 다이스케는 그때 세이타로 생각이 났다.

요즘 들어 다이스케는 예전보다도 더 세이타로가 좋아졌다. 다른 사람과 이야기를 하고 있으면 인간의 껍데기와 이야기하는 듯해 답답해서 견딜 수가 없었다. 그렇지만 자기 자신을 돌아다보면, 자기야말로 그 누구보다도 상대방을 답답하게 만드는 사람이었다. 그것 또한 오랜 기간에 걸친 생존경쟁의 결과라고 생각하니 그다지 좋은 기분이 들지 않았다.

요즈음 세이타로는 공타기 곡예를 배우고 싶어 하는데, 그건 전적으로 다이스케가 일전에 아사쿠사의 오쿠야마에 데리고 간 탓이라 할 수 있다. 그런 외곬은 형수의 성격을 그대로 닮은 것이었다. 하지만 형의 자식인 만큼 외곬이면서도 어딘가 꽉 막히지 않은 대범한 기상이 있었다. 세이타로를 상대하고 있으면, 그 아이의 혼이 거침없이 그대로 자기에게 전해지는 것 같아 기분이 좋았다. 사실 다이스케는 밤낮으로 무장을 해제한 적이 없는 정신들에 포위당하는 것이 고통스러웠다.

세이타로는 올봄부터 중학교에 다니기 시작했다. 그러자 갑자기 키가 커진 것 같았다. 이제 한두 해가 지나면 목소리도 변할 것이다. 그리고 그 후로 어떤 경로를 거쳐서 성장할지 모르지만, 어차피 하나의 인간으로서 살아남기 위해서는 다른 사람들로부터 미움을 받게 될 운명에 봉착할 것이 틀림없다. 그때 그는 조용히 남의 눈에 띄지 않는 차림을 하고 거지처럼 뭔가를 찾으면서 사람들로 붐비는 거리를 서성일 것이다.

다이스케는 해자(垓字) 근처로 갔다. 얼마 전까지만 해도 건너편 제방에 떼 지어 피어 있던 진달래가 푸른 잎 사이로 홍백(紅白)의 무늬를 군데군데 만들고 있었는데, 이젠 아무 흔적도 없이 사라져 버리고 풀이 무성하게 자란 높은 비탈 위에 커다란 소나무가 수십 그루나 줄지어서 끝없이 늘어서 있었다. 하늘이 맑게 개었다. 다이스케는 전차를 타고 본가로 가서 형수와 농담이나 하고 세이타로하고도 놀려고 생각했으나, 갑자기 그러고 싶은 마음이 없어지고 소나무를 보면서 지칠 때까지 해자 주위를 따라서 걷고 싶어졌다.

　신미쓰케에 이르자, 바삐 오고 가는 전차가 신경에 거슬리기 시작해서 해자를 가로질러 쇼콘사 옆을 지나 반초로 갔다. 그곳을 여기저기 배회하려니 그렇게 목적도 없이 걷고 있는 자신이 별안간 우스꽝스럽게 여겨졌다. 그는 평소에 천민이나 어떤 목적을 가지고 걷는 거라고 생각했지만, 지금에 한해서는 그런 천민이 오히려 훌륭하다는 생각이 들었다. 또다시 권태감에 사로잡혔다는 사실을 깨닫고 집으로 발길을 돌렸다. 가구라자카에 이르자 어떤 가게에서 커다란 축음기를 틀어놓고 있었다. 날카로운 금속성의 자극적인 그 소리에 다이스케의 머리는 멍해졌다.

　집 문을 들어서자 이번에는 가도노가 주인이 없는 틈을 타서 큰 소리로 비파가[27]를 부르고 있었다. 그러나 다이스케의 발소리를 듣자 딱 그쳤다.

　"어, 일찍 돌아오셨군요."

　가도노가 현관으로 나오며 말했다. 다이스케는 아무 대꾸도 하지 않고 모자를 현관에 걸고 툇마루를 거쳐 서재로 들어갔다. 그러고 나서 일부러 미닫이를 닫았다. 찻잔에 차를 따라서 가지고 온 가도노가,

　"닫아놓을까요? 덥지 않으세요?"

　라고 물었다. 다이스케는 소맷자락에서 손수건을 꺼내 이마를 닦으면서,

---

27) 비파의 반주에 맞추어서 부르는 노래.

"닫아두게."

하고 짧게 말했다. 가도노는 기묘한 표정으로 미닫이를 닫고 나갔다. 다이스케는 어두워진 방 안에서 십 분쯤 멍하니 있었다.

그는 남의 부러움을 살 정도로 윤이 나는 피부와 노동자들에게서는 찾아볼 수 없는 부드러운 근육을 가진 사람이었다. 그는 태어나서 지금까지 아직 큰 병이라고는 앓아본 적이 없을 정도로 건강에 축복을 받은 사람이었다. 그는 그래야만 사는 보람이 있다고 믿었기 때문에, 그의 건강은 그에게 다른 사람보다 배 이상의 가치를 지녔다. 그의 머리는 그의 육체만큼이나 견실했다. 그러나 언제나 논리에 시달리고 있는 것만은 사실이었다. 그리고 이따금 머리의 중심이 활을 겨누는 과녁처럼 이중, 혹은 삼중으로 겹쳐진 듯이 느껴지는 때가 있었다. 특히 오늘은 아침부터 그런 느낌이 들었다.

다이스케가 무엇 때문에 자신이 이 세상에 태어났는지를 골똘히 생각해 보는 것은 바로 그런 때였다. 그는 지금까지 몇 번이나 그 중대한 문제를 스스로 제기해 직시해 보았다. 그 동기는 단순히 철학적인 호기심에서 비롯되기도 하고, 또는 세상사가 너무나도 복잡한 색채로 그의 머리를 물들이려고 안달하는 데서 비롯되기도 하고, 그리고 끝으로 오늘처럼 권태의 결과로서 비롯되기도 하지만, 그때마다 그는 똑같은 결론에 도달했다. 하지만 그 결론은 문제의 해결이라기보다 오히려 그 문제를 부정하는 것에 불과했다. 그는 인간이란 어떤 목적을 가지고 태어나는 것은 아니라고 생각했다. 그 반대로 인간은 태어나서야 비로소 어떤 목적을 가지게 되는 것이다. 처음부터 객관적으로 어떤 목적을 만들어서 인간에게 부여한다면 그 인간의 자유로운 활동을 태어날 때 이미 빼앗은 것이나 다름이 없다. 따라서 인간의 목적이란 태어난 본인 스스로가 만들어야만 한다. 그렇지만 어떤 사람이라도 그것을 마음대로 만들 수는 없다. 자기의 존재 목적은 자기 존재의 과정을 통해 이미 천하에 발표한 것과 마찬가지기 때문이다.

이런 전제에서 출발한 다이스케는 자기 본래의 활동을 자기 본래의 목적으로 삼고 있었다. 걷고 싶으니까 걷는다. 그러면 걷는 것이 목적이 된다. 생각하고 싶으니까 생각한다. 그러면 생각하는 것이 목적이 된다. 그 이외의 목적을 가지고 걷거나 생각하는 것은 보행과 사색의 타락이 되는 것과 마찬가지로, 자기 본래의 활동 이외에 어떤 목적을 세워서 활동하는 것은 활동의 타락이 된다. 따라서 자기의 모든 활동을 한낱 방편의 도구로 삼는 것은 스스로 자기 존재의 목적을 파괴하는 것이나 마찬가지이다.

그래서 다이스케는 지금까지 자신의 뇌리에 어떤 욕망이나 욕구가 생길 때마다 그것을 충족시키는 것을 자기의 목적으로 삼고 살아왔다. 두 가지의 서로 양립될 수 없는 욕망이나 욕구가 가슴속에서 서로 싸우는 경우도 마찬가지였다. 그건 단지 모순에서 비롯되는 하나의 목적의 소모라고 해석하고 있었다. 따지고 보면 그는 목적 없는 행위를 목적으로 삼고 활동했던 셈이다. 그리고 남을 속이지 않는 것을 가장 도덕적인 행동으로 인식했다.

그런 자신의 생각을 가능한 한 실현하려고 노력하는 그는 그 도중에 이미 포기했던 문제에 사로잡혀서 내가 지금 무엇 때문에 이런 일을 하고 있는 것일까 하는 의문을 자기도 모르게 갖기도 했다. 그가 반초를 산책하면서 왜 산책을 하는 것일까 하는 의문을 품었던 것도 바로 그와 같은 이유에서였다.

그때 그는 스스로 생각해도 자신의 활력에 충실하지 못하다는 사실을 깨달았다. 굶주린 행동을 단번에 실행하려는 용기와 흥미가 부족하니까 스스로 그 행동의 의미를 도중에 의심하게 된다. 그는 그것을 권태라고 부른다. 권태에 사로잡히면 논리에 혼란이 일어난다고 그는 믿었다. 그가 행위 도중에 '무엇 때문에?'라는 앞뒤가 뒤바뀐 의문을 품는 것은 바로 권태 때문이었다.

그는 꽉 닫아버린 방 안에서 한두 번 머리를 누르고 흔들어보았다. 그는 옛날부터 오늘날까지 사색가들이 반복하곤 하던 무의미한 의문을 또다시 머릿속에 떠올릴 필요조차 느끼지 않았다. 그런 것이 슬쩍 눈앞에 나타났을 때, 또구나 하는 식으로 곧 떨쳐버렸다. 동시에 그는 자신의 생활력 부족을 절실히 느꼈다. 따라서 행위 그 자체를 목적으로 삼고 원만하게 실행하려는 흥미도 느끼지 못했다. 그는 홀로 황야에 서 있었다. 망연히 서 있었다.

그는 고상한 생활욕을 만족시키려고 애쓰는 사람이었다. 또한 한편으로는 도의욕(道義慾)도 만족시키려는 편이기도 했다. 그러므로 어떤 경지에 이르면 그 두 가지의 욕구가 불꽃을 튀기며 서로 맹렬히 싸우는 관문이 있을 거라고 예상하고 있었다. 그래서 생활욕을 억제하고 거기에 만족하고 있었다. 그의 방은 평범한 일본식 방이었다. 이렇다 할 만한 대단한 장식도 없었다. 그의 말을 빌리자면 액자조차도 변변한 것이 없었다. 색채로서 눈을 끌 정도로 아름다운 것이 있다면, 그건 책장에 나란히 꽂힌 양서 정도에 불과했다. 그는 지금 그 책들 한가운데에 멍하니 앉아 있었다. 잠시 후 그토록 잠들어 버린 자신의 의식에 힘을 불어넣기 위해서는 주위의 사물들을 어떻게든 하지 않으면 안 되겠다고 생각하면서 방 안을 둘러보았다. 그러고 나서 또다시 멍하니 벽을 바라보았다. 그러다가 마침내 이런 보잘것없는 생활로부터 자신을 구해낼 수 있는 방법은 오직 하나밖에 없다고 생각했다. 그러고는 입속으로 중얼거렸다.

"역시 미치요를 만나야겠구나."

그는 내키지도 않는 곳으로 산책을 나갔던 것을 후회했다. 다시 나가서 히라오카의 집으로 가려고 생각하던 참에 모리카와초에서 데라오가 찾아왔다. 새 밀짚모자를 쓰고 추레한 얇은 하오리를 걸치고는 덥다, 더워 하며 벌건 얼굴의 땀을 닦았다.

"어째서 하필 이런 때 왔지?"

라고 다이스케는 퉁명스럽게 내뱉었다. 그와 데라오는 평소에도 서로 그런 식의 말투로 대하고 있었다.

"이런 시간이 방문하기에 딱 좋은 시간이잖나. 자네, 또 낮잠을 잤군. 아무래도 직업이 없는 사람은 나약해서 안 된단 말이야. 자네는 도대체 무엇 때문에 태어났는지 모르겠군."

하고 말하더니, 데라오는 밀짚모자로 자꾸만 가슴 언저리를 부쳤다. 날씨는 아직 그 정도로 덥지 않았기 때문에 그런 동작은 애교스럽게 보였다.

"무엇 때문에 태어났건, 쓸데없는 참견 말게. 그보다도 자네야말로 무엇 하러 왔지? 또 '딱 열흘 정도만'은 아니겠지? 돈에 관한 이야기라면 이제 그만두게."

라고 다이스케는 서슴지 않고 말도 꺼내기 전에 거절했다.

"자네도 어지간히 예의를 모르는 사람이군."

하고 데라오는 하는 수 없이 대꾸했다. 그렇지만 그다지 감정을 상한 것처럼 보이지는 않았다. 사실 그 정도의 말은 데라오에게는 조금도 무례하다고 생각되지 않았던 것이다. 다이스케는 잠자코 데라오의 얼굴을 바라보았다. 그 얼굴은 다이스케에게 텅 빈 벽을 보고 있는 것 이상의 어떤 감동도 주지 않았다.

데라오는 호주머니에서 때 묻은 가제본된 책을 꺼냈다.

"이걸 번역하지 않으면 안 된다네."

라고 말했다. 다이스케는 여전히 잠자코 있었다.

"먹고살기에 걱정이 없다고 그렇게 귀찮다는 듯한 표정을 짓지 않을 수 없나. 좀 더 진지해져 봐. 나로서는 생사가 달린 일이니까."

라며 데라오는 작은 책을 의자 모서리에 탕탕 두 번 쳤다.

"언제까지지?"

데라오는 책장을 팔락팔락 넘겨 보이더니 단호한 어조로,

"이 주일." 하고 대답한 후에,

"어쨌든 그때까지 끝내지 않으면 먹고살 수가 없으니 하는 수 없지."라고 덧붙였다.

"대단한 기세로군." 하고 다이스케가 놀렸다.

"그래서 혼고에서 일부러 찾아왔다네. 돈은 빌려주지 않아도 좋아. 빌려주면 더욱 좋겠지만, 그보다도 조금 모르는 곳이 있어서 물어보러 왔다네."

"성가시군. 나는 오늘 머리가 아파서 그런 걸 하고 있을 수가 없다네. 적당히 번역하면 되지 않나? 어차피 원고료는 페이지로 계산해서 주잖아."

"아무리 나라도 그렇게 무책임한 번역은 할 수가 없지 않나. 오역을 지적당하기라도 하면 나중에 귀찮아지거든."

"참 귀찮게 구는군."

하고 말하며 다이스케는 여전히 뺀들거리는 태도를 버리지 않았다. 그러자 데라오는,

"이봐." 하고 불렀다.

"농담이 아니라 자네처럼 빈둥빈둥 놀고 있는 사람은 가끔 이 정도의 일이라도 하지 않고서는 따분해서 견딜 수가 없을 걸세. 나도 번역을 잘할 수 있는 사람을 찾아갈 생각이라면 일부러 자네한테 오지는 않지. 하지만 그런 사람은 자네와 달라서 모두 바쁘단 말일세."

하며 조금도 물러설 기세를 보이지 않았다. 다이스케는 싸움을 하든지, 그의 부탁을 들어주든지 둘 중의 하나를 택할 각오를 했다. 그는 성격상 이런 상대를 경멸할 수는 있어도 화를 낼 수는 없었다.

"그럼 최소한의 분량만 하기로 하지."

그는 이렇게 단서를 단 뒤, 표시가 된 부분만을 보았다. 다이스케는 그 책의 줄거리를 물을 의욕조차 없었다. 데라오가 묻는 부분에도 애매한 곳이 많았다. 데라오는 이윽고,

"아, 고맙네."

라고 말하고 책을 덮었다.

"모르는 곳은 어떻게 하지?"

하고 다이스케가 물었다.

"어떻게든 하지 뭐⋯⋯. 누구에게 묻더라도 그다지 잘 알지는 못할걸세. 우선 시간이 없으니까 하는 수 없지."

하고 데라오는 오역보다도 생활비 쪽이 더 중요한 문제라는 듯이 처음부터 정하고 있었다.

번역에 관한 질문이 끝나자, 데라오는 여느 때처럼 문학 이야기를 꺼내기 시작했다. 이상하게도, 번역 문제와는 달리 그런 화제가 나오면 언제나 그렇듯이 매우 열성적인 자세가 되었다. 다이스케는 현재의 문학가들이 발표하는 작품 중에도 데라오의 번역과 비슷한 부류의 것들이 많이 있으리라고 생각하고 데라오의 모순을 재미있어 했다. 그렇지만 귀찮아서 입 밖에 내지는 않았다.

데라오 때문에 다이스케는 그날 결국은 히라오카를 방문할 기회를 놓치고 말았다.

저녁 식사를 하고 있을 때, 마루젠에서 보낸 소포가 도착했다. 젓가락을 놓고 뜯어보니, 아주 오래전에 외국에 주문했던 두세 권의 신간 서적이었다. 다이스케는 그것을 겨드랑이에 끼

고 서재로 돌아갔다. 한 권씩 차례대로 들고 어둠 속에서 두세 페이지 넘기며 대충 훑어보았으나, 어디에도 그의 주의를 끌 만한 곳은 없었다. 마지막 한 권은 그 제목조차 이미 잊어버리고 있었다. 어쨌든 언젠가 읽을 생각으로 한데 모아서는 일어서서 책장 위에 쌓아놓았다. 툇마루에서 밖을 내다보니 아름다운 하늘이 그 푸른빛을 잃어가고, 한층 짙어 보이는 옆집 오동나무 위로 희미한 달이 떠 있었다.

그때 가도노가 커다란 램프를 들고 들어왔다. 거기에는 비단 잔주름처럼 세로로 홈이 파인 파란 갓이 씌워져 있었다. 가도노는 그것을 테이블 위에 놓고 다시 툇마루로 나가면서,

"이제 슬슬 반딧불이가 나올 시기군요."

라고 말했다.

다이스케가 우습다는 듯한 표정으로,

"아직 나올 리가 없지."라고 대답하자 가도노는 여느 때처럼,

"그럴까요?" 하고 대꾸를 했으나 곧 진지한 어투로,

"반딧불이는 옛날에는 상당히 인기가 있었는데, 요즘은 문학을 하는 사람들이 그다지 입에 올리지 않게 되었지요. 왜일까요? 반딧불이나 까마귀는 요즘 거의 본 적이 없을 정도지요." 하고 말했다.

"그렇지. 그 이유가 뭘까?"

라고 다이스케도 일부러 시치미를 떼고 진지하게 대꾸를 해주었다. 그러자 가도노는,

"역시 전등에 압도되어서 점점 물러나게 되었겠지요."

라고 말을 마치고, 스스로 헤헤헤 하는 웃음으로 익살스럽

게 결말을 짓고 자기 방으로 돌아갔다. 다이스케도 그 뒤를 따라서 현관까지 나갔다. 가도노가 뒤돌아보았다.

"또 외출하십니까? 알겠습니다. 램프는 제가 잘 치워놓겠습니다. 아주머니가 아까부터 배가 아프다고 누워 있습니다만, 대단치는 않은 것 같아요. 그럼 잘 다녀오십시오."

다이스케는 문을 나섰다. 에도가와 근처에 이르자, 벌써 어두워져서 강물이 검게 보였다. 그는 물론 히라오카의 집을 방문할 생각이었다. 그래서 여느 때처럼 강변을 끼고 걷지 않고 곧장 다리를 건너서 곤고지자카를 올라갔다.

사실 다이스케는 그 후로 미치요와 히라오카를 두세 번 더 만났다. 한 번은 히라오카가 상당한 장문의 편지를 보내왔다. 그 편지에는 우선 도쿄에 도착한 이후로 여러모로 도와주어서 고맙다는 인사말이 쓰여 있었다. 그러고 나서 그 후로 여러 친구랑 선배가 힘써주었는데, 최근에 어떤 친지의 주선으로 모 신문사의 경제부 주임 기자를 하지 않겠느냐는 권유를 받았다, 스스로도 해보고 싶은 생각이 있다, 하지만 도쿄에 도착했을 당시 자네에게 부탁했던 일도 있으니까 마음대로 결정해서는 안 될 것 같은 생각이 들어 일단 상의를 한다는 내용이 이어졌다. 다이스케는 그 당시 형의 회사에 취직을 주선해 달라는 히라오카의 부탁에 대해 어렵겠다는 말도 전하지 않고 이제까지 그대로 미뤄두었던 것이다. 그래서 그 편지를 그에 대한 회답의 재촉으로 받아들였다. 한 통의 편지로 거절하는 것도 너무 냉담하다는 생각이 들어서, 다음 날 찾아가서 형의 이런저런 사정을 이야기하고 당분간 그쪽은 포기해 달라고 부탁했다. 히라오카는 그때 나도 대충 그러리라고 짐작하고 있었다고 말하고 묘한 시선으로 미치요를 보았다.

또 한 번은, 마침내 신문사에 취직이 결정되었다며 하룻밤 자네와 느긋하게 술을 마시고 싶으니 어느 날 와달라는 엽서가 왔는데, 공교롭게도 사정이 생겨 양해를 구하러 산책길에 들른 적이 있었다. 그때 히라오카는 방 한가운데에 큰 대 자로 누워서 자고 있었다. 간밤에 어느 모임에 참석해서 과음했기 때문이라며 벌건 눈을 연신 문질렀다. 다이스케를 보자 갑자기, 사람은 아무래도 자네처럼 독신이지 않고서야 아무 일도 할 수가 없어, 나도 혼자라면 만주나 미국에라도 갈 텐데 하며 아내가 있는 것에 대한 불평을 토로했다. 미치요는 옆방에서 묵묵히 일을 하고 있었다.

세 번째는 히라오카가 신문사에 나가고 없을 때에 방문했다. 그때는 별다른 용무는 없었다. 약 삼십 분쯤 툇마루에 앉아서 이야기를 했다.

그 후로는 가능한 한 고이시카와 쪽으로는 가지 않기로 하고 오늘 밤에 이르렀던 것이다. 다이스케는 다케하야초로 올라가 반대편으로 빠져나간 뒤 이삼백 미터쯤 가서, 히라오카라고 쓰인 처마등 앞에 이르렀다. 격자문 밖에서 사람을 부르자 하녀가 램프를 들고 나왔다. 하지만 부부가 다 집에 없었다. 다이스케는 어디 갔느냐고 묻지도 않고 그냥 돌아서서 전차를 타고 혼고까지 가서, 혼고에서 다시 간다행 전차로 갈아타고, 거기서 내려 어느 맥줏집으로 들어가 맥주를 벌컥벌컥 마셨다.

다음 날 눈을 뜨자, 여전히 뇌의 중심에서 반경이 다른 원이 머리를 이중으로 칸막이하고 있는 듯한 느낌이 들었다. 그럴 때 다이스케는 서로 질이 다른 머리의 안쪽과 바깥쪽 부분을 잘라 맞추어 만든 것 같은 느낌을 받곤 했다. 그래서 스스로 자신의 머리를 흔들어보고 그 두 가지를 섞으려고 애썼다. 그는 지금 베개 위에 머리를 얹은 채 오른손을 꼭 쥐고 귀위를 두세 번 쳤다.

다이스케는 뇌의 그런 이상을 술 탓으로 돌린 적은 없었다. 그는 어릴 적부터 술이 센 편이었다. 아무리 마셔도 평소와 다른 점이 별로 없었다. 그뿐 아니라 한 번 푹 자고 나면 몸이 가뿐해졌다. 예전에 어쩌다가 형과 술 마시기 시합을 하게 되어 세 홉들이 술을 열세 병이나 해치운 적이 있었다. 그다음날, 다이스케는 아무렇지도 않은 얼굴로 학교에 갔다. 형은 이틀간이나 머리가 아프다며 잔뜩 인상을 쓰고 있었다. 그러고는 그것을 나이 차이 때문이라고 했다.

어젯밤 마신 맥주는 그에 비하면 아무것도 아니라고, 다이스케는 머리를 두드리면서 생각했다. 다행히 다이스케는 아무리 머리가 이중이 되어도 뇌의 활동에 지장을 받은 적은 없었다. 가끔 머리를 쓰는 것이 내키지 않을 뿐이었다. 그렇지만 노력만 하면 복잡한 일도 충분히 해낼 자신이 있었다. 그래서 그런 이상을 느껴도 뇌 조직의 변화가 정신에 나쁜 영향을 줄거라고 비관할 필요가 없었다. 처음으로 그런 감각을 느꼈을 때는 깜짝 놀랐다. 두 번째에는 오히려 신기한 경험이라며 기뻐했다. 요즘은 그런 경험이 정신력의 저하를 수반하는 경우가 많아졌다. 그리고 내용이 충실치 못한 행위를 억지로 해가며 생활할 때 하나의 징후로서 그런 일이 일어났다. 다이스케는 그 점이 불쾌했다.

잠자리에서 일어나 그는 또다시 머리를 흔들었다. 아침 식사 때 가도노가 조간신문에 실린 뱀과 독수리의 싸움에 대한 이야기를 시작했지만, 다이스케는 대꾸를 하지 않았다. 가도노는 또 시작이로구나 하고 생각하고 식당에서 나갔다. 부엌 쪽에서 가도노는,

"아주머니, 그렇게 일을 하면 몸에 안 좋아요. 선생님 상은 제가 치울 테니 저쪽으로 가서 쉬었다가 오세요."

라고 아주머니에게 친절하게 말을 걸었다. 다이스케는 그때야 비로소 아주머니가 아프다는 사실이 생각났다. 뭔가 따뜻한 말이라도 건네려 했지만, 귀찮아서 그만두기로 했다.

나이프를 놓자마자 다이스케는 곧 홍차 잔을 들고 서재로 들어갔다. 시계를 보니 벌써 9시가 지나 있었다. 한참 동안 뜰을 바라보면서 천천히 차를 마시고 있는데, 가도노가 와서,

"본가에서 모시러 왔습니다."

라고 말했다. 다이스케는 집에서 자신을 데리러 올 이유를 생각해 낼 수가 없었다. 가도노에게 다시 물어보아도, 인력거꾼이 뭐라뭐라며 도무지 종잡을 수 없는 이야기를 하자 다이스케는 머리를 흔들며 현관으로 나가보았다. 그러자 거기에는 형의 인력거를 끄는 가쓰가 있었다. 고무바퀴가 달린 인력거를 똑바로 현관 옆으로 갖다 대고 공손히 인사를 했다.

"가쓰, 무슨 일로 데리러 왔지?"

라고 묻자, 가쓰는 황송하다는 태도로,

"마님이 인력거를 가지고 모시러 갔다 오라고 말씀하셨습니다."

"뭔가 급한 일이라도 생겼나?"

가쓰는 아무것도 알지 못했다.

"오시면 아실 거라며……."

라고 간결하게 대답하고 말꼬리를 흐렸다.

다이스케는 안으로 들어갔다. 아주머니를 불러서 외출복을 꺼내달라고 하려다가, 배가 아프다는 사람에게 일을 시키는 것이 싫어서 직접 옷장 서랍을 뒤져서 서둘러 차려입고 가쓰의 인력거를 타고 집을 나섰다.

그날은 바람이 세게 불었다. 가쓰는 괴로운 듯이 몸을 앞으로 굽히고 달렸다. 인력거에 타고 있던 다이스케에게도 이중의 머리가 빙빙 돌 정도로 세게 바람이 휘몰아쳤다. 그렇지만 소리도 울림도 없는 바퀴가 매끄럽게 움직여서 의식이 희미한 자신을 반쯤 잠든 상태로 허공으로 데리고 가는 듯한 착각이 기분 좋게 느껴졌다. 아오야마에 있는 집에 도착할 무렵에는 아침에 일어났을 때와는 달리 기분이 매우 상쾌해졌다.

무슨 일이 있었는지 물어보려고 안으로 들어가기 전에 서생의 방을 들여다보니, 나오키와 세이타로가 단둘이서 흰 설탕을 뿌린 딸기를 먹고 있었다.

"야, 맛있겠는데."

라고 하자, 나오키는 곧 자세를 바로 하고 인사를 했다. 세이타로는 입술 가장자리가 젖은 채로 느닷없이,

"삼촌, 언제 장가가세요?"

라고 물었다. 나오키는 싱글싱글 웃고 있었다. 다이스케는 잠시 말문이 막혔다. 하는 수 없이,

"오늘은 왜 학교에 가지 않았지? 그리고 아침부터 딸기 같은 것을 먹고 있다니."

라고 놀리는 듯도 하고 야단치는 듯도 한 투로 말했다.

"하지만 오늘은 일요일이잖아요."

세이타로가 정색하고 말했다.

"어, 일요일이던가?"

하고 다이스케는 깜짝 놀랐다.

나오키는 다이스케의 얼굴을 보고 마침내 웃음을 터뜨렸다. 다이스케도 잠시 웃고 나서 객실로 갔다. 거기에는 아무도 없었다. 새로 깐 다다미 위에 자단나무로 만든 둥근 쟁반이 하나 놓여 있고, 그 위에 놓인 찻잔에는 교토의 아사이 모쿠고의 그림이 그려져 있었다. 텅 빈 넓은 객실에 아침의 초록빛이 뜰에서 비쳐 들어와 모든 것이 고요하게 보였다. 문밖의 바람은 갑자기 잠잠해진 것 같았다.

객실을 빠져나와서 형의 방 쪽으로 갔더니 인기척이 났다.

"어머, 하지만 그건 너무하세요."

안에서 형수의 목소리가 들렸다. 다이스케는 안으로 들어갔다. 안에는 형과 형수와 누이코가 있었다. 형은 정장용 허리띠에 금사슬을 달고 요즘 유행하는 야릇한 비단 하오리를 입고서는 문 쪽을 향해 서 있었다. 다이스케의 모습을 보자,

"이제 왔군. 자, 그러니까 다이스케에게 같이 데려가 달라고

그 후   191

하시오."

라고 우메코에게 말했다. 다이스케는 무슨 의미인지 통 알수가 없었다. 그러자 우메코가 다이스케 쪽으로 몸을 돌렸다.

"도련님, 오늘 물론 한가하겠지요?" 하고 물었다.

"네, 한가한 셈이죠."

하고 다이스케는 대답했다.

"그럼 가부키자에 함께 가줄래요?"

다이스케는 형수의 그 말을 듣자, 내심 갑자기 우스꽝스러운 느낌이 들었다. 그렇지만 오늘은 여느 때처럼 형수를 놀릴 기분이 아니었다. 귀찮기도 해서 태연한 표정으로,

"네, 좋습니다. 함께 가죠."

라고 선뜻 대답했다. 그러자 우메코는,

"하지만 도련님은 벌써 한 번 봤다고 했잖아요?"라고 되물었다.

"한 번 보든 두 번 보든 전혀 상관없어요. 가시죠."

다이스케는 우메코를 쳐다보며 미소 지었다.

"도련님도 꽤나 한량이네요."

우메코가 덧붙여 말했다. 다이스케는 점점 우스꽝스러운 느낌이 들었다.

형은 볼일이 있다며 곧 나갔다. 4시경에 일이 끝나면 가부키자 쪽으로 오기로 약속했다고 한다. 그때까지 형수와 누이코 둘이서 보고 있어도 될 텐데, 우메코는 그렇게 하기는 싫다고 했다. 그럼 나오키를 데리고 가라고 형이 말하자, 나오키는 감색에 흰무늬가 있는 옷에다가 하카마를 입고는 거북스럽게

앉아 있어서 안 된다고 대답했다. 그래서 할 수 없이 다이스케를 데리러 보냈다고 형이 나가면서 설명했다. 다이스케는 조금 이치에 맞지 않는다는 생각이 들었지만 단지 그러냐고 대꾸했다. 그러고는 형수가 막간 휴식 시간에 말벗이 필요하고 무슨 일이 있을 때 여러모로 부탁을 하고 싶으니까 일부러 자신을 부른 것이 틀림없다고 해석했다.

우메코와 누이코는 화장하는 데 시간이 오래 걸렸다. 다이스케는 그것을 지켜보며 두 사람 옆에 참을성 있게 붙어 있었다. 그러고는 때때로 장난삼아 농담도 했다. "아이, 삼촌 너무 하세요."라는 말이 누이코의 입에서 두세 번 나왔다.

아버지는 오늘 아침 일찍 나가고 집에 없었다. 어디에 갔는지 형수는 모른다고 했다. 다이스케는 그다지 알고 싶은 마음도 없었다. 아버지가 집에 없는 것이 그저 다행스러울 뿐이었다. 일전의 면담 이후로 다이스케는 아버지와 딱 두 번밖에 얼굴을 마주치지 않았다. 그것도 겨우 십 분 내지 십오 분 정도에 지나지 않았다. 이야기가 복잡해질 것 같으면 갑자기 공손히 인사를 하고 일어서 버리곤 했다. 형수는 거울 앞에서 여름용 오비 끝을 만지면서, 아버지가 객실 쪽으로 나와서는 아무래도 다이스케가 요즘 전혀 침착하지 못하다, 내 얼굴만 보면 도망칠 준비를 한다며 화를 냈다고 다이스케에게 말했다.

"형편없이 신용이 떨어졌군요."

다이스케는 이렇게 말하고 형수와 누이코의 양산을 들고 한발 앞서서 현관으로 나갔다. 거기에는 인력거 세 대가 나란히 대기하고 있었다.

다이스케는 바람을 피하려고 사냥 모자를 착용했다. 이제 바람은 불지 않고 강렬한 햇빛이 구름 사이를 뚫고 머리 위로 내리쪼이고 있었다. 앞서가던 우메코와 누이코가 양산을 폈다. 다이스케는 때때로 손등을 이마에 가져가 햇빛을 가렸다.

가부키자에서 형수와 누이코는 매우 열성적인 관객이었다. 다이스케는 두 번째 보는 탓도 있겠지만, 요 며칠 동안의 뇌의 상태 때문에 계속 무대에 정신을 집중할 수가 없었다. 정신적으로 견디기 힘들 정도로 숨이 막힐 듯한 더위 때문에, 자꾸만 부채를 들고 옷깃에서 머리 쪽으로 바람이 가도록 부쳐댔다.

막간 휴식 시간에 누이코가 다이스케 쪽을 돌아보며 때때로 묘한 질문을 했다. 왜 저 사람은 대야로 술을 마셨냐, 어떻게 스님이 갑자기 대장이 될 수가 있었느냐는 식의, 대개는 설명하기 힘든 질문뿐이었다. 우메코는 그걸 들으며 미소를 짓고 있었다. 다이스케는 불현듯 이삼 일 전에 신문에서 본 어느 문학자의 관극평이 생각났다. 거기에는 일본의 각본은 너무 엉뚱한 줄거리가 많아서 편하게 구경할 수가 없다고 쓰여 있었다. 다이스케는 그때 배우의 입장에서 바라보고 구태여 그런 사람에게 보일 필요는 없다고 생각했었다. 작가에게 해야 할 주문을 배우 쪽에 하는 것은, 지카마쓰[28]의 작품을 이해하기 위해서 고시지[29]의 조루리[30]를 듣고 싶어 하는 것과

---

28) 지카마쓰 몬자에몬[近松門左衛門](1653~1724). 에도 중기의 유명한 가부키, 조루리 작가.
29) 越路(1836~1917). 메이지 시대 조루리계의 제일인자.
30) 淨瑠璃. 음곡에 맞추어서 낭창하는 옛이야기.

같은 어리석은 일이라고 가도노에게 이야기했었다. 가도노는 언제나 그렇듯이 "그런가요?" 하고 대꾸했다.

어릴 적부터 일본의 전통극을 많이 보아온 다이스케는, 물론 우메코와 마찬가지로 단순한 예술 감상자에 지나지 않았다. 그래서 무대에서의 예술이란 배우의 능력에만 적용해야 한다는 좁은 뜻으로 해석하고 있었다. 그러므로 우메코와는 말이 잘 통했다. 때때로 얼굴을 마주 보며 전문가와 같은 비평을 하고서는 서로 감탄하곤 했다. 그렇지만 대체로 무대에는 이미 싫증이 난 상태였다. 공연 도중에도 쌍안경으로 이쪽저쪽을 보며 한눈을 팔았다. 먼 쪽에 게이샤들이 많이 앉아 있었다. 그중에는 쌍안경을 이쪽으로 돌리고 있는 게이샤도 있었다.

다이스케의 오른쪽에는 그와 나이가 비슷한 남자가 머리를 올린 아름다운 아내와 함께 앉아 있었다. 다이스케는 그 부인의 옆얼굴을 보며 자신이 잘 아는 게이샤와 많이 닮았다고 생각했다. 왼쪽에는 일행인 듯한 남자들이 네 명쯤 있었다. 그들은 모두 박사들이었다. 다이스케는 그 얼굴을 전부 기억하고 있었다. 그리고 그 옆에는 넓은 좌석을 단둘이서 차지하고 앉은 이들이 있었다. 그중 한 사람은 형과 비슷한 나이로 단정하게 양복을 입고 있었다. 그리고 금테 안경을 쓰고 뭔가를 볼 때는 턱을 앞으로 내밀고 약간 위로 쳐드는 습관이 있었다. 다이스케는 그 사람을 보자 어디선가 본 적이 있는 것 같다는 생각이 들었다. 하지만 굳이 기억을 더듬어보려고 애쓰지는 않았다. 그와 함께 온 사람은 젊은 여자였다. 아직 스물이 채 안 되었을 거라고 다이스케는 추측했다. 그 여자는 하오리를 입지 않은 채 보통보다는 앞머리와 옆머리를 더 많이 위로 치켜올려 빗고, 턱을 옷깃에 바짝 붙이고 앉아 있었다.

다이스케는 답답해서 몇 번이나 자리에서 일어나 뒤편의 복도로 나가서 좁은 하늘을 올려다보았다. 형이 오면 형수와 누이코를 떠넘기고 빨리 돌아가고 싶은 생각이었다. 한 번은 누이코를 데리고 그 근처를 빙빙 돌며 걷기도 했다. 나중에는 술이라도 좀 시켜서 마실까 하는 생각까지 했다.

형은 거의 해가 질 무렵이 되어서야 왔다. 매우 늦으셨다고 말하자, 형은 오비 사이에서 금시계를 꺼내 보였다. 실제로 6시가 조금 지나 있었다. 형은 여느 때와 같이 태연한 표정으로 여기저기 둘러보았다. 하지만 식사를 할 때 일어서서 복도로 나가더니 좀처럼 돌아오지 않았다. 한참 지나서 다이스케가 무심코 뒤돌아보니 한 칸 건너 옆자리의 금테 안경을 쓴 남자의 자리로 가서 이야기를 하고 있었다. 젊은 여자에게도 이따금 말을 거는 듯했다. 하지만 여자 쪽에서는 살짝 미소를 지어 보였을 뿐 이내 진지한 표정으로 무대 쪽으로 시선을 돌렸다. 다이스케는 형수에게 그 사람의 이름을 물어보려고 했지만, 형은 사람들이 모이는 곳에 가기만 하면 어디라도 그렇게 아무렇지도 않게 끼어들 정도로 발이 넓고 세상을 자기 집처럼 여기는 사람이므로 신경 쓰지 않고 잠자코 있었다.

그러자 막간 휴식 시간에 형이 입구까지 돌아와서 다이스케에게 잠깐 오라고 하더니, 그를 금테 안경을 쓴 남자 자리로 데리고 가서 동생이라고 소개했다. 그러고 나서 다이스케에게는, 이분이 고베에서 오신 다카기 씨라며 인사를 시켰다. 금테 안경의 신사는 젊은 여자를 돌아보며 자기 조카라고 말했다. 그 여자는 얌전히 인사를 했다. 그때 형이 사가와 씨의 따님 이라는 말을 덧붙였다. 다이스케는 여자의 이름을 듣는 순간, 교묘하게 걸려들었다고 마음속으로 생각했다. 하지만 아무것 도 모르는 척하고 적당히 응대하고 있었다. 그러자 형수가 슬 쩍 다이스케 쪽을 돌아보았다.

오륙 분 지나서 다이스케는 형과 함께 자기 자리로 돌아왔 다. 사가와의 딸을 소개받기 전까지는 형이 오면 바로 달아날 생각이었는데, 지금 와서는 그럴 수도 없었다. 너무 노골적으 로 행동해서는 오히려 좋지 않은 결과를 가져올 듯한 생각이 들었기에 괴롭지만 참고 앉아 있었다. 형도 공연에는 전혀 흥 미가 없는 듯했지만, 평상시처럼 대범한 자세로 검은 머리가 그슬릴 정도로 여송연을 피워댔다. 이따금 비평이랍시고 "누 이코, 이번 막은 참 근사했지?"라는 정도의 말을 할 뿐이었다. 우메코는 평소의 호기심 많은 태도와는 달리, 다카기나 사가 와의 딸에 대해서 아무런 질문도 하지 않았고 한마디의 비평 도 가하지 않았다. 다이스케에게는 그렇게 시치미를 떼고 있 는 형수의 모습이 오히려 우스꽝스럽게 여겨졌다. 그는 이제 까지 형수의 술책에 걸려든 일이 가끔 있었다. 그렇지만 단 한 번도 화를 낸 적은 없었다. 이번의 우스꽝스러운 연극도 평소 같으면 심심풀이로 하는 놀이 정도로 받아들이고 웃어버렸을 지도 모른다. 그뿐만이 아니다. 만일 자신이 결혼할 의사가 있 었다면 오히려 이런 연극을 이용해서 스스로 해피 엔딩의 희극을 완성시켜서 일생 동안 자신을 비웃는 것으로 만족할 수도 있었다. 그렇지만 형수마저 아버지와 형과 공모해서 지금의 자신을 점점 궁지에 빠뜨리려 한다고 생각하니 아무래도 이번 행동을 단순한 장난으로 여길 수만은 없었다. 다이스케는 앞으로 형수가 이번 사건을 어떻게 발전시킬 것인지를 생각하자 조금 불안해졌다. 집안사람들 중에서 형수가 가장 이런 계획에 흥미를 가지고 있었기 때문이다. 형수가 이런 식으로 자신을 몰아붙이면 붙일수록, 점점 가족들과 멀어질 수밖에 없다는 두려움이 그의 머릿속 어딘가에 자리 잡고 있었다.

공연은 11시가 다 되어서야 끝났다. 밖으로 나와보니, 바람은 전혀 불지 않고 달도 별도 보이지 않는 조용한 밤을 전등이 희미하게 비추고 있었다. 시간이 늦어서 찻집에서 이야기를 나눌 틈도 없었다. 세 사람을 태우고 갈 인력거는 와 있지만, 다이스케는 인력거를 부탁해 두는 것을 깜박 잊어버렸다. 귀찮다는 생각이 들어서 형수의 권유를 뿌리치고 찻집 앞에서 전차를 탔다. 스키야바시에서 갈아타려고 어두운 길에서 기다리자니, 어린아이를 업은 아낙네가 피곤한 듯이 반대편에서 다가왔다. 전차는 건너편으로 두세 번 지나갔다. 다이스케와 철로 사이에는 높은 제방처럼 흙이나 돌이 쌓여 있었다. 다이스케는 그때야 비로소 엉뚱한 곳에 서 있다는 사실을 깨달았다.

"아주머니, 전차를 타려면 여기 있으면 안 돼요. 저쪽입니다."

이렇게 가르쳐주고는 걷기 시작했다. 아주머니는 고맙다고 말하고 뒤따라왔다. 다이스케는 손으로 더듬듯이 어두운 곳을 눈짐작으로 걸었다. 이십오 미터쯤 왼쪽으로 에도성의 해자 부근을 목표로 해서 갔더니, 마침내 정류장 기둥이 나타났다. 아주머니는 거기서 간다바시 쪽으로 가는 전차를 탔다. 다이스케는 혼자서 반대 방향인 아카사카행을 탔다.

전차 안에서는 졸려도 잠을 잘 수가 없었다. 전차에 흔들리면서 앉아 있는데 문득 오늘 밤의 수면이 걱정되었다. 그는 너무 피곤해서 낮 동안의 모든 일에 무관심해졌는데도 불구하고, 어떤 알 수 없는 흥분 때문에 조용한 밤을 제대로 만끽할 수 없을 때가 자주 있었다. 그의 뇌리에는 오늘 낮 동안에 번갈아 흔적을 남긴 색채들이 시간적인 전후 관계나 형태의 차이를 무시한 채 한꺼번에 어른거렸다. 그래서 그것이 어떤 색채인지, 어떤 움직임인지 확실히 알 수가 없었다. 그는 눈을 감고는 집에 돌아가면 또 위스키의 힘을 빌리려고 마음먹었다.

그는 그런 종잡을 수 없는 화려한 색조의 반사로서 미치요의 얼굴을 떠올리지 않을 수가 없었다. 그리고 거기에서 자신의 안식처를 발견한 듯한 느낌이 들었다. 그렇지만 그 안식처는 그의 눈에 확실히 비치지는 않았다. 단지 그것은 마음속에 막연한 느낌으로 자리 잡고 있을 뿐이었다. 따라서 그는 미치요의 얼굴이나 모습, 말씨나 부부 사이, 건강 상태나 처지를 하나로 합쳐놓은 것을 자신의 기분에 딱 맞는 대상으로 발견한 것에 지나지 않았다.

다음 날 다이스케는 다지마에 있는 친구로부터 장문의 편지를 받았다. 그 친구는 졸업하고 곧 고향으로 돌아가서 이제까지 한 번도 도쿄에 온 적이 없었다. 본인은 물론 산속에서 살 생각이 없었지만, 부모의 명령으로 하는 수 없이 고향에 묻혔던 것이다. 그래도 처음 일 년 정도는 다시 한번 아버지를 설득해서 도쿄로 나오겠다며 귀찮을 정도로 편지를 보내왔지만, 요즘은 결국 단념했는지 불평 비슷한 하소연도 그다지 하지 않게 되었다. 그의 집은 그 지방의 유서 깊은 가문으로, 조상 대대로 내려온 산림을 매년 벌채하는 것이 주된 생업이었다. 이번 편지에는 그의 일상생활이 자세히 적혀 있었다. 그리고 한 달 전에 면장으로 추대되어서 삼백 엔의 연봉을 받는 신분이 되었다는 사실을 농담 삼아 일부러 진지한 투로 알려왔다. 졸업하고 바로 중학교 교사가 되었어도 그 세 배는 받을 수 있을 거라며 자신과 다른 친구를 비교했다.

그 친구는 고향에 돌아가서 일 년쯤 있다가 교토 부근에 사는 어느 재산가의 딸과 결혼했다. 그것은 물론 부모의 뜻에 따른 것이었다. 그리고 얼마 있다가 아이가 태어났다. 아내에 대해서는 결혼했을 때 이외에는 아무런 얘기도 없었지만, 아이의 성장에는 흥미가 있는지 때때로 다이스케의 웃음을 자아낼 만한 내용을 적어 보내왔다. 다이스케는 그걸 읽을 때마다 자기 아이에 대해서 만족하고 있는 친구의 생활을 상상해 보았다. 그러고는 그 아이로 인해서 그의 아내에 대한 감정이 결혼 당시에 비해서 얼마나 변했을까 하는 의문을 품기도 했다.

그 친구는 가끔 말린 은어나 곶감을 보내주었다. 다이스케는 그에 대한 답례로 대개는 새로 나온 서양의 문학 서적을 보냈다. 그러면 그 답장에는 그 책을 재미있게 읽었다는 증거가 될 만한 비평이 반드시 쓰여 있었다. 하지만 그런 일이 오래 지속되지는 않았다. 다이스케가 일부러 물어보면 책은 고맙게 잘 받았다, 하지만 읽지 않았다, 솔직히 말하자면 읽을 시간이 없다기보다는 읽고 싶은 생각이 나지 않는다, 더 노골적으로 말하자면 읽어도 이해할 수가 없게 되었다는 내용의 답장이 왔다. 다이스케는 그 이후로는 책을 보내지 않고 그 대신에 새로 나온 장난감을 사서 보내기로 했다.

다이스케는 친구의 편지를 봉투에 넣고 자기와 비슷한 취향을 가지고 있던 옛 친구가 예전과는 정반대의 사상과 행동에 지배되어 전혀 다른 음색(音色)의 생활을 하게 되었음을 절실히 느꼈다. 그리고 생명의 현(弦)의 떨림에서 발하는 두 사람의 울림을 면밀하게 비교해 보았다.

이론적으로 생각해서, 그는 친구의 결혼을 긍정적으로 받아들였다. 산속에서 살며 나무나 계곡을 상대로 지내는 사람은 부모가 결정해 준 아내를 맞아들여 안전한 결과를 얻는 것이 자연의 순리라고 생각했기 때문이다. 그는 같은 논법으로 어떤 의미의 결혼이든 도시인에게는 불행을 가져온다고 단정했다. 그 이유를 말하자면, 도시는 인간의 전람회에 불과하기 때문이다. 그는 그러한 전제에서 이 결론에 도달하기 위해 다음과 같은 경로를 거쳤다.

그는 육체와 정신에 관한 한 미(美)의 유형을 인정하는 사람이다. 그리고 모든 종류의 미에 접할 기회를 얻는 것을 도시인의 특권으로 여겼다. 모든 종류의 미에 접해서 그때마다 갑에서 을로 마음이 바뀌고, 을에서 병으로 마음이 움직이지 않는 사람은 감수성이 부족해서 감상 능력이 없는 사람이라고 단정했다. 그는 자신의 경험에 비추어서 그것이 논란의 여지가 없는 진리라고 믿었다. 그 진리로부터 출발해 도시에서 생활하는 모든 남녀의 경우, 서로 끌어당기는 힘이 전부 어떤 계기로 인해 예측하기 힘든 변화를 겪고 있다는 결론에 도달했다. 부연하자면, 이미 결혼한 한 쌍의 부부는 양쪽 다 세간에서 부정(不貞)이라 일컫는 관념에 사로잡혀서 결혼이라는 과거로 인해 빚어진 불행과 항상 마주하지 않으면 안 되게 되었다. 다이스케는 감수성이 가장 발달했고, 가장 자유롭게 접촉할 수 있는 도시인의 대표자로서 게이샤를 선택했다. 그들 중에는 평생 정부(情夫)를 몇 명 바꾸는지 알 수 없는 사람도 있지 않은가? 일반적인 도시인은 정도의 차이는 있지만 모두 게이샤라고 할 수 있지 않을까? 다이스케는 요즘 같은 세상에 변함없는 사랑을 입에 담는 사람을 제일가는 위선자로 간주했다.

생각이 여기까지 이르렀을 때, 다이스케의 머릿속에는 갑자기 미치요의 모습이 떠올랐다. 그때 다이스케는 그런 논리 가운데 빼먹은 인수(因數)는 없는가 의심해 보았다. 그렇지만 그런 인수는 도저히 발견할 수가 없었다. 그러자 자신이 미치요에 대해 품은 감정도 그런 논리에 따르면 단순히 일시적인 감정에 지나지 않는다. 그의 머리는 당연히 그 점을 인정했다. 그러나 그의 가슴은 분명히 그렇다고 받아들일 만한 용기가 없었다.

12

다이스케는 형수의 적극적인 공세가 두려웠다. 또한 미치요에게 끌리는 마음이 두려웠다. 피서를 가기에는 아직 좀 일렀다. 기분 전환이 될 만한 어떤 것에도 흥미를 잃었다. 독서를 해도 집중할 수 없었다. 차분히 생각해 보면 연꽃으로 만든 실을 끌어당기듯이 생각이 이어지지만, 그러한 생각을 한데 모아보면 모두 남들이 두려워할 것들뿐이었다. 나중에는 그렇게 생각해야만 하는 자신이 무서워졌다. 다이스케는 창백해진 자신의 뇌를 밀크셰이크처럼 회전시키기 위해서 잠시 여행을 다녀오려고 결심했다. 처음에는 아버지의 별장에 갈 생각이었다. 하지만 그것은 도쿄의 번잡으로부터 위협을 받는다는 점에서 우시고메에 있는 것과 별 차이가 없다는 생각이 들었다. 다이스케는 여행 안내서를 사와서 갈 만한 곳을 찾아보았다. 그러나 자신이 갈 만한 곳은 이 세상 어디에도 없는 것 같았다. 그렇지만 무리를 해서라도 어딘가로 떠나려고 했다. 그러기 위해서는 만반의 준비를 갖춰놓는 것보다 더 좋은 방법이 없다는 결론을 내렸다. 다이스케는 전차를 타고 긴자까지 갔다. 상쾌한 바람이 부는 오후였다. 신바시의 백화점을 한 바퀴 돌아보고 나서 넓은 거리를 어슬렁어슬렁 걸어서 교바시 쪽으로 내려갔다. 그때 멀찌감치 보이는 집이 다이스케의 눈에는 연극의 배경 그림처럼 납작하게 보였다. 파란 하늘은 지붕 바로 위에 칠해져 있었다.

다이스케는 잡화점을 두세 군데 돌며 구경을 하기도 하고 값을 물어보기도 하며 필요한 물건을 샀다. 그중에는 상당히 비싼 향수도 있었다. 시세이도에서 치약을 사려고 했는데, 젊은 점원이 필요 없다고 하는데도 자기네 제품을 끈질기게 권했다. 다이스케는 얼굴을 찌푸리고 가게를 나왔다. 종이봉투를 겨드랑이 사이에 낀 채 긴자의 외곽까지 가서, 거기에서 다이콘가시를 돌아 가지바시로 해서 마루노우치로 향했다. 목적지도 없이 서쪽으로 걸어가면서, 이것도 간단한 여행이라고 할 수 있을지 모른다고 생각하다가 너무 몸이 지쳐서 인력거 생각이 났지만, 아무리 둘러봐도 눈에 띄지 않아 다시 전차를 타고 돌아왔다.

대문을 들어서니 현관에 세이타로의 것으로 보이는 신발이 가지런히 놓여 있었다. 가도노에게 물으니, 아까부터 기다리고 계신다고 대답했다. 다이스케는 곧 서재로 가보았다. 세이타로는 다이스케가 앉는 커다란 의자에 앉아서는 테이블 앞에서 알래스카 탐험기를 읽고 있었다. 테이블 위에는 메밀만두와 찻잔을 얹은 쟁반이 놓여 있었다.

"세이타로, 제법인걸. 주인도 없는 방에 와서 맛있는 것을 얻어먹고 있다니."

다이스케의 말에 세이타로는 웃으면서 우선 알래스카 탐험기를 주머니에 집어넣고는 자리에서 일어났다.

"거기 앉고 싶으면 그냥 앉아 있어도 돼."

라고 다이스케가 말해도 듣지 않았다.

다이스케는 세이타로를 붙들고 여느 때처럼 농담을 하기 시작했다. 세이타로는 요전에 다이스케가 가부키자에서 몇 번이나 하품을 했는지 기억했다.

"삼촌은 언제 결혼하시지요?"

세이타로가 또다시 얼마 전과 똑같은 질문을 던졌다.

이날 세이타로는 아버지 심부름으로 온 것이다. 내일 11시까지 좀 와달라는 내용이었다. 다이스케는 아버지나 형이 이토록 자꾸만 오라고 하는 것이 귀찮았다. 세이타로에게 다소 화가 난 투로,

"뭐야, 이건 너무하군. 용건도 말하지 않고 무턱대고 사람을 오라고 하다니."

하고 말했다. 세이타로는 여전히 빙긋이 웃고 있었다. 다이스케는 그러고 나서는 화제를 다른 데로 돌려버렸다. 신문에 나온 씨름의 승부가 두 사람의 주된 화제였다.

저녁을 먹고 가라고 했지만, 예습할 것이 있다며 사양하고 세이타로는 돌아갔다. 세이타로가 돌아가기 전에,

"그럼 숙부님, 내일은 안 오시는 건가요?"

라고 물었다. 다이스케는 하는 수 없이,

"글쎄, 어떻게 될지 모르겠다. 삼촌은 여행을 떠날지도 모른다고 돌아가서 말씀드려라."라고 말했다.

"언제요?"

세이타로가 되묻자, 다이스케는 오늘이나 내일 떠날 거라고 대답했다. 세이타로는 잘 알았다는 얼굴로 현관까지 나가더니, 신발 벗는 곳으로 내려가면서 뒤돌아보고는 불쑥 물었다.

"어디로 가시지요?"

그러고는 다이스케를 올려다보았다. 다이스케가,

"어디일지 알 게 뭐냐. 그냥 여기저기 돌아다니는 거지."라고 말하자, 세이타로는 또다시 싱글싱글 웃으며 격자문을 나섰다.

다이스케는 그날 밤 바로 출발하려고 가도노에게 여행 가방 안을 말끔히 치워놓으라고 시키고 휴대품을 몇 가지 챙겨 넣었다. 가도노는 잔뜩 호기심 어린 눈으로 다이스케의 가방을 바라보고 있다가,

"좀 도와드릴까요?"

라고 뻣뻣이 선 채 물었다. 다이스케는,

"아니, 괜찮아."

다이스케가 거절하고는 가방 속에 넣어두었던 향수병을 꺼내서 포장을 뜯고 마개를 빼서 코에 가져가 향기를 맡아보았다. 가도노는 약간 정나미가 떨어졌다는 얼굴을 하고 자기 방으로 물러갔다. 그러더니 이삼 분 후에 다시 나와서는,

"선생님, 인력거를 불러놓을까요?"

라고 말했다. 다이스케는 여행 가방을 앞에 놓고 얼굴을 들었다.

"글쎄, 좀 기다려보게."

뜰을 보니 상록 교목이 심긴 생울타리 꼭대기에 저물어가는 햇살이 아직 어른거렸다. 다이스케는 밖을 내다보면서 지금부터 삼십 분 이내에 행선지를 정하려고 마음먹었다. 아무 때나 적당한 시간에 출발하는 기차를 타고 그 기차가 데려다주는 곳에 내려서 그곳에서 내일까지 지내며, 그동안에 다시 새로운 운명이 자신을 데리러 오기를 기다릴 심산이었다. 여

비는 물론 충분치 못했다. 다이스케의 여장에 맞는 곳에서 체류를 계속하자면, 일주일도 견디지 못할 정도였다. 그렇지만 그런 점에 대해서 다이스케는 전혀 무관심했다. 여차하면 집에다가 돈을 부쳐달라고 할 생각이었다. 그리고 본래 주위 환경을 바꾸려는 것이 목적인 여행이니까 호사를 부리지는 않겠다고 결심했다. 기분이 내키면 짐꾼을 고용해서 하루 종일 걸어도 좋다는 각오였다.

그는 또다시 여행 안내서를 펴고 세세한 숫자들을 꼼꼼하게 살펴보기 시작했지만, 좀처럼 결정할 수 없었다. 그러는 사이에 다시 미치요의 모습이 뇌리에 떠올랐다. 출발 전에 한 번 더 만나보고 나서 도쿄를 떠나야겠다는 생각이 들었다. 여행 가방은 오늘 밤 안으로 싸서 내일 아침 일찍 들고 갈 수 있도록 해두면 될 거라고 생각했다. 다이스케는 급한 걸음으로 현관까지 나갔다. 그 소리를 듣고 가도노도 뛰어나왔다. 다이스케는 평상복 차림 그대로 벽에 걸린 모자를 집어 들었다.

"또 나가십니까? 뭔가 사러 가십니까? 제가 가도 된다면 사 가지고 오겠습니다."

하고 가도노가 뜻밖이란 듯이 말했다.

"오늘 밤은 떠나지 않기로 했네."

이렇게 내뱉고 다이스케는 밖으로 나갔다. 밖은 벌써 어두워져 있었다. 아름다운 하늘에 별이 하나둘 늘어가는 듯이 보였다. 기분 좋은 바람이 옷깃을 스쳤다. 그렇지만 긴 다리로 성큼성큼 걸어가던 다이스케는 이삼백 미터도 가지 않아서 벌써 이마에 땀이 나는 것을 느꼈다. 그는 머리에서 사냥 모자를 벗었다. 검은 머리를 밤이슬에 적시며 이따금 모자를 일부러 흔들면서 걸었다.

히라오카네 집 근처에 이르렀을 때 사람들의 검은 그림자가 박쥐처럼 여기저기서 움직였다. 볼품없는 판자 울타리 틈으로 램프 불빛이 길에 새어나왔다. 미치요는 그 불빛 아래서 신문을 읽고 있었다. 이제야 신문을 읽느냐고 묻자, 두 번째 읽는 거라고 대답했다.

"그렇게 한가합니까?"

다이스케는 방석을 문턱 위로 옮겨서 툇마루에 몸을 반쯤 내민 채 미닫이에 기대며 물었다.

히라오카는 집에 없었다. 미치요는 방금 목욕탕에서 돌아왔다며 부채까지 무릎 옆에 놔두고 있었다. 평소 혈색이 좋지 않던 뺨에 적당히 홍조를 띤 채, 곧 돌아올 테니까 천천히 놀다 가라며 식당으로 차를 가지러 갔다. 머리는 서양식으로 묶고 있었다.

히라오카는 미치요의 말과 달리 좀처럼 돌아오지 않았다. 언제나 이렇게 늦느냐고 묻자 미치요는 웃으면서, 대개 그렇다고 대답했다. 다이스케는 그 웃음 속에서 쓸쓸한 느낌을 받고는 눈을 똑바로 뜨고 미치요의 얼굴을 물끄러미 쳐다보았다. 미치요는 갑자기 부채를 집어서 소매 밑을 부쳤다.

다이스케는 히라오카의 경제 사정이 걱정되었다. 단도직입적으로 요즘은 생활비 때문에 곤란을 겪지 않냐고 물어보았다. 미치요는 글쎄요 하면서 또다시 조금 전과 같은 웃음을 지었다. 다이스케가 곧바로 아무런 대꾸도 하지 않았기 때문에,

"당신에게는 그렇게 보여요?"

하고 이번에는 그녀가 되물었다. 그러고는 손에 든 부채를 내려놓고 방금 목욕한 가느다란 예쁜 손가락을 다이스케 앞에 펴 보였다. 그 손가락에는 다이스케가 선물한 반지도, 그리고 다른 반지도 끼워져 있지 않았다. 자신이 기념으로 준 반지를 항상 떠올리고 있던 다이스케는 미치요의 뜻을 잘 알 수가 있었다. 미치요는 손을 거둬들이면서 얼굴이 확 붉어졌다.

"하는 수 없었으니까 이해해 주세요."

미치요가 말했다. 다이스케는 가엾은 생각이 들었다.

다이스케는 그날 밤 9시경에 히라오카네 집을 나왔다. 나오기 전에 지갑 속에 있던 돈을 꺼내서 미치요에게 건네주었다. 그러기 위해서 그는 마음속으로 약간의 궁리를 했다. 그는 우선 아무렇지도 않게 지갑을 가슴 언저리에서 열어 안에 있는 지폐를 세어보지도 않은 채 집은 다음, 이걸 줄 테니까 쓰라고 대수롭지 않은 듯이 미치요 앞에 내밀었다. 미치요는 하녀를 의식한 듯 낮은 목소리로,

"그래서는 안 돼요."

미치요가 오히려 양손을 몸에 바싹 붙였다. 하지만 다이스케는 자신의 손을 거둬들일 수는 없었다.

"반지를 받았으면 이것을 받아도 마찬가지지요. 종이 반지라고 여기고 받으세요."

다이스케는 웃으면서 이렇게 말했다. 미치요는 그래도 너무 죄송하다며 여전히 주저했다. 다이스케는 히라오카가 알게 되면 야단맞느냐고 물었다. 미치요는 야단을 맞을지 칭찬을 받

을지 확실히 모르겠기에 여전히 우물쭈물하고 있었다. 다이스케는 야단을 맞을 것 같으면 히라오카에게는 아무 말도 하지 않은 편이 좋을 거라고 말해주었다. 미치요는 그래도 손을 내밀지 않았다. 물론 다이스케 역시 내민 것을 다시 집어넣을 수는 없었다. 하는 수 없이 약간 엉거주춤한 자세로 손바닥을 미치요의 가슴 부근까지 가져갔다. 동시에 자신의 얼굴도 삼십 센티미터쯤 되는 데까지 가까이 가져가 낮고 단호한 목소리로 말했다. 미치요는 턱을 옷깃 속에 묻을 듯이 깊이 끌어당기고서 아무 말 없이 오른손을 앞으로 내밀었다. 그 위로 지폐가 얹어졌다. 그때 미치요는 긴 속눈썹을 두세 번 깜박였다. 그러고 나서 손바닥에 얹힌 돈을 오비 사이에 끼워 넣었다.

"또 오겠습니다. 히라오카에게 안부 전해주십시오."

그렇게 말하고 다이스케는 밖으로 나왔다. 거리를 가로질러서 골목길로 내려가자 주위가 깜깜해졌다. 다이스케는 아름다운 꿈을 꾸듯이 어두운 밤을 가르며 걸었다. 그는 삼십 분도 채 지나지 않아 자기 집 앞에 이르렀다. 그렇지만 문 안으로 들어가고 싶은 생각은 없었다. 그는 높게 떠 있는 별을 머리 위에 얹고 조용한 주택가를 여기저기 배회했다. 밤중까지 계속 걸어도 피곤하지 않을 것 같았다. 그러는 사이에 다시 집 앞까지 왔다. 집 안은 조용했다. 가도노와 아주머니는 식당에서 잡담을 하고 있었던 것 같았다.

"많이 늦으셨군요. 내일은 몇 시 기차로 출발하십니까?"

현관으로 올라서자마자 가도노가 물었다. 다이스케는 미소를 지으며,

"내일도 떠나지 않기로 했어."

하고 대답하고 자기 방으로 들어갔다. 방에는 이부자리가 이미 깔려 있었다. 다이스케는 아까 마개를 딴 향수를 집어서 베개 위에 한 방울 떨어뜨렸다. 그 정도로는 왠지 성에 차지 않았다. 병을 든 채 일어서서 방의 네 귀퉁이로 가서 한두 방울씩 뿌렸다. 그런 뒤, 흰 바탕의 유카타로 갈아입고 새로 만든 솜이불 밑으로 편안히 팔다리를 쭉 펴고 누웠다. 그러고 나서 장미향이 감도는 잠 속으로 빠져들었다.

잠이 깼을 때는 해가 중천에 떠 툇마루에 황금빛 햇살이 넘실거렸다. 베갯머리에는 신문이 두 장 가지런히 놓여 있었다. 다이스케는 가도노가 언제 덧문을 열고, 언제 신문을 가져왔는지 전혀 알지 못했다. 다이스케는 늘어지게 기지개를 한 번 켜고 일어났다. 목욕탕에서 몸을 닦고 있는데, 가도노가 약간 낭패한 듯한 표정으로 다가와서,

"아오야마에서 형님이 오셨습니다."

라고 전했다. 다이스케는 곧 가겠다고 전하라고 하고 깨끗이 몸을 닦았다. 방이 청소가 되어 있는지 어떤지는 모르겠지만, 그렇다고 자기가 서둘러 해야 할 필요도 없다는 생각이 들어서 서두르지도 않고 평소처럼 머리를 빗고 면도를 하고 나서 천천히 식당으로 갔다. 그렇다 할지라도 거기서 느긋하게 식사를 할 생각까지는 나지 않았다. 선 채로 홍차를 한 잔 훌쩍훌쩍 마시고는 수건으로 살짝 수염을 문지르고 나서 수건을 그곳에 내팽개쳐 두고 곧 객실로 가서,

"형님 오셨습니까."

하고 인사를 했다. 형은 여느 때처럼 불이 꺼진 짙은 색 여송연을 손가락 사이에 끼고서 태연스럽게 신문을 읽고 있었다. 다이스케의 얼굴을 보자마자,

"이 방에서는 아주 좋은 향기가 나는 듯한데, 네 머리에서 나는 거냐?" 하고 물었다.

"제 머리가 나타나기 이전부터 나지 않았나요?"

라고 대답하고는 지난밤 향수를 뿌렸다는 이야기를 했다. 형은 차분한 어투로,

"허어, 아주 멋들어진 짓을 다 하는구나." 하고 말했다.

형은 여간해서 다이스케를 찾아오는 일이 없는 사람이다. 어쩌다 찾아오면 그건 반드시 오지 않으면 안 될 어떤 용건이 있을 때였다. 그러고는 용건이 끝나기만 하면 곧바로 돌아갔다. 오늘도 분명히 무슨 일이 있는 거라고 다이스케는 생각했다. 그리고 나서 그건 어제 세이타로를 적당히 얼버무려서 돌려보낸 것 때문일 거라고 상상했다. 오륙 분쯤 잡담을 하고 나서 형은 마침내 말을 꺼냈다.

"어제저녁에 세이타로가 돌아와서는 네가 오늘부터 여행을 한다고 말하길래 찾아왔다."

"네, 실은 오늘 아침 6시경에 출발하려고 했습니다."

하고 다이스케는 지극히 침착한 어조로 거짓말을 했다. 형도 진지한 표정으로,

"6시에 일어날 수 있을 정도로 네가 부지런하다면 이런 시간에 일부러 아오야마에서 찾아오지는 않는다."라고 말했다.

새삼 용건을 들어보니, 역시 예상한 대로 결혼 공세에 불과

했다. 즉 오늘 다카기와 사가와의 딸을 초대해서 오찬을 대접할 예정이니, 다이스케도 참석하라는 아버지의 명령이었다. 형의 말에 따르면, 어제저녁 세이타로의 말을 듣고 아버지가 매우 기분이 상했다고 한다. 형수는 조바심이 나서 다이스케가 출발하기 전에 만나서 여행을 연기시키도록 하겠다고 했다. 형은 그것을 말렸다고 한다.

"설마 그 녀석이 오늘 밤 안으로 출발하겠어? 지금쯤 가방 앞에 앉아서 생각에 잠겨 있겠지. 내일이 되어보라고, 가만 놔두어도 올 테니까 하며 내가 형수를 안심시켰다."

라고 세이고는 태연하게 말했다. 다이스케는 약간 화가 치밀어서,

"그럼 그냥 놔두시지 그랬어요." 하고 말했다.

"하지만 여자들은 성질이 급해서, 아버지께 죄송하다며 오늘 아침 일어나자마자 나를 졸라대서 말이다."

라고 말하는 세이고의 표정에선 재미있어 하는 구석은 찾아볼 수 없었다. 오히려 성가시다는 듯이 다이스케를 쳐다보았다. 다이스케는 가겠다든지 가지 않겠다든지 분명한 대답을 하지 않았다. 그렇지만 형에 대해서는 세이타로처럼 애매한 대답으로 돌려보낼 용기도 나지 않았다. 게다가 오찬을 거절하고 여행을 하려고 해도 이미 자신의 수중에는 그럴 만한 돈이 없었다. 역시 형이나 형수, 혹은 아버지, 여하튼 반대파의 누군가의 신세를 지지 않으면 전혀 꼼짝달싹할 수가 없는 처지가 되었다. 그래서 좋다 싫다를 떠난 채로 다카기와 사가와의 딸에 대해 평을 했다. 다카기는 십 년쯤 전에 한 번 만났

을 뿐인데도 왠지 어디선가 본 기억이 나서 일전에 가부키자에서 보았을 때는 설마 했다. 그에 반해서 사가와의 딸의 경우는 바로 얼마 전에 사진을 보았는데도 실물을 접하고도 전혀 생각이 나지 않았다. 사진이란 묘한 것으로, 먼저 사람을 알고 나서 사진에서 그 사람의 모습을 찾아내기란 쉬운 일이지만 그 반대로 사진으로 본 사람을 직접 알아보는 것은 상당히 어렵다. 그것을 철학적으로 말하자면, 죽음에서 삶을 끌어내는 것은 불가능하지만 삶에서 죽음으로 옮겨가는 것은 자연의 순리라는 진리에 귀착하게 된다.

"저는 그런 생각을 했습니다."

라고 다이스케가 말했다. 형은 지당한 말이라고 하기는 했지만 그다지 감탄하는 듯한 모습도 아니었다. 여송연이 짧아져서 수염에 불이 붙을 정도가 된 것도 아랑곳하지 않고 바꿔 물고서,

"그래서 반드시 오늘 여행을 떠날 필요는 없는 거지?" 하고 물었다.

다이스케는 그렇다고 대답하지 않을 수 없었다.

"그럼 오늘 식사를 하러 올 수 있겠지?"

다이스케는 또 그러겠다고 대답할 수밖에 없었다.

"그럼 나는 지금부터 잠깐 들를 데가 있어 가봐야겠으니 틀림없이 오도록 해라."

형은 여전히 바쁜 것 같았다. 다이스케는 이미 배짱이 생겨서 어떻게 되든 상관없다는 기분에서 상대방의 마음에 들 만한 대꾸를 해주었다. 그러자 형이 갑자기,

"도대체 네 생각은 뭐냐? 그 여자와 결혼할 생각이 없는 거냐? 결혼해도 괜찮은 상대 아니냐? 그렇게 결혼 상대를 고르고 또 고르고 할 정도로 중요시하는 건 어쩐지 겐로쿠[31] 시대의 호색한 같아서 우스꽝스럽구나. 그 시대의 사람들은 남녀를 불문하고 모두 상당히 구속받는 연애를 한 것 같은데, 그렇지도 않았던 거냐? 어쨌든 아무래도 좋으니 되도록 어르신네가 노하지 않게 해라."

라고 말하고는 돌아갔다.

다이스케는 방으로 돌아와서, 잠시 형의 경구(警句)를 되새겨 보았다. 자기도 결혼에 대해서는 실제로 형과 같은 의견이라고 생각할 수밖에 없었다. 따라서 결혼을 권유하는 쪽에서도 화내지 말고 내버려 두어야 한다고, 형과는 반대로 자기에게 유리한 결론을 내렸다.

형의 말에 따르면, 사가와의 딸은 이번에 오랜만에 숙부를 따라 구경도 할 겸해서 도쿄에 왔기 때문에 숙부의 용무가 끝나면 바로 함께 고향으로 돌아간다고 한다. 아버지가 그 기회를 이용해서 양쪽 집안에 영원한 이해관계를 맺어두려는 계획을 세운 것인지, 아니면 요전에 여행 갔을 때 이런 기회까지도 일부러 만들어놓고 돌아온 것인지, 그 어느 쪽이든 간에 다이스케는 그다지 깊이 생각할 필요를 느끼지 않았다. 단지 그 사람들과 같은 식탁에서 맛있게 오찬을 먹고 있는 체하면 사교상의 의무를 다하는 것이라고 생각했다. 만일 그 이상의

---

31) 元祿. 에도 중기의 연호로 1688년부터 1704년까지를 가리킨다.

어떤 행동이 필요하게 되면 그때 가서 비로소 대처할 수밖에 없다고 마음먹었다.

다이스케는 아주머니를 불러서 옷을 꺼내오라고 했다. 귀찮긴 했지만, 예의를 갖추기 위해서 가문(家紋)을 물들여 넣은 여름용 하오리를 입었다. 하카마는 얇은 것이 없었기 때문에 집에 가서 아버지나 형 것을 빌려 입기로 했다. 다이스케는 까다로운 성격에도 불구하고, 어렸을 때부터 습관이 되어서 사람들이 모이는 자리에 참석하는 것을 그다지 거북해하지 않았다. 연회나 초대, 송별회와 같은 자리가 있으면 대개는 어떻게 해서든 참석했다. 따라서 그 분야에서 유명한 사람들의 얼굴을 많이 알고 있었다. 그중에는 백작이나 자작 같은 귀공자도 섞여 있었다. 그는 그런 사람들과 어울려서 친구로서 교제하는 것에 대해 손도 득도 느끼지 않았다. 말씨나 행동은 어디를 가도 마찬가지였다. 다른 사람들이 보기에는 그런 점이 형 세이고와 매우 닮아 있었다. 그래서 잘 모르는 사람은 형제간에 성격이 아주 똑같다고 믿었다.

다이스케가 아오야마에 도착했을 때는 11시 오 분 전이었다. 손님은 아직 도착하지 않았다. 형도 아직 오지 않았다. 형수만이 만반의 준비를 갖추고 방에 앉아 있었다. 다이스케의 얼굴을 보자,

"도련님도 참 너무하네요. 다른 사람들을 따돌리고 여행을 하려 들다니."

하고 느닷없이 몰아세웠다. 우메코는 경우에 따라서는 논리적이지 못한 편이다. 이번 같은 경우에도 자기가 다이스케의

뒤통수를 친 것에 대해서는 전혀 의식하지 못하는 태도였다. 그런 점이 다이스케에게는 인간적인 매력으로 느껴졌다. 그는 곧 자리에 주저앉아서 우메코의 옷차림에 대한 평을 시작했다. 아버지는 안에 계시다고 했지만, 일부러 가지 않았다. 형수가 가서 뵈라고 강요하자,

"금방 손님이 오시면 내가 안으로 알려드리러 가지요. 그때 인사를 드리면 될 겁니다."

하고 대꾸하고는, 여전히 평상시처럼 잡담을 늘어놓았다. 그렇지만 사가와의 딸에 관해서는 한마디도 입 밖에 내지 않았다. 우메코는 어떻게든 화제를 그쪽으로 돌려보려고 했다. 다이스케는 그런 의도를 분명히 느낄 수 있었다. 그래서 더욱더 딴청을 부려서 형수에게 보복을 했다.

그러던 중 기다리던 손님이 왔기 때문에 다이스케는 약속대로 바로 아버지에게 알리러 갔다. 아버지는 예상대로였다.

"그래?"

하고는 바로 일어설 뿐이었다. 다이스케에게 잔소리를 할 틈도 없었던 것이다. 다이스케는 방으로 돌아와 하카마를 입고서 응접실로 나갔다. 손님과 주인 측이 그곳에서 모두 대면했다. 아버지와 다카기가 제일 먼저 이야기를 시작했다. 우메코는 주로 사가와의 딸을 상대하고 있었다. 그러던 참에 형이 오늘 아침 복장 그대로 슬그머니 들어왔다.

"늦어서 대단히 죄송합니다."

라고 손님을 향해서 인사를 했으나, 자리에 앉았을 때는 다이스케를 돌아보며,

"꽤 일찍 왔구나."

라고 작은 소리로 말을 걸었다.

식사 장소로는 응접실 옆방을 사용했다. 다이스케는 열려 있는 문 사이로 하얀 식탁보 귀퉁이의 선명한 색깔을 보고는 오찬은 양식이 나오리라는 사실을 알 수가 있었다. 우메코는 잠깐 자리에서 일어나 옆방 입구를 들여다보러 갔다. 그건 아버지에게 식사 준비가 다 되었다는 사실을 알리기 위해서 였다.

"그럼 이쪽으로 오시지요."

하며 아버지가 일어섰다. 다카기도 인사를 하고 일어섰다. 사가와의 딸도 숙부를 따라서 일어섰다. 다이스케는 그때 그 녀의 하반신이 비교적 날씬하고 길다는 사실을 발견했다. 식 탁에서는 아버지와 다카기가 한가운데에 마주 보고 앉았다. 다카기의 오른쪽에 우메코가 앉고, 아버지의 왼쪽은 사가와 의 딸이 앉았다. 여자끼리 마주 앉은 것처럼 세이고와 다이스 케도 마주 앉았다. 다이스케는 양념 세트를 사이에 두고, 약 간 비스듬한 위치에서 그녀의 얼굴을 바라보게 되었다. 다이 스케는 뒤에 있는 창으로 비쳐드는 햇빛의 영향으로 도톰하 고 혈색 좋은 그녀의 뺨과 코가 만나는 언저리에 어두운 그림 자가 서린 것처럼 느꼈다. 그 대신에 귀에 가까운 쪽은 분명히 옅은 분홍색이었다. 특히 작은 귀가 햇빛을 투과하는 듯이 아 주 섬세하게 보였다. 피부와는 달리 그녀는 흑갈색의 커다란 눈을 가지고 있었다. 그 두 가지의 대조로 인해 화려한 느낌 을 주는 그녀의 얼굴은 둥근형이라고 할 수 있었다.

식탁은 인원이 많지 않은 만큼 그다지 크지는 않았다. 방의 넓이에 비해서 너무 작게 느껴질 정도였지만, 새하얀 식탁보는 여기저기 여러 가지 꽃으로 장식되어 있고, 그 사이로 나이프와 포크가 선명한 색을 띠며 빛나고 있었다.

식탁에서의 담화는 주로 평범한 세상사에 관한 것이었다. 처음에는 그것조차 그다지 흥을 돋우지 못하는 듯이 보였다. 아버지는 그런 경우 보통 자기가 좋아하는 고서화나 골동품을 화제로 삼곤 했다. 그러고는 마음이 내키면 몇 점이건 창고에서 꺼내와 손님 앞에 늘어놓았다. 아버지 덕분에 다이스케는 어느 정도 그 방면에 안목을 갖게 되었다. 형도 마찬가지 이유로 화가의 이름 정도는 알고 있었다. 단 형은 족자 앞에 서서 "아하, 구영[32]이군.", "아하, 오쿄[33]로군." 하고 말할 뿐이었다. 실제로 그의 표정이 말해주듯 그 방면에 흥미가 있는 것처럼은 보이지 않았다. 그리고 진짜인지 가짜인지 감정하기 위해서 돋보기 같은 것을 들이대지 않는 점만은 세이고나 다이스케나 똑같았다. 아버지처럼, 옛날 사람은 파도를 이런 식으로 그리지 않는 법인데 잘못됐다는 식의 비평은 두 사람 다 어떤 그림에 대해서든 아직 해본 적이 없었다.

아버지는 메마른 대화에 활기를 불어넣기 위해서 마침내 자기의 취미 영역을 화제로 삼았다. 하지만 한두 마디 해보니, 다카기가 그런 것에 전혀 관심이 없는 사람이라는 사실을

---

32) 仇英(1498~1552). 16세기 초 중국 명나라 때 화가.
33) 마루야마 오쿄[圓山應擧](1733~1795). 에도 중기의 화가.

알게 되었다. 아버지는 노련한 사람이라 바로 물러섰다. 하지만 서로에게 무난한 화제로 돌아가자 무미건조한 대화가 이어졌다. 아버지는 하는 수 없이 다카기에게 어떤 취미가 있는지를 물었다. 다카기는 특별한 취미가 없다고 대답했다. 아버지는 손들었다는 듯이 다카기의 상대를 세이고와 다이스케에게 맡기고 잠시 대화의 대열에서 빠졌다. 세이고는 고베의 여관에서부터 난코신사에 이르기까지 손쉽게 닥치는 대로 화제를 개척해 나갔다. 그리고 자연스럽게 그런 화제에 사가와의 딸을 끌어들였다. 그녀는 간단하게 필요한 말만 하고는 입을 다물었다. 다이스케와 다카기는 처음에는 도시샤 대학교에 대해 이야기했다. 그러고는 에머슨[34]이나 호손[35]의 이름이 입에 올랐다. 다이스케는 다카기에게 그런 지식이 있다는 사실을 확인했지만, 단지 확인만 했을 뿐 그 이상 깊은 얘기를 하려 들지는 않았다. 따라서 문학에 대해서도 작가와 책 제목 두셋 정도가 거론되었을 뿐 그 이상의 진전은 없었다.

우메코는 원래 처음부터 끊임없이 입을 움직이고 있었다. 그런 노력을 기울이는 것은 물론 자기 앞에 앉은 아가씨의 조심스러움과 침묵을 깨뜨리기 위해서였다. 그녀는 예의상으로라도 우메코의 쉴 새 없는 질문에 응하지 않을 수 없었다. 그렇지만 적극적으로 자기 쪽에서 우메코의 마음을 움직이려고 애쓰는 모습은 거의 찾아볼 수 없었다. 다만 말을 할 때 머리

---

34) 랠프 월도 에머슨(Ralph Waldo Emerson, 1803~1882). 미국의 사상가이자 시인.
35) 너새니얼 호손(Nathaniel Hawthorne, 1804~1864). 미국의 소설가.

를 약간 옆으로 기울이는 습관이 있었다. 다이스케에게는 그런 점조차도 애교스럽게 보이지 않았다.

그녀는 교토에서 교육을 받았다. 음악은 처음에는 고토(古琴)를 배웠지만, 나중에는 피아노로 바꿨다. 바이올린도 조금은 배웠지만 손놀림이 어려워서 배우지 않은 거나 마찬가지라고 할 수 있었다. 가부키는 거의 본 적이 없다고 했다.

"일전에 가부키자에서 보신 것은 어땠어요?"

라고 우메코가 물었을 때, 그녀는 아무런 대답도 하지 않았다. 그것은 내용을 이해하지 못해서라기보다는 가부키를 경멸해서인 것처럼 다이스케에게는 느껴졌다. 그런데도 우메코는 계속해서 갑이라는 배우는 어땠고 을이라는 배우는 어땠다고 평을 했다. 다이스케는 또 형수가 잘못 짚었구나 하고 생각했다. 하는 수 없이 옆에서,

"가부키는 싫어하시더라도 소설은 읽으시겠지요?"

라고 물어서 가부키에 대한 이야기를 접게 했다. 그녀는 그때 처음으로 잠시 다이스케 쪽을 보았다. 그렇지만 대답은 뜻밖에도 분명했다.

"아니요, 소설도 안 읽어요."

그녀의 대답을 기다리고 있던 좌중의 사람들은 모두 소리를 내서 웃었다. 다카기는 그녀를 위해서 대신 변명을 했다. 그의 말에 따르면, 그녀는 미스 뭐라고 하는 여선생의 영향으로 어떤 면에서는 거의 청교도와 같은 교육을 받았다고 한다. 그래서 상당히 시대에 뒤떨어져 있다는 논평까지 다카기는 말끝에 덧붙였다. 그때는 물론 아무도 웃지 않았다. 기독교에

대해서 그다지 호의적이지 않은 아버지는,

"그건 좋은 일이군."

하고 치켜세웠다. 우메코는 그런 교육의 가치에 대해 전혀 이해할 수가 없었다. 그럼에도 불구하고,

"참 그렇네요."

하고 평소의 형수에게 전혀 어울리지 않는 애매한 대꾸를 했다. 세이고는 우메코의 말이 상대방에게 너무 깊은 인상을 주지 않도록 곧 화제를 바꿨다.

"그럼 영어는 잘하시겠군요?"

그녀는 아니라고 말하고는 약간 얼굴을 붉혔다.

식사가 끝나고 나서 모두들 다시 응접실로 돌아와서 이야기를 시작했지만, 짧아진 촛불을 새 초로 옮겨 붙이는 것처럼 별안간 화제가 새로운 방향으로 옮겨 갈 것 같지는 않았다. 우메코는 일어나 피아노의 뚜껑을 열었다.

"뭐라도 한 곡 쳐보시겠어요?"

라고 말하면서 그녀를 돌아보았다. 그녀는 물론 자리에서 꼼짝도 하지 않았다.

"그럼 도련님, 먼저 한 곡 치세요."

라고 이번에는 다이스케에게 말했다. 다이스케는 남에게 들려줄 정도로 피아노를 잘 치지는 못한다는 사실을 스스로 잘 알았다. 그렇지만 그런 변명을 하면 복잡하고 지루한 문답이 오가게 될 뿐이다.

"어쨌든 뚜껑은 열어놓으세요. 곧 칠 테니까."

그래서 이렇게 대답한 채 관계도 없는 이야기를 계속 늘어

놓았다.

한 시간쯤 지나서 손님은 돌아갔다. 네 사람은 어깨를 나란히 하고 현관까지 배웅하러 나갔다. 안으로 들어올 때, "다이스케는 아직 돌아가지 않겠지?"라고 아버지가 말했다.

다이스케는 다른 사람들보다 한 걸음 뒤에서 윗중방까지 양손이 닿을 정도로 기지개를 켰다. 그러고 나서 아무도 없는 응접실과 식당을 잠시 어슬렁거리다 객실로 가보니, 형과 형수가 마주 앉아서 뭔가 이야기를 나누고 있었다.

"너, 바로 돌아가면 안 된다. 아버님께서 하실 말씀이 있으시단다. 안으로 들어가 봐."

라고 형은 짐짓 진지한 투로 말했다. 우메코는 살짝 미소를 짓고 있었다. 다이스케는 잠자코 머리를 긁적였다.

다이스케는 혼자서 아버지 방에 갈 용기가 없었다. 어떻게든 해서 형 부부를 끌고 가려고 했다. 그렇게 해줄 것 같지 않자 끝내는 그곳에 주저앉아 버렸다. 그때 하녀가 와서,

"저, 도련님 잠깐 안으로 들어오시라는데요."라고 재촉했다.

"그래, 곧 가지."

라고 대답을 하고 나서 형 부부에게 이런 핑계를 댔다──자기 혼자서 아버지를 만나면, 워낙 아버지 성격이 급한 편인 데다가 자신의 이런 흐리멍덩한 태도를 보고 어쩌면 대단히 격노하게 될지도 모른다. 그러면 형 부부도 나중에 중재를 한다거나 하는 성가신 일을 당하게 될 것이다. 그렇게 되면 오히려 귀찮아질 테니까 이것저것 재지 말고 지금 함께 가주는 게 좋을 거다.

형은 참 한심하다는 듯한 표정을 지었지만 본래 논쟁을 싫어하는 성격이라서,

"그럼 가자."

하며 일어섰다. 우메코도 웃으며 따라 일어섰다. 세 사람이 복도를 지나 아버지 방으로 가서 아무 일도 없었던 듯이 자리에 앉았다.

거기서는 우메코가 지난 일에 대해서 아버지가 다이스케에게 꾸중을 하지 않도록 빈틈없는 조처를 취했다. 그리고 이야기의 흐름을 되도록 방금 돌아간 손님 쪽으로 끌고 갔다. 우메코는 사가와의 딸을 매우 얌전하고 착한 처녀라고 칭찬했다. 그 점에는 아버지도 형도 다이스케도 동의했다. 하지만 형은 만일 미국인으로부터 교육을 받은 것이 사실이라면 좀 더 서양식으로 시원시원해야 하지 않겠느냐는 의문을 제기했다. 다이스케는 그런 의문에도 찬성했다. 아버지와 형수는 잠자코 있었다. 그래서 다이스케는 그녀의 얌전한 태도는 수줍어하는 성격 때문이며 미국인의 교육과는 별개의 문제로, 일본 남녀 간의 사교적 관습에서 비롯되는 거라고 설명했다. 아버지는 그도 그렇겠다고 말했다. 우메코는 그녀가 교육을 받은 곳이 교토라서 그런 게 아닐까 하는 추측을 했다. 형은 도쿄에도 당신 같은 사람만 있는 것은 아니라고 말했다. 그때 아버지는 엄격한 표정을 짓고 재떨이를 두드렸다. 이어서 용모도 보통 이상은 되지 않느냐고 우메코가 말했다. 그 점에는 아버지도 형도 이의가 없었다. 다이스케도 찬성의 뜻을 밝혔다. 그러고 나서 네 사람은 화제를 바꾸어 다카기에 대해 이야기했다.

온건한 호인이라는 것으로 간단히 결론이 났다. 불행하게도 아무도 그녀의 부모를 몰랐다. 그렇지만 견실하고 차분한 사람이라는 것만은 아버지가 세 사람 앞에서 보증했다. 아버지는 그 말을 같은 지방의 모 재산가 의원으로부터 들었다고 했다. 마지막으로 사가와 집안의 재산에 대해서도 이야기가 나왔다. 그때 아버지는 그런 집안의 재산은 평범한 사업가보다 기초가 단단해서 더 견실하다고 말했다.

신붓감으로서 그녀의 여러 조건이 대략 검증되었을 때, 아버지는 다이스케에게,

"특별히 이의는 없겠지?"

하고 물었다. 그 어투나 내용으로 봐서 어떻게 할 거냐는 정도의 물음이 아니었다. 다이스케는,

"글쎄요."

라고 여전히 애매한 대답을 했다. 그러자 다이스케를 물끄러미 바라보고 있는 아버지의 이마에 주름이 점점 깊어졌다. 형은 하는 수 없이,

"자, 좀 더 잘 생각해 보도록 해라."

라고 말하며 다이스케를 위해 시간적 여유를 주었다.

13

나흘쯤 지나서 다이스케는 또 아버지의 명령으로 신바시까지 다카기를 배웅하러 나갔다. 그날은 억지로 일찍 일어나 잠

이 부족한 상태에서 바람을 너무 많이 쐰 탓인지, 정거장에 도착할 즈음에는 감기에 걸린 듯한 느낌이 들었다. 대합실에 들어서자 우메코가 안색이 좋지 않다고 말했다. 다이스케는 아무 대답도 하지 않고 모자를 벗고는 이따금 젖은 머리를 눌렀다. 그래서 아침에 단정하게 빗어 넘긴 머리가 헝클어졌다.

플랫폼에서 다카기가 갑자기 다이스케를 보고,

"어떠세요, 이 기차를 타고 고베까지 놀러 가지 않겠습니까?"

하고 제안했다. 다이스케는 다만 고맙다고 대답할 뿐이었다. 이윽고 기차가 떠날 즈음이 되자, 우메코는 창가로 다가서서 일부러 사가와의 딸의 이름을 부르며,

"근간에 꼭 또 오세요."

라고 말했다. 그녀는 창문 안에서 정중하게 인사를 했지만, 창밖으로는 말소리가 잘 들리지 않았다. 기차를 떠나보내고 다시 개찰구를 나온 네 사람은 거기서 뿔뿔이 흩어졌다. 우메코는 다이스케를 아오야마로 같이 데리고 가려 했지만, 다이스케는 아픈 머리를 누르면서 응하지 않았다.

인력거를 타고 바로 우시고메로 돌아간 다이스케는 곧장 서재로 들어가서 벌렁 드러누웠다. 가도노가 잠시 살피러 왔다가 다이스케의 평소 습관을 잘 알고 있기 때문에 말도 걸지 않고 의자에 걸쳐놓은 하오리만 들고 나갔다.

다이스케는 누운 채로 자신의 가까운 미래가 어떻게 될 것인지 생각해 보았다. 이대로 내버려 두면 반드시 결혼하지 않으면 안 될 지경에 이르게 된다. 지금까지 많은 신붓감들을 거절해 왔다. 더 이상 거절하면 가족들은 그에게 넌덜머리를 내

든지 노발대발하든지 할 것이다. 만일 넌덜머리가 나서 더 이상 결혼을 권하지 않게 되면 더 바랄 나위가 없는 일이지만, 화를 낼 경우에는 무척 난처하다. 그렇다고 내키지도 않는 사람과 결혼하겠다고 하는 것은 이 시대를 살아가는 사람으로서 어리석은 짓이라는 생각이 들었다. 다이스케는 이런 딜레마 속에서 서성였다.

그는 아버지와는 달리 처음부터 어떤 계획을 세워서 자연을 억지로라도 자기의 계획에 맞추려 드는 고루한 사람은 아니었다. 그는 자연이란 인간이 세운 그 어떤 계획보다도 위대한 것이라고 믿었기 때문이다. 따라서 아버지가 자연을 거역하고 자기 계획을 고집하게 된다면, 그건 버림받은 아내가 이혼장을 방패 삼아 부부 관계를 증명하려고 하는 것과 마찬가지라고 생각했다. 하지만 아버지 앞에서 그런 논리를 전개할 생각은 전혀 없었다. 아버지를 이치로 공격한다는 것은 지극히 어려운 일이었다. 어려움을 무릅쓰고 그렇게 한다 해도 다이스케에게는 아무런 이득도 없었다. 결과적으로 아버지의 역정만 살 뿐, 이유를 말하지 않고 결혼을 거절하는 것과 다를 바가 없는 것이다.

그는 아버지와 형과 형수, 세 사람 중에서 아버지의 인격을 가장 신뢰할 수 없었다. 이번 혼담만 해도 절대 결혼 그 자체가 아버지의 유일한 목적은 아닐 거라는 추측까지 했다. 그렇지만 애당초 아버지의 본심이 어디에 있는지에 대해서는 분명히 알 기회가 주어지지 않았다. 그는 자식으로서 아버지의 심중을 이런 식으로 억측하는 것을 부도덕하다고는 생각지 않았다. 따라서 많은 부모 자식 중에서 자기만이 가장 불행하다는 생각은 조금도 들지 않았다. 다만 이 일로 인해 이제까지보다도 더욱 아버지와 자기 사이가 멀어질 것 같아 불쾌한 느낌이 들 뿐이었다.

그는 극단적인 결과로서 부자간의 관계를 끊게 되는 상황을 상상해 보았다. 그리고 그런 상상을 하면서 어떤 고통을 느꼈다. 그렇지만 그건 견딜 수 없을 정도의 고통은 아니었다. 오히려 그로 인해서 경제적인 도움이 끊기는 상황이 더욱 두려웠다.

평소 다이스케는 만일 감자를 다이아몬드보다 소중히 여기게 된다면 인간은 끝장이라는 생각을 갖고 있었다. 앞으로 아버지의 노여움을 사서 금전상의 관계가 끊어지게 된다면 그는 싫어도 다이아몬드를 내던지고 감자에 매달려야 한다. 그리고 그 보상으로는 자연으로서의 사랑만이 남을 뿐이다. 그 사랑의 대상은 남의 아내였다.

그는 누워서 끝없이 생각을 이어갔다. 그렇지만 그의 머리는 언제까지나 그 어떤 결론에도 도달할 수가 없었다. 그는 자신의 수명을 정할 권리가 없듯이 자신의 미래도 역시 마음대로 정할 수가 없었다. 동시에 자신의 수명을 대충 짐작할 수 있듯이 자신의 미래의 모습도 어느 정도는 예상했다. 그리고 헛되이 그 환영을 붙잡아 보려고 애썼다.

그런 때 다이스케의 머릿속에는 어둠을 깨뜨리는 박쥐와도 같은 환상들이 언뜻언뜻 스쳐 지나갈 뿐이었다. 그렇게 날개치는 빛을 좇으며 누워 있다 보니 머리가 잠자리에서 떠올라둥실둥실 떠다니는 듯한 느낌이 들었다. 그러다가 어느새 얕은 잠에 빠져들었다.

그러자 갑자기 누군가가 귀 언저리에서 경종을 쳤다. 다이스케는 아직 불이 났다는 걸 의식도 하기 전에 눈을 떴다. 하지만 몸을 일으켜 세우지는 않고 누워 있었다. 꿈속에서 그런 소리가 나는 것은 자주 있는 일이었다. 어떤 때는 잠에서 깨어나 정신을 차리고 난 후까지도 계속해서 소리가 울리기도 했다. 오륙 일 전에 그는 집이 심하게 흔들리는 듯한 느낌과 함께 잠에서 깨어났다. 그때 그는 몸 아래에서 다다미가 움직이는 듯한 느낌을 어깨와 허리와 등으로 분명히 느낄 수가 있었다. 그는 또 꿈꿀 때의 심장의 고동이 잠에서 깨어난 다음까지도 지속되는 일이 자주 있었다. 그런 때에는 성인(聖人)처럼 가슴에 손을 얹고 눈을 뜬 채로 가만히 천장을 응시했다.

다이스케는 이때도 경종 소리가 귓속 깊은 곳에서 다 울릴 때까지 누워서 기다렸다. 그러고 나서 일어났다. 식당으로 가 보니 그의 밥상이 발에 덮인 채 화로 옆에 놓여 있었다. 괘종시계를 보니 벌써 12시가 지나 있었다. 아주머니는 밥을 먹고 난 뒤인 듯 자기 방에서 밥통 위에 팔꿈치를 괴고서 졸고 있었다. 가도노는 어디로 갔는지 그림자도 보이지 않았다.

다이스케는 목욕탕으로 가서 머리를 적신 다음 혼자서 식당에 차려진 밥상에 앉았다. 쓸쓸히 식사를 마치고 나서 다시 서재로 돌아왔다. 오늘은 오래간만에 책이라도 좀 읽으려는 생각이었다.

전에 읽다가 만 양서를 집어 들어 책갈피가 꽂힌 곳을 펴보니 전후 관계가 전혀 생각나지 않았다. 다이스케의 기억력에 비추어 그런 현상은 드문 일이라 할 수 있다. 그는 학생 때부터 상당한 독서가였다. 졸업 후에도 의식주의 구애를 받지 않고 책을 사봄으로써 얻는 이익을 마음대로 손에 넣을 수 있는 자신의 처지를 자랑스럽게 여겼다. 한 페이지도 읽지 않고 하루를 보내게 되면 습관상 어쩐지 허전한 느낌이 들었다. 그래서 대개는 무슨 일이 있더라도 되도록 틈을 내서 활자와 가까이했다. 어떤 때는 독서 그 자체가 자기의 유일한 본령인 듯한 생각이 들었다.

다이스케는 지금 멍하니 담배를 피우면서 읽다 만 페이지를 두세 장 뒤로 넘겨보았다. 거기에 어떤 논리가 펴 있고 그것이 어떻게 전개되는지 생각을 정리하느라고 좀 애를 먹었다. 그런 노력은 거룻배에서 선창으로 이동하는 것처럼 쉬운 일은 아니었다. 생각했던 곳에 퍼즐 조각이 들어맞지 않으면 허둥지둥 다른 곳으로 옮기지 않을 수 없는 것과 마찬가지였다. 다이스케는 그래도 지그시 참고 두 시간쯤 책을 들여다보고 있었다. 하지만 마침내 견딜 수가 없어졌다. 그가 읽고 있는 책은 틀림없이 그의 머리에 어떤 의미를 지닌 활자의 집합체로 비치고 있었지만, 그의 살과 피에 흡수되는 기색은 전혀 보이지 않았다. 그는 얼음을 얼음주머니에 싼 채 입에 넣었을 때처럼 성에 차지 않는 느낌을 받았다.

그는 책을 덮었다. 그리고 이럴 때 책을 읽는 것은 무리라고 생각했다. 동시에 이제 편안히 쉴 수도 없다고 생각했다. 그의 고통은 평소의 권태와는 달랐다. 무슨 일이든 하기 싫은 것이 아니라 뭔가를 하지 않고서는 견딜 수 없는 심리 상태였다.

그는 일어서서 식당으로 가서 개켜놓은 하오리를 다시 걸쳤다. 그리고 현관에 벗어놓은 게다를 신고 뛰어나가듯이 문을 나섰다. 시간은 4시쯤이었다. 가구라자카를 내려가서 되는 대로 눈에 띈 첫 번째 전차를 탔다. 차장이 행선지를 묻자 입에서 나오는 대로 대답했다. 지갑을 열어보니 미치요에게 주고 남은 여행 비용의 나머지가 세 번 접게 되어 있는 지갑의 접힌 부분의 바닥 깊숙한 곳에 아직 남아 있었다. 다이스케는 차표를 사고 나서 지폐가 몇 장인지 세어보았다.

그날 밤은 아카사카의 어느 요릿집에서 보냈다. 거기서 재미있는 이야기를 들었다. 어느 젊고 아름다운 여자가 어떤 남자와 관계를 맺어서 아이를 갖게 되었는데, 이윽고 아이가 태어날 때가 되자 눈물을 흘리며 슬퍼했다. 나중에 그 이유를 물어보니 그 나이에 벌써 아이를 낳아야만 하는 일이 한심해서라고 대답했다. 그 여자는 사랑에 전념할 시간이 너무 짧은 것과 젊은 그녀 앞에 가차 없이 주어지는 부모로서의 역할에 대해 일종의 허무함을 느꼈던 것이다. 그녀는 물론 평범한 여염집 처녀는 아니었다. 다이스케는 육체의 아름다움과 영혼의 사랑에만 자기를 바치고 그 외의 것은 생각하지 않는 여자들의 심리 상태를 보여주는 그 이야기를 매우 흥미롭게 여겼다.

그다음 날 마침내 다이스케는 또다시 미치요를 만나러 갔다. 그때 그는 마음속으로 일전에 주고 온 돈에 대해서 미치요가 히라오카에게 얘기했는지 어떤지, 만일 얘기했다면 두 사람에게 어떤 결과를 야기했는지 그런 점이 마음에 걸려서라는 구실을 만들었다. 그는 그 점에 대한 걱정 때문에 차분히 있을 수가 없어서 이리저리 방황한 끝에 결국 미치요 쪽으로 발걸음이 향하게 되었다고 해석했다.

다이스케는 집을 나서기 전에 어제저녁에 입은 속옷은 물론 겉옷까지 전부 갈아입어 기분을 새롭게 했다. 밖은 온도계의 눈금이 날이 갈수록 올라가는 계절이었다. 걷고 있으면 오히려 추적거리는 장마가 기다려질 정도로 햇볕이 따갑게 내리쬐었다. 다이스케는 어젯밤의 영향으로 이런 밝은 대기 속에 드리워진 자신의 검은 그림자가 고통스럽게 느껴졌다. 차양이 넓은 여름 모자를 쓰면서 빨리 장마철로 접어들었으면 하고 생각했다. 장마철은 이제 바로 이삼 일 앞으로 다가왔다. 그의 머리는 그걸 예보라도 하듯이 잔뜩 무거웠다.

히라오카네 집 앞에 도착했을 때는 찌뿌듯한 머리를 두툼히 덮은 머리카락의 모근이 후끈거리며 축축하게 젖어 있었다. 다이스케는 집에 들어가기 전에 우선 모자를 벗었다. 격자문은 잠겨 있었다. 소리가 나는 곳을 찾아 뒤쪽으로 돌아가 보니 미치요가 하녀와 함께 옷에 풀을 먹이고 있었다. 그녀는 광 옆에 세워둔 판자 중간쯤에서 가는 목을 앞으로 내밀고 구부린 채 몹시 구겨진 옷을 꼼꼼히 펴고 있던 손을 멈추고 다이스케를 쳐다보았다. 잠시 아무런 말도 하지 않았다. 다이스케도 얼마 동안 그대로 서 있었다. 이윽고,

"또 왔습니다."

라고 말했을 때, 미치요는 젖은 손을 흔들며 뛰어들어 가듯이 부엌으로 향했다. 동시에 앞으로 돌아오라고 눈짓을 했다.

미치요는 신발 벗는 데로 내려가서 자기가 직접 격자문을 열면서,

"여자들만 있어서 닫아놨어요."

라고 말했다. 지금까지 햇볕이 밝게 내리쪼이는 가운데 손을 놀리며 일한 탓으로 볼이 달아오른 것처럼 보였다. 그러나 평소와 마찬가지로 창백한 이마 언저리에는 땀이 조금 배어 있었다. 다이스케는 격자문 밖에서 미치요의 매우 연약한 피부를 바라보며 문이 열리기를 조용히 기다렸다. 미치요는,

"오래 기다리셨죠?"

라며 다이스케에게 들어오라는 듯이 한 발 옆으로 물러섰다. 다이스케는 미치요와 몸이 거의 스칠 듯이 해서 안으로 들어갔다. 방으로 가보니, 히라오카의 책상 앞에 보라색 방석이 얌전히 놓여 있었다. 다이스케는 그걸 보았을 때 좀 언짢은 생각이 들었다. 제대로 흙손질이 되지 않은 뜰 위로 햇빛이 노랗게 비치는 곳에 긴 풀이 보기 흉하게 나 있었다.

다이스케는 바쁜데 또 찾아와 방해를 해서 미안하다는 형식적인 변명을 늘어놓으며, 아무런 정취도 느낄 수 없는 뜰을 바라보았다. 그때 사실 미치요를 이런 집에서 살게 하는 것이 미안하다는 생각이 들었다. 미치요는 물을 만져서 손톱 끝이 약간 불은 손을 무릎 위에 포개놓고, 너무 심심해서 옷에 풀을 먹이고 있던 참이라고 말했다. 미치요가 심심하다고 하는 것은 남편이 항상 밖에 나가 있어서 외로이 집을 지키는 따분한 시간이 무료해 견딜 수가 없다는 의미였다. 다이스케는 일부러,

"부럽기 그지없는 신분이시군요."

하고 놀렸다. 미치요는 자신의 황량한 가슴속을 다이스케에게 호소하려 하지 않았다. 미치요는 아무 말도 하지 않고 옆방으로 갔다. 장롱 고리 소리가 나더니 빨간 비로드로 덮어씌운 작은 상자를 가지고 나왔다. 다이스케 앞에 앉더니 그것을 열었다. 안에는 예전에 다이스케가 준 반지가 분명히 들어 있었다. 미치요는 단지,

"이제 됐죠?"

하고 다이스케에게 사죄하듯이 말하고는 바로 또다시 옆방으로 갔다. 그러고는 남의 눈을 꺼리는 듯이 기념으로 받은 반지를 대충 장롱에 집어넣고는 다시 제자리로 돌아왔다. 다이스케는 반지에 대해서는 아무 말도 하지 않았다. 뜰 쪽을 바라보며,

"그렇게 한가하다면 뜰에 난 풀이라도 뽑는 게 어때요?"

라고 말했다. 그러자 이번에는 미치요가 입을 다물어버렸다. 한참을 그러고 있다가 다이스케는 정색을 하고 물었다.

"요전 일을 히라오카에게 말했습니까?"

미치요는 낮은 소리로,

"아니요."

라고 대답했다.

"그럼 아직 모르는군요?"

라고 되물었다.

그러자 미치요는, 이야기하려고 했지만 요즘 히라오카가 좀처럼 차분히 집에 있지 않기 때문에 그만 말할 기회가 없어서

아직 알리지 않았다고 설명했다. 다이스케는 물론 미치요의 설명을 거짓말이라고는 생각하지 않았다. 그렇지만 단 오 분이면 남편에게 말할 수 있는데 지금까지 안 한 것을 보면, 미치요가 마음속으로 왠지 말하기를 꺼리는 어떤 거북함을 느끼고 있기 때문이라고 생각할 수밖에 없었다. 다이스케는 자신이 미치요로 하여금 히라오카에게 죄를 짓게 했다는 생각이 들었다. 하지만 다이스케는 그 일로 인해서 그다지 양심의 가책을 느끼지는 않았다. 법률의 제재라면 별문제이지만 자연의 제재라는 측면에서 히라오카도 이 결과에 대해 분명히 책임을 나눠 지지 않으면 안 된다고 생각했기 때문이다.

다이스케는 미치요에게 히라오카의 근황을 물어보았다. 미치요는 여느 때처럼 많은 이야기를 하는 것을 원치 않았다. 하지만 히라오카가 아내를 대하는 태도가 결혼 초기에 비해 달라진 것만은 분명했다. 다이스케는 두 사람이 도쿄로 돌아왔을 때 이미 그것을 간파했다. 그 이후로 정색을 하고 두 사람의 속마음을 들어볼 기회는 없었지만, 그런 상태가 날이 갈수록 좋지 않은 방향으로 치닫는 것은 거의 의심할 여지가 없는 것 같았다. 부부 사이에 다이스케라는 제삼자가 끼어들었기 때문에 서로 멀어졌다면 다이스케는 그 점에 대해 좀 더 주의 깊게 행동했을지도 모른다. 그렇지만 다이스케는 이성적으로 판단해서 그렇다고는 생각할 수가 없었다. 그는 그렇게 된 원인의 일부를 미치요의 병 탓으로 돌렸다. 그리고 육체적인 관계의 변화가 남편의 정신에 영향을 준 것이라고 단정 지었다. 또 그 일부는 아이의 죽음 탓으로 돌렸다. 혹은 히라오카의 방탕에 그 원인이 있다는 생각도 했다. 그리고 또 히라오카가 회사원으로서 실패한 것도 원인의 일부라는 생각도 들었다. 그 밖에는 히라오카가 주색에 빠져 가정의 경제 상황이 나빠진 탓도 있다고 생각했다. 그런 모든 사실을 종합해 볼 때, 히라오카는 얻어서는 안 될 사람을 얻었으며, 미치요는 시집가서는 안 될 사람에게 시집갔다는 결론에 이르렀다. 다이스케는 마음속으로 히라오카의 부탁을 받아서 미치요와의 결혼을 주선한 것을 후회했다. 그렇지만 자신이 미치요의 마음을 동요시켰기 때문에 히라오카가 아내에게서 멀어졌다고는 도저히 생각할 수가 없었다.

동시에 다이스케의 미치요에 대한 애정은 그들 부부의 현재의 관계를 필수 조건으로 해서 깊어지고 있다는 점 또한 부정할 수가 없었다. 미치요가 히라오카에게 시집가기 전에 다이스케와 미치요가 어느 정도 깊은 사이였는지 하는 점은 잠시 제쳐두고라도, 그는 현재의 미치요에 대해서 결코 무관심할 수가 없었다. 그는 병든 미치요를 예전의 미치요보다 불쌍히 여겼다. 그는 아이를 잃은 미치요를 예전의 미치요보다 불쌍히 여겼다. 그는 남편의 사랑을 잃어가는 미치요를 예전의 미치요보다 불쌍히 여겼다. 그는 생활고에 허덕이고 있는 미치요를 예전의 미치요보다 불쌍히 여겼다. 하지만 다이스케는 이들 부부 사이를 정면에서 영원히 떼어놓으려고 할 만큼 대담하지는 않았다. 그의 사랑은 그렇게 무분별하지는 않았다.

미치요가 당장 고통을 겪는 부분은 경제적인 문제였다. 히라오카가 자기 월급에서 남의 도움 없이도 꾸려나갈 만큼의 생활비를 내놓지 않는다는 것은 그녀의 말투로 봐서 명백했다. 다이스케는 그 점만이라도 어떻게든 하지 않으면 안 되겠다고 생각했다. 그래서,

"제가 히라오카 군을 한번 만나서 이야기를 잘 해보지요."

라고 말했다.

미치요는 쓸쓸한 표정으로 다이스케를 보았다. 잘되면 다행이지만 잘못되면 더욱 미치요의 입장이 난처해질 뿐이라는 점은 다이스케도 충분히 알고 있었으므로 무리하게 그렇게 하겠다고 고집할 수도 없었다. 미치요는 다시 일어서서 옆방에서 한 통의 편지를 가지고 왔다. 편지는 푸르스름한 봉투에 들어 있었다. 홋카이도에 있는 아버지가 미치요에게 보낸 것이었다. 미치요는 봉투 속에서 장문의 편지를 꺼내어 다이스케에게 보여주었다.

편지에는 그곳 사정이 여의치 않다는 사실과 물가가 비싸서 생활하기 힘들다는 점, 친척도 아는 사람도 없어서 불안하다는 점, 그리고 도쿄로 가고 싶은데 어떻게 안 되겠느냐는 등 모두 딱한 이야기뿐이었다. 다이스케는 정중하게 편지를 다시 말아서 미치요에게 건네주었다. 그때 미치요의 눈에는 눈물이 고여 있었다.

미치요의 아버지는 예전에는 어느 정도 재산이라고 할 수 있을 만한 전답을 가지고 있었다. 그랬던 것을 러일전쟁 당시 남의 권유로 주식에 손을 대었다 완전히 실패해서 조상 대대로 살아온 땅을 미련 없이 팔아버리고 홋카이도로 건너갔던 것이다. 그 후의 소식은 다이스케도 지금 이 편지를 보기까지

는 전혀 몰랐다. 친척은 있어도 없는 거나 마찬가지라는 사실은 미치요의 오빠가 살아 있을 때 다이스케에게 자주 했던 말이었다. 요컨대 미치요는 아버지와 히라오카만을 의지하며 살아가고 있었다.

"당신이 부러워요."

라고 눈을 깜박이며 말했다. 다이스케는 그 말을 부정할 용기도 없었다. 한참 있다가 또 미치요는,

"도대체 왜 아직 결혼을 안 하시죠?"

하고 물었다. 다이스케는 그 질문에도 대답을 할 수가 없었다.

한참을 묵묵히 미치요의 얼굴을 쳐다보고 있자니, 그녀의 뺨에서 핏기가 점점 사라지면서 평소보다도 더 눈에 띌 정도로 창백해졌다. 그때 비로소 다이스케는 더 이상 오래 미치요와 마주 앉아 있으면 위험하다는 사실을 깨달았다. 자연의 정분(情分)에서 나오는 서로의 말이 당장 이삼 분 안에 무의식중에 그들로 하여금 어떤 한계를 넘어서게 할 수도 있었다. 다이스케는 그보다 더 앞으로 나아가도 여전히 태연한 얼굴로 아무 일도 없었던 듯이 되돌아갈 대화 방법을 익히 알았다. 그는 평소 서양의 소설을 읽을 때마다 그 속에 나오는 남녀 간의 정담이 너무 노골적이고 문란한 데다 너무 직선적인 내용으로 채워져 있어서 쉽사리 납득할 수 없었다. 원어로 읽으면 또 몰라도 일본어로는 번역할 수 없는 문화라고 생각했다. 그래서 그는 자기와 미치요와의 관계를 발전시키기 위해서 서양식의 대화를 끌어올 생각은 조금도 없었다. 적어도 두 사람

사이에는 평범한 말로도 충분히 뜻이 통했다. 하지만 갑의 위치에서 자기도 모르는 사이에 을의 위치로 미끄러져 들어갈 위험이 도사리고 있었다. 다이스케는 한 발 앞의 아슬아슬한 곳에서 간신히 발을 멈췄다. 돌아갈 때 미치요는 배웅하러 현관까지 나와서,

"요즈음 마음이 쓸쓸하니 자주 와주세요."

라고 말했다. 하녀는 아직 뒤쪽에서 풀을 먹이고 있었다.

밖에 나온 다이스케는 휘청거리며 백 미터 정도 걸었다. 적당한 선에서 접어두기를 잘했다는 생각이 들 법한데, 그의 마음에는 그런 만족감이 조금도 없었다. 그렇다고 해서 미치요와 더 오래 마주 앉아서 자연이 명하는 대로 하고 싶은 이야기를 다 털어놓고 돌아왔으면 좋았을 텐데 하는 후회도 없었다. 그는 거기서 그만두었어도, 오 분이나 십 분 후에 그만두었어도 결국 마찬가지였을 거라는 생각을 했다. 자신과 미치요의 현재의 관계는 요전에 만났을 때 이미 진전된 것이라고 생각했다. 아니, 그보다도 더 이전일지도 모른다는 생각도 들었다. 다이스케는 둘의 과거를 거슬러 올라가 보며 그 어느 시점에서나 둘 사이에 타고 있는 사랑의 불꽃을 발견할 수 있었다. 마침내 미치요가 히라오카와 결혼하기 이전에 이미 자기와 결혼한 거나 마찬가지라는 생각에 이르르자, 그는 견딜 수 없을 정도로 묵직한 무언가가 가슴을 짓누르는 것 같았다. 그는 그 무게 때문에 다리가 휘청거렸다. 집으로 돌아왔을 때 가도노가,

"안색이 아주 안 좋으신데요. 무슨 일이 있었습니까?"

하고 물었다. 다이스케는 목욕탕으로 가서 창백한 이마의 땀을 말끔히 닦아냈다. 그러고는 한참 길게 자란 머리를 찬물에 적셨다.

그로부터 이틀 정도 다이스케는 전혀 외출을 하지 않았다. 사흘째 되던 날 오후에 전차를 타고 히라오카를 만나러 신문사로 갔다. 그는 히라오카를 만나서 터놓고 미치요에 관한 이야기를 할 결심이었다. 급사에게 명함을 건네주고 먼지투성이의 접수계에서 기다리는 동안, 그는 몇 번이고 소맷자락에서 손수건을 꺼내서 코를 감쌌다. 이윽고 이 층 응접실로 안내되었다. 그곳은 통풍이 잘 안 되는 무덥고 음침한 좁은 방이었다. 다이스케는 거기서 담배를 한 대 피웠다. 편집실이라고 쓰여 있는 문이 끊임없이 열리면서 사람들이 들락날락했다. 다이스케가 만나러 간 히라오카도 그 문에서 나타났다. 일전에 본 여름 양복을 입고 여전히 깨끗한 옷깃과 소매를 달고 있었다. 바쁜 듯이,

"야아, 오래간만일세."

하며 다이스케 앞에 섰다. 다이스케도 상대방에게 이끌리듯이 따라 일어섰다. 두 사람은 선 채로 잠시 이야기를 나눴다. 마침 바쁜 편집 시간이라서 여유 있게 이야기를 할 수가 없었다. 다이스케는 새삼 히라오카의 형편을 물어봤다. 히라오카는 주머니에서 시계를 꺼내보더니,

"미안하지만 한 시간쯤 후에 와주지 않겠나?"

라고 말했다. 다이스케는 모자를 들고 다시 어두운 먼지투성이의 계단을 내려갔다. 밖으로 나오자 그래도 시원한 바람

이 불었다.

다이스케는 목적도 없이 그 근처를 걸어 다녔다. 그러면서 마침내 히라오카를 만나게 되면 어떤 식으로 이야기를 꺼낼까 하고 궁리했다. 다이스케의 의도는 오로지 미치요에게 당장 조금이라도 마음의 평안을 주는 데 있었다. 그렇지만 그로 인해 오히려 히라오카의 감정을 상하게 할 수도 있다고 생각했다. 다이스케는 가장 극단적인 결과로 히라오카와 자기의 관계가 끊어질지도 모른다는 예측까지 했다. 하지만 그런 경우에는 어떤 식으로 미치요를 보호해야 할지 구체적인 계획은 없었다. 다이스케는 미치요와 흉금을 털어놓고 자기들 둘의 관계를 그 이상 더 어떻게 해볼 용기가 없으면서도 동시에 미치요를 위해서 무슨 일이든 하지 않고서는 견딜 수 없었다. 그래서 오늘의 만남은 이지(理知)의 작용에서 나온 안전책이라기보다는 오히려 감정에 휩쓸린 모험심의 발로였다. 그것은 평소의 다이스케답지 않은 면모였다. 그렇지만 다이스케 자신은 그것을 알아차리지 못했다. 한 시간 후에 그는 다시 편집실 입구에 섰다. 그리고 히라오카와 함께 신문사의 문을 나섰다.

뒷골목을 삼사 미터쯤 갔을 때 히라오카가 앞장서서 어느 집으로 들어갔다. 방 위쪽에는 여름철 처마 장식이 걸려 있었고, 좁은 뜰은 온통 물에 젖어 있었다. 히라오카는 웃옷을 벗고 책상다리를 하고 앉았다. 다이스케는 그다지 덥다는 생각은 들지 않았다. 그래서 부채를 손에 쥐고 있는 것만으로 족했다.

신문사 일에 대한 이야기부터 나왔다. 히라오카는 바쁜 것 같지만 오히려 편한 직업이라 좋다고 했다. 그 말투로 보아 무리해서 꾸미려는 것 같지는 않았다. 다이스케는 그건 무책임하기 때문이 아니냐고 놀렸다. 히라오카는 정색을 하고 변명을 했다. 그리고 요즘의 신문사만큼 경쟁이 치열하고 기민한 두뇌가 필요한 영역은 없을 거라고 그 이유를 설명했다.

"정말로 글만 잘 써서는 안 되겠군."

하고 다이스케는 무감동한 말투로 대꾸했다. 그러자 히라오카는 이렇게 말했다.

"나는 경제 분야를 담당하고 있는데, 그것만으로도 상당히 재미있는 사실들이 드러나고 있지. 자네 집안에서 하는 회사의 내막도 좀 써서 보여줄까?"

다이스케는 평소에 지켜보아 대충은 짐작을 하고 있었기에 그런 말을 듣고도 놀라지는 않았다.

"그것도 재미있겠지. 그 대신 공평하게 취급해 주었으면 좋겠군."

하고 말했다.

"물론 거짓은 쓰지 않을 생각이야."

"아니, 우리 형 회사만이 아니라 모두 한꺼번에 준엄한 고발을 해주었으면 좋겠다는 의미야."

그때 히라오카는 악의 있는 웃음을 지었다. 그러고는,

"일본제당 사건만으로는 부족하니까 말이야."

라고 뭔가 떨떠름한 듯한 투로 말했다. 다이스케는 잠자코 술을 마셨다. 이야기는 그런 식으로 점점 활기를 잃어가는 듯이 보였다. 그러자 히라오카는 경제계의 실상과 관련이 있다고 생각했는지, 느닷없이 청일전쟁 당시 오쿠라사(社)에서 있었던 일화를 다이스케에게 들려주었다. 그때 오쿠라구미는 히로시마에서 군대용 식료품으로 몇백 마리의 소를 육군에 납품하기로 되어 있었다. 그런데 매일같이 몇 마리씩 갖다주고는 밤이 되면 몰래 가서 훔쳐왔다. 그리고 모르는 척하고 다음 날 같은 소를 또 갖다주었다. 관리는 매일같이 같은 소를 몇 번씩 산 셈이었다. 하지만 나중에는 그 사실을 눈치채서 한 번 들여놓은 소에는 낙인을 찍었다. 그런데 그것을 모르고 또다시 훔쳐냈다. 그뿐 아니라 그 소를 태연스럽게 다음 날 끌고 갔기 때문에 드디어 발각되고 말았다고 한다.

다이스케는 그 이야기를 들었을 때, 현 사회의 상황을 반영하고 있다는 점에서 현대적인 해학의 표본이라는 생각이 들었다. 그러고 나서 히라오카는 고토쿠 슈스이[36]라는 사회주의자를 정부가 얼마나 두려워하는가 하는 이야기를 했다. 그의 집 앞뒤에서 순경이 두세 명씩 밤낮으로 감시했다. 한때는 천막을 치고 그 속에서 감시하기도 했다. 슈스이가 외출하면 순경이 뒤를 밟았다. 만일 놓치기라도 하면 대사건이다. 지금 혼고에 나타났다, 혹은 지금 간다로 왔다는 식으로 끊이지 않고 여기저기서 전화가 걸려와서 도쿄 전체에 큰 소동이 일어나게 된다. 신주쿠 경찰서에서는 슈스이 한 사람을 위해서 매달 백 엔을 지출하고 있다. 엿장수로 변장한 동료가 큰길에서 엿을

---

36) 幸德秋水(1871~1911). 메이지 시대의 사상가, 사회 운동가. 무정부주의자로 메이지 천황 암살 계획(이른바 '대역 사건')의 주모자로 체포되어 처형당했다.

만들고 있으면 흰 제복의 순경이 엿판 앞에서 얼쩡거리는 통에 방해가 될 정도라는 것이다.

그런 이야기도 다이스케의 귀에는 진지하게 들리지 않았다.

"역시 현대적 해학의 표본이 아닐까?"

히라오카는 앞서 했던 논평을 되풀이하면서 다이스케의 반응을 떠보았다. 다이스케는 그렇군 하며 웃었지만, 그런 이야기에는 그다지 흥미가 없을 뿐만 아니라 오늘은 여느 때처럼 잡담을 할 기분이 아니라서 사회주의에 대한 이야기는 그대로 넘겨버렸다. 조금 전에 히라오카가 게이샤를 부르려 하는 것을 말린 것도 그 때문이었다.

"실은 자네에게 할 말이 있네."

하고 다이스케가 마침내 말을 꺼냈다. 그러자 히라오카는 갑자기 태도를 바꿔서 불안한 듯한 눈초리로 다이스케를 쳐다보더니 갑자기,

"그야 나도 이전부터 어떻게든 해볼 생각이었지만, 지금 형편으로는 어쩔 도리가 없어. 조금만 더 기다려주게. 그 대신 자네 형님이나 아버님 일도 이렇게 쓰지 않고 있는 거니까."

하고 뜻밖의 대답을 했다. 다이스케는 어처구니없다기보다는 오히려 어떤 증오를 느꼈다.

"자네도 많이 변했군."

하고 쌀쌀하게 말했다.

"자네가 변한 것처럼 나도 변해버렸지. 이렇게 세상사에 닳고 닳다 보니 어쩔 도리가 없어. 그러니 조금만 더 기다려주게."

라고 대답하고 히라오카는 꾸며낸 웃음소리를 냈다.

다이스케는 히라오카가 뭐라고 하든 할 말은 하리라 마음
먹었다. 섣불리 빚 독촉하러 온 것이 아니라는 식의 변명을 하
면 또 히라오카가 의중을 떠보려고 할 것이 싫어서, 그의 착각
은 내버려 두고 이쪽은 이쪽의 길을 가겠다는 식의 태도로 나
갔다. 그렇지만 무엇보다도 곤란한 것은, 히라오카의 가정 사
정을 미치요의 불평을 통해서 알게 되었다고 말을 꺼내면 미
치요의 입장이 난처해질지도 모른다는 점이었다. 그렇다고 해
서 그 점에 대해 언급하지 않고서는 충고도 조언도 전혀 소용
이 없을 터였다. 다이스케는 하는 수 없이 돌려서 이야기했다.

"자넨 요즘 이런 곳에 꽤 자주 드나드는 모양이군. 이 집 사
람들과 친한 걸 보니."

"자네처럼 금전적으로 여유가 없으니까 그리 거창하게 놀지
는 못하지만, 교제상 오고 있지."

히라오카는 익숙한 손놀림으로 잔을 입에 갖다 대면서 말
했다.

"쓸데없는 참견일지 모르지만, 그러고도 가계를 꾸려나갈
수 있나?"

다이스케는 과감하게 몰아붙였다.

"응. 그럭저럭 해나가고 있지."

히라오카는 갑자기 기세가 누그러지면서 아주 건성으로 대
꾸를 했다. 다이스케는 그 이상 추궁할 수가 없었다. 하는 수
없이,

"평소 지금쯤이면 벌써 집에 돌아가 있겠지? 요전에 내가
찾아갔을 때는 상당히 늦는 것 같던데."

라고 물었다. 그러자 히라오카는 여전히 화제를 회피하려는 듯한 어조로,

"글쎄, 돌아가기도 하고 그렇지 않기도 하지. 직업이 이렇게 불규칙한 것이고 보니 하는 수 없지."

하고 변명하듯이 애매하게 말했다.

"미치요 씨가 쓸쓸해하겠군."

"괜찮아. 그 여자도 많이 변했으니까 말이야."

이렇게 대답하며 히라오카는 다이스케를 보았다. 다이스케는 그 눈동자 안에서 왠지 모를 공포를 느꼈다. 어쩌면 이들 부부의 관계를 원상태로 회복시킨다는 것은 무리이리라는 생각이 들었다. 만일 이들 부부가 자연의 도끼에 의해서 둘로 쪼개진다면 자신의 운명은 돌이킬 수 없는 미래에 직면하게 될 것이다. 두 사람이 멀어지면 멀어질수록 자기와 미치요는 그만큼 가까워지지 않으면 안 되기 때문이었다. 다이스케는 반사적으로 말했다.

"그럴 리가 있나. 아무리 변했다 할지라도 그건 단지 나이로 인한 변화에 불과하지. 되도록 집에 돌아가서 미치요 씨를 위로해 주도록 하게."

"자네는 그렇게 생각하나?"

라고 말하고 히라오카는 술을 벌컥 들이켰다. 다이스케는 다만,

"그렇게 생각하냐니, 누구라도 그렇게 생각하지 않을 수 없을걸세."

하고 거리낌 없이 대꾸했다.

"자네는 미치요를 삼 년 전의 미치요로 생각하고 있나? 많이 변했어. 상당히 변했어."

하며 히라오카는 다시 술을 주욱 들이켰다. 다이스케는 자기도 모르게 심장이 두근거리는 것을 느꼈다.

"똑같아. 내가 보기에는 아주 똑같다고. 조금도 변하지 않았어."

"하지만 집에 돌아가도 아무 재미가 없으니 하는 수 없지 않나?"

"그럴 리 없어."

히라오카는 눈을 동그랗게 뜨고는 다시 다이스케를 쳐다보았다. 다이스케는 조금 숨이 막혔다. 그렇지만 죄를 지은 사람이 벼락을 맞은 것 같은 그런 느낌은 전혀 들지 않았다. 그는 평소와 달리 논리에 맞지 않는 말을 단지 충동적으로 했을 뿐이다. 하지만 그것은 눈앞에 있는 히라오카를 위해서라고 굳게 믿어 의심치 않았다. 그는 히라오카 부부를 삼 년 전의 상태로 되돌려 놓고 그것을 기회로 미치요에 대한 연민의 정을 영원히 떨쳐버리려는 최후의 시도를 거의 무의식적으로 해보았을 따름이다. 자기와 미치요의 관계를 히라오카에게 숨기기 위한 호도라고는 전혀 생각하지 않았다. 다이스케는 히라오카에게 구태여 그런 이중적인 언동을 하기에는 자신이 너무도 고상하다고 평가했다. 한참 있다가 다이스케는 다시 평소의 어조로 돌아왔다.

"하지만 자네가 그렇게 밖에만 나가 있게 되면 자연히 돈도 필요하게 되겠지. 따라서 집안 살림도 제대로 꾸려나갈 수 없게 되겠지. 그럼 점점 가정에 정을 못 붙이게 될 뿐이지 않는가?"

히라오카는 흰 셔츠의 소매를 팔뚝 중간쯤까지 걷어 올리고는,

"가정 말인가? 가정도 그다지 고맙지 않아. 가정을 중시하는 것은 자네 같은 독신자들뿐일 거야."

라고 말했다.

그 말을 듣는 순간 다이스케는 히라오카가 미워졌다. 자기의 속마음을 분명히 터놓자면 그렇게 가정이 싫다면 그래도 상관없다, 그 대신 네 아내를 내가 맡겠다고 확실히 말해주고 싶었다. 그렇지만 두 사람의 문답은 거기까지 이르기에는 아직 상당한 거리가 있었다. 다이스케는 다시 한번 방향을 돌려서 히라오카의 의중을 떠보았다.

"도쿄로 온 지 얼마 안 되었을 때 자네는 나에게 설교를 했었지. 뭐라도 해보라고 말이야."

"그래. 자네의 소극적인 철학을 듣고서 놀랐었지."

다이스케는 실제로 히라오카가 깜짝 놀랐을 거라고 생각했다. 그때의 히라오카는 열병에 걸린 사람처럼 어떤 행위를 갈망하고 있었다. 그는 행위의 결과로서 부를 열망했던 것일까, 아니면 명예나 권세를 열망했던 것일까, 그렇지 않으면 활동이라는 의미에서의 행위 그 자체를 원했던 것일까. 그건 다이스케도 알 수가 없었다.

"나와 같은 정신적인 패잔병은 하는 수 없이 그런 소극적인 생각을 하게 마련이지만, 원래 생각이 있고 나서 사람이 거

기에 따르는 것은 아니야. 먼저 사람이 있고 그 사람에게 맞을 만한 의견이 나오는 법이니까 내 주장은 나 자신에게만 통용되는 것일 뿐이지. 결코 자네의 신상을 그런 주장으로 해서 어떻게 하려고 한 것은 아니라네. 나는 그때의 자네 기개에 탄복하고 있네. 자네는 그때 자네 입으로 말한 것처럼 정말로 활동가라고 할 수 있지. 부디 많은 활동을 해주기 바라네."

"물론 그렇게 할 생각이네."

히라오카의 대답은 그 한마디뿐이었다. 다이스케는 마음속으로 의아하게 여겼다.

"신문사에서 그렇게 할 생각인가?"

히라오카는 잠시 주저했다. 하지만 이윽고 분명하게 말했다.

"신문사에 있는 동안은 그럴 생각이네."

"맞는 말이야. 나 역시 자네의 전 생애에 대해서 묻고 있는 것이 아니니까 대답은 그걸로 충분하네. 그러나 신문사에서 의의 있는 활동이 가능할 거라고 생각하나?"

"가능하지."

라고 히라오카는 간단하게 대꾸했다.

이야기가 거기까지 진행되었지만 여전히 추상적인 방향으로 흐를 뿐이었다. 다이스케는 말로야 납득할 수가 있었지만, 히라오카의 정체는 전혀 알 수가 없었다. 다이스케는 어쩐지 책임 있는 정부 위원이나 변호사를 상대하는 듯한 느낌이 들었다. 다이스케는 그때 지극히 정략적인 의도에서 히라오카를 추어올렸다. 그러기 위해서 군신(軍神) 히로세[廣瀨] 중령의 예를 들었다. 히로세 중령은 러일전쟁 때 항구의 폐색대(閉塞隊)

로 파견되었다가 전사해 당시의 사람들로부터 우상시되어 급기야는 군신으로까지 숭상을 받기에 이르렀다. 그렇지만 사오 년이 지난 오늘에 이르고 보니 더 이상 군신 히로세의 이름을 입에 담는 사람을 찾아볼 수 없게 되었다. 영웅의 명성이란 그만큼 변화무쌍했다. 결국 대부분의 경우 영웅이란 그 시대에 매우 중요한 사람이라는 의미인 고로, 이름만으로는 대단해 보이지만 본래는 매우 현실적이다. 그래서 그런 중요한 시기를 넘기면 세상은 그 자격을 점점 빼앗으려 든다. 러시아와 한창 전쟁 중일 때야 폐색대란 중요한 것이었지만, 평화를 되찾은 새벽이 되면 백 명의 히로세 중령도 완전히 평범한 사람에 지나지 않게 된다. 세상은 이웃 사람에 대해 아주 타산적이지만 영웅에 대해서도 마찬가지다. 따라서 그런 우상에게도 역시 항상 신진대사나 생존경쟁의 원리가 적용된다. 그런 이유로 다이스케는 영웅 따위로 추대되고자 하는 마음은 전혀 없다. 그러나 만일 야심이 있고 패기가 있는 쾌남아가 있다면 일시적인 칼의 힘보다는 영구적인 붓의 힘으로 영웅이 되는 편이 더 생명력이 있을 터이다. 신문은 그 방면의 대표적인 사업이라 할 수 있다.

다이스케는 거기까지 이야기해 보았지만, 원래가 히라오카의 비위를 맞추려는 의도에서 나온 말인 데다가 그 내용도 너무 유치해 내심 약간 우습게 여겨질 정도여서 마음이 썩 내키지 않았다. 히라오카는 그에 대한 답으로,

"고맙네."

라고만 했다. 그다지 화가 난 것처럼 보이지는 않았지만, 조

금도 감격하고 있지 않다는 사실은 그 대답에서 분명히 느낄 수가 있었다.

다이스케는 다소 히라오카를 얕잡아 본 것을 부끄럽게 여겼다. 실은 그런 식으로 해서 그의 마음을 움직여 적당한 기회에 화제를 바꿔 본래의 가정에 대한 이야기로 되돌아가는 것이 다이스케의 계획이었다. 다이스케는 그런 우회적이고도 매우 까다로운 시도의 출발점에서 얼마 나아가지도 못하고 차질을 빚게 된 것이다.

그날 밤 다이스케는 히라오카와 결국은 어정쩡한 상태에서 헤어졌다. 그 결과로 봐서는 무엇 때문에 히라오카를 신문사로 찾아갔는지조차 스스로도 알 수가 없었다. 히라오카 쪽에서 보면 더욱 그러했다. 다이스케가 결국 뭐 하러 신문사까지 찾아왔는지를 돌아갈 때까지 끝내 캐묻지 않았다.

다음 날 다이스케는 서재에서 혼자 어제저녁 일을 몇 번이고 머릿속에서 되새겨 보았다. 두 시간이나 함께 이야기를 나누는 동안에 자기가 히라오카에 대해서 비교적 진지했던 때는 미치요를 변호할 때뿐이었다. 그렇지만 그런 진지함 역시 동기만 진지했을 뿐, 자기 입에서 나온 말은 되는대로 지껄인 것에 불과했다. 좀 더 심하게 말하자면 거짓말뿐이었다고도 할 수 있었다. 스스로 진지하다고 믿고 있던 동기조차도 사실은 자신의 미래를 보호하는 수단이었다. 히라오카의 입장에서 보면 애초부터 진지한 것이 아니었다. 더욱이 그 밖의 이야기는 처음부터 히라오카를 현재의 처지로부터 자기가 바라는 쪽으로 계획적으로 유도하려 했던 타산적인 것이었다. 따라서 히라오카를 어떻게 할 수도 없었다.

만일 과감하게 미치요를 내세워서 자기의 생각을 거리낌 없이 당당하게 털어놓았다면 좀 더 자극적인 말을 할 수 있었을 것이다. 그리고 좀 더 히라오카를 동요시킬 수 있었을 것이다. 또한 좀 더 그의 폐부를 찌를 수 있었을 것이다. 그 대신 자칫하면 미치요의 입장이 난처해질지도 모르는 일이었다. 그러면 히라오카와 다투게 될지도 모르는 일이었다.

다이스케는 자기도 모르게 안전하지만 무기력한 태도로 히라오카를 접했던 것에 대해서 스스로 비겁하다는 생각이 들었다. 만일 그런 태도로 히라오카를 대하면서, 한편으로는 미치요의 운명을 히라오카에게는 도저히 맡겨놓을 수 없을 정도로 불안을 느낀다면, 그것은 뻔뻔스럽게도 이치에 맞지 않는 모순을 범하고 있는 거라고 하지 않을 수 없었다.

다이스케는 옛날 사람들이 판단력이 명석하지 못한 탓으로, 사실은 자기 위주의 입장을 취하면서도 스스로는 남을 위해서라고 굳게 믿으며 울기도 하고 감정적이 되기도 하고 화를 내기도 해서 결국 상대를 자기 마음대로 다루었던 점이 부럽다는 생각이 들었다. 자기 머리가 그 정도로 적당히 흐릿해 있었다면 어제저녁 히라오카와 얘기할 때도 좀 더 감정적이 되어서 만족스러운 효과를 거둘 수 있었을지도 모른다. 그는 다른 사람들, 특히 아버지로부터 열성이 부족한 편이라는 말을 곧잘 들었다. 그의 분석에 따르면 사실은 이러했다──인간은 열성을 가지고 대할 필요가 있는, 고상하고 진지하며 순수한 동기나 행위를 곁에 두고 있는 것은 아니다. 그보다도 훨씬 열등한 것들이 대부분이다. 그런 열등한 동기나 행위에 대해 열성적인 태도를 보이는 사람은 무분별하고 유치한 두뇌의 소유자이거나, 그렇지 않으면 열성이 있는 척해서 잘난 체하려 드는 사기꾼에 불과하다. 따라서 그의 냉담함은 발전적인 태도라고는 할 수 없겠지만, 훨씬 깊이 인간을 분석한 결과임에 틀림없었다. 그는 평소 자신의 동기나 행위를 깊이 음미해 본 결과, 교활하고 불성실하고 대개는 허위가 내포되어 있다는 사실을 알고 있는 까닭에 결국 열성적으로 그것을 수행할 마음이 나지 않았던 것이라고 굳게 믿었다.

여기서 그는 하나의 딜레마에 봉착했다. 그는 자기와 미치요와의 관계를 앞뒤 가리지 않고 자연이 시키는 대로 발전시킬 것인지, 아니면 그와 정반대로 아무것도 모르는 옛날로 돌아갈 것인지, 그 어느 쪽이든 선택하지 않으면 삶의 의미를 잃는 거나 마찬가지라고 생각했다. 그 외의 모든 어중간한 방법은 거짓으로 시작해서 거짓으로 끝날 수밖에 없다. 그것들은 전부 사회적으로는 수용 가능하지만 자기 스스로에 대해서는 무기력한 것이다. 그는 이렇게 생각했다.

그는 미치요와의 관계를 하늘의 뜻에 따라서─그는 그것을 하늘의 뜻이라고 생각할 수밖에 없었다─발전시켰을 때에 뒤따를 사회적 비난의 위험에 대해 잘 알고 있었다. 하늘의 뜻은 따르지만 인간의 법도를 어기는 사랑이란 보통 그 사랑의 주체가 죽어야만 비로소 사회로부터 인정을 받게 된다. 그는 만일의 경우에 두 사람 사이에 일어날지도 모르는 비극을 머릿속으로 그려보다가 자기도 모르게 가슴이 섬뜩해졌다.

그는 또 그 반대의 경우로서 미치요와의 영원한 이별을 상상해 보았다. 그때는 하늘의 뜻을 따르기보다는 자기의 의지에 충실한 사람이 되지 않으면 안 되었다. 그는 그 수단으로서 아버지나 형수가 권유하는 결혼에 생각이 미쳤다. 그러고는 그 결혼을 받아들이는 것이 모든 관계를 새롭게 하는 계기가될 거라고 생각했다.

14

자연의 아들이 될 것인가, 아니면 의지의 인간이 될 것인가하는 사이에서 다이스케는 번민했다. 그는 융통성이 없는 경직성에 사로잡혀, 더위나 추위에조차 금세 반응을 보이는 자신을 기계처럼 속박하는 어리석음을 범하지 않는 것을 신조로 삼고 있었다. 동시에 그는 자신의 생활이 중대한 결단을 내려야만 하는 위기에 처했다는 사실을 절실히 깨달았다.

그는 결혼 문제에 대해서 잘 생각해 보라는 말을 듣고 돌아온 후, 아직 진지하게 생각해 보지 않고 있었다. 집에 돌아와서는 오늘도 위험한 고비를 넘겨서 천만다행이라고 생각하고는 두 번 다시 염두에 두지 않았다. 아버지는 아직 아무런 재촉도 하지 않지만, 이삼 일 내로 다시 아오야마로 부를 것만같았다. 다이스케는 원래 호출을 당하기까지 아무 생각도 하지 않을 작정이었다. 호출을 당하면 아버지의 안색을 살피고나서 또 어떻게든 그 자리에서 적당히 대답을 만들어낼 심산이었다. 반드시 아버지를 무시할 생각에서 그러는 것은 아니었다. 모든 대답은 그런 식으로 상대와 자기를 잘 저울질해 보고 순간적으로 떠오르는 것이어야만 진정한 자기 생각이라고 믿었다.

만약 미치요에 대한 자신의 태도가 막다른 곳에 다다른 듯한 느낌이 없었다면, 다이스케는 아버지에 대해서 물론 그런 조치를 취했을 것이다. 그렇지만 다이스케는 지금 상대의 안색이 어떻든 간에 손에 든 주사위를 던지지 않으면 안 되었다. 위에 나타난 눈이 히라오카에게 곤란한 것이든, 아버지 마음에 들지 않는 것이든 간에 주사위를 던지는 이상 하늘의 뜻을 그대로 따르는 수밖에 다른 도리가 없었다. 주사위를 손에 든 이상, 그리고 누군가 주사위를 던져야 할 운명인 이상, 주사위의 눈을 결정할 사람은 자기 이외에 아무도 없었다. 다이스케는 최후의 결정권은 자기에게 있다고 마음속으로 정했다. 아버지도 형도 형수도 그리고 히라오카도 결단의 지평선에는 나타나지 않았다.

그는 단지 자신의 운명에 대해서만 비겁했던 것뿐이다. 사오 일 동안 그는 손바닥에 올려놓은 주사위만 쳐다보며 지냈다. 오늘도 아직 손에 쥐고 있었다. 빨리 운명이 밖에서 찾아와서 그 손을 가볍게 쳐주었으면 좋겠다고 생각했다. 하지만 한편으로는 아직 손에 쥘 수 있다는 생각에 기쁘기도 했다.

가도노는 이따금 서재로 왔다. 그러나 그때마다 다이스케는 책상 앞에서 꼼짝도 하지 않았다.

"산책이라도 좀 하러 나가지 그러세요. 그렇게 공부만 하시면 몸에 좋지 않을 텐데요."

라고 한두 차례 말했다. 과연 안색이 좋지 않았다. 여름답게
날씨가 더워졌기 때문에 가도노는 매일 목욕물을 데워주었다.
다이스케는 목욕탕에 갈 때마다 오랫동안 거울을 들여다보았
다. 수염이 짙은 편이라서 조금만 자라도 그에게는 매우 흉하
게 보였다. 만져서 꺼끌꺼끌하면 더욱 불쾌했다.

식사는 여전히 평소처럼 했다. 그렇지만 운동 부족과 불규
칙한 수면 그리고 정신적인 피로로 인해서 배설 기능에 변화
가 일어났다. 다이스케는 그것을 대수롭지 않게 생각했다. 생
리 상태에 거의 신경을 쓸 틈이 없을 정도로 한 가지 일만을
붙들고 골똘히 생각했다. 그것이 습관이 되자, 한없이 맴돌고
있는 편이 울타리 밖으로 뛰쳐나가려고 안간힘을 쓰는 것보다
도 오히려 마음이 편했다.

그러나 최후에는 결단성 없는 자신에 대한 혐오에 빠졌다.
하는 수 없이 미치요와 자신의 관계를 발전시키기 위해 사가
와 집안과의 혼담을 거절할까 하는 생각마저 들었을 때는 자
기도 모르게 깜짝 놀랐다. 그러나 미치요와 자신의 관계를
끊기 위해 결혼을 승낙하려는 생각은 단 한 번도 한 적이 없
었다.

혼담을 거절하는 것은 혼자서도 얼마든지 결정할 수 있었
다. 단지 거절한 후에 그 반동으로 미치요에게 자신을 내던져
야 할 사태가 필연적으로 오고 말리라는 생각이 들자 또다시
두려워졌다.

다이스케는 아버지의 재촉을 마음속으로 기다리고 있었다.

하지만 아버지에게서는 아무런 연락도 없었다. 미치요를 한 번 더 만나볼까 하는 생각도 했다. 그렇지만 그럴 용기도 나지 않았다.

결국 사가와의 딸과의 결혼은 도덕의 형식에서는 자기와 미치요 사이를 가로막겠지만, 도덕의 내용을 따져보면 두 사람에게 아무런 영향도 미칠 것 같지 않다는 생각이 점점 다이스케의 머릿속에 자리를 잡아갔다. 이미 히라오카와 결혼을 한 미치요와의 사이에 지금과 같은 관계가 생길 수 있다면, 이 상태에서 자신에게 기혼자라는 자격이 주어진다고 해서 그와 똑같은 관계가 지속되지 않으리라고는 볼 수 없었다. 둘의 관계가 지속되지 않으리라고 생각하는 것은 단지 피상적인 견해에 불과하며, 결혼이 마음을 속박할 수 없는 형식이라면 아무리 거듭한다 할지라도 고통만 더할 뿐이라는 것이 다이스케의 논리였다. 다이스케는 혼담을 거절하는 것 외에 다른 도리가 없었다.

그렇게 결심한 다음 날, 다이스케는 오래간만에 이발을 하고 수염을 깎았다. 장마철로 접어들면서 이삼 일 동안 비가 억수같이 퍼부은 뒤라서, 땅바닥에도 나뭇가지에도 먼지 같은 것들이 전부 촉촉이 가라앉아 있었다. 햇빛은 이전보다 옅은 빛을 띠었다. 구름 사이로 비치는 광선은 지상의 습기 때문에 거의 반사력을 잃은 듯이 부드럽게 보였다. 다이스케는 이발소의 거울에 자신의 모습을 비춰보고 여느 때처럼 통통한 뺨을 만지며 오늘부터 드디어 적극적인 생활에 들어간다고 스스로 다짐했다.

아오야마에 가보니 현관에 인력거가 두 대쯤 있었다. 주인을 기다리던 인력거꾼은 발판에 기댄 채 잠이 들어 다이스케가 지나가는 것을 몰랐다. 객실에서는 우메코가 신문을 무릎 위에 얹어놓은 채 무성한 뜰의 녹음을 멍하니 바라보고 있었다. 형수도 역시 졸린 듯했다. 다이스케는 불쑥 우메코 앞에 앉았다.

"아버지는 계십니까?"

형수는 대답하기에 앞서 일단 감독관 같은 눈으로 다이스케의 모습을 훑어보고,

"도련님, 좀 야윈 것 아니에요?"

하고 물었다. 다이스케는 또 볼을 쓰다듬으며,

"그렇지도 않아요."

하고 부정했다.

"하지만 얼굴이 너무 안돼 보여요."

하고 우메코는 뚫어지게 다이스케의 얼굴을 들여다보며 말했다.

"정원 탓이지요. 신록이 반사돼서 그럴 겁니다."

다이스케가 대답하며 뜰에 심어진 나무들을 바라보다가,

"그래서 그런지 형수님 안색도 안 좋게 보여요."

라고 덧붙였다.

"이삼 일 전부터 몸이 찌뿌듯하네요."

"웬일로 멍하니 앉아 계시나 했지요. 어찌된 일이지요? 감기라도 걸리셨나요?"

"왜 그런지는 몰라도 선하품만 자꾸 나오네요."

우메코는 그렇게 대답하고 곧 신문을 무릎에서 내려놓고 손뼉을 쳐서 하녀를 불렀다. 다이스케는 다시 아버지가 계신 지를 확인했다. 우메코는 다이스케의 질문을 잊어버리고 있었다. 형수의 얘기를 들자니 현관에 있던 인력거는 아버지 손님이 타고 온 것이었다. 다이스케는 오래 걸리지 않는다면 손님이 돌아갈 때까지 기다리기로 마음먹었다. 형수는 머리가 멍하니까 목욕탕에 가서 얼굴을 씻고 오겠다며 일어섰다. 하녀가 맛있는 냄새가 나는 갈분떡을 오목한 접시에 담아서 가지고 왔다. 다이스케는 떡을 싼 잎 끝을 손에 들고는 몇 번이고 냄새를 맡았다.

우메코가 상쾌한 표정으로 목욕탕에서 돌아왔을 때, 다이스케는 떡 한 개를 시계추처럼 흔들면서 이번에는,

"형님은 어디 가셨습니까?"

하고 물었다. 우메코는 그런 진부한 질문에 대해서 응대할 필요를 못 느끼는 듯 한참 동안 툇마루 끝에 서서 뜰을 바라보더니,

"이삼 일 동안 내린 비로 이끼 색깔이 아주 선명해졌네."

하고 평소의 형수에게 어울리지 않는 관심을 보인 후 원래의 자리로 돌아갔다. 그러고는,

"형님이 어디 갔냐고요?"

하고 되물었다. 다이스케가 같은 질문을 되풀이했을 때 형수는 아주 무관심한 태도로,

"어디 갔냐고요? 항상 그렇잖아요." 하고 대답했다.

"여전히 집에 없을 때가 많나요?"

"그렇죠. 아침이고 저녁이고 집에 잘 없어요."

"형수님은 그래도 쓸쓸하지 않으십니까?"

"이제 와서 새삼스럽게 그런 걸 물어도 어쩔 도리가 없는 일 아니겠어요."

이렇게 말하며 우메코는 웃음을 터뜨렸다. 놀린다고 생각해서인지, 너무 어린애 같은 질문이라고 생각해서인지, 진지하게 대답하려는 기색이 거의 보이지 않았다. 다이스케는 평소의 자신의 언동을 돌이켜 보고 지금 진지하게 그런 질문을 한 자신이 오히려 기이하게 여겨졌다. 이제까지 형과 형수의 관계를 오랫동안 지켜보았으면서도 여태껏 그런 점에는 생각이 미친 적이 없었다. 형수 역시 다이스케가 눈치챌 정도로 불만스러운 기색을 보인 적이 없었다.

"세상 부부들은 다들 그렇게 살아가는 건가."

라고 혼잣말처럼 중얼거렸으나 우메코의 대답을 기대하지도 않았으므로 다이스케는 상대방의 얼굴도 보지 않고 다만 다다미 위에 놓여 있는 신문으로 눈을 돌렸다. 그러자 우메코가 불쑥,

"뭐라고요?"

하고 따지듯이 물었다. 그 어조에 깜짝 놀라서 다이스케가 순간적으로 형수 쪽으로 시선을 옮기자 우메코는,

"그러니 도련님은 결혼하면 항상 집에만 있으면서 부인을 잔뜩 사랑해 주시라고요."

하고 말했다. 다이스케는 그때야 비로소 상대가 형수이고 자신도 평소의 다이스케가 아니었다는 사실을 깨달았다. 그

래서 되도록 본래 모습을 되찾으려고 애썼다.

그렇지만 그는 결혼을 거절하는 일과 그 뒤에 일어날 미치요와 자기의 관계에만 몰두해 있었다. 따라서 아무리 평소의 자신으로 되돌아와서 우메코를 대하려고 해도, 때때로 이야기 도중에 우메코가 예기치 못할, 평소와는 전혀 다른 말들이 자기도 모르게 튀어나왔다.

"도련님, 오늘은 좀 이상하네요."

라고 끝내는 우메코가 말했다.

다이스케는 평소에 형수의 말을 측면으로 비켜서 받아들이는 법을 얼마든지 알고 있었다. 그런데도 오늘은 그렇게 하는 것이 경박한 것 같기도 하고 귀찮게 여겨졌다. 그래서 오히려 진지한 태도로 어디가 이상한지 가르쳐달라고 부탁했다. 우메코는 다이스케의 질문이 우스꽝스러워서 묘한 표정을 지었다. 그러나 다이스케의 채근에 못 이겨 그럼 가르쳐드리지요 하고 다이스케가 평소와 다른 점들을 늘어놓기 시작했다. 우메코는 물론 다이스케가 일부러 진지한 척하는 거라고 짐작했다. 그녀의 설명 중에 "글쎄, 형님이 집을 비우는 일이 많아서 쓸쓸하지 않냐는 식의 너무 동정 어린 말씀을 다 하니 이상하잖아요."라는 말이 나왔다. 다이스케는 그때 말을 가로막았다.

"아니, 제가 아는 여자 중에 그런 사람이 한 명 있는데, 실은 퍽 불쌍하다는 생각이 들어서 다른 여자들은 어떻게 느끼는지 알고 싶은 마음에 여쭤보았던 것이지 결코 놀릴 생각은 없었습니다."

"그랬어요? 어떤 분인가요?"

"이름은 말하기 곤란합니다."

"그럼 도련님이 그분의 남편에게 충고를 해서 부인을 좀 더 사랑해 주라고 하면 좋을 텐데."

다이스케는 미소를 지었다.

"형수님도 그렇게 생각하세요?"

"당연하지요."

"만약 그 남편이 제 충고를 듣지 않으면 어떻게 하지요?"

"그럼 하는 수 없지요."

"그대로 놔두는 겁니까?"

"그대로 놔두지 않으면 어떻게 하겠어요?"

"그렇다면 그 부인은 남편에게 아내로서의 의무를 다할 필요가 있을까요?"

"상당히 따지고 드네요. 그건 남편이 어느 정도로 소홀히 대하느냐에 따라 다르겠지요."

"만약 그 부인에게 좋아하는 사람이 있다면 어떨까요?"

"잘 모르겠지만 좀 한심하네요. 좋아하는 사람이 있다면 처음부터 그쪽으로 시집갔으면 되지 않을까요?"

다이스케는 잠자코 생각했다. 한참 있다가 형수님, 하고 불렀다. 우메코는 그 가라앉은 말투에 놀라 정색을 하고 다이스케의 얼굴을 보았다. 다이스케는 여전히 같은 어조로 말했다.

"저 이번 혼담을 거절할 겁니다."

궐련을 쥔 다이스케의 손이 약간 떨렸다. 우메코는 오히려 무표정한 얼굴로 그 말을 들었다. 다이스케는 상대방의 반응은 아랑곳하지 않고 계속했다.

"전 지금까지 결혼 문제에 대해서 형수님께 몇 번이나 폐를 끼쳤고 이번에도 또 걱정을 끼쳐드리고 있습니다. 저도 이미 서른이나 되었으니 형수님 말씀대로 적당한 선에서 형수님이 권하시는 대로 결혼을 해도 좋겠습니다만, 좀 생각한 바가 있어서 이번 혼담도 없었던 것으로 했으면 하는 마음입니다. 아버님께도 형님께도 죄송하지만 어쩔 수 없어요. 꼭 결혼 상대가 마음에 들지 않기 때문은 아니지만, 어쨌든 거절하겠습니다. 일전에 아버님이 잘 생각해 보라고 하셔서 깊이 생각해 보았지만, 역시 거절하는 편이 좋을 것 같습니다. 실은 오늘 그 말씀을 드리기 위해 아버님을 만나 뵈려고 왔습니다만, 지금 접객 중이시라서 미리 형수님께도 말씀드리는 겁니다."

우메코는 다이스케의 태도가 너무 진지해서 평소처럼 농도 하지 않고 듣고 있다가 말이 끝나자 비로소 자기의 의견을 말했다. 그것은 지극히 간단하면서도 실질적인 한마디였다.

"그렇지만 아버님은 분명 난처해하실 거예요."

"아버님께는 제가 직접 말씀드릴 테니까 괜찮아요."

"하지만 이미 이야기가 상당히 진전되어 있는걸요."

"이야기가 어디까지 진전되었든 간에 저는 아직 결혼하겠다고 말한 적은 없습니다."

"그렇지만 확실히 싫다고도 말씀 안 하셨잖아요."

"그걸 지금 말씀드리려고 온 겁니다."

다이스케와 우메코는 마주 앉은 채 잠시 침묵을 지켰다.

다이스케로서는 이미 할 말은 다 해버린 느낌이었다. 적이도 더 이상 우메코에게 자신의 입장을 설명할 생각은 조금도 없었다. 우메코는 해야 할 말과 물어봐야 할 내용이 너무나 많았다. 단지 그것을 반사적으로 앞서 주고받은 말들과 적합하게 연관 지어서 말할 수 없을 뿐이었다.

"도련님이 모르는 사이에 혼담이 어느 정도 진전되었는지 나도 잘 모르지만, 누구라도 도련님이 그렇게 딱 잘라서 거절하리라고는 생각 못 했을 거예요."

하고 우메코가 이윽고 말문을 열었다.

"왜 그렇죠?"

하고 다이스케가 쌀쌀하고 사무적인 어투로 물었다. 우메코는 눈살을 찌푸렸다.

"왜냐고 하시지만, 그건 논리적으로 따질 일이 아니잖아요."

"논리적이 아니라도 상관없으니까 말씀해 주세요."

"도련님 같은 사람은 몇 번 거절을 한다 해도 결국 마찬가지 아닌가요?"

하고 우메코가 설명했다. 그러나 무슨 의미인지 즉시 알아차릴 수가 없었다. 의아해하는 눈초리로 우메코를 쳐다보았다. 우메코는 비로소 자신의 본래 의도를 부연하려 했다.

"결국 도련님도 언젠가 한 번은 결혼을 할 생각이시죠? 싫더라도 하는 수 없지 않겠어요? 그렇게 언제까지나 고집만 피워서야 아버님께 죄송스러울 뿐이지요. 그러니 말이에요, 어차피 도련님은 상대가 누구라도 마음에 들어하지 않으니까 결국 누구와 결혼을 하더라도 마찬가지일 거라는 의미지요. 도련님에게는 어떤 사람을 만나게 해드려도 안 될 거예요. 이 세상에 도련님 마음에 들 만한 사람은 단 한 명도 살고 있지 않아요. 그러니 처음부터 아내란 마음에 들지 않는 사람이라고 체념하고 결혼하는 수밖에 달리 도리가 없지 않겠어요? 그러니 우리들이 가장 적당하다고 생각하는 사람과 눈 딱 감고 결혼하면 그걸로 모든 게 원만하게 해결될 테니까……. 그래서 어쩌면 이번에는 아버님께서 도련님에게 하나에서 열까지 상의하지 않고 일을 진행시키려고 하실지도 몰라요. 아버님 입장에서 보면 그렇게 하시는 것이 당연하지요. 그렇게라도 하지 않으면 살아생전에 도련님 부인 얼굴을 보기는 불가능하지 않겠어요?"

다이스케는 차분히 형수의 말을 듣고 있었다. 우메코의 말이 끝나도 쉽사리 입을 열려고 하지 않았다. 만약 반박을 하면 이야기가 점점 복잡해질 뿐 자기의 생각이 결코 우메코에게 통할 리가 없다고 생각했다. 그렇지만 상대방의 주장을 그대로 받아들일 생각은 전혀 없었다. 서로가 곤란해질 뿐이라고 믿었기 때문이다. 그래서 형수에게,

"형수님 말씀도 일리가 있지만, 저에게도 제 나름대로 생각이 있으니까 그냥 놔두세요."

라고 말했다. 그 말투에는 자연히 우메코의 간섭을 귀찮아하는 기색이 드러나 있었다. 그러자 우메코도 잠자코 있지 않았다.

"그야 물론 도련님도 어린아이가 아니니까 나름대로 생각이 있겠지요. 저 같은 쓸데없는 잔소리꾼은 도련님께 폐가 될 뿐이니 더 이상 아무 말도 하지 않겠어요. 하지만 아버님 입

장이 되어보세요. 지금도 생활비는 도련님이 달라는 만큼 매달 대주고 계시니까 결국 도련님은 학생 시절보다도 더 아버님 신세를 지고 있는 셈이에요. 그렇게 여전히 신세는 지면서, 나이가 들어 어른이 되었으니 아버님 말씀은 예전처럼 들을 수가 없다고 뻐겨봤자 통할 리가 있겠어요?"

조금 흥분한 듯 말이 점점 더 격해지려는 우메코를 다이스케가 가로막았다.

"하지만 결혼을 하게 되면 더더욱 아버님 신세를 지지 않으면 안 되잖아요?"

"그건 문제없어요. 아버님께서 그래도 좋다고 하시니까."

"그럼 아버님은 아무리 제 마음에 들지 않는 상대라도 꼭 결혼을 시킬 결심을 하신 겁니까?"

"도련님 마음에 드는 사람이 있다면 몰라도 그런 사람은 온 나라를 찾아다녀도 없지 않을까요?"

"어째서 그렇게 생각하시지요?"

우메코는 날카로운 눈으로 다이스케를 지그시 쳐다보며,

"도련님은 마치 변호사 같은 말씀을 하시네요."

라고 말했다. 다이스케는 창백해진 이마를 형수 가까이에 가져갔다.

"형수님, 전 좋아하는 여자가 있습니다."

하고 낮은 소리로 분명히 말했다.

다이스케는 지금까지 우메코에게 그런 말을 농담으로 건네곤 했다. 우메코도 처음에는 그걸 정말이라고 생각했다. 슬며시 손을 써서 그 진상을 캐보는 우스꽝스러운 일도 있었다.

266

사실을 알게 된 이후로는 다이스케가 좋아하는 여자가 있다는 말을 해도 우메코에게는 아무런 효과가 없게 되었다. 다이스케가 그런 말을 꺼내도 상대를 해주지 않거나, 농담으로 돌려버렸다. 다이스케 역시 그런 대접을 받아도 아무렇지도 않았다. 하지만 이번 경우만은 그로서는 매우 특별한 것이었다. 얼굴 표정이랄지 눈매랄지 낮은 목소리에 담겨 있는 힘이랄지, 지금까지 한 이야기의 앞뒤 상황 등 그 모든 것이 우메코에게 놀라움을 안겨주었다. 그 짧은 한마디가 번득이는 비수처럼 느껴졌다.

다이스케는 오비 사이에서 시계를 꺼내보았다. 아버지를 찾아온 손님은 좀처럼 돌아갈 것 같지 않았다. 하늘은 다시 흐려졌다. 다이스케는 일단 돌아갔다가 나중에 날을 잡아서 아버지와 이야기를 마무리 짓는 편이 낫겠다고 생각했다.

"나중에 다시 오겠습니다. 다시 와서 아버님을 만나 뵙는 편이 좋을 것 같군요."

하고 일어서려고 했다. 우메코는 짧은 사이에 충격에서 벗어났다. 우메코는 끝까지 남을 돌봐주고 싶어 하는 친절한 마음을 가지고 있는 터라 무슨 일이든 도중에서 포기할 수 없는 성격이었다. 가로막듯이 다이스케를 붙잡고서는 그 여자의 이름을 물었다. 다이스케는 물론 대답하지 않았다. 우메코는 제발 말해달라고 졸라댔다. 다이스케는 그래도 응하지 않았다. 그러자 우메코는 왜 그 여자와 결혼하지 않느냐고 물었다. 다이스케는 단순히 결혼할 수가 없으니까 하지 않는 거라고 대답했다. 우메코는 끝내 눈물을 흘렸다. 이제까지의 남의 노력을 무시하고 어쩌면 그럴 수가 있냐며 원망했다. 왜 처음부터 터놓고 말하지 않았느냐며 책망했다. 그런가 하면 안됐다며 동정해 주기도 했다. 그렇지만 다이스케는 미치요에 관해서는 끝내 아무 말도 하지 않았다. 우메코는 마침내 포기했다. 다이스케가 막 돌아가려 하자,

"그럼 도련님이 아버님께 직접 말씀드리는 거죠? 그때까지 난 잠자코 있는 편이 좋겠죠?"

라고 물었다. 다이스케는 그러는 편이 좋을지 이야기를 해주는 편이 좋을지 스스로도 판단할 수가 없었다.

"글쎄요."

라며 망설이다가,

"어차피 말씀드리러 올 테니까요."

하고 형수의 얼굴을 보았다.

"그럼 형편을 보아 말씀드리는 편이 좋을 것 같으면 말씀드리기로 하지요. 만약 좋지 않을 듯하면 잠자코 있을 테니, 도련님이 직접 자초지종을 말씀드리세요. 그러는 편이 좋겠지요?"

라고 우메코는 친절하게 말해주었다. 다이스케는,

"어쨌든 잘 부탁드리겠습니다."

하고 부탁하고 밖으로 나왔다. 길모퉁이에 와서 요쓰야부터 걸을 생각으로 일부러 시오초로 가는 전차를 탔다. 연병장 옆을 지날 때 두꺼운 구름이 서쪽에서 갈라진 사이로, 장마철에는 보기 드문 석양이 새빨갛게 넓은 벌판을 비추고 있었다. 석양이 저 멀리 가고 있는 인력거의 바퀴에 반사되어 바퀴가

구를 때마다 강철처럼 빛났다. 인력거는 머나먼 벌판 가운데에서 조그맣게 보였다. 벌판은 인력거가 조그맣게 보일 정도로 아주 넓었다. 해가 피처럼 아주 새빨갛게 비쳤다. 다이스케는 그 광경을 비스듬히 바라보면서 바람을 가르며 전차에 실려 갔다. 무거운 머릿속이 빙빙 돌았다. 종점에 도착했을 때는 정신이 몸을 그렇게 만든 것인지, 아니면 몸이 정신을 그렇게 만든 것인지는 모르겠지만, 기분이 좋지 않아서 빨리 전차에서 내리고 싶었다. 다이스케는 비가 올지도 몰라 들고 나왔던 우산을 지팡이처럼 질질 끌며 걸었다.

걸으면서 오늘 자기는 자진해서 자신의 운명의 절반을 파괴한 거나 마찬가지라고 마음속으로 속삭였다. 지금까지는 아버지나 형수를 상대할 때 적당히 거리를 두고 부드럽게 자아를 관철시켰었다. 그러나 이번에는 드디어 본성을 드러내지 않고서는 자아를 관철시킬 수가 없게 되었다. 동시에 그런 식으로 해서는 이제까지와 같은 만족스러운 결과를 기대하기는 어려울 것 같았다. 그렇지만 아직 제자리로 돌아갈 여지는 있었다. 다만 그러기 위해서는 또 아버지를 속여야 할 게 틀림없었다. 다이스케는 마음속으로 지금까지의 자신을 비웃었다. 그는 아무래도 오늘 한 고백이 자기 운명의 절반을 파괴한 것이라고 간주하고 싶었다. 그리고 그로 인해서 받게 될 타격의 반동으로 과감하게 미치요를 향해 단호하고 맹렬하게 돌진하고 싶었다.

그는 요다음에 아버지를 만날 때는 더 이상 한 발자국도 뒤로 물러서지 않기 위해 충분한 준비를 해야겠다고 생각했다.

그 후

그래서 미치요와 이야기를 나누기 전에 다시 아버지에게 불려가지나 않을까 매우 두려웠다. 그는 오늘 형수에게 자신의 의사를 아버지에게 말하든지 말든지 마음대로 하라고 한 것을 후회했다. 오늘 밤에라도 이야기를 하게 되면 내일 아침 불려갈지도 모르는 일이었다. 그러면 오늘 밤 안으로 미치요를 만나서 자신의 의사를 밝혀둘 필요가 있었다. 하지만 밤이라서 그러기도 어려웠다.

쓰노카미를 내려왔을 때, 해가 저물고 있었다. 사관학교 앞을 곧장 가서 에도성의 해자 근처로 나온 다음 이삼백 미터쯤 가서 사도하라초 쪽으로 돌아서 가야 하는데도 다이스케는 일부러 전찻길을 따라서 걸었다. 그는 여느 때처럼 집으로 돌아가서 서재에서 편안하게 하룻밤을 지낼 수가 없었던 것이다. 소나무가 한없이 검게 늘어선 해자 건너편의 높은 제방 아래쪽으로 전차가 빈번히 지나갔다. 다이스케는 가벼운 상자가 철로 위를 쉽게 미끄러지듯 갔다가 다시 미끄러지듯 돌아오는 그 재빠른 모습을 보면서 경쾌한 느낌이 들었다. 그 대신 자기와 똑같은 길을 거리낌 없이 왕래하고 있는 소토보리선 전차가 평소보다 시끄럽게 느껴졌다. 우시고메미쓰케까지 왔을 때 저 멀리 고이시카와의 숲 여기저기에 불이 밝혀진 광경을 보았다. 다이스케는 저녁을 먹을 생각도 하지 않고 미치요 집 쪽으로 걸어갔다.

이십 분쯤 지나서 그는 안도자카를 올라가 덴즈인의 불에 탄 옛 절터 앞에 이르렀다. 커다란 나무가 좌우에서 뒤덮고 있는 틈 사이를 왼쪽으로 빠져나가서 히라오카네 집 근처까지 이르자 판자 울타리 사이로 여느 때처럼 불빛이 새어나오고 있었다. 다이스케는 울타리에 몸을 기댄 채 꼼짝 않고 집 안을 살펴봤다. 한참 동안 집 안은 아무 소리도 나지 않고 아주 조용했다. 다이스케는 문 안으로 들어가 격자문 밖에서, 계십니까? 하고 말을 걸어볼까 생각했다. 그때 툇마루 가까이에서 철썩 하고 정강이를 때리는 소리가 났다. 그러고 나서 누군가가 일어서서 안으로 들어가는 것 같았다. 이윽고 말소리가 났다. 무슨 말인지는 잘 알아들을 수가 없었지만 분명히 히라오카와 미치요의 목소리였다. 말소리는 조금 있다가 뚝 그쳐버렸다. 그러자 다시 툇마루 쪽으로 걸어가는 발소리가 나더니 털썩 하고 주저앉는 소리가 확실히 들렸다. 다이스케는 울타리에서 물러섰다. 그리고 원래 왔던 길과는 반대 방향으로 걷기 시작했다.

한참 동안은 어디를 어떻게 걷고 있는지 전혀 의식이 없었다. 그동안에 다이스케의 머릿속에는 방금 봤던 광경만이 춤추듯이 어른거렸다. 그것이 조금 잠잠해지자 이번에는 자신의 행위에 대해서 말할 수 없는 수치심을 느꼈다. 그는 무엇 때문에 그런 비열한 짓을 하고는 마치 기겁하듯이 물러났는지 알수가 없었다. 그는 어두운 골목길에 서서 온 세상이 지금 밤의 지배를 받고 있는 것을 은근히 다행으로 여겼다. 장마철의 무거운 공기에 휩싸여 걸으면 걸을수록 질식할 것 같은 느낌이 들었다. 가구라자카우에에 이르자 갑자기 눈이 부셨다. 몸을 둘러싸고 있는 무수한 사람들과 무수한 빛들이 사정없이 머리를 쪼았다. 다이스케는 도망치듯이 와라다나를 올라갔다.

집에 돌아오자 가도노가 여느 때와 같은 멍한 표정으로,

"상당히 늦으셨군요. 식사는 하셨습니까?"라고 물었다.

다이스케는 밥 생각이 없었기 때문에 필요 없다고 하고 가
도노를 내쫓듯이 서재에서 물러가게 했다. 그러나 이삼 분도
지나지 않아서 다시 손뼉을 쳐 가도노를 불렀다.

"집에서 심부름꾼이 오지 않았었나?"

"아니오."

"그럼 됐네." 다이스케는 이렇게 말했을 뿐이다. 가도노는
뭔갸 미진한 듯이 입구에 서 있다가,

"선생님께서는 그럼 댁에 다녀오신 것이 아닙니까?"

"왜?"

다이스케는 성가신 듯한 표정을 지으며 물었다.

"하지만 외출하시면서 그런 말씀을 하셨으니까요."

다이스케는 가도노를 상대하는 것이 귀찮아졌다.

"집에 가기는 했지……. 집에서 심부름꾼이 오지 않았으면
그걸로 됐지 않나?"

가도노는 뭔가 이해할 수 없다는 듯한 표정으로 물었다.

"아, 그렇습니까?"

그러고는 밖으로 나갔다. 다이스케는 아버지가 세상의 그
어떤 일보다도 자신의 일에 매우 조급해한다는 사실을 알았
기 때문에 어쩌면 그가 돌아간 뒤 바로 심부름꾼이라도 보내
지 않았을까 하는 염려에서 물었던 것이다. 가도노가 자기 방
으로 물러간 뒤에 내일은 반드시 미치요를 만나야겠다고 결
심했다.

그날 밤 다이스케는 잠자리에서 미치요를 만날 수단을 생각해 보았다. 인력거꾼에게 편지를 들려 보내서 집으로 오라고 하면 오기는 하겠지만, 이미 오늘 형수에게 말을 해버린 이상은 내일이라도 집에서 누군가가 쳐들어오지 않으리라는 보장도 없었다. 한편 히라오카네 집으로 가서 만나는 것은 다이스케에게는 고통이었다. 다이스케는 하는 수 없이 자기와도, 미치요와도 관계가 없는 곳에서 만날 수밖에 없다고 생각했다.

밤중부터 비가 세차게 내리기 시작했다. 쳐놓은 모기장이 오히려 춥게 느껴질 정도로 빗소리가 온 집 안을 에워쌌다. 다이스케는 그 소리를 들으며 날이 밝기를 기다렸다.

비는 다음 날까지 그치지 않았다. 다이스케는 축축한 툇마루에 서서 어두운 하늘을 바라보며 어젯밤 계획을 다시 바꿨다. 그는 미치요를 요릿집 같은 곳으로 불러내서 이야기하기는 싫었다. 가능하다면 푸른 하늘 아래에서 만나고 싶었지만, 날씨가 이래서야 그것도 어려울 것 같았다. 그렇다고 해서 히라오카네 집으로 찾아갈 생각은 애당초 없었다. 그는 아무래도 미치요를 자기 집으로 오라고 하는 수밖에 없다고 결론지었다. 가도노가 좀 방해가 되지만 그의 방에 들르지 않도록 이야기하면 된다고 생각했다.

다이스케는 정오 무렵까지 멍하니 비를 바라보았다. 점심 식사를 끝내자마자 고무 우비를 걸치고서 밖으로 나갔다. 빗속을 걸어서 가구라자카시타까지 가서 아오야마 본가로 전화를 걸었다. 내일 찾아갈 예정이라고 먼저 기선을 제압해 놓았다. 전화는 형수가 받았다. 일전에 말한 것은 아직 아버님께 말씀드리지 않았으니까 다시 한번 잘 생각해 볼 수 없겠느냐는 말을 했다. 다이스케는 감사하다는 인사와 함께 벨을 울려서 이야기를 끊었다. 그다음에 히라오카의 신문사 번호를 불러서 그가 출근했는지를 확인했다. 히라오카가 출근했다는 대답을 들었다. 다이스케는 비를 맞으며 다시 언덕을 올라갔다. 꽃집에 들어가서 커다란 흰 백합을 한 아름 사들고 집으로 돌아왔다. 빗방울을 잔뜩 머금은 꽃을 두 개의 꽃병에 나눠서 꽂았다. 그래도 남은 것은 일전의 수반에 물을 담아 줄기를 짧게 잘라서 대충대충 꽂아두었다. 그러고 나서 책상 앞에 앉아서 미치요에게 편지를 썼다. 내용은 지극히 간략했다. 단지 속히 만나서 할 이야기가 있으니 와달라는 것이었다.

다이스케는 손뼉을 쳐서 가도노를 불렀다. 가도노는 코를 킁킁거리며 나타났다. 편지를 받으면서,

"참 향기가 좋군요."

라고 말했다. 다이스케는,

"인력거를 가지고 가서 태우고 와야 하네."

하고 다짐을 했다. 가도노는 빗속을 뚫고 단골 인력거를 부르러 나갔다.

다이스케는 백합을 바라보면서 방을 가득 채운 강한 향기 속에 스스로를 송두리째 내맡겼다. 그는 그런 후각적인 자극 속에서 지난날 미치요의 모습을 분명히 떠올릴 수가 있었다. 그 과거 속에는 떨쳐버릴 수 없는 자신의 옛 그림자가 연기처럼 휘감기고 있었다. 그는 한참 후에,

'오늘 비로소 자연의 옛 시절로 돌아가는구나.'

라고 마음속으로 중얼거렸다. 그렇게 말할 수 있었을 때, 그는 나이에 어울리지 않는 안위(安慰)를 온몸에 느꼈다. 왜 좀 더 일찍 돌아갈 수 없었던 것일까 하고 생각했다. 처음부터 왜 자연에 저항을 했을까 하는 생각도 했다. 그는 빗속에서, 백합 속에서 그리고 재현된 과거 속에서 순수하고 완벽하게 평화로운 생명을 발견했다. 그 생명은 어디에도 욕망이 없고 이해관계를 따지려 들지도 않았으며 자기를 압박하는 도덕도 없었다. 구름과 같은 자유와 물과 같은 자연이 있었다. 그리고 모든 것이 행복했다. 따라서 모든 것이 아름다웠다.

이윽고 꿈에서 깨어났다. 이 순간적인 행복에서 생기는 영원한 고통이 갑자기 그의 머리를 침범해 왔다. 그의 입술은 핏기를 잃었다. 그는 묵묵히 자신의 손을 바라보았다. 손톱 밑으로 흐르고 있는 피가 부들부들 떠는 것처럼 느껴졌다. 그는 일어서서 백합 곁으로 갔다. 입술이 꽃잎에 닿을 정도로 바짝 다가가서 어지러움을 느낄 때까지 진한 향기를 맡았다. 그는 이 꽃에서 저 꽃으로 입술을 옮겨 달콤한 향기에 질식해서 정신을 잃고 방 안에 쓰러지고 싶었다. 그는 마침내 팔짱을 끼고 서재와 방 사이를 서성거렸다. 가슴은 계속 뛰고 있었다. 그는 때때로 의자 모서리나 책상 앞에 가서 멈춰 섰다. 그러고 나서 다시 걷기 시작했다. 가슴속의 동요는 그가 한곳에 오래 멈춰 서 있는 것을 허락하지 않았다. 그런가 하면 그는 뭔가 생각을 하기 위해서 아무 곳에나 멈춰 서지 않으면 안 되었다.

그러는 사이에 시간은 점점 흘러갔다. 다이스케는 끊임없이 탁상시계의 바늘을 보았다. 얼굴을 내밀어 처마 밖으로 내리는 비를 바라보았다. 비는 여전히 하늘에서 수직으로 내리고 있었다. 하늘은 좀 전보다도 약간 더 어두워졌다. 몇 겹이나 되는 두꺼운 구름이 한곳에서 소용돌이쳐서 점차 땅 위로 밀어닥치지나 않을까 걱정되었다. 그때 비에 젖어 번득이는 인력거가 문 안으로 들이닥쳤다. 바퀴 소리가 빗소리를 뚫고 다이스케의 귀에 울렸을 때, 그는 창백한 뺨에 미소를 띠면서 오른손을 가슴에 얹었다.

미치요는 현관에서 가도노의 안내를 받아 복도를 따라서 들어왔다. 거칠게 짠 감색 비단 옷감에 당초(唐草) 무늬의 얇은 오비를 맨, 요전과는 전혀 다른 차림이어서 다이스케는 첫눈에 신선한 느낌을 받았다. 안색은 평상시와 마찬가지로 좋지 않았다. 객실 입구에서 다이스케와 얼굴이 마주쳤을 때 눈도 눈썹도 입도 갑자기 움직임을 멈춘 것처럼 굳어졌다. 문턱에 서 있는 동안은 발도 움직일 수가 없는 것처럼 보였다. 미치요는 편지를 보고 나서 무슨 일이 생길 것을 예측하고 왔다. 그런 예측 속에는 두려움과 기쁨과 걱정이 뒤섞여 있었다. 인력거에서 내려 객실로 안내될 때까지 미치요의 얼굴은 그런 뒤섞인 감정들로 가득 차 있었다. 미치요의 표정은 긴장되어 있었다. 다이스케의 태도는 미치요에게 그만한 충격을 줄 정도로 예사롭지 않았다.

다이스케는 의자 하나를 가리켰다. 미치요는 시키는 대로 거기에 앉았다. 다이스케는 그 맞은편에 앉았다. 두 사람은 비로소 마주 앉았다. 하지만 처음 얼마 동안은 두 사람 다 입을 열지 않았다.

"무슨 일이 있나요?"

하고 마침내 미치요가 물었다. 다이스케는 단지,

"예."

하고 대답했다.

두 사람은 그러고 나서 또 한참 동안 빗소리에 귀를 기울였다.

"무슨 급한 일인가요?"

하고 미치요가 다시 물었다. 다이스케는 또다시,

"예."

하고 대답했다.

두 사람 다 여느 때처럼 가벼운 기분으로 말할 수가 없었다. 다이스케는 술의 힘을 빌려야만 자기의 생각을 표현할 수 있을 것 같은 생각이 드는 자신이 부끄러웠다. 그는 전부터 진심을 털어놓을 때는 반드시 평소대로의 자기 자신이어야만 한다는 각오를 했었다. 그렇지만 정색을 하고 미치요를 대하고 보니 처음으로 한 방울의 알코올이 그리워졌다. 몰래 옆방으로 가서 평소에 마시던 위스키를 컵으로 마시고 올까 하는 생각도 했지만 결국 그렇게 할 수는 없었다. 왜냐하면 그는 거리낌 없이 평소의 태도로 상대방에게 공언할 수 있는 것이 아니면 자기의 진심이 아니라고 믿었기 때문이다. 술기운이라는, 일종의 장벽을 쌓아서 그것의 엄호를 받고서야 비로소 대담해진다는 것은 비겁하고 잔혹하며 상대방을 모욕하는 느낌이 들었기 때문이다. 그는 사회의 관습에 대해서는 도덕적인 입장을 취할 수가 없게 되었다. 그 대신 미치요에 대해서는 조금도 비도덕적인 동기를 가지지 않을 생각이었다. 아니, 스스로를 비열하고 인색하게 만들 여지를 전적으로 부정하는 가운데 다이스케는 미치요를 사랑했다. 그렇지만 그는 미치요가 무슨 일이냐고 물었을 때 바로 자신의 마음을 털어놓을 수가 없었다. 두 번째 물어왔을 때도 여전히 주저했다. 세 번째로 물어왔을 때는 하는 수 없이 대답했다.

"천천히 이야기하죠."

그러면서 궐련에 불을 붙였다. 다이스케가 대답을 미룰수록 미치요의 안색은 점점 나빠졌다.

비는 여전히 세차게 소리를 내며 그침 없이 내렸다. 두 사람은 비에 의해, 빗소리에 의해 세상에서 격리되었다. 그리고 같은 집에 살고 있는 가도노와 아주머니로부터도 격리되었다. 두 사람은 고립된 채 흰 백합의 향기 속에 갇혀 있었다.

"조금 전에 밖에 나가서 저 꽃을 사가지고 왔지요."

하며 다이스케는 주위를 둘러보았다. 미치요도 눈으로 다이스케를 따라서 방 안을 한 바퀴 둘러보았다. 그러고 나서 미치요는 코로 깊이 숨을 들이마셨다.

"당신 오빠와 당신이 시미즈초에 살던 시절을 회상하려고 되도록 많이 사왔습니다."

하고 다이스케가 말했다.

"참 향기가 좋군요."

라며 미치요는 나부끼듯이 벌어진 커다란 꽃잎을 바라보고 있다가 눈을 돌려 다이스케에게로 시선을 옮기고는 살짝 얼굴을 붉혔다.

"그 시절을 생각하면……."

미치요가 말을 꺼내다가 도중에서 그만두었다.

"기억하고 있습니까?"

"기억하고 있어요."

"당신은 화려한 장식용 깃을 달고 머리를 은행잎 모양으로 올리고 있었지요."

"그건 도쿄에 온 지 얼마 안 되었을 때였으니까요. 그 후에 곧 그만두었어요."

"일전에 백합을 가져왔을 때도 같은 머리 모양이지 않았나요?"

"어머, 알고 계셨군요. 실은 그때뿐이었어요."

"그때는 그런 머리 모양이 하고 싶어졌던 건가요?"

"네, 일시적인 기분에서 한번 해본 거예요."

"그 머리 모양을 보자 옛 생각이 났습니다."

"그래요?"

미치요는 수줍은 듯이 대꾸했다.

미치요가 시미즈초에 살던 무렵 다이스케와 허물없이 이야기를 나누게 된 후의 일이지만, 고향에서 올라온 지 얼마 안 됐을 때 했던 머리 모양에 대해서 다이스케가 칭찬을 한 적이 있었다. 그때 미치요는 웃고 있었지만, 그 말을 들은 후에도 결코 은행잎 모양의 머리는 한 적이 없었다. 두 사람은 지금도 그 일을 생생하게 기억하고 있었다. 하지만 둘 다 입 밖에 내서 말하려 하지는 않았다.

미치요의 오빠는 성격이 활달한 편인 데다 붙임성이 좋아 친구들 사이에서 매우 인기가 있었다. 다이스케는 그와 특히 친했다. 그는 자신이 활달하기 때문에 누이동생의 얌전한 성격을 귀엽게 여겼다. 고향에서 데리고 와서 함께 집을 얻어 살았던 것도 누이동생을 교육시켜야만 한다는 의무감에서라기보다 전적으로 누이동생의 미래를 생각해 주는 마음과 당장 자기 옆에 가까이 두고 싶어 하는 마음에서였다. 그는 미치요를 불러오기 전에 이미 다이스케에게 그런 뜻을 밝힌 적이 있었다. 그때 다이스케는 보통 청년들이 그렇듯이 그 이야기를 듣고 지대한 호기심을 가졌었다.

미치요가 오고 나서 그와 다이스케는 더욱더 친해졌다. 누가 더 가까워지려고 노력했는지는 다이스케 자신도 알 수가 없었다. 그가 죽은 후에 그 당시를 돌이켜볼 때마다 다이스케는 그 친밀함 속에 어떤 의미가 내포되어 있을 것이라는 생각을 떨쳐버릴 수가 없었다. 그는 죽을 때까지 그 사실을 말하지 않았다. 다이스케도 구태여 말을 하려 하지 않았다. 그렇게 해서 서로의 생각은 둘 사이의 비밀로 묻혀버리고 말았다. 그가 생전에 그 의미를 은밀히 미치요에게 말한 적이 있는지 어떤지 그 점에 대해서는 다이스케도 알 수가 없었다. 다이스케는 단지 미치요의 행동과 말에서 어떤 특별한 느낌을 받았을 뿐이었다.

다이스케는 그 무렵부터 이미 예술 애호가로서 미치요의 오빠를 대하고 있었다. 미치요의 오빠는 그런 방면에 대해서 보통 이상의 감수성이 없었다. 이야기가 깊이 들어가면 솔직하게 모르겠다고 하고 필요 이상의 논의를 피했다. 어디선가 '아르비테르 엘레간티아룸'37)이라는 말을 알아와서 그것을 다이스케의 별명처럼 남용했던 것도 그 무렵의 일이었다. 미치요는 옆방에서 잠자코 오빠와 다이스케의 이야기를 듣고 있었다. 나중에는 그녀 역시 아르비테르 엘레간티아룸이라는 말을 알게 되었다. 어느 날 오빠에게 그 의미를 물어서 그가 깜짝 놀란 일이 있었다.

오빠는 누이동생의 예술에 대한 취미 교육을 완전히 다이스케에게 일임한 것 같았다. 예술 분야에 대해 누이동생이 눈을 뜰 수 있도록 다이스케와 자주 만나게 하려고 애썼다. 다이스케도 그걸 마다하지는 않았다. 나중에 돌이켜 보니 자진해서 그 임무를 떠맡으려 한 것 같기도 했다. 미치요는 물론 기꺼이 그의 지도를 받았다. 세 사람은 그렇게 해서 서로 가깝게 어울려 지내며 세월을 함께했다. 의식적인지 무의식적인지 모르지만 세 개의 동그라미는 돌면 돌수록 점점 좁아졌다. 결국은 세 개의 동그라미가 한곳에 모여서 커다란 둥근 원이 되기 일보 직전에 갑자기 그중 하나가 빠졌기 때문에 나머지 둘은 평형을 잃고 말았다.

다이스케와 미치요는 오 년 전의 일을 허심탄회하게 이야기하기 시작했다. 이야기를 하다 보니 현재의 자기로부터 멀어져서 점차로 학창 시절로 되돌아갔다. 두 사람의 거리는 다시 예전처럼 가까워졌다.

---

37) arbiter elegantiarum. '우아함의 심판자'라는 뜻의 라틴어.

"그때 오빠가 돌아가시지 않고 아직 살아 있다면 지금쯤 전 어떻게 됐을까요?"

미치요는 그 시절을 그리워하는 듯이 말했다.

"오빠가 살아 있었다면 다른 사람이 되었을지도 모른다는 뜻입니까?"

"다른 사람이 되지는 않았겠죠. 당신은 어떨까요?"

"나도 마찬가지일 거요."

미치요는 그때 약간 나무라는 듯한 투로,

"거짓말 마세요."

하고 말했다. 다이스케는 의미 있는 시선으로 미치요를 응시하며,

"나는 그때나 지금이나 조금도 달라지지 않았소."

라고 대답하고 나서도 한참을 미치요에게서 눈을 떼지 않았다. 미치요는 황급히 시선을 피했다. 그러고 나서 거의 혼잣말처럼,

"하지만 그때부터 이미 달라지셨는걸요."

하고 말했다.

미치요의 말은 평범한 대화로서는 너무 낮은 목소리였다. 다이스케는 사라져 가는 그림자를 밟듯이 즉시 그 꼬리를 붙잡았다.

"조금도 달라지지 않았어요. 단지 당신에게 그렇게 보였을 뿐이오. 그렇게 보였다 해도 하는 수 없지만, 그건 잘못 본 거요."

다이스케는 평소보다도 정열적이고 분명한 어조로 자기를

변명하듯이 말했다. 미치요의 목소리는 점점 낮아졌다.

"잘못 봤다 해도 좋아요."

다이스케는 묵묵히 미치요의 모습을 살폈다. 미치요는 처음부터 눈을 내리깔고 있었다. 다이스케에게는 그 긴 속눈썹이 떨리고 있는 모습이 분명히 보였다.

"나에게는 당신이 필요해요. 당신이 꼭 필요해요. 이 말을 하기 위해서 일부러 당신을 부른 겁니다."

다이스케의 말에는 보통 사랑하는 사람끼리 사용하는 달콤한 수식어는 포함되지 않았다. 그의 어조는 그 말과 마찬가지로 간단하고 소박했다. 오히려 엄숙하기까지 했다. 단지 그 정도의 말을 하기 위해서 급한 일이라며 일부러 미치요를 부른 것은 유치한 시와 같은 느낌이 들었다. 그렇지만 미치요는 원래 세속적인 의미와는 동떨어진 종류의 급한 용건도 충분히 이해할 수 있는 여자였다. 그리고 그녀는 통속적인 소설에 나오는 젊은 남녀 간의 달콤한 수식어에는 그다지 흥미를 가지고 있지 않았다. 다이스케의 말이 미치요의 감관에 어떤 강렬한 자극도 주지 않은 것은 사실이었다. 미치요가 그걸 갈망하지 않은 것도 사실이었다. 다이스케의 말은 감관을 초월해서 바로 미치요의 가슴에 전해졌다. 그녀의 떨리는 속눈썹 사이로 눈물이 나와 뺨 위로 흘러내렸다.

"내 바람을 들어주었으면 좋겠소, 부디 들어주시오."

미치요는 여전히 울고 있었다. 다이스케에게 대답을 할 수 있는 상태가 아니었다. 소맷자락에서 손수건을 꺼내어 얼굴로 가져갔다. 짙은 눈썹 일부와 이마 그리고 앞머리만이 보였다.

다이스케는 의자를 미치요 쪽으로 바싹 가져갔다.

"들어주겠지요?"

하고 귀 가까이에서 말했다. 미치요는 여전히 얼굴을 가리고 있었다. 흐느낌 사이로

"너무하세요."

라는 말이 손수건 너머로 들렸다. 그 말이 다이스케의 청각을 전류처럼 자극했다. 다이스케는 자기의 고백이 너무 늦었다는 사실을 통렬히 느끼고 있었다. 고백할 것 같으면 미치요가 히라오카와 결혼하기 전에 했어야 했다. 흐느낌 사이로 띄엄띄엄 새어나온 미치요의 그 한마디가 그의 가슴을 저몄다.

"삼사 년 전에 당신에게 이런 고백을 했어야 했습니다."

이렇게 말하고는 망연히 입을 다물어버렸다. 미치요는 갑자기 손수건을 얼굴에서 치웠다. 눈두덩이 빨개진 눈으로 다이스케를 똑바로 쳐다보더니,

"고백해 주지 않은 것은 그렇다 치고, 왜……."

라고 말을 하려다가 잠시 망설였지만, 결단을 내린 듯 다시 물었다.

"왜 저를 버렸지요?"

이렇게 말하고는 다시 손수건을 얼굴에 갖다 대고 또 울었다.

"내가 나빴소. 용서해 줘요."

다이스케는 미치요의 손목을 잡고 손수건을 얼굴에서 떼려고 했다. 미치요는 반항하려고도 하지 않았다. 손수건이 무릎 위로 떨어졌다. 미치요는 무릎을 내려다보면서 들릴까 말까

한 목소리로,

"잔혹해요."

하고 말했다. 조그마한 입 언저리가 희미하게 떨렸다.

"잔혹하다고 해도 할 수 없습니다. 그 대신 나는 그만큼 벌을 받고 있습니다."

미치요는 의아해하는 눈빛으로 얼굴을 들고는,

"어떻게요?"

하고 물었다.

"당신이 결혼한 지 삼 년이나 되었지만 나는 아직도 독신으로 지내고 있소."

"하지만 그건 당신이 그렇게 하고 싶어서 그런 것 아닌가요?"

"그게 아닙니다. 결혼하고 싶어도 할 수가 없었어요. 그 이후로 가족들로부터 얼마나 결혼을 권유받았는지 모릅니다. 그렇지만 모두 거절했습니다. 이번에도 또 한 사람 거절했습니다. 그 결과 아버지와의 사이가 어떻게 될지 알 수 없습니다. 하지만 어찌 된다 해도 상관없어요. 앞으로도 거절할 겁니다. 당신이 나에게 복수하고 있는 동안은 거절하지 않을 수 없으니까."

"복수?"

하고 미치요가 말했다. 그 두 글자가 두렵기라도 한 듯한 눈초리였다.

"저는 그래도 결혼한 후로 지금까지 하루빨리 당신이 결혼하시기를 바라면서 지냈어요."

미치요가 약간 정색을 하고 말했다. 하지만 다이스케는 그 말에 귀 기울이지 않았다.

"아니, 나는 당신이 내게 원 없이 복수해 주기를 바라고 있습니다. 그것이 내가 진심으로 바라는 바요. 오늘 이렇게 당신을 불러서 애써 내 마음을 털어놓은 것도 실은 당신에게 당하는 복수의 일부라고 생각할 수밖에 없습니다. 나는 이로 인해 사회적으로 죄를 범한 것이나 다름없습니다. 하지만 나는 운명적으로 그렇게 타고난 사람이니까 죄를 범하는 것이 나에게는 자연스러운 일입니다. 세상에 대해서는 죄를 짓더라도 당신 앞에서 참회할 수가 있다면 그걸로 충분합니다. 그보다 더 기쁜 일은 없을 겁니다."

미치요는 눈물에 젖은 채 처음으로 웃었다. 그렇지만 한마디도 입 밖에 내지 않았다. 다이스케는 계속해서 자신의 심정을 토로할 시간이 필요했다.

"나는 지금 와서 당신에게 이런 말을 하는 것이 잔혹하다는 사실을 잘 알고 있습니다. 그 말이 당신에게 잔혹하게 들릴수록 당신에게 복수당하고자 하는 내 뜻이 이루어지는 셈이지요. 게다가 나는 이런 잔혹한 말을 털어놓지 않고서는 더이상 살아갈 수가 없었습니다. 결국 제멋대로입니다. 그러니 용서를 비는 겁니다."

"잔혹한 것은 아니에요. 그러니 용서를 빌 것은 없어요."

미치요의 말투는 그때 갑자기 분명해졌다. 가라앉은 말투이긴 했지만 좀 전에 비하면 상당히 안정되어 있었다. 그러나 한참 있다가 또,

"다만 좀 더 일찍 말해주셨더라면……."

하고 말을 하다가 울먹였다. 다이스케는 그때 이렇게 물었다.

"그럼 내가 평생 고백하지 않는 편이 당신이 더 행복했을까요?"

"그런 뜻이 아니에요."

하고 미치요는 강하게 부정했다.

"저도 당신이 그런 말을 해주지 않았다면 살아갈 수 없게 되었을지 몰라요."

이번에는 다이스케가 미소를 지었다.

"그럼 됐잖아요?"

"됐다기보다 감사드리고 싶은 심정이에요. 다만……"

"다만 히라오카에게 미안하다는 말이겠지요?"

미치요는 불안해하는 구석을 보이며 고개를 끄덕였다. 다이스케는 이렇게 물었다.

"미치요 씨, 솔직하게 말해봐요. 당신은 히라오카를 사랑하고 있나요?"

미치요는 대답하지 않았다. 어느새 안색이 창백해졌다. 눈도 입도 굳어졌다. 고통스러운 표정이었다. 다이스케는 다시 물었다.

"그러면 히라오카는 당신을 사랑하고 있나요?"

미치요는 여전히 고개를 숙이고 있었다. 다이스케가 자신의 질문에 대해 스스로 결정적인 판단을 내리려고 이미 입가에까지 말이 나왔을 때, 갑자기 미치요가 얼굴을 들었다. 그얼굴에는 방금 전까지 어려 있던 불안도 고통도 거의 사라져 있었다. 눈물도 거의 말라 있었다. 뺨은 여전히 창백했지만 입술은 꼭 다문 채 움직일 기색이 없었다. 그사이로 낮고 무거운 말이 띄엄띄엄 한마디씩 나왔다.

"하는 수 없군요. 마음의 결정을 해야겠어요."

다이스케는 등에 찬물을 뒤집어쓰기라도 한 듯 몸이 떨렸다. 사회에서 추방당할 두 사람의 영혼은 단둘이 마주 앉아서 서로를 뚫어지게 응시하고 있었다. 그리고 그들은 모든 것을 거역하고 서로를 하나로 묶으려는 어떤 힘을 두려워하며 몸서리를 쳤다.

잠시 후 미치요는 갑자기 뭔가에 짓눌린 듯 손으로 얼굴을 가리고 울기 시작했다. 다이스케는 미치요가 우는 모습을 보고 견딜 수가 없었다. 팔꿈치를 짚고 이마를 다섯 손가락으로 가렸다. 두 사람은 그런 자세를 흐트러뜨리지 않은 채 마치 사랑하는 남녀의 조각처럼 꼼짝 않고 있었다.

그렇게 꼼짝 않고 있는 동안 두 사람은 오십 년이란 세월을 눈앞에 축소해 놓은 것 같은 정신적 긴장을 느꼈다. 그리고 그 긴장과 함께 두 사람이 서로 나란히 존재하고 있다는 자각을 잃지 않았다. 그들은 사랑의 형벌과 축복을 함께 받으며 동시에 그 두 가지를 깊이 음미했다.

잠시 후 미치요는 손수건을 집어서 눈물을 깨끗이 닦고 나서 조용한 목소리로,

"이제 돌아가야겠어요."

라고 말했다. 다이스케는,

"그렇게 해요."

하고 대꾸했다.

비는 조금씩밖에 내리지 않았지만 다이스케는 물론 미치요를 혼자 돌려보낼 생각이 없었다. 일부러 인력거를 부르지 않고 자기가 직접 바래다주러 나섰다. 히라오카네 집까지 따라가려다가 에도가와의 다리 위에서 헤어졌다. 다이스케는 다리 위에 서서 미치요가 골목길을 돌아설 때까지 지켜보았다. 그러고 나서 천천히 발길을 돌리면서 마음속으로,

'모든 것이 끝났다.'

하고 선언했다.

비는 저녁 무렵에 그쳤고 밤이 되자 구름이 연이어 흐르고 있었다. 씻은 듯이 맑은 달이 모습을 드러냈다. 다이스케는 달빛에 빛나는 뜰의 젖은 잎을 오랫동안 툇마루에서 바라보다가 마침내 게다를 신고 뜰로 내려섰다. 원래 넓지도 않은 뜰인 데다가 나무가 상당히 많아서 다이스케가 걸을 만한 공간은 별로 없었다. 다이스케는 그 한가운데에 서서 드넓은 하늘을 올려다보았다. 이윽고 객실에서 낮에 사왔던 백합을 가지고 와서 자기 주위에 뿌렸다. 흐트러진 하얀 꽃잎이 달빛을 받아 선명하게 보였다. 어떤 것은 나무 밑의 어둠 속에서 희멀겋게 보였다. 다이스케는 별 생각 없이 그사이에 웅크리고 있었다.

그는 잘 시간이 되어서야 비로소 다시 방으로 올라갔다. 방 안에는 꽃향기가 아직 가시지 않고 있었다.

15

미치요를 만나서 할 말을 다 해버린 다이스케는 그녀를 만나기 전에 비해서 훨씬 마음의 평화를 가질 수 있었다. 하지만 그것은 그의 예측대로 된 것일 뿐 그다지 의외의 결과라고 할 만한 것은 아니었다.

미치요를 만난 다음 날, 그는 오랫동안 손에 쥐고 있던 주사위를 과감하게 던지는 것과 같은 결심을 하며 일어났다. 그는 자신과 미치요의 운명에 대해서 어제부터 어떤 책임을 져야만 하는 처지가 되었다는 것을 자각했다. 게다가 그것은 그가 자진해서 떠맡은 책임임에 틀림없었다. 따라서 그런 무거운 짐을 지고 있어도 고통스럽다는 생각은 들지 않았다. 그 무게에 짓눌려서 오히려 저절로 발이 앞으로 나가는 듯한 느낌이 들었다. 그는 스스로 개척한 이 운명의 단편을 머리 위에 얹고서 아버지와 맞서 싸울 만반의 준비를 했다. 아버지의 뒤에는 형이 있고 형수가 있다. 그들과 싸운 뒤에는 히라오카가 있다. 그런 난관들을 다 통과한다 해도 철옹성과 같은 사회가 기다리고 있다. 개인의 자유와 개개인의 사정을 조금도 참작해 주지 않는 기계와도 같은 사회가 있었다. 지금 다이스케에게는 그 사회가 완전히 암흑으로 보였다. 다이스케는 모든 것과 싸울 각오를 했다.

그는 자신의 용기와 담력에 스스로 놀랐다. 그는 이제까지 열정적인 것을 싫어하고 위험한 일에 접근하려 하지 않으며 도박을 좋아하지 않는 신중하고 태평스러운 신사라고 스스로를 평가했다. 도덕적으로 치명적인 비겁한 행동은 아직 저지른 적이 없지만, 겁쟁이라는 자각은 좀처럼 떨쳐버릴 수가 없었다.

그는 통속적인 어떤 외국 잡지를 구독하고 있었다. 그중 어느 호에서 '등반 사고'라는 제목의 글을 보고 깜짝 놀란 적이 있었다. 그 글에는 높은 산을 오르는 모험가들의 부상과 같은 불상사들이 죽 나열되어 있었다. 등산 도중에 눈사태를 만나 깔려서 행방불명이 된 사람의 뼈가 사십 년이 지난 후에 빙하 끝에 걸려서 발견되었다는 이야기나, 네 명의 모험가가 낭떠러지 중턱에 똑바로 솟아 있는 평평한 바위를 넘을 때 차례대로 어깨 위로 올라가서 원숭이처럼 서로 포갠 다음 맨 윗사람의 손이 바위 끝에 닿자마자 바위가 무너지고 허리에 맨 밧줄이 끊어져서 위에 있던 세 사람이 겹쳐진 채 거꾸로 네 번째 사람의 옆을 지나서 아득한 골짜기로 떨어진 이야기 등, 그런 종류의 사건이 몇 가지나 실려 있었다. 그사이에는 벽돌로 쌓은 벽만큼이나 가파른 산중턱에 박쥐처럼 들러붙은 인간을 두세 군데에다 그려 넣은 삽화가 있었다. 그때 다이스케는 그 절벽 옆에 있는 텅 빈 공간 저편에 있을 넓은 하늘과 아득히 깊은 골짜기를 상상하자 두려움에서 비롯되는 현기증을 느꼈다.

다이스케는 지금 자신이 도덕적인 면에서 그 등산가들과 같은 처지에 있다는 사실을 알았다. 그렇지만 자기가 직접 그런 경우에 처하고 보니 뒤로 물러날 생각은 조금도 들지 않았다. 뒤로 물러나서 기다리고 있는 편이 그에게는 몇 배나 더 고통스러웠다.

그는 하루라도 빨리 아버지를 만나서 이야기를 하고 싶었다. 아버지에게 어떤 사정이 있을지도 모른다는 생각에서, 미치요가 왔던 다음 날 다시 전화를 걸어서 아버지의 형편을 물어보았다. 아버지는 집에 안 계시다는 대답을 들었다. 다음 날 다시 물어보니 이번에는 사정이 있다며 거절당했다. 그다음에는 이쪽에서 연락할 때까지 올 필요가 없다는 대답이었다. 다이스케는 시키는 대로 기다리고 있었다. 그동안에 형수나 형에게서도 아무 소식이 없었다. 다이스케는 처음에는 가족들이 자기에게 되도록 긴 반성과 재고의 시간을 주기 위해 꾸민 책략은 아닐까 하고 생각하고 태연한 척했다. 세 끼 식사도 맛있게 먹었다. 밤에도 비교적 편안한 꿈을 꾸었다. 비가 멈춘 틈을 타서 가도노를 데리고 두세 번 산책을 했다. 그러나 집에서는 아무런 전갈도 보내오지 않았다. 다이스케는 절벽을 오르는 도중에 쉬는 시간이 너무 길다는 사실에 마음이 편치 않았다. 결국 결단을 내려서 자기 쪽에서 아오야마로 가보기로 했다. 형은 여전히 집에 없었다. 형수는 다이스케를 보자 딱하다는 듯한 표정을 지었다. 하지만 그 일에 대해서는 아무 말도 하지 않았다. 다이스케의 용건을 묻더니, 그럼 안으로 들어가서 아버님의 형편이 어떠신지 여쭤보고 오겠다며 일어섰다. 우메코의 태도는 아버지의 노여움으로부터 다이스케를 감싸주려는 듯이 보였다. 그런가 하면 자기를 따돌리는 듯이 여겨지기도 했다. 다이스케는 둘 중 어느 쪽일까 궁리하며 기다렸다. 기다리면서도 어차피 각오한 일이라고 몇 번이나 입속으로 되뇌었다.

안에서 우메코가 나오기까지는 상당한 시간이 걸렸다. 다이스케를 보더니 또 딱하게 됐다는 표정으로 오늘은 형편이 좋지 않으시다는군요, 하고 말했다. 다이스케는 하는 수 없이 언제 오면 좋겠느냐고 물었다. 전과 같은 활기는 사라지고 맥이 빠진 어투였다. 우메코는 동정 어린 표정으로 이삼 일 내로 반드시 자기가 책임지고 적당한 날짜와 시간을 알려줄 테니 오늘은 돌아가라고 말했다. 다이스케가 현관을 나설 때 우메코가 일부러 따라나오며,

"이번에야말로 잘 생각해 보고 오세요."

하고 충고했다. 다이스케는 아무런 대꾸도 하지 않고 문을 나섰다.

불쾌한 느낌이 귀갓길 내내 가시지 않았다. 요전에 미치요를 만난 이후로 누릴 수 있었던 마음의 평화가 아버지나 형수의 태도로 인해서 어느 정도 깨졌다는 느낌이 갈수록 더해 갔다. 자신은 스스로의 생각을 그대로 아버지에게 밝히고 아버지는 아버지의 생각을 허심탄회하게 자신에게 털어놓고, 그 결과 서로 충돌하게 되고 그 충돌로 인해서 어떤 결과가 생기더라도 깨끗이 승복하겠다. 이것이 다이스케가 예상했던 바였다. 아버지의 처사는 그의 예상을 조롱한 것이었다. 그런 처사는 아버지의 인격을 드러내주는 것인 만큼 다이스케를 더욱 불쾌하게 했다.

다이스케는 길을 가면서 뭐가 아쉬워서 이렇게까지 아버지와의 대면을 서둘렀던 것일까 하는 생각을 했다. 원래 그것은 아버지의 요구에 대한 자신의 대답을 말하기 위한 자리에 지

나지 않는 만큼 오히려 대답을 기다리는 아버지 쪽이 더 아쉬운 입장일 터이다. 그런데도 아버지가 일부러 자신을 피하듯이 만날 날을 늦추려 한다면 그것은 문제를 해결하는 시간이 늦어지는 결과를 가져올 뿐이었다. 다이스케는 자신의 미래에 관한 중요한 부분에 대해서는 이미 결정을 내린 터였다. 그는 아버지가 날짜를 지정해서 부를 때까지는 본가 쪽과의 담판을 미뤄두기로 했다.

그는 집으로 돌아왔다. 아버지를 떠올리면 불쾌한 그림자가 뇌리에 어슴푸레 자리 잡았다. 그 그림자는 가까운 장래에 반드시 그 어둠을 더해갈 성질의 것이었다. 그밖에 눈앞에 펼쳐질 운명의 두 갈래의 흐름을 발견했다. 하나는 미치요와 자기가 이제부터 흘러가게 될 방향을 가리켰다. 또 하나는 히라오카와 자기가 반드시 함께 휩쓸리게 될 격류(激流)였다. 다이스케는 일전에 미치요를 만난 후 둘 사이의 문제는 그냥 내버려 둔 상태다. 비록 이제부터 미치요의 얼굴을 본다 하더라도 ─ 하긴 오랫동안 보지 않고 지낼 생각은 없었지만 ─ 두 사람이 앞으로 취해야 할 방침은 당분간 현재 상태를 유지하는 것이었다. 그 점에 관해서 다이스케는 스스로도 분명한 계획을 세우지 않았다. 히라오카와 자기에게 밀어닥칠 장래에 대해서도, 그는 다만 언제 무슨 일이 일어나더라도 대처할 준비가 되어 있다는 생각뿐이었다. 물론 그는 기회를 봐서 적극적인 행동을 취할 각오는 하고 있었다. 그렇지만 구체적인 안은 전혀 세워놓지 않았다. 그러나 그 어떤 경우라도 그 모든 것을 히라오카에게 털어놓아야 한다는 생각만은 바꾸지 않겠다고 다짐했다. 따라서 히라오카와 자신이 타게 될 운명의 흐름은 검고 무서운 것일 수밖에 없었다. 한 가지 걱정스러운 것은 그 무서운 폭풍 속에서 어떻게 미치요를 구해낼 것인가 하는 문제였다.

마지막으로 그의 주위를 둘러싼 많은 사람들로 구성된 사회에 대해서는 아직 생각을 정리하지 못한 상태였다. 사실상 사회는 제재를 가할 권리를 가지고 있었다. 그렇지만 동기나 행위의 권리는 완전히 자신의 타고난 천분에서만 우러나오는 것이라고 믿었다. 그는 그 점에서 사회와 자기는 아무런 상관이 없는 것으로 간주하고 행동할 생각이었다.

다이스케는 자신의 작은 세계의 중심에 서서 자신의 세계와 사회의 비례 관계를 한차례 머릿속으로 검토해 보고 나서 중얼거렸다.

"됐어."

그러고 나서 다시 집을 나섰다. 그러고는 일이백 미터쯤 걸어 단골 인력거 대기소로 가서 깨끗하고 빨라 보이는 인력거를 골라 올라탔다. 어디에 가겠다는 목적이 없는데도 적당히 목적지를 말하고 두 시간 정도 타고 돌아다니다가 집으로 돌아왔다.

다음 날도 서재에서 전날과 마찬가지로 자신의 세계의 중심에 서서 전후좌우를 빈틈없이 둘러보았다.

"좋아."

그러고는 집을 나서 특별한 용건도 없이 이번에는 발 닿는 대로 빈둥빈둥 걷다가 돌아왔다.

사흘째도 같은 짓을 되풀이했다. 하지만 이번에는 밖으로 나가자마자 곧장 에도가와를 건너서 미치요를 찾아갔다. 미치요는 마치 둘 사이에 아무런 일도 없었던 것처럼,

"왜 그동안 오시지 않았나요?"

라고 물었다. 다이스케는 오히려 그녀의 침착한 태도에 놀랐다. 미치요는 히라오카의 책상 앞에 놓여 있던 방석을 다이스케 앞으로 밀고,

"왜 그렇게 안절부절못하시는 거죠?"

하며 억지로 그 위에 앉혔다.

한 시간쯤 이야기를 하는 사이에 다이스케의 머리는 점차 평온을 되찾았다. 인력거를 타고 정처 없이 돌아다니는 것보다 단 삼십 분 만이라도 진작 여기로 놀러 오는 편이 좋았을 거라는 생각이 들었다. 돌아올 때 다이스케는,

"또 오죠. 다 잘될 테니까 안심하고 있어요."

하고 미치요를 위로하듯이 말했다. 미치요는 다만 입가에 미소를 지었을 뿐이다.

그날 저녁에서야 비로소 아버지로부터 연락을 받았다. 그때 다이스케는 아주머니의 시중을 받으며 밥을 먹고 있었다. 밥공기를 상 위에 놓고 가도노로부터 편지를 받아 읽어보니 내일 아침 몇 시까지 오라는 내용이었다. 다이스케는,

"무슨 공문서 같군."

하고 말하면서 일부러 엽서를 가도노에게 보였다. 가도노는,

"아오야마 본가에서 온 겁니까?"

라며 찬찬히 바라보고 있다가 별로 할 말이 없으니까 앞을

뒤집어 보았다.

"역시 옛날 분들은 필적이 좋으시군요."

그러고는 겉치레 말을 남기고 나갔다. 아주머니는 아까부터 책력에 대한 이야기를 한참 늘어놓고 있었다. 십간(十干)의 임신(壬辛)이나 8월 초하루, 도모비키[38], 손톱 자르는 날, 공사하는 날 등등 상당히 골치 아픈 이야기들이었다. 다이스케는 애당초 건성으로 듣고 있었다. 아주머니는 또 가도노의 일자리를 부탁했다. 월급이 십오 엔 정도라도 괜찮으니 어디든 취직을 시켜주지 않겠느냐고 했다. 다이스케는 스스로도 어떤 대답을 했는지 알 수 없을 정도로 전혀 관심이 없었다. 단지 마음속으로는 가도노의 처지를 살펴줄 여유가 없을 만큼 자신의 상황이 절박하다고 생각했다.

식사를 마치자마자 혼고에서 데라오가 찾아왔다. 다이스케는 가도노의 얼굴을 바라보며 잠시 생각을 가다듬었다. 가도노는 대수롭지 않게,

"거절할까요?"

라고 물었다. 다이스케는 그로서는 드문 일이지만 요전부터 어떤 모임에 한두 번 빠졌다. 찾아온 손님 중 만나지 않아도 될 것 같은 사람은 두 번쯤 돌려보냈다.

다이스케는 데라오를 만나기로 마음먹었다. 데라오는 여느 때처럼 혈안이 되어서 뭔가를 찾고 있었다. 다이스케는 그 모

---

38) 友引. 음양도에서 사물의 승패가 없다고 하는 날로 흔히 이날 장례식을 치르기를 꺼린다.

습을 보며 예전처럼 비꼬는 태도로 대할 수가 없었다. 번역이 건 번안이건 살아 있는 동안은 무엇이든 할 각오가 된 데라오 쪽이 그래도 자기보다 더 성실한 사회적 존재 같아 보였다. 자기가 만일 현재의 위치에서 밀려나 그와 똑같은 처지가 된다면 과연 어느 정도의 일을 해낼 수가 있을까 하고 생각하면 다이스케는 자신이 불쌍하게 여겨졌다. 그리고 자신이 머지않아 그보다도 더 형편없는 처지가 되는 것은 거의 기정사실에 가깝다고 체념하고 있었기 때문에, 그는 모멸의 시선으로 데라오를 맞을 수는 없었다.

데라오는 일전의 번역을 간신히 월말까지 끝내고 보니 출판사 측에서 형편상 가을까지 출판을 보류한다고 해서 당장 노동력을 돈으로 환산해서 받을 수 없게 되자 난처한 나머지 찾아왔던 것이다. 그럼 출판사와 계약도 맺지 않고 일을 시작했느냐고 물으니 반드시 그런 것 같지도 않았다. 그렇다고 해서 출판사 측이 순전히 약속을 무시한 것처럼 말하지도 않았다. 요컨대 애매했다. 다만 생활이 곤란해진 것만은 사실 같았다. 하지만 그런 차질에 익숙해진 데라오는 그 누구에게도 그다지 불만을 느끼는 것 같지는 않았다. 무례하다든지 괘씸하다든지 하는 것도 단지 말뿐으로, 마음속의 걱정거리는 오로지 밥과 고기뿐인 것 같았다.

다이스케는 안됐다는 생각이 들어서 당장의 생활에 보태 쓰라고 약간의 보조를 해주었다. 데라오는 감사의 뜻을 표하고 돌아갔다. 돌아가기 전에 실은 출판사에서도 선불을 조금 받았었는데 그건 이미 오래전에 써버렸다고 털어놓았다. 데라오가 돌아간 뒤에 다이스케는 저렇게 말하는 것도 일종의 인격이라고 생각했다. 이렇게 편하게 지내고 있다고 해서 될 수 있는 그런 것이 결코 아니었다. 지금의 문단이라는 것이 저런 인격도 저절로 배출해 낼 정도로 비참한 상황하에서 신음하고 있는 것은 아닌가 하는 생각을 하니 암담했다.

다이스케는 그날 밤 자신의 앞날이 무척 걱정되었다. 만일 아버지로부터 물질적인 공급이 끊긴다면 그는 과연 자신이 제이의 데라오가 될 결심이 서 있는지 의심해 보았다. 만일 붓을 들어서 데라오의 흉내조차 낼 수 없다면 그는 굶어 죽을 게 뻔했다. 만일 붓을 들지 않는다면 그는 무엇을 할 능력이 있는 걸까.

그는 눈을 뜨고 가끔 모기장 밖에 놓인 램프를 쳐다보았다. 한밤중에 성냥을 그어 담배를 피웠다. 몸을 몇 번이나 뒤치락거렸다. 잠을 못 이룰 정도로 더운 밤은 아니었다. 다시 비가 기세 좋게 내렸다. 다이스케는 그 빗소리의 도움으로 잠이 드는가 했더니 어느새 다시 빗소리 때문에 잠이 깼다. 자는 둥 마는 둥 하는 사이에 날이 샜다.

정해놓은 시간에 다이스케는 집을 나섰다. 비 올 때 신는 굽 높은 게다를 신고 우산을 들고서 전차를 탔는데, 한쪽 창이 닫혀 있는 데다가 서 있는 사람이 너무 많아서 잠시 후 속이 울렁거리고 머리가 무겁게 느껴졌다. 수면이 부족한 탓이라고 생각하며 간신히 손을 뻗어서 자기 뒤의 창문을 활짝 열었다. 비는 사정없이 옷깃과 모자로 들이닥쳤다. 이삼 분 후에 옆 사람의 싫어하는 표정이 느껴져서 다시 원래대로 유리창을 들어올려서 닫았다. 유리창 바깥 면에는 빗방울들이 맺혀 있어서 거리가 약간 비뚤어지게 보였다. 다이스케는 고개를 틀어서 밖을 내다보면서 몇 번이나 눈을 비볐다. 하지만 아무리 비벼도 세상 모습이 조금도 달라진 것 같지 않았다. 유리창 너머로 비스듬히 먼 곳을 볼 때는 더욱 그런 느낌이 들었다.

벤케이바시에서 갈아탄 후로는 사람도 적어지고 빗발도 가늘어졌다. 편안한 자세에서 젖은 세상을 바라볼 수 있었다. 그렇지만 기분이 상한 아버지의 얼굴이 여러 가지 표정으로 그의 머릿속을 헤집었다. 상상 속의 언사까지 생생하게 귀에 울렸다.

현관을 올라가서 안으로 들어가기 전에 여느 때처럼 일단 형수를 만났다. 형수는,

"우중충한 날씨네요."

하며 상냥한 태도로 직접 차를 따라주었다. 하지만 다이스케는 차를 마시고 싶은 생각이 일지 않았다.

"아버님이 기다리고 계실 테니까 잠깐 가서 말씀드리고 오겠습니다."

하며 일어서려고 했다. 형수는 불안한 듯한 표정으로,

"도련님, 가능하면 어르신네께 걱정 끼쳐드리지 않도록 하세요. 아버님도 앞으로 그리 오래 사실 건 아니니까요."

라고 말했다. 우메코의 입에서 그런 음울한 말을 듣는 것은 처음이었다. 갑자기 어두운 움막으로 떨어진 듯한 느낌이었다.

아버지는 담배함을 앞에 두고 고개를 숙이고 있었다. 다이스케의 발소리를 듣고도 얼굴을 들지 않았다. 다이스케는 아

버지 앞에 서서 정중하게 인사를 했다. 틀림없이 못마땅한 표정을 지으리라고 생각했는데 의외로 아버지는 온화한 표정이었다.

"비 오는데 오느라 수고했다."

아버지가 따뜻한 어조로 말했다.

그때야 비로소 다이스케는 아버지의 볼이 어느새 홀쭉해진 것을 알 수 있었다. 원래 살이 찐 편이었기 때문에 그런 변화가 다이스케에게는 유달리 두드러져 보였다. 다이스케는 자기도 모르게 물었다.

"어디 불편하십니까?"

아버지는 얼굴에 어버이다운 표정을 살짝 보였을 뿐 다이스케의 걱정을 그다지 대수롭지 않게 여기는 것 같았지만, 몇 마디 이야기를 꺼낸 뒤,

"나도 이제 나이가 상당히 많아져서 말이야."

하고 말했다. 그 말투가 평소의 아버지와는 너무나 달랐기 때문에 다이스케는 그제서야 조금 전 형수가 한 말을 심각하게 받아들여야 할 것 같은 생각이 들었다.

아버지는 연로한 탓에 건강이 좋지 않아서 머지않아 사업에서 은퇴할 생각이라고 다이스케에게 털어놓았다. 그렇지만 지금은 러일전쟁 후 상공업 팽창의 반동으로 자신이 경영하고 있는 사업이 극도의 불경기에 처해 있는 상태이므로, 이 난관을 극복한 다음이 아니면 무책임하다는 비난을 면할 수가 없기 때문에 당분간 하는 수 없이 참고 있어야만 한다는 사정을 자세히 이야기했다. 다이스케는 아버지의 말이 지극히 지당하

다고 생각했다.

아버지는 일반적으로 사업이라는 것의 어려움과 위험과 분주함 그리고 그로 인한 당사자의 심적 고통 및 극도의 긴장감에 대해 설명했다. 마지막으로 지방 대지주의 경우는 보기에는 평범하지만, 실상은 사업가들보다는 훨씬 확고한 기반을 가지고 있다는 이야기를 했다. 그러고 나서 이런 점을 들어 다시 이번 혼담을 성사시키려고 애썼다고 했다.

"그런 친척이 한 집 정도 있다는 것은 매우 유익한 일이고, 특히 이번 같은 경우에는 더욱 필요하지 않겠느냐?"

아버지가 말했다. 다이스케는 너무나 노골적인 이 정략결혼 제의에 대해서 이제 와서 새삼 놀랄 정도로 처음부터 아버지를 과대평가하고 있지는 않았다. 마지막 대면에서 아버지가 이제까지 쓰고 있던 가면을 벗어던졌다는 사실이 오히려 마음에 들었다. 그 자신도 그런 의미의 결혼을 자진해서 할 수도 있는 인간이라고 스스로 생각하고 있었다.

게다가 아버지에 대해서 여느 때와는 다른 동정심이 일었다. 그 얼굴, 그 목소리, 다이스케를 설득하려는 노력, 그 모든 것에서 노후의 가련함을 느낄 수 있었다. 다이스케는 그것마저도 아버지의 책략이라고 받아들일 수는 없었다. "저는 아무래도 괜찮으니까 아버님 좋으신 대로 하십시오."라고 말하고 싶었다.

그렇지만 미치요와 마지막 이야기까지 마친 지금에 와서 다이스케는 당장에 아버지의 뜻을 따르는 효도를 하기는 어려웠다. 그는 원래 태도가 불분명한 편이었다. 누구의 명령도 그대로 따른 적이 없는 대신에, 그 누구의 의견에 대해서도 정면으로 저항해 본 적이 없었다. 해석하기에 따라서는 약삭빠른 사람처럼 보이기도 하고 우유부단한 성격처럼 보이기도 하는 태도였다. 그 자신조차도 그 두 가지 비난 중 어느 쪽을 들어도 그럴지도 모른다고 인정하지 않을 수 없었다. 하지만 그 주된 원인은 약삭빨라서도 우유부단해서도 아니고 오히려 그가 융통성 있는 두 개의 눈을 가지고 있어서 두 가지를 동시에 볼 수가 있기 때문이다. 그는 바로 그 능력 때문에 이제까지 외곬으로 돌진하려는 용기를 상실하곤 했다. 그래서 다가가지도 물러나지도 않은 채 그대로 현상에 머물러 있는 경우가 많았다. 그렇게 현상을 유지하려는 그의 태도가 생각이 부족해서가 아니라 오히려 명백한 판단에 따른 것이라는 사실은, 그가 평소에는 생각조차 할 수 없는 과감한 태도로 신념을 밀고 나갈 때 비로소 자각할 수 있었다. 미치요와의 경우가 바로 그 적절한 예였다.

그는 미치요 앞에서 고백했던 자신의 마음을 아버지 앞에서 지워버릴 생각은 없었다. 동시에 아버지에 대해서는 진심으로 미안한 마음이 들었다. 평소의 다이스케가 이런 때에 어떤 태도를 취할지는 말하지 않아도 분명했다. 미치요와의 관계를 청산하는 불편을 피하면서 아버지에게 만족을 주기 위해 결혼을 승낙하는 것이다. 다이스케는 그렇게 해서 쌍방의 조화를 이루려고 했을 것이다. 그 어느 쪽으로도 치우치지 않고 그 중간에 서서 애매한 태도로 일관하는 것은 쉬운 일이었다. 그렇지만 지금의 그는 평소의 그와는 달랐다. 이제 와서 다시 몸을 반만 울타리 밖으로 내밀고서 다른 사람과 악수를 하기에는 이미 늦었다. 그는 미치요에 대한 자신의 책임이 그만큼 깊고 무거운 것이라고 믿었다. 그의 신념의 반은 머릿속 판단을 따른 것이고, 반은 마음속 동경을 따른 것이었다. 그 두 가지가 커다란 파도처럼 그를 지배했다. 그는 평소의 자신과는 전혀 다른 모습으로 아버지 앞에 섰다.

그는 평소와 마찬가지로 되도록 말을 삼가는 중이었다. 아버지가 보기에는 평소의 다이스케와 다른 점은 없었다. 다이스케로서는 오히려 아버지가 변한 것에 놀랐다. 사실은 요전부터 몇 번이나 만나기를 거절당한 것도 자신이 아버지의 뜻을 따르지 않을지도 모른다는 생각에서 아버지 쪽에서 일부러 미룬 것이라고 추측했다. 그래서 오늘 만나면 틀림없이 언짢은 얼굴로 대할 거라고 각오하고 있었다. 어쩌면 보자마자 심한 꾸중을 들을지도 모른다고 생각했다. 다이스케에게는 오히려 그러는 편이 마음이 더 편했다. 아버지의 역정에 대한 자신의 반동을 심리적으로 이용해서 확실히 거절하려는 속셈도 삼분의 일쯤은 있었다. 다이스케는 아버지의 태도, 아버지의 말씨, 아버지의 생각, 그 모든 것이 예상과는 달리 자신의 결심을 흔들리게 할 정도로 변해 있어서 못내 괴로웠다. 그렇지만 그는 이 괴로움조차도 이겨내야 한다고 마음을 다졌다.

"아버님 말씀은 전부 지당하다고 생각합니다만, 저에게는 결혼을 승낙할 만한 용기가 없으므로 거절할 수밖에 없습니다."

마침내 이렇게 말해버리고 말았다. 그때 아버지는 다이스케의 얼굴만 쳐다보고 있었다. 조금 있다가 입을 열었다.

"용기가 필요하다고?"

하며, 손에 들고 있던 담뱃대를 다다미 위에 내던졌다. 다이스케는 무릎을 내려다보며 잠자코 있었다.

"신붓감이 마음에 안 드는 거냐?"

하고 아버지가 또 물었다. 다이스케는 여전히 대꾸를 하지 않았다. 그는 지금까지 아버지에게 자신의 마음을 사분의 일도 제대로 털어놓은 적이 없었다. 그 덕분에 간신히 아버지와 평화로운 관계를 지속해 왔다. 그렇지만 미치요에 대한 일만은 처음부터 결코 숨길 생각이 없었다. 자신이 당연히 감수해야할 어떤 결과를 술책을 써서 피하려 하는 비겁함이 마음에 들지 않았기 때문이다. 그는 다만 아직 자백할 때가 되지 않았다고 생각했을 뿐이다. 그래서 미치요의 이름은 끝내 입 밖에 내지 않았다. 아버지는 마지막으로,

"그럼 뭐든 네 맘대로 해라."

라고 말하며 언짢은 표정을 지었다.

다이스케도 불쾌했다. 하지만 어쩔 도리가 없어서 인사를 하고 아버지 앞에서 물러나려고 했다. 그때 아버지가 불러 세우더니,

"나도 이제 더 이상 너를 돌봐주지 않을 테니까."

라고 말했다. 객실로 돌아왔을 때 우메코는 기다렸다는 듯이 물었다.

"어떻게 됐어요?"

다이스케는 아무 말도 할 수가 없었다.

16

다음 날 잠이 깨고 나서도 다이스케의 귀에는 아버지의 마지막 말이 맴돌았다. 앞뒤 상황으로 봐서 그 말의 의미를 평소보다도 훨씬 심각하게 받아들이지 않으면 안 되었다. 적어도 스스로가 해석하기에는 아버지로부터의 물질적 원조가 이제 끊긴다고 각오할 필요가 있었다. 다이스케가 가장 두려워하던 순간이 다가온 것이다. 아버지의 마음을 돌이키기 위해서는 이번 혼담은 거절한다 하더라도 앞으로 다른 혼담에도 반대해서는 안 된다는 생각이 들었다. 반대를 한다 하더라도 아버지를 납득시킬 만한 이유를 명백하게 밝혀야만 했다. 다이스케로서는 그중 어느 것도 할 수가 없었다. 인생에 대한 자신의 철학과 근본적으로 모순되는 문제에 대해서 아버지를 속이는 것은 더욱이 불가능한 일이었다. 다이스케는 어제 아버지와 나눈 이야기들을 돌이켜 보며 모든 일이 순리대로 되었다고 생각할 수밖에 없었다. 그렇지만 두려웠다. 자신에게 가장 자연스러운 운명을 이끌어냈으면서도 그 운명이라는 무거운 짐을 등에 지고서 높은 절벽의 끝까지 밀린 듯한 느낌이 들었다.

그는 그 첫 번째 수단으로 뭔가 직업을 구해야겠다고 생각했다. 그러나 그의 머릿속에는 직업이라는 단어만 맴돌 뿐 직업 그 자체가 어떤 구체적인 형태를 갖추고 떠오르지는 않았다. 그는 지금까지 그 어떤 직업에 대해서도 흥미를 느껴본 적이 없었기 때문에 어떤 직업을 떠올려도 다만 그 주위를 빙빙 겉돌 뿐 깊이 파고들어 가서 구체적으로 생각한다는 것은 도저히 불가능했다. 그에게는 세상이 밋밋하지만 복잡한 여러 가지 색으로 나누어진 것처럼 보였다. 그리고 그 자신은 어떠한 색도 띠지 않았다고 생각할 수밖에 없었다.

모든 직업을 다 떠올려본 뒤, 그는 방랑자에서 생각이 멈추었다. 그는 분명히 자신의 모습을 개와 사람의 경계를 오락가락하는 거지들 무리 속에서 발견할 수가 있었다. 생활의 타락은 곧 정신의 자유를 빼앗아 간다는 점에서 그가 가장 고통스럽게 여기는 바였다. 그는 자신의 육체에 온갖 추하고 더러운 색을 칠하고 난 뒤에 자신의 정신이 얼마나 타락할까 하고 생각하자 오싹 소름이 끼쳤다.

그렇게 영락한 상태에서 그는 미치요를 끌고 다녀야 했다. 미치요는 정신적으로는 이미 히라오카의 소유가 아니었다. 다이스케는 죽을 때까지 그녀에 대해서 책임을 다할 작정이었다. 그렇지만 상당한 지위에 있는 사람의 불성실과 극도로 영락한 사람의 성실함과는 결과적으로 별 차이가 없다는 생각이 새삼스럽게 들었다. 죽을 때까지 미치요를 책임진다는 것은 책임질 목적이 있다는 것일 뿐, 그것만으로는 결코 책임졌다고 말할 수 없었다. 다이스케는 흑내장에 걸린 사람처럼 멍하니 넋을 잃고 있었다.

그는 또 미치요를 찾아갔다. 미치요는 전날과 마찬가지로 침착하고 차분했다. 얼굴에는 미소와 밝은 표정이 가득했다. 그녀의 눈썹에는 따뜻한 봄바람이 살랑이는 듯했다. 다이스케는 미치요가 전적으로 자신을 신뢰하고 있다는 걸 알 수 있었다. 그는 그 사실을 다시 눈앞에서 확인하자 연민의 정과 가없은 생각이 들어 견딜 수가 없었다. 자신이 악한처럼 느껴져 자책감에 빠졌다. 따라서 자기가 생각하고 있던 것을 한마디도 하지 못하고 말았다. 집으로 돌아올 때,

"또 짬을 내서 우리 집에 오지 않겠습니까?"

라고 말했다. 미치요는 네, 하고 고개를 끄덕이면서 미소 지었다. 다이스케는 몸을 에는 듯한 괴로움을 느꼈다.

다이스케는 얼마 전부터 미치요를 방문할 때마다 내키지는 않았지만 히라오카가 없는 때만을 택해야 했다. 처음에는 그걸 대수롭지 않게 생각했지만, 요즘에는 불쾌하다기보다는 오히려 점점 더 찾아가기가 거북해졌다. 게다가 히라오카가 없을 때만 계속 찾아가다 보면 하녀가 의심할지도 모른다는 두려움도 있었다. 그렇게 생각해서인지는 몰라도 하녀가 차를 가져올 때 뭔가 의심스러운 눈빛으로 보고 있는 듯해 견딜 수가 없었다. 하지만 미치요는 전혀 모르는 체했다. 적어도 겉으로만은 태연했다.

물론 히라오카와의 관계에 대해서는 자세히 물어볼 기회도 없었다. 어쩌다가 한두 마디 넌지시 물어보아도 미치요는 반응을 보이지 않았다. 다만 다이스케의 얼굴을 보고 있으면 그동안만이라도 기쁨으로 충만해지는 것이 그녀에게는 자연스러운 것처럼 보였다. 앞뒤를 둘러싼 검은 구름이 지금이라도 금방 밀려오지는 않을까 하는 걱정을, 속으로는 혹시 몰라도, 다이스케 앞에서는 전혀 드러내 보이지 않았다. 미치요는 원래 신경이 예민한 여자였다. 최근 그녀의 태도가 아무래도 그

런 그녀답지 않은 것을 보면, 미치요의 주위 환경이 아직 그 정도로 험악해지지는 않았다는 증거라기보다도 자신의 책임이 더욱 무거워진 것이라고 해석해야 했다.

"할 얘기가 좀 있으니 와줬으면 합니다."

전보다는 좀 더 진지한 어투로 말하고 다이스케는 미치요와 헤어졌다.

미치요가 찾아오기까지 이틀 동안, 다이스케는 머릿속에서 그 어떤 새로운 길도 개척할 수가 없었다. 그의 머릿속에는 '직업'이라는 두 글자가 커다란 해서체로 분명하게 새겨져 있었다. 그 생각을 떨쳐버리고 나면 '물질적 공급의 두절'이라는 말이 자꾸만 머릿속에서 맴돌았다. 그것이 사라지면 미치요의 험난한 미래가 펼쳐졌다. 그의 뇌리에는 불안으로 가득 찬 회오리바람이 불어닥쳤다. 그 세 가지 생각이 서로 얽혀서 잠시도 쉴 틈 없이 돌아갔다. 그 결과 그의 주위가 전부 선회하기 시작했다. 그는 마치 배를 타고 있는 듯했다. 그는 빙빙 도는 머리와 역시 빙빙 도는 세계 속에서 차분히 자리를 지키고 있었다.

아오야마 본가에서는 아무런 연락도 없었다. 다이스케는 물론 기대하지도 않았다. 그는 애써 가도노를 상대로 쓸데없는 잡담에 열중하려 했다. 가도노는 그 더위에 자신의 몸조차 힘겨워할 정도로 할 일이 없는 사람이었으므로 기분이 좋아서 다이스케가 원하는 대로 이야기 상대를 해주었다. 그렇게 이야기를 하다 지치면,

"선생님, 장기라도 둘까요?"

하고 묻기도 했다. 저녁에는 뜰에 물을 뿌렸다. 둘 다 맨발로 물통을 하나씩 들고 아무렇게나 여기저기 물을 뿌리고 다녔다. 가도노가 옆집에 있는 벽오동 꼭대기까지 물을 뿌려 보이겠다며 물통 바닥을 들어올리다가 미끄러져서 엉덩방아를 찧었다. 분꽃이 울타리 옆에 피어 있었다. 손 씻는 물을 담아 놓는 움푹한 푼주 그늘에서 자란 추해당(秋海棠) 잎이 어느새 많이 자라 있었다. 장마가 겨우 끝나서 낮에는 뭉게뭉게 구름 봉우리들이 하늘에 가득했다. 따가운 햇볕은 넓은 하늘을 남김없이 달궈서, 그 열기로 지상을 볶는 듯한 그런 날씨였다.

다이스케는 밤이 되면 머리 위의 별만 바라보았다. 아침에는 서재에서 보냈다. 이삼 일 동안은 아침부터 매미 소리가 들려왔다. 목욕탕으로 가서 이따금 머리를 식혔다. 그러면 가도노가 기회를 엿보다가,

"정말 찌는 듯한 더위인데요."

하며 들어왔다. 다이스케는 이틀 동안 그런 식으로 허공에 떠 있는 듯한 생활을 했다. 사흘째 되는 날 대낮에 그는 서재 안에서 이글이글 타는 듯한 하늘을 쳐다보며 위에서 내리 뿜는 불꽃같은 열기를 느끼자 무서워졌다. 그것은 그의 정신이 그토록 맹렬한 기후로 인해 끊임없이 변화하고 있다는 생각이 들었기 때문이다.

미치요는 그 더위에도 불구하고 전날의 약속을 지켰다. 다이스케는 그녀의 목소리를 들었을 때 직접 현관까지 뛰어나갔다. 미치요는 양산을 접고 보따리를 안은 채 격자문 밖에 서 있었다. 평상복 차림으로 집을 나선 듯 수수한 하얀 천의 유

카타 소맷자락에서 손수건을 꺼내던 참이었다. 다이스케는 그 모습을 보자마자 운명이 미치요의 미래를 오려내서 심술궂게도 자신의 눈앞에 들이민 듯한 느낌이 들었다. 웃으면서 자기도 모르게,

"도피 행각이라도 벌이려는 듯한 차림인데요."

라고 말했다. 미치요는 온화한 목소리로,

"하지만 물건 사러 나온 김에 들르지 않으면 오기 어려우니까요."

하고 진지하게 대꾸한 미치요가 다이스케의 뒤를 따라 안으로 들어갔다. 다이스케는 곧 부채를 꺼내주었다. 햇볕 속을 걸은 탓에 미치요의 뺨은 약간 달아올라 있었다. 평소의 피곤한 기색은 어디에도 보이지 않았다. 눈도 활기에 찬 빛으로 가득했다. 다이스케는 생기가 넘치는 그녀의 아름다움에 감각이 도취되어 한참 동안은 모든 것을 잊어버렸다. 이윽고 그 아름다움을 암암리에 무너뜨리고 있는 당사자가 바로 자기 자신이라는 생각을 하자 슬퍼졌다. 그는 오늘도 그 아름다움의 일부분에 어두운 그림자를 드리우기 위해서 미치요를 불렀다.

다이스케는 몇 번이나 자신의 생각을 말하려다가 망설였다. 자기 앞에서 그토록 행복해하는 젊은 여자에게 근심을 안겨줘 눈썹 하나라도 찡그리게 하는 것은 다이스케로서는 매우 부도덕한 일이었다. 만약 그가 미치요에 대한 의무감을 뼈저리게 느끼지 않았다면, 그는 그 이후의 사정을 털어놓는 대신에 일전에 한 고백을 다시 한번 같은 방에서 되풀이해서 단순한 사랑의 쾌감에 모든 것을 내맡겨 버렸을지도 모르는 일

이었다.

다이스케는 이윽고 결심을 했다.

"그 후 당신과 히라오카와의 관계가 별로 변한 것은 없습니까?"

미치요는 그런 질문을 받았을 때도 여전히 행복해 보였다.

"있다 해도 상관없어요."

"당신은 그 정도로 나를 신뢰하고 있습니까?"

"신뢰하지 않는다면 이렇게 있을 수 없지 않겠어요?"

다이스케는 눈이 부신 듯이 뜨거운 거울과도 같은 먼 하늘을 쳐다봤다.

"나는 그 정도로 신뢰를 받을 만한 자격이 없을 것 같소."

쓴웃음을 지으며 대답했지만, 머릿속은 화로처럼 달아올랐다. 하지만 미치요는 그 말을 염두에도 두지 않는 듯 왜냐고 되묻지도 않았다. 다만,

"그러세요?"

미치요가 짐짓 깜짝 놀라는 체해 보였다. 다이스케는 진지해졌다.

"사실을 고백하자면, 나는 히라오카보다도 믿음직스럽지 못한 사람이오. 과대평가하면 곤란하니까 전부 말해버리는 것이지만."

하고 서두를 꺼낸 다음에 자기와 아버지와의 지금까지의 관계를 자세히 말했다.

"앞으로 내 처지가 어떻게 될지 모르겠소. 적어도 당분간은 제구실을 하지 못할 거요. 아니, 반 사람 몫도 하지 못할 거요.

그래서……."

그러고는 말끝을 흐렸다.

"그래서 어떻게 하시나요?"

"그래서 내 생각대로 당신에 대한 책임을 다하지 못하지나 않을까 걱정하고 있소."

"책임이라니 어떤 책임이죠? 좀 더 확실히 얘기해 주지 않으면 잘 모르겠어요."

다이스케는 평소 물질적인 면을 중요시했기 때문에 빈궁한 생활이 사랑하는 사람을 만족시킬 수가 없다고 믿었다. 그래서 경제적인 부유함이 미치요에 대한 책임의 하나라고 생각했을 뿐, 그 밖에 어떤 명확한 관념도 전혀 갖고 있지 않았다.

"도의상의 책임이 아니라 물질적인 책임 말이오."

"그런 것은 원하지도 않아요."

"원하지 않는다고 해도 반드시 필요해질 거요. 이제부터 내가 당신과 어떤 새로운 관계를 갖게 된다 하더라도 물질적인 공급이 그 해결책의 반은 차지할 거요."

"해결책이고 뭐고 이제 와서 그런 것을 걱정해 보았자 별 도리가 없잖아요."

"입으로야 그렇게 말할 수도 있겠지만, 실제로 그런 경우에 처하게 되면 곤란할 것은 뻔하지요."

미치요의 안색이 약간 변했다.

"지금 당신 아버님에 대한 말씀을 들어보니 이렇게 될 것은 처음부터 예상하고 있었던 것 아닌가요? 당신도 그 정도야 일찍이 알고 계셨으리라 생각하는데요."

다이스케는 대답을 할 수가 없었다. 머리를 감싸 쥐며,

"머리가 좀 어떻게 된 모양이야."

라고 혼잣말처럼 중얼거렸다. 미치요는 눈물을 글썽거렸다.

"만약 그게 걱정이 된다면 나는 아무래도 괜찮으니까 아버님과 화해를 해서 종전과 같은 관계를 유지하면 되잖아요?"

다이스케는 갑자기 미치요의 손목을 움켜잡고 힘주어 말했다.

"그렇게 할 생각이라면 애초부터 걱정하지도 않지요. 다만 당신이 안됐다는 생각이 들어서 사과하는 거요."

"사과라니요?"

미치요는 떨리는 목소리로 말을 가로막았다.

"저 때문에 그렇게 되었는데 당신이 사과를 하다니, 오히려 제가 죄송하잖아요?"

미치요는 소리를 내서 울었다. 다이스케는 달래듯이 말했다.

"그럼 참을 수 있겠습니까?"

"참는 것이 아니에요. 당연한 것이니까요."

"앞으로도 또 어떤 변화가 있을 거요."

"그러리라는 것은 알고 있어요. 어떤 변화가 있다 해도 상관없어요. 저는 요전부터…… 요전부터, 저는 만일의 경우에는 죽을 각오까지 하고 있으니까요."

다이스케는 전류가 흐르듯 몸을 떨었다.

"앞으로 어떻게 했으면 좋겠다고 바라는 것은 없어요?"

다이스케가 물었다.

"그런 건 없어요. 뭐든지 당신 뜻에 따르겠어요."

"떠돌이 생활……."

"떠돌이 생활을 해도 좋아요. 죽으라고 말씀하시면 죽겠
어요."

다이스케는 또 한 번 전율을 느꼈다.

"지금 이대로는?"

"이대로도 상관없어요."

"히라오카는 전혀 눈치채지 못한 것 같습니까?"

"눈치채고 있을지도 몰라요. 하지만 전 이미 굳게 마음먹
고 있으니까 괜찮아요. 언제 죽임을 당한다 하더라도 상관없
어요."

"죽는다거나 죽임을 당한다거나 하는 말을 그렇게 쉽게 하
는 것이 아니오."

"하지만 그냥도 오래 살 수 있는 몸이 아니잖아요?"

다이스케는 몸이 굳어져서 얼어붙은 듯이 미치요를 응시했
다. 미치요는 히스테리 발작을 일으킨 사람처럼 큰 소리로 마
음껏 울었다.

한참 지나자 흥분은 차차 가라앉았다. 그 후로는 평소처럼
조용하고 얌전하고 깊이 있고 아름다운 여인으로 돌아왔다.
눈썹 언저리가 유난히 시원스러워 보였다. 그때 다이스케가
입을 열었다.

"내가 직접 히라오카를 만나서 해결을 해도 되겠습니까?"

"그렇게 할 수 있으시겠어요?"

하며 미치요는 깜짝 놀란 듯한 표정을 지었다.

"그렇게 할 생각이오."

라고 분명히 대답했다.

"그럼 뜻대로 하세요." 하고 미치요가 말했다.

"그렇게 합시다. 우리 둘이서 히라오카를 속이는 것은 좋지 않다는 생각이 들어요. 물론 사실을 충분히 납득할 수 있도록 이야기를 할 뿐이지만. 그리고 내가 잘못한 점은 분명히 사과할 생각이오. 그 결과는 내가 생각하는 대로 되지 않을지도 모르오. 그렇지만 아무리 일이 잘못되더라도 그렇게 극단적인 일은 일어나지 않도록 할 겁니다. 이렇게 어중간한 상태로 있어서야 서로 고통스럽기도 하고 히라오카에게 미안하기도 하니까요. 다만 내가 결단을 내려서 그렇게 하면 히라오카에 대한 당신의 입장이 난처해질 게 뻔해 그 점이 마음에 걸리지만, 난처하기는 나도 마찬가지요. 자기가 한 일에 대해서는 아무리 입장이 난처해진다 하더라도 도의적인 책임을 지는 편이 당연하다면 다른 이득이 아무것도 없다 할지라도 우리 둘 사이에 있었던 일만은 히라오카에게 말해야 한다고 생각하오. 게다가 지금 같은 경우에는 앞으로 취해야 할 태도를 결정짓기 위한 중요한 고백이니 더더욱 그렇게 해야 한다고 생각합니다."

"잘 알겠어요. 어차피 일이 잘못되면 죽을 작정이니까요."

"죽다니요! 설사 죽는다 할지라도 지금 당장 생각해야 할 일은 아니고, 또 그러한 위험이 따르는 일이라면 무엇 때문에 내가 자진해서 히라오카에게 이야기를 하겠습니까?"

미치요는 다시 울기 시작했다.

"그에게 최대한 사죄하도록 하지요."

다이스케는 해가 지기를 기다렸다가 미치요를 돌려보냈다. 하지만 요전처럼 바래다주지는 않았다. 한 시간쯤 서재 안에서 매미 소리를 들으며 시간을 보냈다. 미치요를 만나서 앞으로 있을 미래를 털어놓고 나니 기분이 산뜻해졌다. 히라오카에게 편지를 써서 만날 수 있는지 여부를 물어보려고 펜을 들었지만, 갑자기 책임감에 무겁게 짓눌려서 첫머리만을 쓴 채 더 이상 쓸 용기가 나지 않았다. 그러다 별안간 셔츠 하나만 입고서 맨발로 뜰로 뛰어나갔다. 미치요가 돌아갈 때는 정신없이 낮잠을 자고 있던 가도노가,

"아직 이르지 않습니까? 햇볕이 비추고 있는데요."

라고 말하며 빡빡 깎은 머리를 양손으로 누르면서 툇마루에 나타났다. 다이스케는 대꾸도 하지 않고 뜰 구석으로 들어가서 땅에 떨어진 대나무 잎을 앞쪽으로 쓸어냈다. 가도노도 하는 수 없이 옷을 벗고 내려왔다.

좁은 뜰이지만 흙이 말라 있었기 때문에 축축할 정도로 물을 뿌리려면 꽤 힘이 들었다. 다이스케는 팔이 아프다며 대충해두고 발을 닦고 올라갔다. 담배를 피우며 툇마루에서 쉬고 있자니 가도노가 그 모습을 보고,

"선생님, 심장 고동 소리가 약간 이상해지지는 않았나요?"

라며 뜰에서 다이스케를 놀렸다.

밤에는 가도노를 데리고 가구라자카의 잿날 장에 가서 가을 화분을 두세 개 사와 이슬이 내리는 처마 밖에 나란히 놓았다. 밤이 이슥해졌고 하늘은 높았다. 별이 쏟아질 만큼 선명하게 반짝거렸다.

다이스케는 그날 밤 일부러 덧문을 닫지 않고 잤다. 조심성 없이 문단속을 하지 않은 데서 생기는 두려움을 그는 전혀 느끼지 않았다. 그는 램프를 끄고 모기장 속에서 혼자 뒹굴면서 깜깜한 어둠 속에서 어두운 하늘을 쳐다보았다. 머릿속에 낮에 있었던 일이 선명하게 떠올랐다. 이제 이삼 일 후면 모든 것이 해결된다고 생각하니 가슴이 두근거렸다. 그러나 그러는 사이에 자기도 모르게 원대한 하늘과 원대한 꿈속으로 빠져들었다.

다음 날 아침 그는 결단을 내려서 히라오카에게 편지를 보냈다. 조용히 하고 싶은 얘기가 좀 있으니 자네 형편을 알려 달라, 나는 언제라도 괜찮다는 내용만 썼을 뿐인데도 그는 일부러 봉투에 넣어서 보냈다. 봉투에 풀을 칠하고 빨간 우표를 붙였을 때에는 드디어 대공황의 목전에 증권을 매입한 듯한 느낌이 들었다. 그는 가도노에게 그 운명의 편지를 우체통에 넣고 오라고 시켰다. 그에게 건네줄 때 손이 조금 떨렸지만, 건네주고 나서는 망연자실해졌다. 삼 년 전에 미치요와 히라오카를 맺어주려고 중간에 서서 애썼던 일이 마치 꿈처럼 떠올랐다.

다음 날은 히라오카의 답장을 기다리며 보냈다. 그다음 날도 답장이 올 것 같아서 하루 종일 집에 있었다. 사흘, 나흘이 지나갔다. 하지만 히라오카에게서는 아무런 연락도 없었다. 그러는 사이에 다달이 받아오던 생활비를 받으러 아오야마에 갈 날이 되었다. 수중에는 돈이 거의 바닥난 상태였다. 다이스케는 일전에 아버지를 만나고 난 이후로 이제 집에서 생활비를 받는 것은 불가능해졌다고 각오하고 있었다. 이제 와서 태연스럽게 어슬렁거리며 돈을 받으러 갈 생각은 전혀 없었다. 두 달이나 석 달 정도야 책이나 옷가지를 팔아서라도 어떻게든 될 거라는 생각에서 대수롭지 않게 여겼다. 일이 해결되는 대로 천천히 일자리를 구하겠다는 생각도 있었다. 그는 평소부터 사람들이 입버릇처럼 말하곤 하는, 인간은 쉽사리 굶어 죽지는 않는다, 어떻게든 살아가게 마련이다, 라는 속담에 가까운 진리를 경험하기 이전부터 이미 믿고 있었다.

닷새째 되던 날 더위를 무릅쓰고 전차를 타고 히라오카의 신문사까지 찾아가 보고서야 히라오카가 이삼 일 전부터 출근을 하지 않는다는 사실을 알았다. 다이스케는 밖으로 나와서 지저분한 편집국의 창을 올려다보며 찾아오기 전에 일단 전화로 물어봤어야 했다고 생각했다. 일전에 보낸 편지가 과연 히라오카의 손에 전해졌는지 어떤지 그것조차도 확실치 않았다. 다이스케는 일부러 신문사로 편지를 보냈었다. 돌아오는 길에 간다에 들러서 단골 헌책방 주인에게 필요 없는 책을 팔고 싶으니 보러 와달라고 부탁했다.

그날 밤은 물을 뿌릴 의욕도 나지 않아 흰 망사셔츠를 입은 가도노의 모습을 멍하니 바라보고 있었다.

"선생님, 오늘은 피곤하신가 보죠?"

라고 가도노가 양동이 부딪치는 소리를 내며 말했다. 다이스케의 가슴은 불안에 짓눌려서 제대로 대답도 나오지 않았다. 저녁을 먹을 때도 거의 맛을 느낄 수가 없었다. 씹지도 않고 훌훌 마시듯이 하고 젓가락을 놓았다. 가도노를 불러서,

"자네, 히라오카 집에 가서 말이야, '일전의 편지는 받았습니까, 받았으면 답을 해주셨으면 합니다.'라고 얘기하고 그 대답을 듣고 오게."

심부름을 시켰다. 그래도 무슨 뜻인지 모를 것 같아 일전에 이러이러한 편지를 신문사로 보낸 적이 있다는 설명까지 해주었다.

가도노를 내보낸 뒤에 다이스케는 툇마루로 나가서 의자에 앉았다. 가도노가 돌아왔을 때는 램프를 끄고 어둠 속에서 묵묵히 앉아 있었다. 가도노가 어둠 속에서 말했다.

"다녀왔습니다."라고 말했다.

"히라오카 씨는 댁에 계셨습니다. 편지는 보셨다고 하더군요. 내일 아침에 오시겠다고 하던데요."

"그래? 수고했네." 하고 다이스케는 대답했다.

"실은 벌써 오려 했는데 집안에 아픈 사람이 생겨서 늦어졌으니 잘 말해달라고 말씀하셨습니다."

"아픈 사람?"

하고 다이스케는 자기도 모르게 되물었다. 가도노는 어둠 속에서,

"네. 부인께서 편찮으신 것 같습니다."

라고 대답했다. 가도노가 입고 있는 하얀 천의 유카타만이 다이스케의 눈에 어슴푸레 비쳤다. 달빛은 두 사람의 얼굴을 비추기에는 너무 약했다. 다이스케는 앉아 있던 등나무 의자의 팔걸이를 양손으로 꽉 쥐었다.

"많이 아픈가?"

다이스케가 큰 소리로 물었다.

"글쎄요, 잘 모르겠습니다만 아무래도 병세가 그리 가벼운 편은 아닌 것 같았습니다. 하지만 히라오카 씨가 내일 오실 수 있는 것을 보면 심하지는 않은 모양이지요."

다이스케는 조금 마음이 놓였다.

"무슨 병이라고 하던가?"

"거기까지는 여쭤보지 못했습니다."

두 사람의 문답은 그걸로 끝났다. 가도노는 어두운 복도를 되돌아가서 자기 방으로 들어갔다. 의자에 앉아 있자니, 조금 후에 램프의 갓을 향로 뚜껑에 부딪히는 소리가 들렸다. 가도노가 불을 켠 것 같았다.

다이스케는 어둠 속에서 여전히 묵묵히 앉아 있었다. 가슴이 두근두근거렸다. 쥐고 있던 팔걸이에 손에서 나온 기름이 배었다. 다이스케는 다시 손뼉을 쳐서 가도노를 불렀다. 가도노의 어슴푸레하게 보이는 하얀 옷이 다시 복도 끝에 나타났다.

"아직도 불을 켜지 않으셨군요. 램프를 켤까요?"

가도노가 물었다. 다이스케는 램프는 그만두라고 하고 다시 한번 미치요의 병에 대해서 물었다. 간호원이 있었는지, 히라오카는 어땠는지, 신문사를 쉰 것은 아내의 병 때문이었는지 어떤지 하는 점까지 궁금한 것들을 전부 물어보았다. 그렇지만 가도노의 대답은 그저 전과 같은 내용을 되풀이할 뿐이었다. 그렇지 않으면 적당히 짐작으로 하는 대답에 불과했다. 그래도 다이스케는 혼자서 잠자코 있는 것보다 견디기 쉬웠다.

잠들기 전에 가도노가 야간용 편지통에서 편지를 한 통 꺼내왔다. 다이스케는 어둠 속에서 그걸 받아든 채 읽어보려고도 하지 않았다. 가도노는,

"본가에서 온 것 같습니다. 등불을 가져올까요?"

하고 재촉하듯이 말했다.

다이스케는 비로소 램프를 서재에서 가져오게 해 불빛 아래에서 봉투를 뜯었다. 편지는 우메코가 보낸 것으로 상당히 길었다.

요전부터 혼담 문제로 도련님도 꽤나 괴로우셨을 겁니다. 아버님을 비롯해 형님과 저도 매우 걱정했습니다. 그렇지만 그런 보람도 없이 일전에 오셨을 때 결국 아버님께 단호하게 거절하신 듯해 무척 유감스러웠지만, 이제는 하는 수 없다고 체념하고 있습니다. 그런데 그때 아버님께서 앞으로는 네 일에는 상관하지 않을 테니 그런 줄 알라고 말씀하시며 화를 내셨다는 사실을 나중에야 들었습니다. 그 후로 도련님이 오시지 않는 것도 바로 그 때문이라고 생각합니다. 매달 생활비를 드리는 날에는 오시겠거니 했습니다만, 그날도 오시지 않아 걱정했습니다. 아버님께서는 내버려 두라고 하십니다. 형님은 워낙 태평한 분이니까 곤란하면 조만간 오겠지, 그때 아버님께 용서를 빌게 하는 것이 좋겠군, 만일 오지 않는다면 직접 가서 잘 타일러 보겠다고 하시는군요. 하지만 혼담에 대해서는 세 사람 모두 이제 단념하고 있으니까 그 문제로 성가시게 하는 일은 없을 겁니다.

물론 아버님께서는 아직도 화가 나 계신 듯합니다. 제 생각으로는 당분간 예전처럼 되기는 어려울 것 같습니다. 그렇게 생각하면 도련님이 오시지 않는 편이 오히려 도련님을 위해서 좋을지도 모르겠습니다. 다만 걱정스러운 것은 다달이 드리는 생활비 문제입니다. 도련님 성격상 그렇게 갑자기 돈을 벌 수 있을 리가 없다고 생각하니, 당장 생활이 곤란하실 게 뻔해 딱해서 견딜 수가 없습니다. 그래서 제가 적당히 생활비를 마련해 보내드리니 받으시고 다음 달까지 어떻게 견뎌보도록 하세요. 그러다 보면 아버님도 화가 풀리시겠지요. 또 형님에게도 그렇게 말씀드리라고 할 생각입니다. 저도 기회를 봐서 대신 용서를 빌어드리지요. 그때까지는 지금처럼 가만히 계시는 편이 좋을 것 같습니다.

편지는 이 뒤로도 이어졌지만, 대부분의 여자들이 그렇게 쓰듯이 대개는 앞서 한 말을 되풀이한 것에 불과했다. 다이스케는 안에 들어 있던 수표를 꺼내고 편지만 다시 한번 꼼꼼히 읽어본 다음 정성스럽게 원래대로 말아 넣으며 새삼 형수에게 무언의 감사를 표했다. '우메코 쓤'이라고 쓴 글씨는 서투른 편이었다. 언문일치 문체로 편지를 쓴 것은 일찍이 다이스케가 권유했던 바를 따른 것이었다.

다이스케는 램프 앞에 있는 봉투를 계속해서 뚫어지게 바라보았다. 질긴 자신의 수명이 또 한 달 연장된 셈이었다. 조만간 새로운 모습으로 변신해야 할 필요가 있는 다이스케로서는 형수의 뜻이 고맙기는 했지만 오히려 해가 될 뿐이었다. 다만 히라오카와 이야기를 끝내기 전에는 빵을 얻기 위해서 일을 할 생각이 없었기 때문에 형수의 선물은 당장의 양식으로서, 특히 그에게는 귀중한 것이었다.

그날 밤도 모기장에 들어가기 전에 램프를 껐다. 덧문은 가도노가 닫으러 왔기 때문에 뭐라고 하지도 못하고 그대로 두었다. 유리문이라서 문 너머로도 하늘이 보였다. 다만 어젯밤보다는 어두웠다. 흐려서 그런가 해서 일부러 툇마루까지 나가 처마를 올려다보니 반짝반짝 빛나는 것이 선을 그으며 비스듬히 하늘을 흘러갔다. 다이스케는 다시 모기장을 걷고 들어갔다. 잠이 오지 않아서 부채질을 했다.

집안일은 그다지 걱정이 되지 않았다. 직장도 될 대로 되라는 식의 배짱이 생겼다. 오로지 미치요의 병, 그리고 그 병의 원인과 결과에 대한 생각으로 머리가 몹시 혼란스러웠다. 그리고 히라오카와 만나서 이야기하는 장면도 여러 가지로 상상해 보았다. 그것 역시 상당히 그의 머릿속을 어지럽혔다. 히라오카는 내일 아침 9시경, 너무 더워지기 전에 오겠다는 전갈을 보내왔다. 다이스케는 원래 히라오카에게 어떤 식으로 이야기를 꺼낼까 하는 따위의 형식적인 문구를 생각해 두는 성격이 아니었다. 이야기할 내용은 처음부터 정해져 있고 이야기할 순서는 그때의 상황에 따르면 되는 것이므로 조금도 걱정이 되지는 않았지만, 다만 가능한 한 온건하게 자신의 생각이 상대방에게 받아들여지도록 하고 싶었다. 그래서 과도한 흥분을 삼가고 하룻밤의 안정을 간절히 바랐다. 되도록 푹 자려고 마음을 먹고 눈을 감았지만, 오히려 눈이 말똥말똥해져서 어젯밤보다도 더 잠들기가 어려웠다. 그러는 사이에 여름밤이 희미하게 밝아지기 시작했다. 다이스케는 견딜 수가 없어져 벌떡 일어났다. 맨발로 뜰로 뛰어 내려가 차가운 이슬을 마음껏 밟았다. 그러고 나서 다시 툇마루의 등나무 의자에 기대어 해가 뜨기를 기다리다가 꾸벅꾸벅 졸았다.

가도노가 잠이 덜 깬 눈을 비비며 덧문을 열러 나왔을 때, 다이스케는 깜짝 놀라서 선잠에서 깼다. 세계의 절반이 이미 붉은 태양의 세례를 받고 있었다.

"퍽 일찍 일어나셨군요."

라고 가도노가 깜짝 놀라서 말했다. 다이스케는 바로 목욕탕으로 가서 물을 끼얹었다. 아침을 먹지 않고 홍차 한 잔만 마셨다. 신문을 보았지만 무슨 내용인지 거의 알 수가 없었다. 읽을수록 읽은 것들이 서로 엉켰다가 사라져 갔다. 시곗바늘만이 신경이 쓰였다. 히라오카가 오려면 아직 두 시간이나 남았다. 다이스케는 그동안을 어떻게 보낼까 생각했다. 아무것도 안 하고 가만히 있을 수는 없었다. 그렇지만 아무것도 손에 잡히지 않았다. 그 두 시간 동안만이라도 푹 잠들었다가 눈을 뜨는 순간 자기 앞에 히라오카가 와 있었으면 하고 바랐다.

결국 무슨 일거리를 생각해 내려고 했다. 문득 책상 위에 놓인 우메코의 편지 봉투가 눈에 띄었다. 다이스케는 이거다 생각해 애써 책상 앞에 앉아서 형수에게 감사의 편지를 썼다. 가능한 한 정중하게 쓰려고 했는데 봉투에 넣어서 수신인의 주소와 이름까지 다 적고 나서 시계를 보니 겨우 십오 분 정도밖에 경과하지 않았다. 다이스케는 자리에 앉은 채 불안한 눈으로 허공을 쳐다보며 머릿속에서 뭔가를 찾는 것 같았다. 그러다가 갑자기 일어섰다.

"히라오카가 오거든 곧 돌아올 테니까 잠깐만 기다리라고 하게."

라고 가도노에게 일러두고 밖으로 나갔다. 강한 햇살이 무서운 기세로 다이스케의 얼굴 위에 정면으로 내리쬐었다. 다이스케는 걸으면서 끊임없이 눈과 눈썹을 움직였다. 우시고메 미쓰케로 들어서서 이이다마치를 지나 구단자카시타로 나가서 어제저녁에 들렀던 헌책방에 가서,

"어제저녁에 필요 없는 책을 가지러 와달라고 부탁했는데 사정이 좀 있어서 보류하기로 했으니 그렇게 아십시오."

라고 말해두었다. 돌아오는 길에 너무 더웠기 때문에 전차로 이이다바시로 돌아서 양륙장을 대각선으로 빠져나가 비샤몬으로 나왔다.

집 앞에는 인력거가 한 대 서 있고 현관에는 구두가 가지런히 놓여 있었다. 다이스케는 가도노의 설명을 듣지 않고도 히라오카가 와 있다는 사실을 알았다. 땀을 닦고 새로 빨아놓은 유카타로 갈아입고는 객실로 갔다.

"어디 다녀오나 보군."

하고 히라오카가 말했다. 여전히 양복을 입고 있어서 더운 듯이 부채질을 해댔다.

"이렇게 더운 날씨에 와주어서 고맙네."

라고 다이스케도 자연히 의례적인 말로 이야기할 수밖에

없었다.

두 사람은 잠시 날씨 이야기를 했다. 다이스케는 곧바로 미치요의 상태를 물어보고 싶었다. 하지만 왠지 묻기가 거북했다. 그러는 사이에 의례적인 인사도 끝났다. 오라고 한 쪽에서 용건을 꺼내는 것이 당연했다.

"미치요 씨가 어디 아프다던데."

"응, 그래서 신문사도 이삼 일 쉬었다네. 그러다 보니 그만 자네한테 답장을 하는 것도 잊어버렸지."

"그건 아무래도 괜찮지만, 미치요 씨가 그 정도로 몸이 안 좋은가?"

히라오카는 한마디로 잘라 대답하지 못했다. 그렇게 당장 어찌될 염려는 없는 듯하지만, 결코 가벼운 편도 아니라는 뜻의 이야기를 짤막하게 했다.

일전에 한참 더울 때 가구라자카로 물건을 사러 나온 김에 다이스케한테 들른 그다음 날 아침, 미치요는 히라오카의 출근 준비를 도와주고 있다가 갑자기 남편의 넥타이를 붙든 채 졸도했다. 히라오카도 깜짝 놀라서 출근 준비는 젖혀놓고 미치요의 간호를 했다. 십 분 후, 미치요는 이제 괜찮으니까 출근하라고 말했다. 입가에는 살짝 미소까지 띠었다. 누워 있기는 했지만 걱정할 정도는 아닌 듯해서 만약 상태가 안 좋은 것 같으면 의사를 부르고 필요한 경우에는 신문사로 전화를 하라고 말해두고 히라오카는 출근했다. 그날 밤은 늦게 집으로 돌아갔다. 미치요는 기분이 좋지 않다며 먼저 자고 있었다. 상태가 어떤지 물어도 확실히 대답을 하지 않았다. 다음 날 아침 일어나 보니 미치요의 안색이 아주 좋지 않았다. 히라오카는 놀라서 의사를 불렀다. 의사는 미치요의 심장을 진찰해 보더니 심각한 표정을 지었다. 졸도는 빈혈 때문이라고 했다. 상당히 심한 신경쇠약에 걸려 있다고 설명했다. 히라오카는 그 후로 신문사를 쉬었다. 본인은 괜찮으니까 출근하라고 간청했지만, 히라오카는 듣지 않았다. 간호한 지 이틀째 되던 날 밤에 미치요가 눈물을 흘리며 꼭 사과해야만 할 일이 있으니 다이스케를 찾아가서 그 이유를 들어달라고 남편에게 말했다. 히라오카는 처음에 그 말을 들었을 때는 대수롭지 않게 여겼다. 정신이 불안정해서 그러겠거니 하고 알았다고 위안의 말을 하며 달랬다. 사흘째에도 똑같은 부탁을 되풀이했다. 히라오카는 그때야 비로소 미치요의 말에 어떤 의미가 있다는 사실을 알아챘다. 그러던 중 저녁 무렵에 가도노가 다이스케가 보낸 편지에 대한 답을 들으러 일부러 고이시카와까지 찾아왔다.

"자네의 용건과 미치요가 말하는 내용과 어떤 관계가 있는 건가?"

하고 히라오카는 이상하다는 듯이 다이스케를 보았다.

히라오카의 이야기에 조금 전부터 다이스케는 동요하고 있었지만, 갑자기 생각지도 않던 질문을 받자 숨이 꽉 막혔다. 히라오카의 질문은 실로 뜻밖이었고 아무런 사심이 없는 것인 만큼 다이스케의 가슴을 찔렀다. 그는 평소와는 달리 약간 얼굴을 붉히며 고개를 숙였다. 하지만 다시 얼굴을 들었을 때는 평소처럼 차분하고 의연한 태도를 되찾았다.

"미치요 씨가 자네에게 사과할 내용이 있다는 점과 내가 자네에게 이야기하고 싶어 하는 내용과는 아마도 깊은 관계가 있을 거네. 어쩌면 똑같은 내용일지도 모르지. 나는 무슨 일이 있어도 자네에게 그걸 말해야만 한다네. 말할 의무가 있다고 생각해서 이야기하는 것이니 지금까지의 우정을 생각해서 기꺼이 내가 의무를 다할 수 있도록 해주게."

"도대체 뭔데 그러나? 그렇게 정색을 하고."

하며 히라오카의 표정이 비로소 진지해졌다.

"서두가 길면 변명처럼 들릴 테니까 나도 가능하면 솔직하게 말하고 싶지만, 중대한 일이기도 하고 게다가 일반 관습에 상반되는 일이기도 해서 만약 도중에 자네가 흥분해 버리면 무척 곤란하니 반드시 끝까지 들어주었으면 하네."

"도대체 뭔가? 자네가 말하려는 것이."

궁금증과 함께 히라오카의 얼굴이 점점 더 진지해졌다.

"그 대신 얘기를 다 한 뒤에는 자네가 무슨 말을 하더라도 나 역시 잠자코 끝까지 들을 생각이네."

히라오카는 아무 말도 하지 않았다. 다만 안경 너머의 커다란 눈으로 다이스케를 응시하고 있었다. 밖은 쨍쨍 해가 내리쬐어 툇마루까지 햇볕이 비치었지만, 두 사람은 더위도 거의 느끼지 않았다.

다이스케는 한층 더 목소리를 낮추었다. 그러고는 히라오카 부부가 도쿄에 온 이후 자기와 미치요의 관계가 어떤 변화를 거쳐서 지금에 이르게 되었는지를 자세하게 말하기 시작했다. 히라오카는 입술을 굳게 다물고 다이스케의 한마디 한마디에 귀를 기울였다. 다이스케가 이야기를 전부 마치기까지

약 한 시간 남짓 걸렸다. 그사이에 히라오카는 네 번쯤 극히 간단한 질문을 했다.

"그동안의 일은 대충 이렇다네."

이렇게 설명을 끝냈을 때 히라오카는 다만 신음하듯 깊은 한숨으로 대답을 대신했다. 다이스케는 더없이 괴로웠다.

"자네 입장에서 보면 나는 자네를 배반한 셈이 되지. 괘씸한 친구라고 생각하겠지. 그렇게 생각해도 할 말이 없어. 미안하게 되었네."

"그럼 자네는 스스로가 한 짓을 잘못이라고 생각하고 있군."

"물론이네."

"잘못이라고 생각하면서도 지금까지 계속해 왔단 말이지?"

하고 히라오카가 거듭 물었다. 말투는 조금 전보다 약간 절박하게 들렸다.

"그렇다네. 그래서 이 일로 자네가 우리들에게 가하려는 제재는 기꺼이 받아들일 각오가 되어 있어. 지금은 다만 사실을 그대로 말했을 뿐이니 그에 대해서 자네가 처분을 내려주었으면 하네."

히라오카는 대답하지 않았다. 한참 후에야 다이스케 앞으로 얼굴을 들이대며 말했다.

"훼손된 내 명예를 회복할 방법이 이 세상에 있을 거라고 자네는 생각하는 건가?"

이번에는 다이스케가 대답하지 않았다.

"법률이나 사회의 제재는 나와는 아무 상관도 없어."

하고 히라오카가 계속 말을 이어갔다.

"그럼 자네는 다만 당사자들 사이에서 명예를 회복시킬 방법이 있느냐고 묻는 건가?"

"그렇지."

"미치요 씨가 마음을 돌려서 자네를 예전보다도 몇 배나 사랑하게 하고 나를 뱀이나 전갈 보듯 미워하도록 하기만 하면 어느 정도 보상은 되겠지."

"자네 힘으로 그렇게 할 수 있겠나?"

"할 수 없어."

라고 다이스케는 딱 잘라서 말했다.

"그럼 자네는 잘못이라고 생각하는 일을 오늘날까지 저질러놓고서 여전히 생각을 바꾸지 않고 극단적인 상황을 만들려는 것이 아닌가?"

"모순일지도 모르지. 하지만 그건 세상의 관례에 따라서 맺어진 부부 관계와 자연의 순리로 맺어진 부부 관계가 일치하지 않아서 생긴 모순이니 하는 수 없지. 나는 사회적인 관례에 따라 미치요 씨의 남편인 자네에게 사과하네. 하지만 내가 한 행위 그 자체에 대해서는 모순되지도 잘못되지도 않았다고 생각하고 있네."

"그렇다면……."

하고 히라오카는 약간 목소리를 높였다.

"그렇다면 앞으로 우리 둘은 사회적인 관례에 따른 부부 관계를 지속할 수 없다는 이야기로군."

다이스케는 안됐다는 듯이 동정 어린 표정으로 히라오카를 쳐다보았다. 히라오카의 치켜세운 눈썹이 약간 풀렸다.

"히라오카, 세상 사람들이 보기에는 이건 남자의 체면과 관련된 중대한 일이야. 그래서 자네가 자신의 권리를 지키기 위해서—일부러 지키려고 하지 않더라도 절로 그런 마음이 생겨서 흥분하는 것은 자연스러운 일이겠지만—그렇지만 이런 관계가 되기 전인 학창 시절의 자네로 돌아가서 다시 한번 내 말을 잘 들어줄 수 없겠나?"

히라오카는 아무 말도 하지 않았다. 다이스케도 잠시 가만히 있었다. 그러나 담배를 한 대 피운 후에 낮고 단호한 어조로,

"자네는 미치요 씨를 사랑하지 않았어."

라고 말했다.

"그건……."

"그건 쓸데없는 참견일지 모르지만 나는 말을 해야겠어. 이번 일을 해결하기 위해서는 그 점이 가장 중요하다고 생각되니까 말일세."

"자네에게는 책임이 없다는 건가?"

"나는 미치요 씨를 사랑하고 있어."

"남의 아내를 사랑할 권리가 자네에게 있을까?"

"어쩔 수 없어. 미치요 씨는 법적으로 자네의 소유야. 하지만 물건이 아닌 인간이니까 마음까지 소유하는 것은 그 누구라도 불가능하지. 본인 이외에 그 어떤 사람도 애정의 정도나 대상을 명령할 수는 없지. 거기까지는 남편의 권리가 아니야. 따라서 아내의 사랑이 다른 곳으로 옮겨가지 않도록 하는 것이 오히려 남편의 의무가 아닐까?"

"설사 자네가 기대하는 대로 내가 미치요를 사랑하지 않은 것이 사실이라고 해도……."

하고 히라오카는 애써 자신을 억제하듯 말했다. 주먹을 꽉 쥐고 있었다. 다이스케는 상대의 말이 끝나기를 기다렸다.

"자네는 삼 년 전의 일을 기억하고 있겠지?"

"삼 년 전이라면 자네가 미치요 씨와 결혼했던 때지."

"그래. 그때의 기억이 머릿속에 남아 있나?"

다이스케는 갑자기 삼 년 전 일을 머릿속에 떠올렸다. 당시의 기억이 어둠에 둘러싸인 횃불처럼 빛났다.

"미치요와 나의 결혼을 주선해 주겠다고 먼저 말을 꺼낸 것은 자네였어."

"결혼했으면 하는 뜻을 나에게 털어놓은 것은 자네였어."

"그건 나도 잊지 않고 있어. 아직도 자네의 호의에 감사하고 있지."

히라오카는 이렇게 말하고 나서 잠시 생각에 잠겼다.

"둘이서 밤에 우에노를 빠져나가 야나카로 내려가던 참이었지. 비 온 뒤라서 야나카 아래쪽 길은 좋지 않았어. 박물관 앞에서부터 계속 이야기를 하며 그 다리 근처까지 갔을 때, 자네는 나를 위해서 울었지."

다이스케는 잠자코 있었다.

"나는 그때만큼 친구를 고맙게 여긴 적이 없다네. 너무 기뻐서 그날 밤은 전혀 잠을 이룰 수가 없었지. 달이 밝은 밤이었는데 달이 질 때까지 깨어 있었어."

"나도 그때는 기분이 좋았네."

하고 다이스케가 몽롱한 어조로 말했다. 그때 히라오카가 발끈하며 그 말을 가로막았다.

"자네는 어째서 그때 나를 위해서 울었지? 어째서 미치요와의 결혼을 주선해 주겠다고 맹세했던 거지? 이제 와서 이런 일을 일으킬 바에야 왜 그때 그냥 내버려 두지 않았나? 나는 자네에게 이토록 심한 복수를 당할 정도로 자네에게 잘못한 적이 없어."

히라오카의 목소리는 떨렸다. 다이스케의 창백한 이마에 땀방울이 맺혔다. 이윽고 호소하듯 말했다.

"히라오카, 나는 자네보다도 먼저 미치요 씨를 사랑하고 있었네."

히라오카는 멍하니 다이스케의 고통스러워하는 모습을 바라보았다.

"그때의 나는 지금의 나와는 달랐지. 자네의 이야기를 들었을 때, 내 미래를 희생시키더라도 자네의 소망을 들어주는 것이 친구의 도리라고 생각했어. 그것이 문제였던 거야. 지금만큼이라도 사고가 성숙해 있었더라면 그러지 않았을 텐데, 애석하게도 아직 어렸기 때문에 너무도 자연을 경멸했었지. 나는 그때 일을 생각하면 너무나 후회스러워. 나 자신을 위해서만이 아니야. 사실 자네를 위해서 후회하고 있네. 내가 자네에게 진정으로 미안하게 여기는 것은 이번 일보다 오히려 그때 내가 섣불리 가졌던 의협심 때문이지. 용서해 주게. 나는 이렇게 자연에 복수당하고 자네 앞에 손을 짚고서 사과하네."

다이스케는 무릎 위로 눈물을 떨어뜨렸다. 히라오카의 안경이 흐려졌다.

"이것도 운명이니 하는 수 없지."

히라오카는 신음하듯이 말했다. 두 사람은 마침내 얼굴을 마주 보았다.

"이 일에 대한 뒷수습을 어떻게 할 것인지 생각해 둔 것이 있다면 듣겠네."

"나는 자네 앞에서 용서를 빌고 있는 처지야. 내가 먼저 그런 말을 꺼낼 권리는 없지. 자네 생각부터 듣는 것이 순서겠지."

라고 다이스케가 말했다.

"내게는 아무 생각도 없어."

하며 히라오카는 머리를 싸맸다.

"그럼 말하지. 미치요 씨를 나에게 주게나."

다이스케가 단호한 어조로 말했다.

히라오카는 머리에서 손을 떼고는 마치 막대기라도 떨어뜨리듯 팔꿈치를 테이블 위에 힘없이 올려놓았다. 동시에,

"그래, 주지."

하고 말했다. 이어서 다이스케가 아무 말이 없자 다시 되풀이했다.

"주지. 하지만 지금은 줄 수가 없네. 나는 자네 짐작대로 미치요를 사랑하지 않았는지도 모르네. 하지만 미워하지는 않았어. 미치요는 지금 병에 걸려 있네. 게다가 병세가 그리 가벼운 편이 아니야. 누워 있는 환자를 자네에게 주기는 싫네. 병이 나을 때까지 자네에게 줄 수 없으니, 그때까지는 내가 남편으

로서 간호할 책임이 있어."

"나는 자네에게 사과했네. 미치요 씨도 자네에게 미안해하고 있고. 자네로서는 두 사람 다 괘씸하겠지만——아무리 사과를 해도 용서해 줄 수 없을지도 모르겠지만——어쨌든 병이 나서 누워 있으니 말일세."

"그건 알고 있네. 그녀가 병에 걸린 것을 이용해서 내가 앙갚음으로 학대라도 하리라고 생각할지 모르겠지만, 그럴 리야 없지."

다이스케는 히라오카의 말을 믿었다. 그리고 마음속으로 히라오카에게 감사했다. 히라오카는 이어서 다음과 같이 말했다.

"나는 오늘과 같은 일이 일어난 이상 남편 된 처지에서 더 이상 자네와 친구로 지낼 수는 없어. 오늘로 절교할 테니 그렇게 알아두게."

"하는 수 없지."

이렇게 말하며 다이스케는 고개를 떨구었다.

"미치요의 병은 방금 말했듯이 가벼운 편이 아니야. 앞으로 아무런 변화도 없으리라고 장담할 수도 없다네. 자네도 걱정이겠지. 하지만 절교한 이상은 하는 수 없어. 내가 있든 없든 여하튼 우리 집에 출입하는 것만은 삼가주었으면 하네."

"알겠네."

다이스케는 간신히 이렇게 말했다. 그의 뺨은 점점 더 창백해졌다. 히라오카는 일어섰다.

"여보게, 오 분만 더 앉아 있게."

다이스케가 부탁했다. 히라오카는 다시 자리에 앉은 채 아무 말도 하지 않았다.

"미치요 씨의 병은 갑자기 악화될 위험이라도 있는 건가?"

"글쎄."

"그것만 좀 말해주지 않겠나?"

"그다지 걱정할 것까지는 없어."

히라오카는 침울한 어투로 한숨을 섞어 대답했다. 다이스케는 견딜 수가 없었다.

"만일 말이네, 만일 무슨 일이 생길 것 같으면 그전에 한 번만이라도 좋으니 만나게 해주지 않겠나? 그 외에는 아무 부탁도 하지 않겠네. 그것뿐이야. 제발 그것만 들어주게나."

히라오카는 입을 꼭 다문 채 쉽사리 대꾸를 하지 않았다. 다이스케는 참기 힘든 고통 속에서 양 손바닥을 때가 밀릴 정도로 비볐다.

"그건 그때 가서 생각하기로 하지."

라고 히라오카가 무거운 어조로 대꾸했다.

"그럼 이따금 환자의 상태를 물어보러 사람을 보내도 되겠나?"

"그건 곤란해. 자네와 나는 아무 관계도 없으니까. 나는 앞으로 자네와 교섭할 일이 있다면 그건 미치요를 넘겨줄 때뿐이라고 생각하고 있으니까."

다이스케는 감전이라도 된 것처럼 의자 위에서 벌떡 일어섰다.

"아, 알았네. 미치요 씨의 시신만을 나에게 보여줄 심산이군. 그건 너무해. 그건 너무 잔인해."

다이스케는 테이블 가장자리를 돌아서 히라오카에게 가까이 갔다. 오른손으로 히라오카의 양복 어깨 부분을 누르고 앞뒤로 흔들어대면서,

"너무하는 거야! 너무해!" 하고 소리쳤다.

히라오카는 다이스케의 눈 속에서 광기에 가까운 무서운 빛을 발견했다. 어깨를 붙잡힌 채 일어섰다.

"그럴 리가 있겠나?"

라고 말하며 다이스케의 손을 제지했다. 두 사람은 제정신이 아닌 듯한 얼굴로 서로 쳐다보았다.

"침착하게나."

하고 히라오카가 말했다.

"나는 침착하네."

라고 다이스케가 대꾸했다. 그렇지만 그 말은 가쁜 숨결 사이로 간신히 새어나왔다.

잠시 후에 발작의 반동이 왔다. 다이스케는 자신을 지탱할 힘을 다 소모해 버린 사람처럼 다시 의자에 주저앉았다. 그러고는 두 손으로 얼굴을 감쌌다.

17

다이스케는 밤 10시가 지나서 몰래 집을 빠져나갔다.

"이 시간에 어딜 가시죠?"

라며 깜짝 놀라는 가도노에게,

"잠깐 좀."

하고 애매하게 대답을 하고서 상점가까지 갔다. 날씨가 더운 때여서 거리는 아직 초저녁 같은 분위기였다. 유카타를 입은 사람들이 몇 명씩이나 다이스케의 앞뒤로 지나갔다. 다이스케에게는 그 사람들이 단지 움직이는 물체로밖에 보이지 않았다. 길 양쪽에 늘어선 가게들은 전부 불을 밝힌 상태였다. 다이스케는 눈이 부신 듯, 전깃불이 그다지 켜지지 않은 골목길로 들어섰다. 에도가와 강변으로 나왔을 때, 스산한 바람이 살짝 불었다. 검은 벚나무 잎이 조금 움직였다. 다리 위에 서서 난간 아래를 내려다보고 있는 두 사람이 있었다. 곤고지자카에서는 아무하고도 마주치지 않았다. 대자산가인 이와사키의 저택의 높은 돌담이 좌우에서 좁은 언덕길을 막고 있었다.

히라오카가 살고 있는 거리는 여전히 조용했다. 대부분의 집들은 불빛이 꺼져 있었다. 저쪽에서 달려오는 한 대의 빈 인력거의 바퀴 소리 때문에 가슴이 두근거렸다. 다이스케는 히라오카네 집 담 가까이까지 가서 멈췄다. 몸을 가까이 대고 안을 들여다보니 집 안은 어두웠다. 굳게 닫힌 문 위에서 처마등이 덧없이 문패를 비추었다. 처마등 유리에 도마뱀붙이의 그림자가 비스듬히 비쳤다.

다이스케는 다음 날 아침에도 거기에 갔다. 낮에도 그 근처를 어슬렁거렸다. 하녀가 물건을 사러 나오기라도 하면 붙잡고서 미치요의 상태를 물어보려 했다. 하지만 하녀는 결국 나오지 않았다. 히라오카의 기척도 느껴지지 않았다. 담 옆에 붙어서 귀를 기울여도 사람 목소리 같은 것은 들리지 않았다. 의사를 불러 세워서 그녀의 상태를 자세하게 물어보려고 했지만, 히라오카의 집 문전에는 의사가 타고 왔을 것 같은 인력거가 서 있지 않았다. 그러는 동안에 강렬한 햇볕을 쬔 탓으로 머릿속이 바다처럼 출렁이기 시작했다. 서 있으려니 쓰러질 것 같았다. 발을 떼자 대지가 커다란 파문을 그리듯이 움직였다. 다이스케는 괴로움을 참으며 기듯이 해서 집으로 돌아왔다. 저녁도 먹지 않고 쓰러져 누웠다. 그때 그 무섭게 이글거리던 태양은 겨우 서산에 지고 점차로 별빛이 또렷해졌다. 다이스케는 어둠과 서늘함 속에서 비로소 의식을 되찾았다. 그런 뒤 머리에 이슬을 맞으며 또 미치요가 있는 곳으로 갔던 것이다.

다이스케는 미치요 집 문 앞을 두세 번 왔다 갔다 했다. 처마등 밑에 다다를 때마다 멈춰 서서 귀를 기울였다. 오 분 내지 십 분쯤 꼼짝 않고 있었다. 그러나 집 안 동정은 전혀 알 수가 없었다. 아무 소리도 없이 잠잠했다.

다이스케가 처마등 밑에 가서 멈춰 설 때마다 도마뱀붙이가 처마등 유리에 몸을 찰싹 붙이고 있는 것이 보였다. 검은 그림자는 유리의 비스듬한 면에 비친 채 움직이지 않았다.

다이스케는 도마뱀붙이가 눈에 띌 때마다 몹시 불쾌했다. 꼼짝도 않고 있는 그 모습이 어쩐지 마음에 걸렸다. 그는 신경이 예민해진 나머지 어떤 미신에 빠져들었다. 미치요가 위험하다고 상상했다. 미치요가 지금 무척 괴로워하고 있다는 상상도 했다. 또한 미치요가 지금 빈사지경에 있다는 상상도 했다. 그리고 죽기 전에 다시 한번 자신을 만나고 싶어 해서 죽지도 못하고 간신히 버티고 있다는 상상도 해보았다. 다이스케는 주먹을 불끈 쥐고서 부서질 정도로 히라오카의 집 문을 두드리지 않고서는 견딜 수가 없었다. 그런데 갑자기 자신은 히라오카가 소유하고 있는 것에 손가락 하나 댈 권리가 없는 인간이라는 사실이 떠올랐다. 다이스케는 무서워진 나머지 뛰기 시작했다. 조용한 골목 안에 자신의 발소리만이 크게 울렸다. 다이스케는 뛰면서도 여전히 무서웠다. 걸음을 늦추었을 때는 너무 숨이 차서 괴로웠다.

길가에 돌계단이 있었다. 다이스케는 몽롱한 상태로 거기에 주저앉은 채 이마를 손으로 누르고서 꼼짝도 하지 않았다. 한참 후에 감았던 눈을 떠보니 커다란 검은 문이 보였다. 문 위로는 굵은 소나무 가지가 생울타리 밖으로까지 뻗어 있었다. 다이스케는 절 입구에서 쉬고 있었던 것이다.

그는 일어섰다. 멍한 상태에서 다시 걷기 시작했다. 잠시 걷다 보니 다시 히라오카네 골목가로 들어섰다. 꿈을 꾸듯이 처마등 앞에서 멈춰 섰다. 도마뱀붙이는 아직도 같은 곳에 그림자를 비추고 있었다. 다이스케는 깊은 한숨을 내쉬고는 마침내 고이시카와의 남쪽으로 내려갔다.

그날 밤은 머리가 불덩어리처럼 뜨겁고 빨간 회오리바람에 휘말린 듯했다. 다이스케는 있는 힘을 다해서 그 회오리바람 속에서 빠져나오려 했다. 그렇지만 그의 머리는 전혀 그의 명령에 따라주지 않았다. 망설이는 기색도 없이 나뭇잎처럼 뱅그르르 돌며 불꽃같은 바람에 휘말려 들어갔다.

다음 날도 역시 타는 듯한 태양이 높이 떠올랐다. 바깥세상은 강렬한 빛을 받아 온통 이글거리기 시작했다. 다이스케는 참고 누워 있다가 결국 8시가 넘어서 일어났다. 일어나자마자 현기증이 났다. 평소처럼 물을 끼얹고는 서재로 들어가서 물끄러미 앉아 있었다.

그러고 있는데 가도노가 와서 손님이 왔다는 말을 전하고서는 그대로 입구에 서서 놀란 얼굴로 다이스케를 쳐다보았다. 다이스케는 대꾸하기도 귀찮았다. 누가 왔는지 물어보지도 않고 손으로 받치고 있던 얼굴을 반쯤 가도노 쪽으로 돌렸다. 그때 툇마루에서 발소리가 들리더니 안내도 받지 않고 형 세이고가 불쑥 들어왔다.

"아, 이쪽으로."

이렇게 자리를 권하는 것조차 힘겨웠다. 세이고는 자리에 앉자마자 부채를 꺼내서 마직옷의 옷깃을 벌리고 부쳐댔다. 더위로 지방질이 타버려 괴로운 듯이 거친 숨소리를 냈다.

"정말 덥네." 하고 말했다.

"집에도 별일 없겠지요?"

하고 다이스케는 마치 지칠 대로 지친 사람처럼 물었다.

두 사람은 잠시 여느 때와 같은 잡담을 했다. 다이스케의 말투나 태도는 물론 심상치 않았다. 그렇지만 형은 결코 어찌 된 일이냐고 묻지 않았다. 이야기가 끊겼을 때,

"오늘 실은……."

하고 말하면서 호주머니에 손을 넣어서 편지 한 통을 꺼냈다.

"실은 너에게 할 이야기가 좀 있어서 왔는데."

세이고가 말하며 봉투 뒷면을 다이스케에게 보여주었다.

"이 사람을 아니?"

세이고가 보여준 봉투에는 히라오카의 주소와 이름이 자필로 쓰여 있었다.

"압니다."

하고 다이스케는 거의 기계적으로 대답했다.

"전에 네 동급생이었다고 하는데 정말이냐?"

"그렇습니다."

"이 사람의 아내도 아냐?"

"압니다."

형은 다시 부채를 접어서 두세 번 팔랑거렸다. 그러고 나서 약간 몸을 앞으로 숙이고는 목소리를 낮추었다.

"이 사람의 아내와 네가 무슨 관계가 있는 거냐?"

다이스케는 애초부터 아무것도 숨길 생각은 없었다. 그렇지만 이렇게 간단히 물어왔을 때, 복잡하기 이를 데 없는 그간의 일을 어떻게 한마디로 대답할 수 있을까 하는 생각을 하니 쉽사리 대답이 나오지를 않았다. 형은 봉투 속에서 편지를 꺼냈다. 그것을 네댓 치쯤 펼치고서,

"실은 히라오카라는 사람이 이런 편지를 아버님 앞으로 보내왔는데 말이야……. 읽어볼 거냐?"

이렇게 말하고는 다이스케에게 건네주었다. 다이스케는 잠자코 편지를 받아들고 읽기 시작했다. 형은 물끄러미 다이스케의 이마 언저리를 응시하고 있었다.

편지는 아주 작은 글씨로 쓰여 있었다. 한 줄 두 줄 읽어감에 따라 읽고 난 부분이 다이스케의 손끝에서 길게 드리워졌다. 드리워진 부분이 두 자가 넘었는데도 아직도 끝날 기색이 보이지 않았다. 눈이 아물아물해졌다. 머리가 쇳덩이처럼 무거웠다. 다이스케는 억지로라도 끝까지 다 읽어야만 한다고 생각했다. 온몸이 이루 말할 수 없는 압력에 짓눌렸고 겨드랑이에서 땀이 흘렀다. 마침내 다 읽었을 때는 손에 들고 있던 편지를 감을 용기도 나지 않았다. 편지를 펼친 채 테이블 위에 놓았다.

"거기에 쓰여 있는 것이 사실이냐?"

하고 형이 낮은 소리로 물었다. 다이스케는 단지,

"사실입니다."

라고 대답했다. 형은 충격을 받은 탓인지 잠시 부채질을 멈추었다. 잠시 동안 두 사람 다 입을 열지 않았다. 조금 지나서 형이,

"도대체 어쩔 셈으로 그런 바보 같은 짓을 했단 말이냐?"

하고 기가 막히다는 듯이 말했다. 다이스케는 여전히 입을 열지 않았다.

"어떤 여자하고라도 마음만 먹으면 얼마든지 결혼할 수가 있지 않느냐?"

라고 형이 또 말했다. 다이스케는 그래도 역시 잠자코 있었다. 세 번째로 형이 이렇게 말했다.

"너라고 전혀 방탕을 해본 적이 없는 것도 아닐 거다. 이런 감당도 못 할 짓을 할 바에야 이제까지 돈 쓴 보람이 없지 않

느냐?"

다이스케는 지금 와서 형에게 자신의 입장을 설명할 용기도 없었다. 바로 얼마 전까지도 자신 역시 형과 똑같은 견해를 가지고 있었던 것이다.

"형수는 울고 있다." 하고 형이 말했다.

"그렇습니까?" 하고 다이스케는 몽롱한 어조로 대꾸했다.

"아버님은 노발대발이시다."

다이스케는 대꾸를 하지 않았다. 다만 먼 곳을 쳐다보는 듯한 눈으로 형을 바라보고 있었다.

"너는 평소부터 아무래도 이해할 수 없는 인간이었다. 그래도 언젠가 철이 들 때가 오리라고 생각하며 지금까지 잘 대해 주었다. 하지만 이번에야말로 정말로 이해할 수가 없는 인간이라고 나도 체념해 버렸다. 세상에 이해할 수 없는 인간만큼 위험한 건 없다. 뭘 하는지, 무슨 생각을 하고 있는지 안심이 안 된다. 너야 네가 좋아서 그러고 있는 것이니 상관없겠지만, 아버님이나 내 사회적 지위를 생각해 봐라. 너라고 가족의 명예에 대한 생각을 전혀 안 하는 것은 아니겠지?"

형의 말은 다이스케의 귀에 제대로 들어가지 않았다. 그는 단지 온몸에 고통만을 느꼈다. 그렇지만 형 앞에서 양심의 가책을 받을 정도로 동요하지는 않았다. 모든 것에 대해 적당히 변명을 늘어놓아 세속적인 형으로부터 새삼스럽게 동정을 받으려는 생각은 애초부터 없었다. 그는 스스로가 정당한 길을 걸었다는 자신이 있었다. 그는 그걸로 만족했다. 그 만족을 이해해 줄 사람은 미치요뿐이었다. 미치요 이외에는 아버지도 형도, 사회도, 세상 사람들도 전부 적이었다. 그들은 시뻘건 불꽃 속으로 두 사람을 밀어 넣고 태워 죽이려 하고 있었다. 다이스케는 말없이 미치요를 부둥켜안고 그 불길이 빨리 자신을 태워버리기를 간절히 바랐다. 그는 형에게 아무런 대꾸도 하지 않았다. 무거운 머리를 받치고서 돌처럼 꼼짝도 하지 않았다.

"다이스케." 하고 형이 불렀다.

"오늘 나는 아버님 심부름으로 온 거다. 너는 얼마 전부터 집 근처에 얼씬도 하지 않게 되었구나. 여느 때 같으면 아버님이 너를 불러들여서 다그치시겠지만, 오늘은 얼굴도 보기 싫으니 나보고 가서 만일 너에게 변명할 것이 있으면 변명을 들어보고, 또 변명이고 뭐고 할 것도 없이 히라오카의 말이 전부 근거 있는 사실이라면 아버님이 이렇게 전하라고 하셨다——앞으로 평생 다이스케와는 만나지 않겠다, 어디를 가더라도 뭘 하더라도 상관하지 않겠다. 그 대신 앞으로 아들로 생각하지 않을 것이며 또 아버지라고 생각지도 말아달라고 말이다. 당연한 일이지. 그래서 네 말을 들어보니 히라오카의 편지에는 전혀 거짓이 없는 것 같으니 하는 수 없다. 게다가 너는 이번 일에 대해서 후회도 하지 않을 뿐만 아니라 사죄를 하려는 생각도 없는 것처럼 보이는구나. 그래서야 나도 집으로 돌아가서 아버님께 대신 변명해 줄 여지도 없지. 아버님이 말씀하신 것을 그대로 너에게 전달하고 돌아갈 수밖에 없다. 아버님 말씀은 알아들었겠지?"

"잘 알았습니다."

라고 다이스케는 간단히 대답했다.

"너는 바보 천치다."

라고 형이 크게 소리쳤다. 다이스케는 고개를 숙인 채 얼굴을 들지 않았다.

"얼간이 녀석." 하고 형이 또 말했다.

"평소에는 그 누구에게도 지지 않을 정도로 입심이 센 놈이 정작 이런 때는 벙어리라도 된 것처럼 잠자코 있구나. 그리고 뒤에서는 부모의 명예를 손상시키는 나쁜 짓이나 하고 말이야. 이제까지 무엇 때문에 교육을 받은 거냐?"

형은 테이블 위의 편지를 집더니 말기 시작했다. 조용한 방 안에 두루마리 종이 소리만이 바삭바삭 들렸다. 형은 그걸 원래대로 봉투에 넣어서 호주머니 속에 집어넣었다.

"그럼 돌아가겠다."

하고 이번에는 평소와 같은 말투로 말했다. 다이스케는 공손하게 인사를 했다. 형은,

"나도 이제 다시는 너를 만나지 않겠다."

라고 내뱉듯이 말하고는 현관으로 갔다.

형이 나간 뒤에 다이스케는 한동안 그대로 꼼짝 않고 있었다. 가도노가 찻잔을 치우러 왔을 때 다이스케가 갑자기 일어섰다.

"가도노, 나는 잠깐 일자리를 알아보고 오겠다."

이렇게 말하고는 급히 모자를 쓰고 양산도 받치지 않은 채한창 햇볕이 뜨거운 거리로 뛰어나갔다.

다이스케는 푹푹 찌는 듯한 거리를 뛰듯이 급한 걸음으로

걸었다. 태양은 다이스케의 머리 바로 위에서 내리쬐고 있었다. 메마른 먼지가 불티처럼 그의 맨발에 들러붙었다. 그는 오글오글 타들어 가는 듯한 느낌이 들었다.

"타들어 간다. 타들어 가."

다이스케는 걸으면서 입속으로 중얼거렸다.

이이다바시로 가서 전차를 탔다. 전차는 거침없이 달리기 시작했다. 다이스케는 전차 안에서,

"아, 움직이는구나. 온 세상이 움직인다."

라고 옆 사람에게 들릴 만한 소리로 말했다. 그의 머리는 전차의 속력에 비례해서 어지럽게 돌기 시작했다. 그러자 점점 불덩이처럼 달아올랐다. 그런 식으로 계속해서 반나절을 타고 가면 완전히 타버릴 거라는 생각이 들었다.

문득 빨간 우체통이 눈에 띄었다. 그러자 그 빨간색이 갑자기 다이스케의 머릿속을 헤집고 들어와 빙빙 돌기 시작했다. 양산집 간판에 빨간 양산 네 개가 겹쳐진 채 높이 매달려 있었다. 양산 색깔이 또 다이스케의 머리로 들어와 뱅글뱅글 소용돌이를 쳤다. 네거리에 새빨간 색의 커다란 풍선을 팔고 있는 사람이 있었다. 전차가 갑자기 모퉁이를 돌자 풍선이 쫓아와서 다이스케의 머리에 들러붙었다. 소포 우편물을 실은 빨간 차가 잠시 전차와 스치듯 지나갈 때 또 그 빨간색이 다이스케의 머릿속에 흡착했다. 담배 가게 입구에 쳐놓은 포렴(布簾)이 빨갰다. '대매출'이라고 쓰여 있는 깃발도 새빨갰다. 전신주가 빨갰다. 빨간 페인트칠을 한 간판이 계속 이어졌다. 나중에는 세상이 온통 새빨개졌다. 그리고 다이스케의 머릿속을

중심으로 해서 뱅글뱅글 불길을 내뿜으며 회전했다. 다이스케는 머릿속이 다 타버릴 때까지 계속 전차를 타고 가겠노라고 결심했다.

한 탐미주의자의 눈을 통한 시대와 문명 비판

1

일본 근대 작가 중에서 나쓰메 소세키만큼 밋밋한 제목을 붙이는 작가는 아마도 찾아보기 힘들 것이다. '도련님', '문', '풀 베개', '마음', '명암' 등과 같이 평범한 단어 하나로 이루어진 제목이 대부분이다. 그 단어들이 작품 세계와 결부되는 상징성을 지닌 경우도 거의 찾아볼 수 없다. 심한 경우는 연재 개시 시점부터 이듬해 춘분 무렵까지만 연재물을 쓰겠다는 뜻에서 '춘분 무렵까지'라는 제목을 붙이기도 했다. 이 정도면 작품에서 제목이 지닐 수 있는 기능을 아예 포기한 셈이라 해도 과언이 아니다.

신문 연재 형식으로 대부분의 작품을 썼던 나쓰메는 연재 개시 전에 일단 두루뭉술한 제목을 붙였다. 일견 '무성의'하기조차 한 진부한 제목들은 시종 진지한 문학 정신을 견지했던 나쓰메의 조심스러운 자기 방어 본능의 산물이었던 셈이다.

'그 후' 역시 밋밋한 제목이다. 원제인 '소레카라(それから)'
는 일상에서 가장 많이 쓰이는 일본어 접속사 중의 하나이다.
그러나 실은 더없이 평범한 제목을 붙인 이 소설은 나쓰메 문
학 세계의 전환을 예고하는 지극히 '문제적인' 작품에 속한다.
연재 예고의 글에서 작가는 소설의 제목에 대해 다음과 같이
설명했다. "여러 가지 의미에서 '그 후'이다. 『산시로』(1908)에서
는 대학생에 대해서 썼는데, 이 소설은 그 후에 대해서 썼기
때문에 '그 후'이다. 『산시로』의 주인공은 단순하지만, 이 소설
의 주인공은 그다음 단계의 인물이므로 이 점에서도 '그 후'이
다. 이 주인공은 마지막에 기구한 운명을 맞게 된다. 그 후 어
떻게 되는지에 대해서는 쓰지 않는다. 이런 의미에서도 '그 후'
이다."

여기에서 독자의 이해를 돕기 위해 약간의 설명이 필요할
듯하다. 『산시로』는 산시로라는 지극히 평범한 이름을 가진
시골 청년이 도쿄 제국대학에 입학한 후 겪게 되는 이성에 대
한 감정, 학문과 미래에 대한 불안 등으로 엮인 청춘 방황 소
설이다. 『그 후』에 이어 쓴 『문』(1910)은 친구를 배반하고 친구
의 애인을 아내로 삼은 후 죄의식을 느끼며 살아가는 중년 남
자의 어두운 내면을 무거운 필치로 그린 소설이다. 작가의 말
대로라면 『그 후』는 위 두 작품의 중간에 위치하는 소설이 된
다. 일찍이 소세키 연구자들이 『산시로』, 『그 후』, 『문』을 (전
기) 삼부작으로 분류했던 것도 이런 연유에서이다. 그러나 삼
부작이든 아니든 무슨 상관이 있겠는가. 우리로서는 이 소설

이 나쓰메 문학의 본령으로 접어드는 첫 관문에 해당하는 작품이라는 인식을 공유하는 것만으로 족할 것이다.

2

늦깎이 작가였던 나쓰메는 모두 열세 편의 장편을 썼다. 『그 후』는 나쓰메의 문학 역정에서 중간 지점을 막 지났을 무렵에 발표된 작품이다.

영국 유학을 마치고 도쿄 제국대학에서 영문학을 가르치기 시작해서 삼 년째 되던 해인 1905년 나쓰메는《호토토기스》라는 문예지에 『나는 고양이로소이다』라는 풍자소설을 연재하기 시작한 데 이어, 여러 가지 형식의 단편소설을 잇달아 발표했다. 정황으로 보아 나쓰메가 '작심하고' 창작의 길에 나선 것은 의심의 여지가 없을 듯하다. 사회적·경제적 지위가 보장된 제국대 교수가 뭐가 아쉬워 소설에까지 손을 대었을까 하는 의문이 당연히 제기될 수 있다. 그것은 당시로서도 지극히 이례적인 일에 속했기 때문이다.

방대한 연구의 축적에도 불구하고 그 이유로서 명확하고 설득력 있게 제시된 것은 없는 듯하다. 교수로서 해야 할 일이 즐겁거나 보람차지 않았을 수도 있고, 주체할 수 없을 정도로 문학에 대한 열정이 한 시점에 이르러 분출되었을 수도 있다. 혹은 이념적인 맥락에서 그의 갑작스러운 문학계 입문의 배경을 짚어보는 것도 가능하다. 예를 들면, 나쓰메가 작품을 발표하기 시작한 기점이 러일전쟁에서의 승리가 확정된 시기라는 점을 감안한다면, 그리고 당시 일본 열도에 팽배했던 전승(戰勝) 내셔널리즘의 분위기 속에서 나쓰메가 '자기 본위'(서양 문화의 억압으로부터 탈피해 일본 문화의 정신적 독립을 주장하는 이데올로기)를 주창하는 논설의 장본인이라는 사실을 상기한다면, 그의 소설 창작 입문의 배경을 서양을 상대로 한 전쟁에서의 승리에 고무된 '자기 본위'의 실천이라는 측면에서 유추해 볼 수도 있다.

『나는 고양이로소이다』, 『도련님』, 『풀 베개』, 『양허집』과 같은 전기 작품들의 특징은 후기의 작품들에 비해 다양하면서도 자유분방한 실험 정신에서 찾아볼 수 있다. 형식과 방법에서 두드러지게 나타나는 것은 근대소설의 문법으로부터 일탈하려는 지향이며, 이것은 작가의 탈서양 이데올로기와 결코 무관하지 않을 것이다.

그러나 후기, 즉 이른바 전기 삼부작이라고 일컬어지는 『산시로』, 『그 후』, 『문』 이후부터 나쓰메의 작풍은 안정되어 간다. '안정'되어 간다는 것은 서구 리얼리즘에 충실한 소설로 정착되어 감을 의미한다. 특히 『문』 이후의 소설에서는 심리소설의 수법이 두드러지게 드러난다.

나쓰메의 후기 소설에서 가장 두드러진 특징 중 하나는 남녀 간의 삼각관계가 자주 등장한다는 점이다. 구도는 단순하다. 한 여자를 둘러싸고 두 남자가 불신과 시기, 사회적·개인적 윤리의 갈피에서 내면의 고뇌를 거듭한다. 그러나 그렇다고 해서 나쓰메를 연애소설에 능한 작가라고 판단하는 것은 성급하다. 본디 삼각관계라는 것이 개개인의 내면의 질감과 그 모순을 표출하는 장치로서 소설사에서 오랫동안 반복해서 사용되어 왔다는 점을 확인해 둘 필요가 있다. 실제로 나쓰메의 후기 소설은 연애소설로 분류하기에 거북할 정도로 사랑의 성취 그 자체에는 거의 무관심하다. 오히려 소설의 주제는 성취한 사랑의 '대가'로서 상대방에 대한 죄책감에 시달리거나, 에고이즘과 윤리의식 사이에서 번민하는 주인공의 내적 갈등에 초점이 맞추어져 있다. 이런 측면에서 보면 『그 후』는 예외적인 작품이라 할 수 있다. 무엇보다도 이 소설에서는 드물게 사랑의 진행과 성취가 그려진다.

3

『그 후』는 나쓰메 문학에서 삼각관계 소설의 원형을 이루는 작품이라 해도 무방하다. 미치요라는 한 여자를 둘러싸고 두 남자—나가이 다이스케와 히라오카 쓰네지로가 대립하는 형태로 이야기가 전개된다. 더군다나 이 두 사람이 대학 시절부터 절친한 친구 사이이고 보면, '우정과 배신'이라는 나쓰메 삼각관계 소설의 일반적 유형이 여기에서부터 그 맹아를 보이는 것을 알 수 있다.

이야기의 발단은 소설의 현재 시점으로부터 사오 년 전으로 거슬러 올라간다. 대학 시절, 다이스케와 히라오카에게는 스가누마라는 공통의 친구가 있었다. 그리고 스가누마의 집에는 여동생 미치요가 함께 기거하고 있었다. 미치요는 지방 도시에서 고등 여학교를 마치고 도쿄에서 여자 대학에 다니던 차였다. 다이스케와 히라오카의 내방이 잦아지면서 미치요는 이내 다이스케에게 호감을 갖는다. 다이스케도 갸름한 얼굴에 차분한 성품의 친구 여동생에게 이성으로서의 감정을 품는다. 이 점에서는 히라오카도 마찬가지였다. 그러던 중 스가누마가 장티푸스에 걸려 병사한다. 다이스케는 스스로 나서서 히라오카와 미치요의 결혼을 주선한다. 결혼 후 오사카에서 은행에 다니던 히라오카는 방탕한 생활 탓에 적지 않은 빚을 지고 도쿄에 돌아와 다이스케에게 일자리 알선을 부탁한다. 한편 빚에 쪼들린 미치요는 남편 친구인 다이스케에게 찾아와 도움을 요청한다. 이에 다이스케는 마음으로부터 배려와 경제적 지원을 아끼지 않는다. 그러나 히라오카의 방탕 벽은 나아지지 않고 가정마저 등한시한다. 미치요의 불행한 결혼 생활을 지켜보던 다이스케는 마침내 미치요에게 자신과 결합할 것을 간청한다. 다이스케에 대한 연정을 간직하고 있던 미치요도 이에 응해 히라오카를 떠나기로 결심한다. 두 사람의 결심을 전해 들은 히라오카는 다이스케와 절교하고 이 사실을 다이스케의 집안에 알린다. 아버지가 주선한 혼사를 거절하는 바람에 이미 눈 밖에 나 있던 다이스케는 이 일로 가족으로부터 의절당하고 만다. 일련의 과정에서 미치요가 몸져누웠다는 소식에 번민하며 다이스케는 일을 찾기 위해 길거리로 나선다.

나쓰메의 거의 모든 소설이 그러하듯 이 작품의 주인공도 지식인이다. 다이스케는 대학을 졸업하고도 취직을 하지 않은 채 집으로부터 경제적 도움을 받으면서 유유자적 생활하는 '고등유민(高等遊民)'이다. 나쓰메가 이 소설에서 처음 사용한 '고등유민'이란 이 책에서 번역한 것처럼 '고학력의 한량(閑良)'쯤을 의미할 터이다. 다이스케는 나쓰메가 창조한 지식인 중 가장 고답적이면서 냉소적인 인물이다. 그는 '빵과 관련된 경험'을 가장 '저열'한 것으로 여기며 스스로를 '직업에 의해 더럽혀지지 않은' '고귀한 부류'로 치부한다. 그의 언행에는 일종의 '게으를 수 있는 권리'에 대한 주장이 일관되게 묻어 있다. 고전적 마르크스주의자 폴 라파르그(Paul Lafargue)는 지금으로부터 백이십여 년 전, 노동이 생존을 영위하기 위한 의무로서가 아니라 '게으름의 쾌락을 위한 양념'으로 전환되어야 한다는 주장을 자신의 논문 「게으를 수 있는 권리」(1880)에서 전개했다. 물론 '고등유민' 다이스케의 자기 옹호의 논리는 라파르그의 주장과는 성격을 달리한다. 그러나 노동과 생산을 기본적인 가치 질서로 삼고 있는 자본주의적 세계관에 대해 이의를 제기하고 있다는 점에서는 서로 유사하다.

이 소설이 발표된 1909년은 연호로 메이지[明治] 사십이 년에 해당한다. 1868년부터 1911년까지 사십사 년간 지속된 메이지는 근대화의 구호로 점철된 시대이다. 서구 자본주의의 도입과 더불어 노동과 생산이 사회의 중심 가치가 되었고, 젊은이들 사이에서는 개인의 노력과 능력을 통해 부와 명예를 얻고자 하는 입신 출세주의가 자리 잡아갔다. 피와 눈물과 땀은 시대가 요구하는 기본 덕목이었다. 그런 점에서 고등유민을 자처하는 다이스케는 분명 반시대적이며 반사회적인 존재라 할 수 있다. 아버지가 강조하는 '성실성과 열의'와 같은 덕목을 애써 외면할 뿐만 아니라 겁쟁이임을 스스럼없이 밝히는 사회 부적응자이다.

다이스케는 이 소설의 성격을 결정짓는 유일한 존재이다. 따라서 다이스케가 어떤 인물로 그려지고 있는가를 분석하는 것은 작품을 이해하는 데 필수불가결한 조건이다.

작가가 다이스케의 언행을 통해 시대와 사회에 대한 문명 비판을 전개하고 있음은 명백하다. '외발적 개화', 즉 '주체'의 형성 과정을 거치지 않은, 수동적이면서 수박 겉핥기식의 근대화야말로 근대 일본의 비극이라는 인식은 나쓰메의 지론이었다.

나쓰메는 영국 유학 기간 중 연무(煙霧)에 휩싸인 런던 거리를 배회하며 '근대'의 모순과 암부를 목격했다. 그런 점에서 볼 때, 도쿄 상공에 검은 연기를 쉴 새 없이 뿜어내는 공장 굴뚝을 바라보며 암울한 시대 인식에 사로잡히는 다이스케는 영국 유학생 나쓰메 긴노스케(나쓰메의 본명)의 분신임에 틀림없다. 이것은 사십여 년 전 메이지유신 직후 일본 정부 파견으로 영국 글래스고의 공장 지대를 시찰하던 이토 히로부미 일행이 공장 굴뚝마다 피어오르는 검은 연기에서 산업혁명의 눈부신 성취를 목도하고는 절로 아름답다고 토로했던 사실과 극명한 대조를 이룬다. 공장 굴뚝 연기에 대한 이토 히로부미의 감동에서 근대화 의지의 맹아를 볼 수 있다면, 같은 대상에 대한 다이스케의 회의를 우리는 어떻게 이해해야 할까? 근대성이라는 것이 무릇 근대적인 제도·문물에 대한 사고 작용을 통해 얻어지는 것이라고 한다면, 근대성의 획득은 근대 문명에 대한 수용과 구체적 실천에서가 아니라, '근대'에 대한 진지한 성찰에서 비로소 이루어질 수 있는 경지일 것이다. 이러한 견지에서 나쓰메는 다이스케라는 인물을 통해 본격적인 근대 지식인의 유형을 제시했다고 평가할 수 있다.

한편으로 다이스케가 보이는 퇴행적이면서 자유분방한 삶의 양태는 이 소설을 세기말적 문맥에서 되짚어 볼 것을 요구한다. 『그 후』는 기성 사회에 대한 저항과 조롱의 의미로서 '게으름'과 '무위(無爲)'의 주제를 즐겨 쓴 19세기 후반 유럽 소설들과 동렬에 위치하기 때문이다. '세기말의 성전(聖典)'으로 일컬어지는 조리 카를 위스망스(Joris-Karl Huysmans)의 소설 제목('역행')에서도 알 수 있듯이 세기말적 정신은 사회의 집단적 조류로부터 스스로를 격리하거나 그것을 거스르는 태도를 취하곤 한다. 많은 세기말 소설의 주인공들이 게으름을 구가함으로써 속악한 부르주아적 삶의 정형에서 벗어나 진정한 자유를 획득할 수 있다고 믿었듯이, 부유한 사업가의 아들인 다이스케도 무위도식을 부르주아 사회로부터 스스로의 정신적 우위를 지켜낼 저항 수단으로 치부했다.

게으름을 구가한다고 해서 모든 것에 대해 게으른 것은 아니다. 정신적 우월을 가져다줄 취미와 감각의 연마에는 많은 정력과 시간을 투자한다는 점에서 다이스케는 19세기 말의 네카당들과 동류이다. 실제로 그가 읽는 것은 러시아의 레오

니트 안드레예프, 이탈리아의 가브리엘레 단눈치오와 같은 데카당적 기질의 작가의 작품이다. 그가 선호하는 그림도 벨기에 태생의 세기말 장식화가 프랑크 브랭귄이나 메이지 시대의 요절한 천재 화가 아오키 시게루[靑木繁]의 작품과 같은 탐미적·장식적인 것에 한정된다. 그뿐 아니라 남 앞에서 연주할 정도의 피아노 실력을 가졌고 집의 실내장식으로 서양화를 주문 제작하는 딜레탕트이기도 하다. 또한 그는 자신의 방을 청색과 적색의 원색으로 장식한 단눈치오의 감각 세계를 동경하며, 스스로도 '자신이 상상할 수 있는 가장 아름다운 색채에 휩싸여 넋을 잃고 앉아 있'는 탐미주의자이다.

다이스케는 예민한 후각의 소유자이기도 하다. 선잠을 잘 경우에도 꽃향기에 감싸여 잘 정도로 향기에 대한 집착이 유별나다. 꽃향기 대신 향수를 베갯머리에 뿌리고 자기까지 하는 다이스케는 가히 신경과 감각의 낭만주의자라 칭할 만하다. 이렇게 작품 전체를 관류하는 꽃향기의 이미지는 이야기를 이끌어가는 중요한 모티프가 된다는 점도 간과할 수 없다. 미치요가 찾아올 때마다 둘 사이에는 꽃이 놓여 있다. 다이스케를 찾아온 미치요가 갈증을 견디지 못한 나머지 은방울꽃이 꽂힌 수반의 물을 컵으로 떠 마신 후 걱정스러워하는 다이스케에게 "향기도 난걸요."라고 응대하는 장면은 이 소설에서 가장 인상적인 부분이다. 소설의 종반부에서 두 사람이 서로에 대한 사랑의 감정을 교환하고 부과된 사회적 도덕률을 저버릴 것을 결심하는 장면에서도 백합의 '감미롭고 강렬한 향기'가 입회하고 있다.

이와 같이 감각과 취미에 대한 딜레탕트적인 집착은 사회적 고립의 연장선상에 있으며, 이러한 태도는 분명 속악한 현실에 대한 저항의 메시지로 읽을 수 있다. 세기말 데카당들의 퇴행적 태도가 '진보'에 대한 확고부동의 신념으로 넘치던 시대 현실에 대한 염증의 표출에 다름 아니었듯이.

이 소설의 한 축을 이루는 심미주의는 별개로 존재하는 것이 아니라 직설적인 문명 비판 언설과 동일한 토대에서 비롯된다. 그것은 시대와 사회에 대한 비판 정신이다.

그런 점에서 다이스케와 아버지의 관계는 매우 중요한 요소이다. 에도 시대 사무라이의 후예인 아버지 나가이 도쿠[長井得]는 1910년대 일본 사회의 중추를 이루는 기성세대의 상징으로 그려진다. 메이지유신 이후 관리를 거쳐 실업계에서 성공을 거둬 재력을 쌓은 그의 좌우명은 '성실'이며, 배짱과 처세술을 필수 덕목으로 여긴다. 성공한 아버지의 존재는 러일전쟁에서의 승리 후 극동의 섬나라에서 세계열강의 반열에 올라선 일본국의 성공담과 겹쳐진다. 그는 자신의 옛 이름인 세이노신[誠之進]처럼 '성실'과 '진보'를 하나의 인과로 이해했다. 이 소설에서 다이스케는 아버지가 소중히 여기는 덕목에 역행하는 역할을 부여받는다. 성실과 열의를 금과옥조처럼 내세우면서도 회사 경영에 부정한 수단을 동원하는 아버지는 다이스케의 눈에 소화불량에 걸린 채 무리하게 근대화를 추진한 대가로서 '도덕의 퇴보'를 겪고 있는 일본의 모습과 겹쳐 보인다. 이런 점에서는 대학 시절에는 순수한 열정을 간직했지만 사회에 진출한 이후 속물적 인간으로 변모한 히라오카도 마찬가지라 할 수 있다.

다이스케는 아버지가 주선한 혼사를 끝내 거부함으로써 속물적 부르주아 사회에 대한 비판 의지를 관철하고 그 대신 친구의 아내를 아내로 삼는 길을 선택한다. 그러나 여기에서 다이스케의 도덕적 우위는 흔들리게 된다. 설사 어차피 행복하지 않은 결혼 생활이었다 하더라도 친구의 아내를 빼앗는 것은 공동체 윤리에 반할 뿐 아니라 인간으로서의 도리에도 어긋나기 때문이다. 그러한 '부도덕'에 대한 세상의 비난을 감수하면서까지 미치요와 결합할 것을 결심하도록 이끈 논리는 '자연'의 명령에 순응한다는 것이다.

이 작품에서 반복해서 사용되는 '자연'이라는 단어는 주제와 관련된 핵심어라 할 수 있다. 그러나 이것은 이야기의 전개에 따라 다의적으로 사용되고 있어 한마디로 규정하기 곤란하다. 행운유수(行雲流水)와 같이 '주체'를 사상(捨象)한 가운데 인간 본연의 순수 의지, 혹은 자연 본능이 과부족 없이 구현되는 상태를 가리키기도 하고, 때로는 하늘의 뜻과 같은 초월적인 질서를 가리키기도 한다. 그러나 '자연'이 인간의 사고와 행동을 구속하는 인위적 제도, 장치에 대한 대립 개념으로 제시된 것은 분명하다. 그리고 그것은 결혼이라는 제도의 억압으로부터 미치요를 '구출'하기 위한 명분을 구성한다.

'마음의 자연'을 자각하는 순간 다이스케는 이지(理智)가 작용하는 세계에서 감정의 모험으로 존재를 내맡긴다. 다이스케가 자기모순을 내포한 불안정한 존재로 그려지고 있음을 확인할 수 있는 대목이다. 다이스케에게 있어서 남의 아내가 된 미치요에게 사랑을 고백하는 것은 "옛날의 자연으로 돌아"가는 것이다. 왜 그는 처음에 미치요를 친구 히라오카에게 양보했을까? 의협심의 소산이었을 수도 있고, 젊은 나이에 병사한 미치요의 오빠 스가누마에 대한 정신적 부채 의식 때문일 수도 있다. 그러나 어찌되었든 간에 다이스케의 '양보'가 미치요를 되찾을 권리를 담보하는 것은 아니다. 미치요에 대한 사랑 역시 자연 본능의 순수한 발현이라고 보기는 어렵다. 미치요에 대한 사랑의 복원은 불성실한 남편으로 인해 경제적으로나 정신적으로 피폐해진 미치요에 대한 동정심이 동력을 이루고 있다. 결국 다이스케는 도덕적 판단에 의거하여 미치요를 빼앗는 것을 정당화하면서도 스스로의 불륜에 대한 도덕적 비난에 대해서는 '자연'의 논리로 피해가려 한다.

그러나 이러한 논리는 『그 후』에 이어 발표한 장편소설 『문』에서 철저히 부정되고 만다. 도쿄 변두리 셋집에서 은거하듯 살아가는 하급 관리 소스케[宗助] 부부는 어두운 과거를 가슴에 묻고 지낸다. 아내가 세 번이나 유산을 한 것도 인륜을 저버린 행위에 대한 징벌이라고 믿을 만큼 죄의식에 사로잡혀 있는 것이다. 죄의식의 근원에는 대학 동기가 요양 생활을 하는 사이에 그의 동거녀였던 지금의 아내와 사랑의 도피 행각을 결행한 과거가 도사리고 있다. 그는 겨울만 되면 화로 앞에 웅크리고 앉아 매서운 겨울바람에 묻어오는 과거의 기억과 고통스러운 대면을 강요당한다. 길고 힘겨운 겨울이 지나고 봄이 찾아오면서 소설은 결말에 이르지만, "곧 다시 겨울이 찾아온다."라고 되뇌는 소스케의 독백에서 순환하는 시간을 자연의 형벌로 인식하는 짙은 관념론적 회의를 읽을 수 있다. 소스케 부부의 '겨울나기'는 스스로를 '자연'에 위임했던 과거의 업보에 다름 아니며, 당연히 『그 후』의 결말부에서 '제도'의 껍질을 깨고 '마음의 자연'으로 귀의한 다이스케와 미치요의 '그 후' 이야기이기도 하다.

인간의 에고(Ego)와 원죄 의식이라는 주제는 나쓰메 후기 소설의 큰 줄기를 이룬다. 이 주제와 더불어 나쓰메 소설은 금욕적 정신주의를 심화시켜 나간다. 젊은 시절에 친구를 배반하고 여자를 가로챘다는 죄책감에 시달리던 인텔리겐치아가 장문의 유서를 남기고 자살하는 『마음』(1914)은 정신주의의 극점(極點)을 보여주는 작품이다. 이 소설이 일본 근대 문학사 최대의 정전(正典)으로 평가되어 각급 교육 현장에서 꾸준히 읽히고 있는 것은 주요 작중 인물들이 보여주는 금욕적 정신주의가 서양 문화에 대한 일본 문화의 정체성을 구상하게 하며 나아가 일본 국민으로서의 품성을 고양할 것이라는 내셔널리즘적 동기와 무관하지 않다.

앞서 말했듯이 『그 후』는 나쓰메 문학 세계의 전환점에 해당하는 작품이다. 이후의 작품에서는 다이스케와 같이 철저히 반사회적이며 탐미적 감수성이 풍부한 인물을 찾아볼 수 없다. (상대적으로) 리얼한 사랑의 풍경을 접할 수 있는 것도 이 소설이 마지막이다. 앞서 말한 대로 나쓰메는 연재하기 전에 "여러 가지 의미에서 '그 후'이다."라고 소설 제목에 대해 부연한 바 있다. 실제로 '그 후'는 작가의 개인사 또는 문학적 역정까지도 포괄하는 제목임에 틀림없다. 이 소설의 제목은 그가 붙인 다른 어떤 제목보다도 성공적이었다.

4

쉽지 않은 작업이었다. 그래서 진행은 지지부진했고 오랜 시간을 끌었다. 전공자라는 자각이 부담으로 작용했던 면도 있었을 것이다. 우여곡절 끝에 이렇게 햇빛을 보게 되니 감회가 새롭지 않을 수 없다. 이 번역은 국내 초역이 아니다. 서석연 교수의 『그 후』(범우사, 1990)와 김석자 교수의 『그리고나서』(단국대출판부, 1997)가 이미 나와 있다. 선행 번역이 존재한다는 것은 뒤늦게 뛰어든 사람에게 유리하기도 하고 여러 면에서 불편하기도 하다. 서석연 교수의 안정감 있는 번역을 출발점으로 삼았다. 단 김석자 교수의 역은 이 번역의 초고가 완성된 시점 이후에 출판되었기 때문에 참고하지 않았다.

제목을 옮기는 것부터가 난제였다. 당초에는 밋밋하기 그지없는 원제목을 그대로 옮겨도 되는 것인가 하는 고민이 있었다. 앞서 나온 국내 번역본은 모두 원제목을 충실히 반영한 것이다. 시카고 대학교 일본학과의 노마 필드 교수 역시 'And Then'으로 '빈틈없이' 옮겨놓았다(Soseki Natsume, And Then, tr. by Norma Moore Field, Tuttle, 1988). 나쓰메 소설 중에서는 가장 채색이 돋보이는 작품임에도 불구하고 밋밋한 제목을 그대로 따르는 것이 부적절하게 여겨졌다. 그래서 번역자로서의 권한을 한껏 행사해 보고자 하는 충동이 들기도 했다. 번역을 시작하면서 '비와 백합', '그리고 우리는' 등의 제목을 떠올려 보기도 했다. 그러나 마지막 단계에서 생각을 바꿨다. 이런 제목들은 일견 그럴싸할 수 있지만 원작을 지나치게 연애소설 쪽으로 포장하는 우를 범할 수 있기 때문이다. 남은 길은 밋밋함 속에 보다 풍부한 함축이 깃들 수 있다는 믿음을 되찾는 일뿐이었다.

본문 번역은 예상했던 대로 만만치 않았다. 생소한 어법의 문장, 실타래처럼 헝클어진 모호한 표현들과 조우할 때 마다 한참을 머뭇거려야 했다. 일본을 대표하는 문호의 글에도 비문은 있기 마련이어서, 최종 산출자로서 어설픈 권한을 행사한 경우도 있었다.

"원문에 충실하면서도 자연스러운 한국어를!"이라는 번역상의 일반 규범은 번역자에게는 가혹한 요구라는 것을 절감하지 않을 수 없었다. 그러나 달성 여부는 차치하고 번역 기간 내내 그 목표를 망각하거나 변경한 일은 없었음을 밝혀 둔다.

이미 훌륭한 번역이 나와 있다는 사실은 적지 않은 부담이 되었다. 서석연 교수의 번역에서 도움을 받았지만, 군데군데 누락되거나 수정이 필요한 곳을 보완할 수 있어서 다행으로 생각한다. 노마 필드 교수의 꼼꼼함을 넘어선 치밀한 번역 태도는 매우 인상적이었다. 철저한 고증과 사실 조사를 병행한 그녀의 선행 업적으로부터 적지 않은 은혜를 입었음을 밝힌다.

끝으로 이 번역이 햇빛을 볼 수 있게 해주신 민음사 여러분께 감사드리고 싶다. 마지막 완성 단계까지 지그시 지켜봐 주면서 원고를 매끄럽게 다듬어주신 이지영 씨께 깊은 감사의 말씀을 전하고자 한다.

2003년 초가을

윤상인

작가 연보

1867년   에도(현재의 도쿄)에서 우시고메 지역의 나누시(동장이
나 이장에 해당) 나쓰메 고헤에나오카쓰[夏目小兵衛直
克]와 그의 후처 치에[千枝] 사이에서 8형제(5남 3녀)
중 막내로 태어남. 본명은 긴노스케[金之助]이다.

1868년   양친이 연로한 데다 형제가 많아 요쓰야의 나누시 시
오바라 마사노스케[潮原昌之助](당시 29세)의 양자로
들어간다.

1870년   천연두에 걸려 얼굴에 자국이 남는다.

1874년   도다 소학교에 입학한다.

1876년   양부모의 이혼으로 본가로 돌아간다.

1878년   친구들과 만든 회람 잡지에 한문으로 쓴 「정성론(正成
論)」(남북조 시대의 무장이었던 구스노키 마사시게[楠木

正成]에 관한 논문)을 쓴다.

1879년   도쿄 부립 제1중학교에 입학한다.

1881년   생모 치에가 향년 54세의 나이로 사망. 부립 제1중학
교를 중퇴하고 한문을 배우기 위해 니쇼 학사에 들어
간다.

1883년   대학 예비문(大學豫備門. 제1고등학교의 전신. 당시에
도쿄 제국대학 입학을 위한 전 단계로 여겨졌다.) 입학
시험을 준비하기 위해 세이리쓰 학사에 입학해 영어를
집중 공부한다.

1884년   대학 예비문 예과에 입학. 복막염 등의 이유로 낙제하
나 심기일전해 졸업할 때까지 줄곧 수석을 차지한다.

1887년   3월 큰형 다이스케[大助], 6월 둘째 형 나오노리[直則]
가 폐결핵으로 연이어 사망한다.

1888년   대학 예비문(재학 중에 제1고등중학으로 개명됨) 예과
졸업과 동시에 본과 영문과에 진학한다.

1889년   하이쿠 시인 마사오카 시키[正岡子規]와 교우. 이때부
터 소세키[漱石]라는 아호을 사용하기 시작함. 기행(紀
行) 한시문집 『목설록(木屑錄)』을 쓴다.

1890년   제1고등중학 본과 졸업. 도쿄 제국대학 문과대학 영문
과에 입학한다.

1892년   도쿄 전문학교(와세다 대학교의 전신) 강사. 《철학잡지》
편집위원을 역임한다.

1893년   영문과 졸업 후 같은 과 대학원에 진학.
10월 도쿄 고등사범학교 촉탁 교사가 된다.

1895년	에히메현 소재 마쓰야마 중학교 교사로 부임함. 하이쿠에 열중함.
	12월 중매로 만난 귀족원 서기관장의 딸 교코[鏡子]와 약혼한다.
1896년	구마모토의 제5고등학교 전임 강사로 부임.
	7월 교수로 승진. 교코와 결혼한다.
1897년	부친이 사망한다.
1899년	장녀 후데코[筆子]가 출생한다.
1900년	문부성 파견 유학생으로 선발되어 2년간 영국 유학길에 오름. 당초 케임브리지 대학교에 등록할 예정이었으나 포기하고 런던 소재 유니버시티 칼리지에서 영문학 강의를 청강한다.
1901년	차녀 쓰네코[恒子] 출생. 이 무렵 문학 이론서 『문학론』 집필을 구상하고 하숙집에 칩거하며 귀국 때까지 저술에 몰두함. 유학비 부족과 고독감으로 신경쇠약에 빠진다.
1902년	스코틀랜드 지방 여행을 떠났다가 12월 귀국길에 오른다.
1903년	셋째 딸 에이코[榮子] 출생. 제1고등학교 전임 강사와 도쿄 제국대학 영문과 전임 강사를 겸함. 영문학 형식론, 문학론 등을 강의. 처 교코와의 불화가 심화됨. 신경쇠약 증세를 재차 호소함. 이 무렵부터 수채화를 그리기 시작한다.
1905년	문예지 《호토토기스(ホトトギス)》에 소설 『나는 고양

이로소이다(吾輩は猫である)』를 발표. 예상외의 호평으로 속편을 연재함. 단편 「런던탑」, 「칼라일 박물관」, 「환영의 방패」 등을 발표.

12월 넷째 딸 아이코[愛子]가 출생한다.

1906년 단편집 『양허집(棠虛集)』 출판.

4월 「도련님(坊っちゃん)」을 《호토토기스》에 발표한다.

1907년 도쿄 제대와 제1고등학교를 사직하고 1년에 100회가량 연재소설을 쓰는 조건으로 아사히 신문사의 전속 작가가 됨.

6월 장남 준이치[純一]가 출생한다.

1908년 「산시로[三四郎]」를 《아사히 신문》에 연재. 차남 신로쿠[伸六]가 출생한다.

1909년 「그 후(それから)」 연재. 대학 시절의 친우이자 남만주 철도 총재인 나카무라 제코[中村是公]의 초대에 응해 만주와 조선을 여행 후, 여행기 「만주한국 여기저기(滿韓ところどころ)」를 연재한다.

1910년 다섯째 딸 히나코[雛子] 출생. 「문(門)」 연재. 위궤양 증세가 악화되어 입원과 요양 생활을 한다.

1911년 문부성으로부터 문학박사 학위를 수여하겠다는 통보를 받았으나 거부 의사를 밝힘. 아사히 신문사의 의뢰로 「현대 일본의 개화」 등을 강연.

11월 다섯째 딸 히나코가 사망한다.

1912년 「춘분 무렵까지[彼岸過迄]」 연재. 남화(南畵)풍의 그림을 시작함.

12월 「행인(行人)」 연재를 시작한다.

1913년   위궤양 재발로 요양 생활을 한다.

1914년   「마음(こころ)」을 연재하고 「나의 개인주의(私の個人主義)」 강연을 한다.

1915년   「유리문 안에서(硝子戸の中)」, 「한눈팔기(道草)」를 연재한다.

1916년   「명암(明暗)」 연재를 시작하나 지병 악화로 188회를 마지막으로 중단.

12월 9일 위궤양 증세 악화로 인한 내출혈로 사망한다.

1918년   최초의 『나쓰메 소세키 전집』(전 13권)이 이와나미 서점[岩波書店]에서 간행된다.

세계문학전집 **87**

그 후

1판 1쇄 펴냄   2003년 9월 25일
1판 50쇄 펴냄   2024년 7월 18일

지은이   나쓰메 소세키
옮긴이   윤상인
발행인   박근섭, 박상준
펴낸곳   (주)민음사

출판등록   1966. 5. 19. (제 16-490호)
서울특별시 강남구 도산대로1길 62(신사동) 강남출판문화센터 5층 (우편번호 06027)
대표전화 02-515-2000   팩시밀리 02-515-2007
www.minumsa.com

ISBN 978-89-374-6087-6 04800
ISBN 978-89-374-6000-5 (세트)

* 잘못 만들어진 책은 구입처에서 교환해 드립니다.

세계문학전집 목록

1·2 변신 이야기 오비디우스 · 이윤기 옮김 서울대 권장도서 100선

3 햄릿 셰익스피어 · 최종철 옮김 서울대 권장도서 100선 | 미국대학위원회 선정 SAT 추천도서

4 변신 · 시골의사 카프카 · 전영애 옮김 서울대 권장도서 100선

5 동물농장 오웰 · 도정일 옮김 미국대학위원회 선정 SAT 추천도서 | 《타임》 선정 현대 100대 영문소설

6 허클베리 핀의 모험 트웨인 · 김욱동 옮김 《뉴스위크》 선정 100대 명저

7 암흑의 핵심 콘래드 · 이상옥 옮김 미국대학위원회 선정 SAT 추천도서 | 《뉴스위크》 선정 10대 명저

8 토니오 크뢰거 · 트리스탄 · 베네치아에서의 죽음 토마스 만 · 안삼환 외 옮김 노벨 문학상 수상 작가

9 문학이란 무엇인가 사르트르 · 정명환 옮김

10 한국단편문학선 1 김동인 외 · 이남호 엮음 국립중앙도서관 선정 청소년 권장도서

11·12 인간의 굴레에서 서머싯 몸 · 송무 옮김

13 이반 데니소비치, 수용소의 하루 솔제니친 · 이영의 옮김 노벨 문학상 수상 작가

14 너새니얼 호손 단편선 호손 · 천승걸 옮김

15 나의 미카엘 오즈 · 최창모 옮김

16·17 중국신화전설 위앤커 · 전인초, 김선자 옮김

18 고리오 영감 발자크 · 박영근 옮김

19 파리대왕 골딩 · 유종호 옮김 노벨 문학상 수상 작가 | 《타임》 선정 현대 100대 영문소설

20 한국단편문학선 2 김동리 외 · 이남호 엮음

21·22 파우스트 괴테 · 정서웅 옮김 서울대 권장도서 100선 | 미국대학위원회 선정 SAT 추천도서

23·24 빌헬름 마이스터의 수업시대 괴테 · 안삼환 옮김

25 젊은 베르테르의 슬픔 괴테 · 박찬기 옮김 논술 및 수능에 출제된 책(1998 ~ 2005)

26 이피게니에 · 스텔라 괴테 · 박찬기 외 옮김

27 다섯째 아이 레싱 · 정덕애 옮김 노벨 문학상 수상 작가

28 삶의 한가운데 린저 · 박찬일 옮김

29 농담 쿤데라 · 방미경 옮김

30 야성의 부름 런던 · 권택영 옮김

31 아메리칸 제임스 · 최경도 옮김

32·33 양철북 그라스 · 장희창 옮김 노벨 문학상 수상 작가 | 서울대 권장도서 100선

34·35 백년의 고독 마르케스 · 조구호 옮김 노벨 문학상 수상 작가 | 서울대 권장도서 100선

36 마담 보바리 플로베르 · 김화영 옮김 서울대 권장도서 100선

37 거미여인의 키스 푸익 · 송병선 옮김

38 달과 6펜스 서머싯 몸 · 송무 옮김

39 폴란드의 풍차 지오노 · 박인철 옮김

40·41 독일어 시간 렌츠 · 정서웅 옮김

42 말테의 수기 릴케 · 문현미 옮김

43 고도를 기다리며 베케트 · 오증자 옮김 노벨 문학상 수상 작가 | 서울대 권장도서 100선

44 데미안 헤세 · 전영애 옮김 노벨 문학상 수상 작가

45 젊은 예술가의 초상 조이스 · 이상옥 옮김 서울대 권장도서 100선

46 카탈로니아 찬가 오웰 · 정영목 옮김

47 호밀밭의 파수꾼 샐린저 · 정영목 옮김 《타임》 선정 현대 100대 영문소설 | 미국대학위원회 선정 SAT 추천도서 | 《뉴스위크》 선정 100대 명저 | BBC 선정 꼭 읽어야 할 책

48·49 파르마의 수도원 스탕달 · 원윤수, 임미경 옮김

50 수레바퀴 아래서 헤세 · 김이섭 옮김 노벨 문학상 수상 작가 | 국립중앙도서관 선정 청소년 권장도서

51·52 내 이름은 빨강 파묵·이난아 옮김 노벨 문학상 수상 작가

53 오셀로 셰익스피어·최종철 옮김 서울대 권장도서 100선

54 조서 르 클레지오·김윤진 옮김 노벨 문학상 수상 작가

55 모래의 여자 아베 코보·김난주 옮김

56·57 부덴브로크 가의 사람들 토마스 만·홍성광 옮김 노벨 문학상 수상 작가

58 싯다르타 헤세·박병덕 옮김 노벨 문학상 수상 작가

59·60 아들과 연인 로렌스·정상준 옮김 《뉴스위크》 선정 100대 명저

61 설국 가와바타 야스나리·유숙자 옮김 노벨 문학상 수상 작가 | 서울대 권장도서 100선

62 벨킨 이야기·스페이드 여왕 푸슈킨·최선 옮김

63·64 넙치 그라스·김재혁 옮김 노벨 문학상 수상 작가

65 소망 없는 불행 한트케·윤용호 옮김 노벨 문학상 수상 작가

66 나르치스와 골드문트 헤세·임홍배 옮김 노벨 문학상 수상 작가

67 황야의 이리 헤세·김누리 옮김 노벨 문학상 수상 작가

68 페테르부르크 이야기 고골·조주관 옮김

69 밤으로의 긴 여로 오닐·민승남 옮김 노벨 문학상 수상 작가 | 미국대학위원회 선정 SAT 추천도서

70 체호프 단편선 체호프·박현섭 옮김

71 버스 정류장 가오싱젠·오수경 옮김 노벨 문학상 수상 작가

72 구운몽 김만중·송성욱 옮김 서울대 권장도서 100선 | 국립중앙도서관 선정 청소년 권장도서

73 대머리 여가수 이오네스코·오세곤 옮김

74 이솝 우화집 이솝·유종호 옮김 논술 및 수능에 출제된 책(1998~2005)

75 위대한 개츠비 피츠제럴드·김욱동 옮김 《타임》 선정 현대 100대 영문소설

76 푸른 꽃 노발리스·김재혁 옮김

77 1984 오웰·정회성 옮김 《타임》 선정 현대 100대 영문소설 | 《뉴스위크》 선정 100대 명저

78·79 영혼의 집 아옌데·권미선 옮김

80 첫사랑 투르게네프·이항재 옮김

81 내가 죽어 누워 있을 때 포크너·김명주 옮김 노벨 문학상 수상 작가

82 런던 스케치 레싱·서숙 옮김 노벨 문학상 수상 작가

83 팡세 파스칼·이환 옮김

84 질투 로브그리예·박이문, 박희원 옮김

85·86 채털리 부인의 연인 로렌스·이인규 옮김

87 그 후 나쓰메 소세키·윤상인 옮김

88 오만과 편견 오스틴·윤지관, 전승희 옮김 미국대학위원회 선정 SAT 추천도서

89·90 부활 톨스토이·연진희 옮김 논술 및 수능에 출제된 책(1998~2005)

91 방드르디, 태평양의 끝 투르니에·김화영 옮김

92 미겔 스트리트 나이폴·이상옥 옮김 노벨 문학상 수상 작가

93 페드로 파라모 룰포·정창 옮김

94 차라투스트라는 이렇게 말했다 니체·장희창 옮김 국립중앙도서관 선정 청소년 권장도서

95·96 적과 흑 스탕달·이동렬 옮김 국립중앙도서관 선정 청소년 권장도서

97·98 콜레라 시대의 사랑 마르케스·송병선 옮김 노벨 문학상 수상 작가 | BBC 선정 꼭 읽어야 할 책

99 맥베스 셰익스피어·최종철 옮김 서울대 권장도서 100선 | 미국대학위원회 선정 SAT 추천도서

100 춘향전 작자 미상·송성욱 풀어 옮김 서울대 권장도서 100선

101 페르디두르케 곰브로비치·윤진 옮김

102 포르노그라피아 곰브로비치·임미경 옮김

103 인간 실격 다자이 오사무·김춘미 옮김

104 네루다의 우편배달부 스카르메타·우석균 옮김

105·106 이탈리아 기행 괴테·박찬기 외 옮김

107 나무 위의 남작 칼비노·이현경 옮김

108 달콤 쌉싸름한 초콜릿 에스키벨·권미선 옮김

109·110 제인 에어 C. 브론테·유종호 옮김 BBC 선정 꼭 읽어야 할 책

111 크눌프 헤세·이노은 옮김 노벨 문학상 수상 작가

112 시계태엽 오렌지 버지스·박시영 옮김 《타임》 선정 현대 100대 영문소설 | 《뉴스위크》 선정 100대 명저

113·114 파리의 노트르담 위고·정기수 옮김 미국대학위원회 선정 SAT 추천도서

115 새로운 인생 단테·박우수 옮김

116·117 로드 짐 콘래드·이상옥 옮김 《뉴스위크》 선정 100대 명저

118 폭풍의 언덕 E. 브론테·김종길 옮김 미국대학위원회 선정 SAT 추천도서

119 텔크테에서의 만남 그라스·안삼환 옮김 노벨 문학상 수상 작가

120 검찰관 고골·조주관 옮김

121 안개 우나무노·조민현 옮김

122 나사의 회전 제임스·최경도 옮김 미국대학위원회 선정 SAT 추천도서

123 피츠제럴드 단편선 1 피츠제럴드·김욱동 옮김

124 목화밭의 고독 속에서 콜테스·임수현 옮김

125 돼지꿈 황석영

126 라셀라스 존슨·이인규 옮김

127 리어 왕 셰익스피어·최종철 옮김 서울대 권장도서 100선 | 《뉴스위크》 선정 100대 명저

128·129 쿠오 바디스 시엔키에비츠·최성은 옮김 노벨 문학상 수상 작가

130 자기만의 방·3기니 울프·이미애 옮김

131 시르트의 바닷가 그라크·송진석 옮김

132 이성과 감성 오스틴·윤지관 옮김

133 바덴바덴에서의 여름 치프킨·이장욱 옮김

134 새로운 인생 파묵·이난아 옮김 노벨 문학상 수상 작가

135·136 무지개 로렌스·김정매 옮김

137 인생의 베일 서머싯 몸·황소연 옮김

138 보이지 않는 도시들 칼비노·이현경 옮김

139·140·141 연초 도매상 바스·이운경 옮김 《타임》 선정 현대 100대 영문소설

142·143 플로스 강의 물방앗간 엘리엇·한애경, 이봉지 옮김 미국대학위원회 선정 SAT 추천도서

144 연인 뒤라스·김인환 옮김

145·146 이름 없는 주드 하디·정종화 옮김

147 제49호 품목의 경매 핀천·김성곤 옮김 《타임》 선정 현대 100대 영문소설

148 성역 포크너·이진준 옮김 노벨 문학상 수상 작가 | 퓰리처상 수상 작가

149 무진기행 김승옥

150·151·152 신곡(지옥편·연옥편·천국편) 단테·박상진 옮김 《뉴스위크》 선정 100대 명저

153 구덩이 플라토노프·정보라 옮김

154·155·156 카라마조프가의 형제들 도스토옙스키·김연경 옮김

157 지상의 양식 지드·김화영 옮김 노벨 문학상 수상 작가

158 밤의 군대들 메일러·권택영 옮김 퓰리처상 수상 작가

159 주홍 글자 호손·김욱동 옮김 서울대 권장도서 100선 | 미국대학위원회 선정 SAT 추천도서

160 깊은 강 엔도 슈사쿠·유숙자 옮김

161 욕망이라는 이름의 전차 윌리엄스·김소임 옮김

162 마사 퀘스트 레싱·나영균 옮김 노벨 문학상 수상 작가

163·164 운명의 딸 아옌데·권미선 옮김

165 모렐의 발명 비오이 카사레스 · 송병선 옮김

166 삼국유사 일연 · 김원중 옮김 서울대 권장도서 100선

167 풀잎은 노래한다 레싱 · 이태동 옮김 노벨 문학상 수상 작가

168 파리의 우울 보들레르 · 윤영애 옮김

169 포스트맨은 벨을 두 번 울린다 케인 · 이만식 옮김

170 썩은 잎 마르케스 · 송병선 옮김 노벨 문학상 수상 작가

171 모든 것이 산산이 부서지다 아체베 · 조규형 옮김 《타임》 선정 현대 100대 영문소설

172 한여름 밤의 꿈 셰익스피어 · 최종철 옮김 미국대학위원회 선정 SAT 추천도서

173 로미오와 줄리엣 셰익스피어 · 최종철 옮김 미국대학위원회 선정 SAT 추천도서

174·175 분노의 포도 스타인벡 · 김승욱 옮김 노벨 문학상 수상 작가 | 《타임》 선정 현대 100대 영문소설

176·177 괴테와의 대화 에커만 · 장희창 옮김

178 그물을 헤치고 머독 · 유종호 옮김 《타임》 선정 현대 100대 영문소설

179 브람스를 좋아하세요... 사강 · 김남주 옮김

180 카타리나 블룸의 잃어버린 명예 하인리히 뵐 · 김연수 옮김 노벨 문학상 수상 작가

181·182 에덴의 동쪽 스타인벡 · 정회성 옮김 노벨 문학상 수상 작가

183 순수의 시대 워튼 · 송은주 옮김 《뉴스위크》 선정 100대 명저 | 퓰리처상 수상작

184 도둑 일기 주네 · 박형섭 옮김

185 나자 브르통 · 오생근 옮김

186·187 캐치-22 헬러 · 안정효 옮김 《타임》 선정 현대 100대 영문소설

188 솔로호프 단편선 솔로호프 · 이항재 옮김 노벨 문학상 수상 작가

189 말 사르트르 · 정명환 옮김

190·191 보이지 않는 인간 엘리슨 · 조영환 옮김 《타임》 선정 현대 100대 영문소설

192 왑샷 가문 연대기 치버 · 김승욱 옮김 퓰리처상 수상 작가

193 왑샷 가문 몰락기 치버 · 김승욱 옮김 퓰리처상 수상 작가

194 필립과 다른 사람들 노터봄 · 지명숙 옮김

195·196 하드리아누스 황제의 회상록 유르스나르 · 곽광수 옮김

197·198 소피의 선택 스타이런 · 한정아 옮김 퓰리처상 수상 작가

199 피츠제럴드 단편선 2 피츠제럴드 · 한은경 옮김

200 홍길동전 허균 · 김탁환 옮김

201 요술 부지깽이 쿠버 · 양윤희 옮김

202 북호텔 다비 · 원윤수 옮김

203 톰 소여의 모험 트웨인 · 김욱동 옮김

204 금오신화 김시습 · 이지하 옮김

205·206 테스 하디 · 정종화 옮김 미국대학위원회 선정 SAT 추천도서 | BBC 선정 꼭 읽어야 할 책

207 브루스터플레이스의 여자들 네일러 · 이소영 옮김

208 더 이상 평안은 없다 아체베 · 이소영 옮김

209 그레인지 코플랜드의 세 번째 인생 워커 · 김시현 옮김 퓰리처상 수상 작가

210 어느 시골 신부의 일기 베르나노스 · 정영란 옮김

211 타라스 불바 고골 · 조주관 옮김

212·213 위대한 유산 디킨스 · 이인규 옮김 서울대 권장도서 100선 | BBC 선정 꼭 읽어야 할 책

214 면도날 서머싯 몸 · 안진환 옮김

215·216 성채 크로닌 · 이은정 옮김

217 오이디푸스 왕 소포클레스 · 강대진 옮김 서울대 권장도서 100선

218 세일즈맨의 죽음 밀러 · 강유나 옮김

219·220·221 안나 카레니나 톨스토이 · 연진희 옮김 서울대 권장도서 100선

222 오스카 와일드 작품선 와일드·정영목 옮김

223 벨아미 모파상·송덕호 옮김

224 파스쿠알 두아르테 가족 호세 셀라·정동섭 옮김 노벨 문학상 수상 작가

225 시칠리아에서의 대화 비토리니·김운찬 옮김

226·227 길 위에서 케루악·이만식 옮김 《타임》 선정 현대 100대 영문소설 | 《뉴스위크》 선정 100대 명저

228 우리 시대의 영웅 레르몬토프·오정미 옮김

229 아우라 푸엔테스·송상기 옮김

230 클링조어의 마지막 여름 헤세·황승환 옮김 노벨 문학상 수상 작가

231 리스본의 겨울 무뇨스 몰리나·나송주 옮김

232 뻐꾸기 둥지 위로 날아간 새 키지·정회성 옮김 《타임》 선정 현대 100대 영문소설

233 페널티킥 앞에 선 골키퍼의 불안 한트케·윤용호 옮김 노벨 문학상 수상 작가

234 참을 수 없는 존재의 가벼움 쿤데라·이재룡 옮김

235·236 바다여, 바다여 머독·최옥영 옮김

237 한 줌의 먼지 에벌린 워·안진환 옮김 《타임》 선정 현대 100대 영문소설

238 뜨거운 양철 지붕 위의 고양이 유리 동물원 윌리엄스·김소임 옮김 퓰리처상 수상작

239 지하로부터의 수기 도스토옙스키·김연경 옮김

240 키메라 바스·이운경 옮김

241 반쪼가리 자작 칼비노·이현경 옮김

242 벌집 호세 셀라·남진희 옮김 노벨 문학상 수상 작가

243 불멸 쿤데라·김병욱 옮김

244·245 파우스트 박사 토마스 만·임홍배, 박병덕 옮김 노벨 문학상 수상 작가

246 사랑할 때와 죽을 때 레마르크·장희창 옮김

247 누가 버지니아 울프를 두려워하랴? 올비·강유나 옮김

248 인형의 집 입센·안미란 옮김

249 위폐범들 지드·원윤수 옮김 노벨 문학상 수상 작가

250 무정 이광수·정영훈 책임 편집 서울대 권장도서 100선

251·252 의지와 운명 푸엔테스·김현철 옮김

253 폭력적인 삶 파솔리니·이승수 옮김

254 거장과 마르가리타 불가코프·정보라 옮김

255·256 경이로운 도시 멘도사·김현철 옮김

257 야콥을 둘러싼 추측들 욘존·손대영 옮김

258 왕자와 거지 트웨인·김욱동 옮김

259 존재하지 않는 기사 칼비노·이현경 옮김

260·261 눈먼 암살자 애트우드·차은정 옮김 《타임》 선정 현대 100대 영문소설

262 베니스의 상인 셰익스피어·최종철 옮김

263 말리나 바흐만·남정애 옮김

264 사볼타 사건의 진실 멘도사·권미선 옮김

265 뒤렌마트 희곡선 뒤렌마트·김혜숙 옮김

266 이방인 카뮈·김화영 옮김 노벨 문학상 수상 작가 | 미국대학위원회 선정 SAT 추천도서

267 페스트 카뮈·김화영 옮김 노벨 문학상 수상 작가 | 국립중앙도서관 선정 청소년 권장도서

268 검은 튤립 뒤마·송진석 옮김

269·270 베를린 알렉산더 광장 되블린·김재혁 옮김

271 하얀 성 파묵·이난아 옮김 노벨 문학상 수상 작가

272 푸슈킨 선집 푸슈킨·최선 옮김

273·274 유리알 유희 헤세·이영임 옮김 노벨 문학상 수상 작가

275 픽션들 보르헤스 · 송병선 옮김 서울대 권장도서 100선

276 신의 화살 아체베 · 이소영 옮김

277 빌헬름 텔 · 간계와 사랑 실러 · 홍성광 옮김

278 노인과 바다 헤밍웨이 · 김욱동 옮김 노벨 문학상 수상 작가 | 퓰리처상 수상작

279 무기여 잘 있어라 헤밍웨이 · 김욱동 옮김 미국대학위원회 선정 SAT 추천도서

280 태양은 다시 떠오른다 헤밍웨이 · 김욱동 옮김 《타임》 선정 현대 100대 영문 소설

281 알레프 보르헤스 · 송병선 옮김

282 일곱 박공의 집 호손 · 정소영 옮김

283 에마 오스틴 · 윤지관, 김영희 옮김

284·285 죄와 벌 도스토옙스키 · 김연경 옮김 미국대학위원회 선정 SAT 추천도서

286 시련 밀러 · 최영 옮김

287 모두가 나의 아들 밀러 · 최영 옮김

288·289 누구를 위하여 종은 울리나 헤밍웨이 · 김욱동 옮김 노벨 문학상 수상 작가

290 구르브 연락 없다 멘도사 · 정창 옮김

291·292·293 데카메론 보카치오 · 박상진 옮김

294 나누어진 하늘 볼프 · 전영애 옮김

295·296 제브데트 씨와 아들들 파묵 · 이난아 옮김 노벨 문학상 수상 작가

297·298 여인의 초상 제임스 · 최경도 옮김 미국대학위원회 선정 SAT 추천도서

299 압살롬, 압살롬! 포크너 · 이태동 옮김 노벨 문학상 수상 작가

300 이상 소설 전집 이상 · 권영민 책임 편집

301·302·303·304·305 레 미제라블 위고 · 정기수 옮김

306 관객모독 한트케 · 윤용호 옮김 노벨 문학상 수상 작가

307 더블린 사람들 조이스 · 이종일 옮김

308 에드거 앨런 포 단편선 앨런 포 · 전승희 옮김 미국대학위원회 선정 SAT 추천도서

309 보이체크 · 당통의 죽음 뷔히너 · 홍성광 옮김

310 노르웨이의 숲 무라카미 하루키 · 양억관 옮김

311 운명론자 자크와 그의 주인 디드로 · 김희영 옮김

312·313 헤밍웨이 단편선 헤밍웨이 · 김욱동 옮김 노벨 문학상 수상 작가

314 피라미드 골딩 · 안지현 옮김 노벨 문학상 수상 작가

315 닫힌 방 · 악마와 선한 신 사르트르 · 지영래 옮김

316 등대로 울프 · 이미애 옮김 《타임》 선정 현대 100대 영문소설 | 《뉴스위크》 선정 100대 명저

317·318 한국 희곡선 송영 외 · 양승국 엮음

319 여자의 일생 모파상 · 이동렬 옮김

320 의식 노터봄 · 김영중 옮김

321 육체의 악마 라디게 · 원윤수 옮김

322·323 감정 교육 플로베르 · 지영화 옮김

324 불타는 평원 룰포 · 정창 옮김

325 위대한 몬느 알랭푸르니에 · 박영근 옮김

326 라쇼몬 아쿠타가와 류노스케 · 서은혜 옮김

327 반바지 당나귀 보스코 · 정영란 옮김

328 정복자들 말로 · 최윤주 옮김

329·330 우리 동네 아이들 마흐푸즈 · 배혜경 옮김 노벨 문학상 수상 작가

331·332 개선문 레마르크 · 장희창 옮김

333 사바나의 개미 언덕 아체베 · 이소영 옮김

334 게걸음으로 그라스 · 장희창 옮김 노벨 문학상 수상 작가

335 코스모스 곰브로비치 · 최성은 옮김

336 좁은 문 · 전원교향곡 · 배덕자 지드 · 동성식 옮김 노벨 문학상 수상 작가

337·338 암 병동 솔제니친 · 이영의 옮김 노벨 문학상 수상 작가

339 피의 꽃잎들 응구기 와 시옹오 · 왕은철 옮김

340 운명 케르테스 · 유진일 옮김 노벨 문학상 수상 작가

341·342 벌거벗은 자와 죽은 자 메일러 · 이운경 옮김 퓰리처상 수상 작가

343 시지프 신화 카뮈 · 김화영 옮김 노벨 문학상 수상 작가

344 뇌우 차오위 · 오수경 옮김

345 모옌 중단편선 모옌 · 심규호, 유소영 옮김 노벨 문학상 수상 작가

346 일야서 한사오궁 · 심규호, 유소영 옮김

347 상속자들 골딩 · 안지현 옮김 노벨 문학상 수상 작가

348 설득 오스틴 · 전승희 옮김

349 히로시마 내 사랑 뒤라스 · 방미경 옮김

350 오 헨리 단편선 오 헨리 · 김희용 옮김

351·352 올리버 트위스트 디킨스 · 이인규 옮김

353·354·355·356 전쟁과 평화 톨스토이 · 연진희 옮김

357 다시 찾은 브라이즈헤드 에벌린 워 · 백지민 옮김

358 아무도 대령에게 편지하지 않다 마르케스 · 송병선 옮김

359 사양 다자이 오사무 · 유숙자 옮김

360 좌절 케르테스 · 한경민 옮김 노벨 문학상 수상 작가

361·362 닥터 지바고 파스테르나크 · 김연경 옮김 노벨 문학상 수상 작가

363 노생거 사원 오스틴 · 윤지관 옮김

364 개구리 모옌 · 심규호, 유소영 옮김 노벨 문학상 수상 작가

365 마왕 투르니에 · 이원복 옮김 공쿠르상 수상 작가

366 맨스필드 파크 오스틴 · 김영희 옮김

367 이선 프롬 이디스 워튼 · 김욱동 옮김 퓰리처상 수상 작가

368 여름 이디스 워튼 · 김욱동 옮김 퓰리처상 수상 작가

369·370·371 나는 고백한다 자우메 카브레 · 권가람 옮김

372·373·374 태엽 감는 새 연대기 무라카미 하루키 · 김난주 옮김

375·376 대사들 제임스 · 정소영 옮김

377 족장의 가을 마르케스 · 송병선 옮김 노벨 문학상 수상 작가

378 핏빛 자오선 매카시 · 김시현 옮김

379 모두 다 예쁜 말들 매카시 · 김시현 옮김

380 국경을 넘어 매카시 · 김시현 옮김

381 평원의 도시들 매카시 · 김시현 옮김

382 만년 다자이 오사무 · 유숙자 옮김

383 반항하는 인간 카뮈 · 김화영 옮김 노벨 문학상 수상 작가

384·385·386 악령 도스토옙스키 · 김연경 옮김

387 태평양을 막는 제방 뒤라스 · 윤진 옮김

388 남아 있는 나날 가즈오 이시구로 · 송은경 옮김

389 앙리 브륄라르의 생애 스탕달 · 원윤수 옮김

390 찻집 라오서 · 오수경 옮김

391 태어나지 않은 아이를 위한 기도 케르테스 · 이상동 옮김 노벨 문학상 수상 작가

392·393 서머싯 몸 단편선 서머싯 몸 · 황소연 옮김

394 케이크와 맥주 서머싯 몸 · 황소연 옮김

395 월든 소로·정회성 옮김

396 모래 사나이 E. T. A. 호프만·신동화 옮김

397·398 검은 책 오르한 파묵·이난아 옮김 노벨 문학상 수상 작가

399 방랑자들 올가 토카르추크·최성은 옮김 노벨 문학상 수상 작가

400 시여, 침을 뱉어라 김수영·이영준 엮음

401·402 환락의 집 이디스 워튼·전승희 옮김

403 달려라 메로스 다자이 오사무·유숙자 옮김

404 아버지와 자식 투르게네프·연진희 옮김

405 청부 살인자의 성모 바예호·송병선 옮김

406 세피아빛 초상 아옌데·조영실 옮김

407·408·409·410 사기 열전 사마천·김원중 옮김 서울대 권장도서 100선

411 이상 시 전집 이상·권영민 책임 편집

412 어둠 속의 사건 발자크·이동렬 옮김

413 태평천하 채만식·권영민 책임 편집

414·415 노스트로모 콘래드·이미애 옮김

416·417 제르미날 졸라·강충권 옮김

418 명인 가와바타 야스나리·유숙자 옮김 노벨 문학상 수상 작가

419 핀처 마틴 골딩·백지민 옮김 노벨 문학상 수상 작가

420 사라진·샤베르 대령 발자크·선영아 옮김

421 빅 서 케루악·김재성 옮김

422 코뿔소 이오네스코·박형섭 옮김

423 블랙박스 오즈·윤성덕, 김영화 옮김

424·425 고양이 눈 애트우드·차은정 옮김

426·427 도둑 신부 애트우드·이은선 옮김

428 슈니츨러 작품선 슈니츨러·신동화 옮김

429·430 세계의 끝과 하드보일드 원더랜드 무라카미 하루키·김난주 옮김

431 멜랑콜리아 I—II 욘 포세·손화수 옮김 노벨 문학상 수상 작가

432 도적들 실러·홍성광 옮김

433 예브게니 오네긴·대위의 딸 푸시킨·최선 옮김

434·435 초대받은 여자 보부아르·강초롱 옮김

436·437 미들마치 엘리엇·이미애 옮김

438 이반 일리치의 죽음 톨스토이·김연경 옮김

439·440 캔터베리 이야기 초서·이동일, 이동춘 옮김

441·442 아소무아르 졸라·윤진 옮김

443 가난한 사람들 도스토옙스키·이항재 옮김

세계문학전집은 계속 간행됩니다.